LA
BIBLIOTECA
PERDIDA

A. M. DEAN

LA
BIBLIOTECA
PERDIDA

Título original: *The Lost Library*

© 2012 A. M. Dean

© De la traducción: 2013, José Miguel Pallarés

© De esta ediíión: 2013, Santillana Ediciones Generales, S. L.

Avenida de los Artesanos, 6. 28760 Tres Cantos (Madrid)

Teléfono 91 744 90 60

Telefax 91 744 92 24

www.sumadeletras.com

Diseño de cubierta e imagen: www.headdesign.co.uk

Mapas: ©Raymond Turvey

Fotografías de columnata y figura: ©Alamy

Primera edición: abril de 2013

ISBN: 978-84-8365-483-5

Depósito legal: M-5766-2013

Impreso en España

Printed in Spain

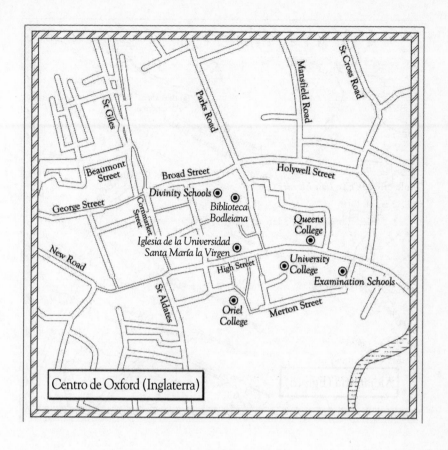

St Giles

Parks Road

Mansfield Road

St Cross Road

Beaumont Street

Broad Street

Holywell Street

George Street

Cornmarket Street

Divinity Schools ⊙

⊙ Biblioteca Bodleiana

Queens College ⊙

New Road

Iglesia de la Universidad Santa María la Virgen ⊙

High Street

University College ⊙

Examination Schools ⊙

St Aldates

Oriel College ⊙

Merton Street

Centro de Oxford (Inglaterra)

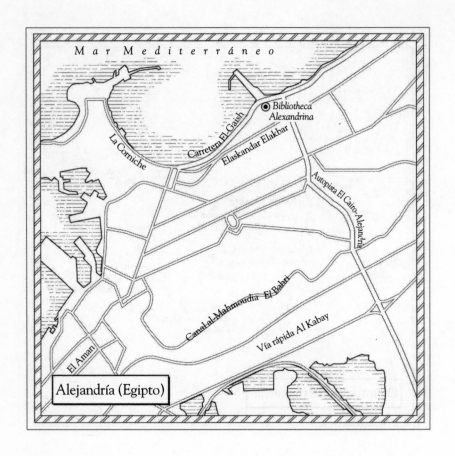

Mar Mediterráneo

Bibliotheca
Alexandrina

La Corniche

Carretera El-Gaish

Elaskandar Elakbar

Autopista El Cairo-Alejandría

Canal al-Mahmoudia El Bahri

Vía rápida Al Kabay

El Aman

Alejandría (Egipto)

EUROPA

Autopista İstanbul Çevre Yolu

Avenida Çırağan

Palacio de
Dolmabahçe

Gálata

Adnan Menderes Bulvarı

Puerto de
Eminönü

Cuerno
de Oro

ASIA

Palacio de Topkapi

Santa Sofía

Avda. Kennedy

Estambul (Turquía)

Mar de Mármara

Martes

Prólogo

Minnesota (EE UU), 11.15 p.m. CST*

El anciano ya no sentía el dolor producido por la bala que le había atravesado el pecho, a pesar de que ese daño se había convertido en el centro de todo incluso cuando empezaba a emborronársele la visión por los extremos.

Aquello no le sorprendía. Arno Holmstrand sabía que vendrían a por él. Los acontecimientos de la semana anterior dejaban poco lugar a dudas. Estaba preparado. Se había visto obligado a rematar los preparativos a toda prisa, mas ya los había terminado. El escenario se hallaba dispuesto y él había hecho todo lo necesario. Ahora solo faltaba realizar la última tarea y rezar para que sus esfuerzos no fueran en vano.

Se desplomó sobre la silla de basto cuero negro colocada detrás del escritorio. La tenue luz de la lámpara atravesaba las sombras del despacho y arrancaba destellos a la superficie de caoba, creando una imagen fugaz de gran belleza.

Extendió las manos hacia el libro abierto que descansaba sobre el escritorio de madera. El dolor punzante regresó durante unos instantes. Podía usarlo de recordatorio si era necesario:

---

* Central Standard Time (hora estándar del centro). *[N. del T.]*.

no había vía de escape, solo de conclusión. Se concentró, fijó la vista en el tomo, contó tres páginas y las arrancó con toda la energía que fue capaz de reunir.

En el corredor sonaron unos pasos que le proporcionaron un nuevo centro de atención. Arno sacó un mechero plateado, un regalo por su papel como testigo en la boda de un alumno hacía muchos años, y lo encendió. Tomó unas hojas del cesto de los papeles colocado a sus pies y las sostuvo en alto hasta que prendió la llama. Los folios ardieron al cabo de un momento. Dejó caer los documentos en la papelera y volvió al escritorio tras contemplar cómo se arrugaban y luego se convertían en pasto de las llamas anaranjadas.

Había llevado a cabo el último cometido. Arno entrecruzó los brazos, entrelazó los dedos de las manos y observó cómo se abría de sopetón la puerta de su despacho.

Vio ante él a un hombre de expresión acerada y desprovista de cualquier emoción reconocible. Alisó una cazadora de cuero negro cuyos contornos ponían de relieve un cuerpo musculoso, recorrió la habitación con la mirada, clavó los ojos en el pequeño fuego de la papelera y encañonó directamente al anciano sentado al otro lado de la mesa.

Arno alzó la vista y miró a los ojos a su adversario.

—Te estaba esperando. —En la voz calmada del anciano había una nota de autoridad. En el umbral, el intruso no se alteró. Había estado corriendo hasta hacía poco, pero ya se le estaba normalizando la respiración. Arno eliminó de su voz cualquier tono de burla y le confirió un tono práctico—: Me has encontrado, y eso ya es más de lo que han hecho muchos, pero todo termina aquí.

El hombre más joven se detuvo por un momento y contempló a Arno con curiosidad. No esperaba semejante muestra de aplomo por parte del anciano, no en ese momento, el de su derrota, y aun así, permanecía sentado de forma desconcertante.

El intruso respiró con fuerza y sin pestañear le pegó dos tiros seguidos que se hundieron en el pecho de Arno. Aumentó la oscuridad de la estancia. Holmstrand contempló cómo la silueta del asesino se giraba y se desdibujaba. Luego, pareció alejarse. La oscuridad aumentó.

14 minutos después, Oxford (Inglaterra)
Miércoles por la mañana, 5.29 a.m. GMT*

El reloj de la torre de la antigua iglesia se alzaba por encima de la urbe. A sus pies, la ciudad comenzaba a revivir e iniciaba su rutina típica. Unas pocas ventanas encendidas salpicaban las fachadas de los colegios universitarios próximos a la plaza y las furgonetas de reparto maniobraban por High Street, abasteciendo a las tiendas para su actividad diurna. La luna flotaba baja en el cielo y la noche aún velaba los primeros rayos del sol.

La inmensa manecilla de hierro del reloj se adelantó para ocupar su sitio y señalar las 5.30. Entonces, detrás de la placa frontal metálica, un pasador de madera, colocado a propósito entre los engranajes del reloj, se partió en dos; y al romperse, destensó un cable atado al mismo; y al aflojarse el cable, se inició el descenso meticulosamente coordinado del fardo que aquel había estado sosteniendo encima de la base de la torre.

Ciento veinticuatro escalones de piedra en espiral más abajo, a los pies del edificio decimonónico, el paquete se estrelló contra las gruesas rocas de los cimientos. La sacudida hizo que se soltara el detonador de mecha situado en la parte exterior del bulto, provocando una carga de ignición dirigida a la perfección. El paquete de C4 cobró vida, explotando con furia desmedida.

La vetusta iglesia se derrumbó en medio de una enorme bola de fuego.

---

* Greenwich Mean Time (hora del Meridiano de Greenwich). *[N. del T.].*

Miércoles

1

L a jornada que iba a cambiar la vida de la profesora Emily Wess empezó de un modo bastante sencillo. No había indicios de tragedia ni particulares signos de urgencia en la forma con que había empezado su rutina matinal de todos los días de aquel trimestre. Había corrido a primera hora, había impartido las clases de la mañana, se había comprado el café matutino, pero algo le resultaba extraño a pesar de respirar el mismo pesado aire otoñal de siempre en el campus del Carleton College. Había en aquel día algo anómalo, una sensación inusual que no era capaz de determinar con precisión.

—Buenos días a todos.

Anduvo por el pasillo central del tercer piso del complejo Leighton Hall, sede del Departamento de Religión, hasta llegar a la puerta que daba a su despacho; el suyo era uno de los arracimados en torno a un pequeño espacio al que se accedía a través de una sencilla puerta, un corro, como solía llamarse en la jerga de Minnesota. Otros profesores tenían despacho en el corro, en una de cuyas esquinas se encontraban cuatro de ellos y un colega de otro departamento cuando entró Emily.

Ella sonrió, pero el pequeño grupo estaba absorto en una conversación sostenida en susurros.

—Hola —respondió alguien de la camarilla al cabo de un tiempo inusualmente prolongado desde el saludo, pero nadie se volvió a mirarla.

Fue entonces cuando ella tomó conciencia de la atmósfera tan extraña existente a lo largo de toda la mañana, pero de la que no se había percatado por completo hasta ese momento. Reinaba un silencio extraño en las aulas y sus compañeros desviaban la mirada con la preocupación escrita en las facciones.

Extrajo las llaves del bolso y se detuvo delante de unos casilleros a fin de vaciar el contenido del suyo. En el pliegue del codo sostuvo la propaganda que intencionadamente había dejado que se acumulara. Recogerla a diario se le hacía insoportable.

Las voces apagadas de sus colegas continuaron oyéndose. Emily miró por el rabillo del ojo en cuanto encajó en la cerradura la llave de su oficina, aguzó el oído y logró escuchar una frase dicha con suavidad y en voz baja a propósito.

—Le encontró esta mañana uno de los conserjes —informó alguien.

—Es increíble, ayer mismo estuve tomando café con él —comentó Maggie Larson, la profesora de Ética Cristiana, con expresión circunspecta.

«No parece alterada», pensó Emily en su fuero interno al acercarse un poco. Su curiosidad se despertó del todo al comprender que esa no era la palabra correcta. «No, parece asustada».

Cuando había girado la llave hasta la mitad, se dio la vuelta y contempló a sus compañeros. Absorbía su atención algo con pinta de no ser nada bueno.

—Disculpad, no pretendo ser maleducada, pero ¿qué ocurre? —quiso saber al tiempo que daba un paso hacia ellos.

Cada una de sus palabras disparó la tensión en el ambiente, pero ella no conocía otro modo de tomar parte en la conversación sin saber ninguno de los detalles, ni siquiera el motivo de la misma.

Sin embargo, sus interlocutores no tenían intención de excluirla de la información.

—Al parecer no te has enterado —comentó una profesora. Aileen Merrin era la titular de Nuevo Testamento. Había sido miembro de la junta de nombramientos cuando Emily postuló a su actual cargo hacía dos años, y desde entonces sentía por ella un cariño innato. Esperaba tener un pelo plateado tan estupendo como el de Aileen cuando llegara a su edad.

—Es evidente que no. —Alzó el vaso de papel y tomó un sorbo de café demasiado frío para ser agradable desde hacía una hora, pero era un gesto cotidiano que ayudaba a superar lo embarazoso de aquel momento—. ¿De qué no me he enterado?

—¿Conocías a Arno Holmstrand, de Historia?

—Por supuesto. —Todos conocían al profesor insignia del Departamento de Historia. Emily habría sabido quién era incluso si no hubiera estado asignada tanto a Historia como a Religión. Holmstrand era el erudito más eminente y célebre de la universidad—. ¿Ha descubierto otro manuscrito perdido? ¿Ha expulsado a otro país del Oriente Medio por no respetar las reglas en una de sus excavaciones? —Tenía la impresión de que cada vez que se mencionaba su nombre era en el contexto de un descubrimiento capital o una aventura académica—. No habrá llevado a la bancarrota a la universidad con uno de sus viajes, ¿verdad?

—No, no lo ha hecho. —De pronto, Aileen pareció muy incómoda, y con un hilo de voz añadió—: Ha muerto.

—¡Muerto! —Emily dio un pequeño empujón y se integró del todo en el apiñado corrillo, cuyos integrantes estaban muy turbados a causa de las noticias—. Pero ¿qué dices? ¿Cuándo? ¿Dónde?

—La noche pasada. Creen que le asesinaron aquí mismo, en el campus.

—No lo creen, lo saben —la interrumpió Jim Reynolds, un experto en la Reforma protestante—. Le han pegado tres tiros en pleno pecho... Según he oído, ocurrió en su despacho. Tiene pinta de ser un trabajo profesional.

En lugar de los extraños escalofríos que le habían corrido por la espalda, ahora se le puso la piel de gallina. Un homicidio en el campus Carleton College era algo inaudito; pero el asesinato de un colega... La noticia la asustó y le causó una honda impresión.

—Lo encontraron en el vestíbulo —añadió Aileen—. Había sangre en el exterior de su despacho. No he entrado. —La voz le tembló y miró a Emily—. ¿No te has dado cuenta de que la policía andaba por el campus?

—No..., no tenía ni idea de qué iba la cosa. —Emily hizo una pausa antes de preguntar—: ¿Por qué Arno?

No se le ocurriría ninguna otra pregunta.

—Esa cuestión no me preocupa —terció con miedo y timidez Emma Ericksen, la compañera de Emily en Historia de las Religiones.

—¿Y qué te preocupa? —quiso saber Emily.

—La cuestión es, si han atacado y asesinado a uno de nuestros colegas aquí, en el campus, ¿quién va a ser el siguiente?

2

Washington, DC, 9.06 a.m. EST[*]

En el exterior de la sala de conferencias identificada por un rótulo como la 26 H, el doctor Burton Gifford entregó el maletín de cuero a un camarero y le dedicó una mirada que dejaba claro su deseo de quedarse a solas a la conclusión de su reunión matutina. Se hizo a un lado mientras el resto de los asistentes salían de la estancia y seguían el pasillo en dirección a la salida; ignoró los numerosos letreros de «Prohibido fumar» y extrajo un Pall Mall sin filtro de una pitillera que llevaba en el bolsillo superior de la chaqueta y lo encendió. Había trabajado en el comité asesor de política exterior del presidente durante los dos años que este había permanecido en el poder, había sido un leal partidario de su trabajo en Oriente Medio, a pesar de que el hombre al mando no compartiera su deseo de mostrarse más agresivo y no limitarse a repartir las cartas en las tareas de reconstrucción de después de la guerra allí librada. Había llegado a convertirse en uno de los asesores más influyentes del gran jefe, llevando a cabo tareas políticas y asegurándose de que el

---

[*] East Standard Time (hora estándar del este). *[N. del T.]*

presidente distinguiera a los amigos de los enemigos. Los antecedentes de Gifford estaban en el mundo de los negocios, y los negocios no eran sino un mundo de contactos. Le complacía pensar que el presidente estaba conectado, o desconectado, gracias a su sabiduría e influencia. Y no andaba del todo errado. Él era el tipo de los contactos y el presidente, la voz moral que elegía a los correctos.

Un hombre llamado Cole permanecía inmóvil en las sombras. Su rostro invisible esbozaba una mueca de desprecio hacia el corpulento e influyente intermediario político, un hombre dominante de muchos contactos cuyo aspecto recordaba al estereotipo de un gato gordo. Estaba henchido físicamente y también en su vanidad. Para él no existía nada a no ser que fuera relevante para sus propios designios.

Y aquel día iba a pagar por ese defecto.

Gifford dio una larga calada al cigarro en el pasillo vacío. La colilla a medio fumar pendió de sus labios mientras él usaba las manos para alisarse la chaqueta. Cole eligió ese momento para salir de una oficina situada al otro lado del corredor a fin de aprovechar la distracción y la posición vulnerable de aquel hombre. Le agarró de las muñecas con un movimiento sencillo y le arrastró de vuelta a la sala de conferencias.

—¿Qué diablos está haciendo? —inquirió Gifford, perplejo, mientras se le caía el pitillo de los labios.

—Guarde silencio y esto será más fácil —contestó Cole. Mantuvo sujeto a su cautivo con la mano izquierda mientras con la diestra cerraba suavemente la puerta detrás de ellos—. Y ahora, tome asiento.

Arrojó al tipo sobre una de las sillas situadas alrededor de la larga mesa de conferencias, desocupada desde hacía poco. Gifford estaba indignado. Aquel insubordinado no solo le había zarandeado, sino que en el proceso también le había retorcido las muñecas. Fuera de sí, puso las manos sobre el pecho y se las frotó a fin de aliviar el dolor. Mientras giraba la silla hacia su atacante, se puso a despotricar:

—Voy a enseñarte, jovencito, que no soy de esa clase de tipos que se achantan y aceptan sin más este tipo de...

Abandonó sus quejas a mitad de la frase cuando se dio la vuelta del todo y tuvo ocasión de ver las manos del agresor, que estaba dando las últimas vueltas al silenciador antes de tenerlo ajustado del todo a su Glock 32 de calibre 357 SIG.

—Sé perfectamente quién es, señor Gifford —replicó Cole sin molestarse en levantar la vista—. He venido a por usted.

La rabia y la sensación de superioridad de Gifford habían sido sustituidas por el terror y la impotencia.

—¿Qué..., qué quiere? —preguntó sin apartar los ojos del arma.

—Este momento —respondió Cole, que retiró el seguro del gatillo de la Glock en cuanto el silenciador quedó en posición con un chasquido—. Este momento es todo lo que quiero.

—No entiendo —espetó, horrorizado, y empujó hacia atrás la silla, como si así pudiera hallar alguna protección frente a la amenaza que tenía delante—. ¿Qué quiere... de mí?

—Solo esto —replicó Cole—. No quiero nada más. No es un interrogatorio ni un secuestro.

—Entonces, ¿qué es?

Cole levantó por fin la mirada y la fijó en los ojos como platos del aterrado Gifford.

—Es el fin.

—No..., no entiendo.

—Ya, imaginaba que no iba a comprenderlo —repuso Cole, y acto seguido disparó al corazón de Gifford tres balas que cortaron de raíz la conversación.

El hombro derecho de Cole soportó el retroceso de la pistola. Los disparos sofocados por el silenciador apenas levantaron eco en la enorme sala.

Gifford jadeó con incredulidad al ver un hilo de humo en la boca del cañón por la que habían salido las tres balas ahora alojadas en la parte superior de su cuerpo. Se desplomó sobre la silla cuando el corazón empezó a soltar sangre, que salió a borbotones por las heridas del pecho y la espalda.

Cole le vio exhalar el último estertor y se perdió en las sombras.

3

9.20 a.m. CST

S aben quién le disparó? —preguntó Emily con un gallo en la voz que delató su propia desazón. Aún no había logrado enterarse de la razón por la que habían matado a Arno Holmstrand, el rostro más conocido de la universidad, sin lugar a dudas, aunque también era un vejestorio, al menos desde su perspectiva, porque, bueno, tenía setenta y pico. En esencia, era un anciano reservado y, a lo sumo, algo excéntrico. Ella no le conocía demasiado bien. Habían coincidido unas cuantas veces y Arno había farfullado unos comentarios bastante extraños acerca de la investigación de Emily, las pegas que cabía esperar de un viejo profesor sobre los trabajos de sus discípulos, pero hasta ahí había llegado su relación. Eran colegas, no amigos.

Sin embargo, eso no aliviaba demasiado la sorpresa. Una muerte en el campus, y un asesinato nada menos, era una noticia de lo más insólito. Y Emily no podía evitar sentir un cierto cariño hacia Holmstrand, aunque pesaba mucho más la valoración profesional que la relación personal.

—Ni idea —contestó Jim Reynolds—. Los detectives están en su edificio ahora mismo y el ala está cerrada. Lo estará todo el día.

Emily tomó un sorbo de café frío por instinto, pero en esta ocasión el gesto de llevarse a los labios la taza resultaba forzado, obvio, casi irrespetuoso. Era un comportamiento demasiado normal para ser hecho a la luz de tales nuevas.

—Aún no me creo que esto haya sucedido aquí. —Maggie Larson aún mostraba indicios de pánico—. A lo mejor alguien le tenía ganas...

Dejó que se apagara el eco de sus palabras. Había una declaración no dicha pero implícita para todos ellos: ninguno se sentía seguro ahora que habían asesinado a uno de los suyos.

El grupo se sumió en un largo silencio, roto solo por la llamada de la campana que repicó detrás de su actual ubicación. Estaban a punto de empezar las clases de la siguiente hora. Intercambiaron miradas de preocupación mientras se marchaba para dar las lecciones y atender sus obligaciones. Emily se sintió incómoda y compungida cuando tuvieron que seguir caminos separados. ¿Estaba bien que ahora se marchara cada uno a sus asuntos como si la conversación sobre un colega muerto fuera una charla sin más? Lo más seguro era que hubiera más cosas que decir, alguien debía admitir al menos lo emotivo de aquella situación.

—Yo, bueno..., lamento mucho lo de Arno. —No logró añadir nada más.

Le sorprendía hasta qué punto le afectaba aquella pérdida. Experimentaba una respuesta emocional que habría resultado más comprensible en el caso de la muerte de un amigo que en la de alguien como Arno Holmstrand, que nunca lo fue.

Aileen le dedicó una débil sonrisa y abandonó el corro. Emily luchó contra el estupor, regresó a la oficina, abrió la puerta y entró en la minúscula habitación. Resultaba sorprendente con qué facilidad podía cambiar la perspectiva de un día, lo arrolladora que podía llegar a ser una tragedia. Ella había tenido la mente en otra cosa, la cita pendiente con el hombre que amaba, hasta que tuvo noticia de la muerte de Arno.

El último miércoles antes del puente de Acción de Gracias solo debía impartir una clase a primera hora de la mañana. Cuando Emily iba a salir, disponía del resto del día para los preparativos del esperado viaje; este la llevaría de Minneapolis a Chicago, donde pasaría el fin de semana con su prometido, Michael. Se habían conocido cuatro años atrás, también en un puente de Acción de Gracias. Él era un inglés que estudiaba en el césped de su casa y ella, una estudiante de máster muy impaciente que realizaba investigaciones en el extranjero e intentaba compartir el significado de la gran tradición norteamericana con sus antiguos caciques coloniales. Y desde entonces aquel había sido su día.

Pero aquel ensueño feliz había llegado a su término y el corazón le latía desbocado ahora que se le había disparado la adrenalina al enterarse del asesinato ocurrido en las aulas.

Hizo un esfuerzo por reprimir el malestar y enchufó el ordenador de su mesa. Un trauma no podía detener todo un día de trabajo por muy fuerte que fuera. Emily dejó caer sobre el escritorio todo el correo, que había guardado hasta ese momento en el pliegue del codo.

No reparó en el sobrecito amarillo colocado entre dos folletos de colores brillantes porque tenía la mente sumida en cavilaciones sobre el asesinato y la sensación de pérdida. Sus ojos no advirtieron la elegante y peculiar letra de la dirección escrita con pluma, ni se fijaron en la ausencia del matasellos y del remitente. Pasó inadvertido delante de ella y se quedó en medio del revoltijo con todo lo demás.

4

Minnesota, 9.30 a.m. CST

Dos nimios orificios en el cuero de la vieja silla señalaban los fatales disparos que habían acabado con Arno Holmstrand. Los balazos del pecho estaban concentrados en unos pocos milímetros, indicio de que era un trabajo profesional. Habían retirado ya el cadáver, pero el detective era capaz de determinar la trayectoria gracias a los boquetes que habían quedado en el respaldo. El asesino medía en torno a uno setenta y había permanecido de pie en el umbral. La víctima estaba sentada enfrente del asaltante.

El detective Al Johnson contempló cómo se ponían a trabajar los de la unidad CSI. Un hombre con la soltura de quien había hecho eso más veces antes sujetó un par de pinzas finas con las manos enfundadas en guantes de látex y extrajo una bala de cada uno de los agujeros. Quizá fuera un calibre 38, pero no se consideraba lo bastante preparado como para asegurarlo. Aquel era el territorio de los expertos en balística. Para él estaba bastante claro que este asesinato se trataba de un trabajo profesional.

Había visto cosas así con anterioridad.

A primera hora de la mañana se habían llevado a la morgue el cadáver con un total de tres heridas de bala. La primera había sido la del costado derecho del anciano. Probablemente ese disparo se efectuó fuera de la estancia. Se acuclilló y estudió detenidamente el rastro de sangre que conducía a la sala. El forense sospechaba que la primera herida habría sido fatal por sí sola, pero la víctima había vivido lo suficiente como para cruzar la puerta arrastrándose y entrar en el despacho. ¿Para qué? Se incorporó para volver sobre los hipotéticos pasos de la víctima. Había un teléfono sobre el escritorio, pero no presentaba indicios de que lo hubieran tocado y nadie telefoneó a Emergencias hasta la mañana siguiente, cuando el conserje descubrió el cadáver.

Un segundo técnico espolvoreaba el marco de la puerta en busca de huellas y un tercero hacía lo mismo en la mesa del despacho. Dos polis de uniforme tomaban fotos del escenario del crimen y su compañero estaba en el vestíbulo interrogando a los del turno de noche. Por lo menos otras seis personas pululaban por la habitación. Al se maravilló, y no era la primera vez, de lo bulliciosa que podía llegar a ser la escena de un crimen. Era una de esas extrañas paradojas de su trabajo.

Al se acercó un poco al escritorio. Tenía el aspecto que cabía imaginar siendo la mesa de un viejo profesor: una lámpara de tono verde oscuro, un portaplumas de bronce, papel secante de color desvaído y un ordenador con aspecto de estar desfasado desde el día mismo de su fabricación. Una vieja bandeja de cuero contenía cartas antiguas, todas ellas abiertas cuidadosamente con un abrecartas de marfil, situado entre ellas.

Un abrecartas de marfil, una torre de marfil... Una muestra del estamento de la cultura.

En el centro de la mesa descansaba un volumen de tapa dura lleno de fotografías. Estaba abierto casi por el medio. El detective se acercó y recorrió con delicadeza la superficie de las páginas. Bajo el látex empolvado, los dedos callosos se detuvieron al tocar unos bordes inesperadamente rugosos. La cubierta escondía en el centro del tomo un pequeño resto de hojas rasgadas allí donde era obvio que habían arrancado unas páginas.

Atrajo su mirada el flas de un joven miembro de la unidad CSI cuando tomó una fotografía del libro y de la mano de Johnson.

Al se imaginó la escena: «Un hombre con tres tiros en el pecho se arrastra hasta el despacho para arrancar unas pocas páginas de un libro». Tenía poco sentido, pero, bueno, los asesinatos, por lo general, rara vez lo tenían.

Hizo otra foto, esta vez el objetivo apuntaba a sus pies. La mirada de Al reparó en la papelera, llena de papeles renegridos. De rodillas junto a ella había un joven trajeado que revolvía entre los restos carbonizados.

«Bonito traje —dijo para sus adentros, y de inmediato se encolerizó—. Un chico de la agencia..., justo lo que necesitamos».

No era muy devoto de los filmes hollywoodienses, pero la única cosa en la que tenían razón era en el alboroto que se levantaba cuando varios departamentos reclamaban la jurisdicción sobre el mismo caso. Y los detectives de las brigadas locales nunca llevaban trajes bonitos. Ignoraba de dónde había salido ese joven, pero fuera cual fuera la respuesta, iba a ser de lo más frustrante.

—¿Los profesores de Historia queman siempre sus papeles? —preguntó el desconocido sin levantar la vista.

—Dame eso, chico.

El hombre del traje soltó un respingo al oír la última palabra. Le había disgustado que le recordasen su juventud, era evidente. Se obligó a recobrar la compostura mientras se levantaba lentamente.

—No es gran cosa. Un puñado de páginas arrugadas. Yo diría que las quemó de una vez.

Al señaló con un ademán el libro abierto sobre el escritorio.

—Arrancaron de ahí algunas hojas. —Indicó los rebordes rasgados del álbum—. Fueron tres, a juzgar por el número de la página previa y la posterior.

—Son las que tenemos aquí —confirmó el hombre de menor edad, señalando las cuartillas chamuscadas de la papelera.

—No termino de entenderlo —comentó Johnson—. Dispararon al viejo en el vestíbulo y se las arregló para venir a su oficina, a su despacho. Tenía un teléfono delante de él, pero no descolgó el auricular. No llamó en busca de socorro. Había papel y bolígrafos por todas partes, y no hizo intento alguno de garabatear una nota. En vez de eso, abrió un libro con fotos, arrancó unas páginas y las quemó.

El joven no replicó. Cogió el tomo y lo examinó con una intensidad que iba mucho más allá de la frustración sentida por Al. Parecía... enfadado.

—Mira, hijo. No sé tu nombre. No te había visto antes por aquí. ¿Llevas mucho tiempo en las Gemelas? —inquirió Al. La mayoría de los detectives de las ciudades gemelas de Minneapolis y Saint Paul, el núcleo de las fuerzas de la ley y el orden en la zona meridional del estado, se conocían entre ellos, al menos de vista.

—No soy de aquí.

No contestó nada más y tampoco dio señales de querer proseguir con las cortesías y presentaciones profesionales. Le dio otra vuelta al libro y volvió a mirar las hojas renegridas de la papelera.

Al no estaba dispuesto a dejar correr el asunto.

—¿No eres de la policía local? ¿Qué eres?, ¿de la estatal?

«Este es un caso de la policía local. Malditos sean los de la policía estatal».

El hombre del traje ignoró la persistencia de Al y no respondió a sus preguntas, pero depositó el tomo sobre el escritorio. Se alisó el traje y se volvió hacia el detective con aire de eficiencia. Miró directamente a los ojos de Al por primera vez en toda la conversación.

—Lo siento. Ya tengo suficiente para hacer un informe. Ha sido un placer conocerle, detective.

—¿Un informe? —Aquel comentario displicente ya era demasiado. Un libro y cuatro papeles quemados eran relevantes, sin duda, pero ahí apenas había material para elaborar un informe. Johnson recorrió la estancia con la mirada, había restos de huellas, de manchas de sangre, de pisadas, etcétera. Un informe se hacía con todo eso. Y aquel petimetre parecía no prestarle ninguna atención a todo aquello. Únicamente había mostrado interés por el libro y las hojas quemadas. Como si no existiera el resto de la escena del crimen.

Ese comportamiento no era normal, ni siquiera para un policía estatal.

Se dio la vuelta hacia el agente desconocido con una réplica sarcástica preparada, pero descubrió que aquel tipo se había esfumado, dejándole solo.

5

Minnesota, 9.35 a.m. CST

La cuestión que me preocupa es que si han atacado y asesinado a uno de nuestros colegas aquí, en el campus, ¿quién va a ser el siguiente?».

Todos los compañeros de Emily se habían ido a dar clase y ella se había quedado sola en la oficina, dándole vueltas a los vericuetos de la conversación que acababan de mantener. Las palabras de Emma Ericksen le resonaban en la cabeza. Los interrogantes irrefutables asociados a la muerte de Arno Holmstrand no eran lo único que le hacían sentir un incómodo pavor. También contribuía a ello la presencia de la misma muerte. Un colega había sido asesinado a pocos metros de su oficina. ¿El riesgo era mayor? ¿Corrían peligro todos ellos?

«¿Y yo?». Emily descartó la idea con la misma facilidad con que había venido. Hacer de aquello una situación personal era irracional y solo serviría para alimentar el miedo. Para no divagar, debía poner a trabajar la mente y encargarse de las pocas tareas pendientes antes de que pudiera abandonar el campus e irse a ver a Michael.

Bajó la mirada a la pila de correo que había retirado del buzón. En aquel momento era la fuente de distracción más inmediata para soslayar sus turbadores pensamientos. Propaganda, propaganda, propaganda. Emily se había granjeado una sólida de reputación de recoger tarde y mal su correo, pero he ahí la razón. En la mano tenía la correspondencia de casi dos semanas y la mayoría de lo recibido iba a acabar en la basura. La carta de una editorial sobre un libro que no pensaba leer jamás. Una circular para concienciarla sobre los derechos de los animales, exactamente igual que la recibida hacía una semana e idéntica a la que iba a recibir a la siguiente. Una nota donde le indicaban su nuevo código para la fotocopiadora del departamento, escrita por la secretaria con el mismo secretismo y solemnidad que si le estuviera dando los códigos del maletín nuclear del presidente. La vida de un académico podía ser atractiva, pero excitante, lo que se dice excitante, no era. Tiró la nota a la papelera junto con el resto de la propaganda.

Debajo de todo había un solitario sobre amarillo de papel texturizado muy caro. El nombre de Emily estaba escrito en el anverso con letra muy pulcra. No había franqueo ni remitente.

Atrajo su atención la elegante caligrafía de su nombre escrito con tinta marrón. Las letras trazadas con desenvoltura presentaban los inconfundibles trazos típicos de quien usa una pluma estilográfica. Le dio la vuelta al sobre y se quedó mirando el reverso en blanco. El sobre carecía de matasellos y de remite, luego lo habían echado personalmente en su buzón. Tal vez se trataba de la invitación a una fiesta o evento, aunque a juzgar por el aspecto del sobre sería un acto de mayor nivel social de lo que estaba acostumbrada.

Se las ingenió para introducir su dedo meñique bajo la solapa del sobre y lo abrió. Una única cuartilla plegada por la mitad cayó sobre su regazo.

Emily la desdobló.

Emily pensó que si la primera impresión deja huella, esa nota quería dar una imagen de lujo. El suave papel de color crema era de primera calidad y su precio elevado saltaba a la vista, y si no le fallaba el olfato, olía un poco a madera de cedro.

Se le formó un nudo en el estómago al ver la parte superior de la hoja, donde un elegante membrete dorado decía:

DESPACHO DEL PROFESOR ARNO HOLMSTRAND, LICENCIADO EN FILOSOFÍA Y LETRAS, DOCTOR EN FILOSOFÍA, OFICIAL DE LA ORDEN DEL IMPERIO BRITÁNICO

Arno Holmstrand, el profesor asesinado esa misma noche. El gran profesor.

El difunto profesor.

El texto de debajo captó toda su atención.

«Querida Emily —empezaba la nota, escrita con la misma caligrafía elegante y la misma tinta marrón que el sobre—. Seguramente mi muerte ha precedido a esta carta».

6

Querida Emily:

Seguramente mi muerte ha precedido a esta carta, que escribo con pleno conocimiento de lo que va a suceder y la certeza todavía mayor de que vas a desempeñar un papel más importante en lo que viene a continuación.

Hay algo que debo dejar que descubras, Emily, algo que ha ensombrecido todos mis restantes trabajos y los ha reducido al polvo de la insignificancia.

Conozco la ubicación de una biblioteca. La BIBLIOTECA. Una levantada por un rey que te resultará muy familiar gracias a tus investigaciones, Emily: la Biblioteca de Alejandría.

Existe, y también la Sociedad que la acompaña. Nunca estuvo perdida.

Hay en juego mucho más que una simple curiosidad arqueológica. Me habrán matado por ello cuando tú recibas esta misiva.

Este conocimiento no puede perderse, Emily. Ahora tu ayuda es necesaria. Hay un número de teléfono impreso en el reverso de esta carta. Termina de leer y márcalo. Te prometo que todo se aclarará enseguida.

Tú y yo no nos conocíamos demasiado bien, y lo lamento, pero debes estar segura de que te escribo con sinceridad y premura.

Con respeto,

Arno

7

Nueva York, 10.35 a.m. EST (9.35 a.m. CST)

El Secretario descolgó el auricular antes de que hubiera terminado de sonar el primer timbrazo.

—¿Sí...?

—Está hecho, tal y como usted indicó —informó la voz al otro lado del teléfono con un tono glacial y seco.

—¿Ha muerto el Custodio?

—Esta noche. Lo vi con mis propios ojos. La policía le ha encontrado esta mañana.

El Secretario se reclinó sobre el asiento mientras le invadía una oleada de satisfacción y poder. Habían consumado un noble objetivo y garantizado el futuro del proyecto. Pocos hombres a lo largo de la historia habían intentado lo que ahora se proponían ellos. Y menos aún habían logrado sus objetivos. Pero iban a tener éxito, y nadie iba a poder interponerse en su camino, tal y como demostraba el avance de la semana pasada. El hombre se pasó los dedos por sus cabellos rubios.

—Nos esperaba —dijo el interlocutor.

Eso era previsible. El fin del Ayudante la semana anterior había sido un asunto público. Había sido imposible evitarlo. No es posible disparar a un agente de patentes en Washington sin que lo aireen los medios de comunicación, pero, aun así, el objetivo del Consejo no había sido ocultar la eliminación. Tales crímenes serían calificados de asesinatos por la mayoría, pero quienes eran blancos elegidos los consideraban mensajes. Avisos.

—Eso es irrelevante —respondió el Secretario—, siempre que hagas tu trabajo. Aparte de la fuente, de quien vas a encargarte en breve, era el último hombre con acceso a la lista.

La filtración de la misma había sido un error inexcusable. Algo tan sencillo como una lista de nombres ponía en riesgo todo lo que habían conseguido reunir. La lista incluía nombres que nadie debía conocer. Todo el plan descansaba sobre la base del secreto, del anonimato, pero, sin saber muy bien cómo, la relación de nombres se había visto comprometida. La única reacción posible había sido la eliminación de quienes la habían visto. El Custodio y su Ayudante eran hombres cuyas vidas tenían un valor innegable para él, pero los riesgos eran mucho mayores.

El Secretario se había quedado tan absorto en sus pensamientos que en un primer momento ni siquiera notó el silencio al otro lado de la línea. Sin embargo, de inmediato se encendió una alarma interior, olvidó sus cavilaciones y se inclinó hacia delante.

—¿Qué pasa? ¿Qué sucede?

—El hecho de que nos esperara... podría ser más relevante de lo que piensa.

El Secretario se estremeció. No le gustaban ni un ápice las sorpresas. Se inclinó hacia delante un poco más y apretó el auricular contra la mejilla.

—Cuéntame.

—Llegó a su oficina antes de que pudiera acabar con él. Tuve la impresión de que algo no andaba del todo bien, pero no pude entretenerme. Mi sospecha se confirmó esta mañana cuando regresé para retomar el asunto.

—Sigue —ordenó el Secretario, con calma estudiada. Contaba con décadas de experiencia a la hora de recibir malas noticias. Sabía lo importante que era mantener la compostura en el momento de la dificultad. Cuanto más sabía conservar la calma, más feroz y temible era un buen líder.

—Había un libro en su despacho. Le faltaban tres hojas. Las había arrancado —dijo el Amigo—. Las encontré quemadas en una papelera situada junto a la silla del viejo. —Hizo una pausa a fin de que el Secretario pudiera asimilar los detalles. No estaba a la espera de una respuesta o reacción. La relación entre ellos no funcionaba así. Se esperaba del Amigo que dijera lo que le preguntaran. El Secretario ya pediría más información si la deseaba.

El hombre de más edad caviló acerca de tan extraño informe. Por tanto, el Cuidador o Custodio no quería que su asesino viera algo. Estaba decidido a fastidiarles incluso después de muerto.

El Secretario pronunció las siguientes palabras más como una amenaza que como una pregunta:

—¿Conseguiste detalles sobre ese libro?

—Por supuesto, señor.

Hizo un esfuerzo para relajar los músculos de los hombros. El Amigo estaba bien entrenado.

—Quiero los detalles sobre mi mesa dentro de media hora. Envíamelos mientras regresas a Washington. —La caza no iba a terminar así—. Y consígueme una copia de ese libro.

8

Nueva York, 10.45 a.m. EST (9.45 a.m. CST)

Las noticias guardadas en la carpeta roja que sostenía en las manos eran inquietantes, pero no más que las proporcionadas por la CNN en su televisión, encendida al otro lado de sala, en cuya pantalla podía leer la ventana de noticias abierta detrás de la imagen de una mujer rubia sentada a la mesa. Había tenido la televisión sin sonido hasta hacía unos minutos, cuando su ayudante entró en el despacho. La locutora había dado una noticia sobre una explosión en el Reino Unido. Un helicóptero sobrevolaba la escena en círculos para ofrecer una toma aérea en vivo de los restos del desastre, pero en aquel momento de la investigación poco se sabía, aparte de la hora de la explosión y una visión general donde se mostraba el alcance de los daños. Una bomba había destruido a primera hora de la mañana una célebre iglesia antigua, una de las más destacadas del patrimonio inglés. No se había informado de baja alguna, salvo el daño sentimental y el causado al patrimonio histórico.

—¿Ha reivindicado alguien la autoría? —quiso saber.

—No, señor Hines —replicó el ayudante.

Jefferson apretó los dientes con furia ante la falta de deferencia del joven. No dirigirse a él por el cargo era algo hecho a propósito.

—La CIA sigue al SIS británico en la búsqueda de sospechosos, pero hasta ahora no se han colgado la medalla ni los locos de siempre.

Hines se hizo cargo de la información, o más bien de su ausencia. Después de cada atentado terrorista con bomba, un torrente de grupos se declaraban autores del mismo en busca de la publicidad que proporcionaban los atentados contra la gran bestia de Occidente. Había excepciones, por descontado, y eran lo bastante frecuentes como para que la ausencia de toda reivindicación, como en el caso presente, no hiciera sonar aún las alarmas, pero era un silencio... interesante.

—¿Ha habido alguna reacción oficial por parte del Gobierno inglés?

—Solo ha expresado su sorpresa y horror, y ha asegurado que están trabajando con la debida diligencia para llevar a la justicia a los culpables de tan horrendo crimen, etcétera, etcétera.

Mitch Forrester movió los dedos en un ademán representativo de la absoluta carencia de contenido de aquellas respuestas estándar.

Trabajaba en la oficina de Hines desde hacía solo seis meses, pero se daba unos aires como si hubiera oído todo eso antes.

De pronto, Hines no fue capaz de contenerse y le soltó una pregunta de sopetón:

—¿Cuántos años tienes, Mitch?

La pregunta pilló desprevenido al ayudante.

—¿Perdón?

—Te pregunto la edad. ¿Qué años tienes?

El joven Forrester le miró de un modo raro, con una expresión donde se mezclaban su desdén habitual y la más completa confusión. Si hubieran estado solos, habría podido contestar con una muestra de la aversión que sentía en aquel momento, pero era muy consciente de la presencia de otro hombre en la oficina de Hines, el tipo sentado en un rincón que no soltaba prenda. Y él no deseaba que alguien fuera testigo de su impertinencia.

—Veintiséis —respondió al fin.

—Veintiséis —repitió Hines, y soltó un suspiro, deprimido ante aquella muestra de juventud. ¿Había sido tan cabeza dura a esa edad? Habían pasado más de veintiséis años desde entonces. Él siempre había sido un hombre ambicioso, pero no podía creer que se hubiera comportado con la impetuosidad del muchacho que tenía delante.

—No estoy muy seguro de ver que eso sea relevante para...

—No lo es, no lo es —le cortó Hines, en cuyo ademán dejó claro que quería salirse por la tangente—. ¿Hay algo más?

—Nada todavía —repuso con sequedad el joven—. Le informaré en cuanto haya novedades..., señor.

Hizo una pausa antes de pronunciar la última palabra de un modo que evidenciaba su descontento por el trato recibido. Y luego, con todo el egotismo de la juventud, aguardó en pie a la espera de un reconocimiento a su trabajo. Sin embargo, Hines se limitó a mirar la televisión. El joven ayudante se dio media vuelta y se marchó cuando por fin comprendió que no iba a decirle nada más.

Hines esperó medio minuto antes de volverse hacia el hombre sentado en el rincón más alejado de su despacho. Hacía mucho tiempo que se había resignado al servicio que aquellos hombres prestaban a la organización, pero todavía sentía una punzada de nerviosismo cada vez que se quedaba a solas con uno de ellos. Su papel en la organización siempre había sido diplomático, profesional. Nunca había sido uno de esos tipos que hacían el trabajo sucio necesario. Era una dimensión vil de la causa, pero de lo más necesaria. Aunque mucha gente de todo el mundo le consideraba como alguien con mucha influencia, Jefferson Hines sabía que el hombre sentado a escasos metros de él representaba un poder mayor que cualquiera que él pudiera alcanzar.

—¿Piensas que guarda relación? —preguntó al final, señalando mediante un gesto a la carpeta roja y luego a la televisión sin sonido—. Relación con la misión.

—Por supuesto. —Ambos sabían que no debían hablar del plan de otro modo que no fuera «la misión». En aquella ciudad y en aquellas oficinas, todas las paredes tenían oídos—. Pero que eso no te altere. Nosotros fijaremos el curso.

Hines no estaba satisfecho.

—Eso por descontado. Marlake, Gifford... y los demás. Ese era el plan. ¿Qué diablos ha sucedido en Inglaterra?

Su interlocutor se irguió cuando Hines empezó a hablar y le lanzó una mirada fulminante sobre cuyo significado no cabía duda alguna: «Cierra el pico». Nunca debían mencionarse los nombres.

Hines tomó nota de la mirada y su mensaje. Tabaleó con los dedos sobre la mesa, en parte por enfado y en parte por nerviosismo.

—Dime que hemos previsto una respuesta a ese tipo de situaciones —pidió—. Dime que eso no supone una sorpresa.

Si su interlocutor sentía alguna clase de vacilación antes de contestar, no lo demostró, y enseguida adoptó el aire de un hombre deseoso de exudar confianza y seguridad, alguien que quería que su oyente se mantuviera firme y categórico.

—Nuestros planes son seguros, de modo que nos encargaremos de nuestra parte del negocio y vosotros de la vuestra, y entonces todos ganaremos. —Permitió que sus palabras flotaran entre ellos en el denso aire de la oficina—. No perdáis de vista adónde vais.

Aquella seguridad insufló confianza a Hines a pesar de su pavor a ese tipo de sujetos. Soltó un largo suspiro, se enderezó y recobró la compostura. Los estadistas debían ser fuertes y a él le habían educado para esa tarea.

—Bien, entonces, ¿hablaré contigo mañana?

Su interlocutor asintió y se levantó del asiento.

—Ya lo creo que sí, señor vicepresidente.

9

Minnesota, 9.45 a.m. CST

Emily contempló con detenimiento la carta que tenía en las manos. La hoja oscilaba y eso le hizo tomar conciencia de su propio temblor. Releyó la misiva una vez, y otra, y otra más. Se había enterado del asesinato de Arno Holmstrand hacía unos pocos minutos y ahora sostenía una carta escrita de su puño y letra antes de su muerte. Y él sabía que iba a morir.

«Es más que eso —pensó Emily—. Sabía que iban a asesinarle». El hecho suponía una diferencia considerable.

Y sabiéndolo, Arno Holmstrand había escrito a Emily Wess. Un rey escribía a un peón en los últimos momentos de su vida. No iba a poder averiguar la razón. Fuera cual fuera el hallazgo de Arno, ¿a santo de qué la involucraba a ella? La conexión directa entre la misiva y la muerte de su autor hacía que todo fuera más apremiante. Entraba dentro de lo plausible que el conocimiento mencionado en aquella carta hubiera sido la causa del asesinato de Holmstrand. Él, por su parte, sugería mucho y, por tanto, no parecía improbable que de pronto corriera peligro la vida de la propia Emily por el simple hecho de tener dicha carta en su poder. Se le revolvió el estómago solo de pensarlo y eso le hizo tomar conciencia de lo que realmente obraba en su poder.

Dio la vuelta a la cuartilla y buscó con la mirada el número de teléfono escrito en el centro de la página. La instrucción de Arno era que llamase a ese número, pero sin ofrecer indicación alguna acerca de quién podría contestar. Se quedó helada cuando leyó los diez dígitos escritos en tinta marrón de estilográfica en el papel con membrete del difunto. Estaba sorprendida y confusa.

Conocía a la perfección ese número de teléfono.

Solía llamar desde una entrada prefijada en la opción de favoritos, pero aún era capaz de recordar esos números. No había forma humana de que fuera de otro modo.

Descolgó el teléfono de la oficina y marcó muy despacio cada una de las cifras consignadas en la hoja. «Tal vez me equivoque —pensó en su fuero interno, sabiendo que no era así—. Estoy un tanto aturullada y desde que me han contado lo del asesinato no tengo las ideas nada claras». Pero ella sabía que eso era mentira.

La respiración se le aceleró cuando oyó que había línea. Ella era consciente de que, en cuanto hubiera conexión, los acontecimientos de la mañana iban a cobrar una dimensión completamente diferente.

Y ese momento llegó unos instantes después. Cuando descolgaron al otro lado del teléfono, se produjo una peculiar inspiración como preámbulo a un saludo formulado por parte de quien conocía a la persona que le llamaba.

—¡Em!

El acento británico de Michael Torrance resultaba inconfundible. Él saludó al amor de su vida con un entusiasmo equiparable a la confusión de Emily Wess.

10

9.52 a.m. CST

Mike? —contestó ella con el corazón desbocado. Esa conexión telefónica tenía su origen en el críptico texto de Arno Holmstrand, que la llevaba de sorpresa en sorpresa.

—¿Dónde estás? —preguntó Michael con la voz vibrante de energía.

—Sigo en la oficina. Todavía no me he ido al aeropuerto —respondió Emily, no muy segura de cómo proseguir con la única idea que tenía en mente. Al final, decidió optar por la franqueza como mejor camino para abordar el asunto—. Ha sucedido algo en el campus.

Michael se puso serio enseguida. La transformación fue instantánea.

—¿Qué quieres decir? ¿Es algo serio? ¿Te encuentras bien? —Su tono delataba miedo e instinto protector. Wess se dio cuenta de que había empezado con mal pie.

—No, no, no es nada de eso. Estoy bien. —Escuchó un suspiro de alivio al otro lado de la línea. El instinto protector de Michael era muy fuerte, a pesar de que los dos eran de armas tomar—. Pero ahora está pasando algo realmente raro. No me creerás si te lo cuento.

—Ponme a prueba —le ofreció él.

—Anoche murió un hombre en el campus —prosiguió Emily—. ¿Te acuerdas de Arno Holmstrand, el famoso profesor de esta universidad?

—¿Ese de quien no has dejado de hablar en un año? Sí, Em, me acuerdo.

Tenían la costumbre de tomarse el pelo cuando conversaban. Él había convertido en arte burlarse de Emily por lo que calificaba de «encaprichamiento de colegiala» desde que aquella legendaria figura se había trasladado a su universidad. Más tarde admitiría que ese entusiasmo no le había hecho ninguna gracia y había llegado a pensar que se fijaba en otro hombre.

—Ese mismo, le mataron ayer.

—¿Le mataron?

—En su oficina. Le dispararon tres veces. —Hizo una pausa que, de forma inconsciente, añadió una carga dramática a sus palabras.

—Dios mío, Emily, cuánto lo siento. —Las palabras de consuelo eran compasivas, pero había una nota de duda en ellas. Atraía su atención algo más que la protectora preocupación masculina.

—No es como si fuera alguien a quien conociera de verdad —replicó Emily. Había una nota de falsedad en esa respuesta. No conocía a Arno, pero sabía mucho sobre él, le admiraba, lamentaba su pérdida, aunque ocultó ese sentimiento por teléfono.

—Ya, pero aun así... —Michael tomó las riendas de la conversación—: ¿Quién le disparó?

—Nadie lo sabe. La investigación sigue abierta por el momento. Hay policía por todo el campus. Dicen que parece obra de un profesional. Tiene pinta de que ha sido un asesinato.

—Emily respiró hondo y tragó saliva—. Y la situación se ha vuelto aún más extraña. —Aguardó un momento para tantear el terreno, pero como él se mantuvo en silencio, continuó—: Esta mañana he recibido en la oficina una carta manuscrita. La habían echado al buzón. Es de Arno Holmstrand. —Emily controló la voz—: En la carta habla de su muerte, Mike. La escribió antes de que le mataran, sabiendo que iban a hacerlo.

Al otro lado de la línea telefónica solo había silencio.

—Y aquí llega la parte que no vas a creerte. En la carta me daba instrucciones de que telefonease a un número escrito en el reverso. No figuraba ningún nombre. Llamé. Y aquí estoy, hablando contigo.

Michael habló por fin:

—La realidad, Em, es que encuentro perfectamente creíble todo cuanto acabas de contarme.

—¿De veras?

—De veras, porque cuando regresé de correr por la mañana, hará cosa de veinte minutos, me encontré dentro de mi puerta un sobre amarillo con mi nombre escrito con tinta marrón.

Emily se quedó paralizada, no muy segura de cómo encontrarle sentido a lo que acababa de oír.

—No es posible.

—Lo es —atajó él—, y dentro hay una carta de Arno Holmstrand.

Ella apenas lograba contener la incredulidad.

—¿Y qué dice?

—No gran cosa. —Wess escuchó cómo desdoblaba una hoja al otro lado de la línea antes de que él empezara a leerle la carta—: «Querido Michael: Emily te llamará hoy por la mañana. Espera junto al teléfono. Cuando lo haga, abre el segundo sobre y léele el contenido».

—¿Un segundo sobre...? —La confusión provocada por los sucesos de la mañana no dejaba de ir a más.

—Dentro del primer sobre había otro junto con esa breve nota. Tiene tu nombre escrito en él —le confirmó él—. ¿Por qué te ha escrito? ¿Por qué a través de mí? ¿Cómo es que ahora formamos parte de su vida?

—No tengo ni idea, Mike. Aún intento averiguarlo. —Emily hizo una pausa—. Oye, ese segundo sobre..., ¿lo has abierto? —quiso saber, apoyándose por completo en el borde de su mesa.

—¡Por supuesto que sí! ¿Pensabas que iba a quedarme de brazos cruzados esperando? —contestó él. La joven no pudo reprimir una pequeña sonrisa a pesar de la tensión del momento. Lo insólito de aquellos acontecimientos no había privado a Michael de su habitual vehemencia.

—¿Y...?

—Pues que a lo mejor no vienes a Chicago. —Permaneció en silencio adrede, con intención de darle a sus palabras intensidad emocional—. Dentro ha mandado la copia impresa de un billete reservado por Internet. Holmstrand te ha reservado pasaje para un vuelo a Londres. Esta noche.

Wess se quedó anonadada.

—¿Londres?

La arrolladora agudeza mental de Michael se disparó, sin hacerse cargo de la confusión de su prometida.

—¿Cuál es el número de fax de tu oficina, Em?

La interpelada bizqueó un par de veces en un intento de volver a la realidad y recitó de un tirón el número de fax del departamento.

—¿Para qué lo quieres?

—En el sobre pequeño había dos cuartillas además del billete. Tengo roto el escáner, así que no puedo enviarte una imagen por mail, y vas a querer ver qué es lo que te ha dejado Holmstrand, de eso no me cabe duda.

11

10.02 a.m. CST

Diez minutos después, Emily aguardaba en pie junto al fax del Departamento de Religión, a unas pocas puertas de la de su despacho. Todavía no había oído sonar la línea reservada al fax, así que merodeaba por las inmediaciones a la espera de que cobrara vida y entregase copia de las dos páginas que Michael había prometido enviarle cuanto antes.

Dos compañeros de departamento estaban sentados ante una mesa de trabajo y conversaban sobre Arno Holmstrand, como cabía suponer.

—No, son tres —corrigió Bill Preslin, uno de los especialistas en hebreo de la facultad—. No te olvides de Arabia Saudí.

—¿De veras? No tenía la menor idea. —El otro conversador era David Welsh, el especialista en religiones sudamericanas del departamento.

Emily se dirigió a la mesa y tomó asiento. Podía vigilar el fax desde esa posición.

—¿Os importa si me uno a la conversación? —preguntó—. Estáis hablando de Arno, supongo. Todavía no me lo creo.

—Tampoco nosotros —respondió Preslin al tiempo que la invitaba con un asentimiento de cabeza—. Aunque los acontecimientos dramáticos eran algo habitual en la vida de Holmstrand. No conozco a otro académico que figure en las listas de vigilancia de tres países por terrorismo. Estados Unidos, Inglaterra y Arabia Saudí le consideraban... «persona de interés».

—El Departamento de Seguridad Nacional le dio un toque al decano cuando Holmstrand vino aquí. Querían saber si estábamos al corriente de sus «interesantes antecedentes» —agregó Welsh.

—Y les dijimos que sí —continuó Preslin, que había pasado dos trimestres en la sección burocrática de la facultad antes de adoptar otra vez un perfil docente—, aunque también añadimos que ese mismo hombre había recibido la ciudadanía honoraria en cinco países, la reina de Inglaterra le había nombrado oficial de la Orden del Imperio Británico y era doctor honoris causa por siete universidades diferentes.

La incorporación de Holmstrand a la facultad había generado una inmensa publicidad y Emily se sabía de carrerilla las siete. Los títulos alineados en su despacho provenían de Stanford, Notre Dame, Cambridge, Oxford, Edimburgo, la Sorbona y la Universidad de Egipto. Y esos eran solo los que Holmstrand mencionaba. Debía de haber una auténtica retahíla de diplomas.

—Dio la impresión de que eso no contaba a juicio del Gobierno —prosiguió Preslin—. No importaba cuántas veces les dijéramos que su trabajo en Oriente Medio era únicamente arqueológico. Siempre evitaban ese punto. Sacabas la conclusión de que en el lenguaje del Gobierno «yacimiento arqueológico» eran unas palabras en clave para referirse a «campamento terrorista».

—Oye, a lo mejor es cierto —saltó Welsh. La nota de humor negro hizo reír a ambos hombres.

—¿Cómo conseguisteis que viniera a este campus? —quiso saber Emily, interrumpiendo la frivolidad. Le sorprendía un tanto que se tomaran las noticias tan a la ligera, a pesar de que usaran un tono amistoso.

—No lo hicimos. Quizá seamos un organismo puntero, pero Holmstrand jugaba en otra liga muy superior. Vino porque quiso venir. Todo fue a propuesta suya. Dijo que deseaba tener algo de calma y de paz después de todas sus aventuras, quería volver a sus raíces y vivir en una ciudad pequeña. Se ofreció incluso a aceptar el salario más bajo. Obviamente, no venía aquí por dinero.

—No, eso me había parecido —repuso Emily, que se permitió unos segundos en silencio para escuchar el fax. No conseguía olvidar la carta de Arno—. ¿Sabéis si Holmstrand trabajó alguna vez con algo relacionado con la Biblioteca de Alejandría? —acabó por preguntar, incapaz de contener su apremiante curiosidad.

Sus dos colegas se habían quedado muy sorprendidos a juzgar por el modo en que la miraban. No habían esperado que la conversación fuera por esos derroteros.

—¿A qué te refieres? ¿A la antigua? ¿A la que se perdió?

—No estoy segura. Le interesaba mucho todo lo egipcio, me consta, pero ¿hizo alguna investigación en particular sobre la Biblioteca de Alejandría? ¿La estudió? ¿Escribió algo al respecto?

Preslin se frotó el mentón.

—No que yo sepa —replicó—, pero publicó más de treinta libros, así que... ¿quién sabe? A lo mejor sí.

Mientras hablaba el profesor, el fax se puso a funcionar en medio de una abrupta colección de zumbidos y clics. Emily se levantó y se alejó de la mesita donde había estado sentada.

—Algo sí que sé: él descubría cosas allí donde iba —apuntó Welsh—. Y como tú dices, pasó mucho tiempo en Egipto. Así que, si estás interesada en echar un vistazo, tal vez haya alguna conexión. Pero fueran cuales fueran sus intereses, ya se han acabado.

No era precisamente un as del humor, pero sí bastante preciso.

Una hoja asomó en la bandeja del fax al cabo de unos momentos. Cuando la máquina retiró un segundo folio del alimentador de papel, Emily cogió el primero del rodillo y se lo puso a la altura de los ojos.

El contenido podía leerse con claridad a pesar de la baja calidad de la impresión y de que el fondo de la hoja era agrisado, probablemente el modo en que el blanco y negro del fax interpretaba el fondo dorado del papel original.

Se le tensó el cuerpo cuando empezó a leer.

Querida Emily:

Has llegado hasta aquí, pero debes ir aún más lejos. Todo cuanto te escribí antes, todo lo que te dije, lo escribí completamente en serio. La biblioteca existe, y también la Sociedad encargada de su guarda y protección, ninguna de las dos se perdió, pero mi muerte amenaza su existencia. Que mi fin te sirva de aviso: otros codician lo que yo he tenido y tú debes encontrar, y están dispuestos a cualquier cosa.

Hay poco tiempo. Mi asesinato marca el comienzo del viaje que debes emprender. Hay un billete de avión en este sobre. Debes ir a Londres ahora mismo, y sola. No puedo consignar por escrito lo que debes hallar. A pesar de todos mis esfuerzos, no puedo estar seguro de que vayas a localizar la información antes que ellos. Usa esa mente historicista tuya, Emily, estoy convencido de que lograrás reunir todas las piezas.

Debes hacerlo. Hay en juego más de lo probablemente sepas. Tienes que encontrar <u>nuestra biblioteca</u>.

Dios te guarde, Emily.

Con respeto,

Arno

12

Emily estaba tan tensa que estuvo a punto de rasgar la hoja cuando la sostuvo entre los dedos.

Recogió la segunda hoja en cuanto salió. La extraña amalgama de materiales allí recogida la dejó perpleja. A una única línea de texto le seguía un emblema desconocido y debajo del mismo había un listado de tres frases sin relación aparente entre sí.

Dos para Oxford y otro para luego

Iglesia de la universidad, el más antiguo de todos
Para orar, entre dos reinas
Quince, si es por la mañana

Emily contempló el contenido críptico de la cuartilla, que tenía todo el aspecto de ser... una colección de pistas.

La perplejidad provocada por aquellas extrañas páginas se vio rota cuando oyó acercarse a Welsh. Se había percatado de la intensidad de la mirada de Emily en el momento de recoger los papeles del fax y había decidido acercarse a ver qué atraía su atención de forma tan absoluta. Estrechó los documentos contra el pecho cuando se percató de la proximidad de Welsh.

—¿A qué se debe ese repentino interés? ¿Qué tienes ahí? ¿Va todo bien?

—No es nada —replicó Emily—. No sé.

El último comentario era completamente cierto, cuando menos. El pulso se le seguía acelerando y de pronto se sintió muy incómoda en la compañía de sus compañeros. ¿Habrían visto algo de todo eso? No sabía la razón, pero deseaba con desesperación estar a solas.

—Lo siento, tengo que irme.

No esperó respuesta alguna y, sin establecer contacto visual con sus colegas, dobló las páginas que tenía en la mano y se marchó de la oficina, cerrando al salir de un portazo.

13

Extrarradio de El Cairo (Egipto)

E l paquete de libros estaba envuelto, como de costumbre, en un sencillo papel sin marcas.

Mantuvo el libro debajo de sus ropas mientras bajaba los escalones. Debajo, el pasillo estaba oscuro, pero él se lo conocía al dedillo. El intercambio se había realizado durante años del mismo modo: siempre en silencio, siempre en penumbra.

Anduvo en silencio sobre el viejo suelo de piedra cubierto por una capa desigual de polvo y tierra. En su descenso, el pasillo dobló de súbito hacia la izquierda. Se apoyó con un brazo en la pared a fin de asegurar el equilibrio, pues las piernas habían perdido la agilidad de la juventud, que era cuando había hecho ese trayecto por vez primera. Se movió con sumo cuidado cuando llegó al final del corredor, cuyas paredes eran muros de siglos desconocidos.

Para orientarse en la negrura, acarició la rugosa fachada hasta localizar un lugar conocido: dos bloques de caliza se unían en un ángulo tosco, lo cual creaba el espacio vacío de una pequeña fisura. Sacó el paquete de entre los pliegues de la tela y lo deslizó con delicadeza dentro del nicho, empujándolo hacia atrás todo cuanto permitía el reducido espacio.

El rasguño del papel al rozarse con la piedra levantó un eco en el silencio de aquel lugar.

Se dio la vuelta una vez completada la entrega y volvió sobre sus pasos, esta vez andando cuesta arriba. La recopilación y la compilación del mes habían ido bien, todo se había llevado según el viejo ciclo vigente desde hacía miles de años, aunque en él estuviera firmemente grabado el distintivo más consistente de la historia, el cambio.

Aquella rutina era motivo de asombro permanente incluso después de tantos años. Se trataba de un acto sencillo y discreto, y aun así, detrás de él, conservándolo, se hallaba una estructura oculta que no lograba comprender y jamás llegaría a conocer.

Tras doblar el último recodo y acuclillarse para cruzar la baja entrada de piedra, el Bibliotecario salió a la luz deslumbrante del sol egipcio. En su mente, las viejas preguntas ardían con la misma intensidad.

14

Washington DC, 11.30 a.m. EST (10.30 a.m. CST)

Jason vio salir del edificio de oficinas Eisenhower al sujeto con un carísimo maletín. Sus andares de largas zancadas exudaban confianza. Con su ridículo traje de raya diplomática y un cabello demasiado repeinado, encajaba a la perfección con la persona representada en la fotografía que tenía en la mano. «Un tipo con una elevada opinión de sí mismo», pensó Jason para sus adentros. Ese simple hecho explicaba que fuera a disfrutar de lo que se avecinaba, dejando a un lado la justicia de la causa y la necesidad del acto. Hacía solo media hora que había llegado desde el medio oeste con escala en Nueva York, pero no le importaba el previsible retraso. Un advenedizo arrogante como ese se merecía lo que iba a hacerle.

Cuando el joven dobló la esquina a la altura de West Executive Avenue, Jason se levantó del banco del parque, se metió la foto en un bolsillo y se guardó el periódico doblado debajo del hombro. Anduvo con aire despreocupado detrás de su objetivo a lo largo de dos manzanas. Entonces, Forrester cruzó H Street y dobló por I Street, tal y como Jason sabía que iba a hacer.

La vigilancia de Mitch Forrester se había prolongado durante meses. Otro amigo, Cole, había sido asignado al vicepresidente y él había sabido situarse en el ambiente profesional de ambos hombres. Forrester repetía sus hábitos al final de la jornada de trabajo con la precisión de un mecanismo de relojería. No tenía coche y en vez de tomar el metro o el autobús prefería recorrer a pie las catorce manzanas que separaban la oficina de su apartamento. Jason supuso que aquello era también un acto de vanidad destinado a mantenerse en forma y dejarse ver por el mayor número posible de personas.

Ese día, como todos los demás, callejeaba por Washington, siguiendo un trayecto sinuoso que le llevaba desde el distrito político del Capitolio hasta un vecindario pijo situado al norte de Washington Circle Park, donde había alquilado un apartamento en un edificio de Newport Place, cuyo precio era muy superior a lo que podía permitirse el asistente de un político. Por tanto, contaba con dinero proporcionado por la familia.

Jason acortó la distancia existente entre él y Forrester conforme se alejaban del centro de DC, repleto de hostiles cámaras de vigilancia y patrullas de agentes de paisano. Las posibilidades de ser cazado persiguiendo a un objetivo en un barrio residencial eran notablemente menores, de modo que, cuando se aproximaron al edificio de apartamentos, se situó a diez metros escasos del político arribista y se pegó a él cuando se detuvo en la puerta para pasar su tarjeta por el lector electrónico de la entrada.

—Perdone —le espetó, adoptando con desenvoltura el papel de un inquilino que se ha olvidado la llave—. No me lo puedo creer. Mira que dejarme dentro la tarjeta... ¿Podría dejarme pasar? Mi mujer está en el trabajo y también tengo dentro el móvil. ¡Menudo bobo estoy hecho!

Jason interpretó a las mil maravillas el papel de vecino desesperado pero aun así amistoso.

Mitch observó al desconocido. Jason percibió la breve vacilación por parte del joven, una reacción bastante lógica si se tenía en cuenta que jamás le había visto por el complejo, pero, a pesar de ello, confiaba en engañarle sobre la base de que el asistente no conocería a la mayoría de los vecinos y su habilidad para hacerle picar el anzuelo con su papel de inquilino nervioso.

—Ningún problema —acabó por contestar Mitch.

—Muchísimas gracias. —Jason resplandeció agradecido. Dejó que Forrester mantuviera abiertas las dos hojas de la entrada y anduvo hacia el ascensor. Su objetivo vivía en el cuarto piso, así que iban a ir por el mismo camino—. Subo al sexto —le explicó mientras pulsaba el botón de llamada. Las puertas del ascensor se abrieron de inmediato—. Usted primero.

Mitch entró en el ascensor, pulsó el 4 en el tablero y después el 6, una nueva deferencia con el vecino que acababa de conocer.

Forrester sintió cómo una hoja de cuchillo le entraba por la espalda en cuanto se cerraron las puertas. La sensación de cuatro dedos de acero perforándole la piel y abriéndose paso entre las costillas fue tan extraña que en un primer momento no acertó a adivinar qué estaba sucediendo. Jason agarró al jovenzuelo por los hombros con la mano libre para impedir que se moviera.

—Escuche con atención —le dijo en voz baja y controlada, pero con una escalofriante firmeza al mismo tiempo—. En este momento, el cuchillo está en su riñón. Vivirá mientras la hoja se quede donde está. En cuanto tire y lo saque, tendrá treinta segundos antes de morir desangrado.

De inmediato Mitch se vio invadido por el pánico, sentimiento que le llegó entremezclado con la confusión.

—¿Qué...? No entien...

—Nada de preguntas —le atajó Jason—. Haga lo que yo le digo y entonces tal vez me vaya y le deje el cuchillo en la espalda, listo para que se lo saquen en el hospital. ¿Lo pilla?

Mitch jamás había experimentado un terror semejante al que le embargaba en aquel momento y solo fue capaz de gruñir una afirmación cuando el dolor causado por la hoja en las vísceras le traspasó todo el cuerpo.

—Bien —dijo Jason con calma tras pulsar el botón de stop en el panel a fin de detener la cabina del ascensor—, ahora quiero que me cuente todo lo que sepa sobre ese pequeño complot del vicepresidente.

15

Minnesota, 10.40 a.m. CST

Emily entró en su oficina, cerró la puerta y bajó las persianillas de la ventana que daba a la sala común. No estaba segura de la razón, pero sentía que necesitaba privacidad: no debía exponerse a la mirada de colegas y alumnos.

La segunda página del fax enviado por Michael aún la tenía muy confundida. Parecía ser una colección de pistas, sí, pero ¿pistas de qué? ¿En qué momento del día se había convertido ella en parte de una novela de misterio y cabía esperar que recibiera una misiva llena de pistas?

Debía hablar de nuevo con Michael ahora que obraba en su poder el contenido del sobre que le habían enviado a él. Tomó con ansia su Blackberry y marcó el número de su prometido desde los contactos.

—Has vuelto —dijo Michael nada más descolgar el auricular, y luego agregó—: Ya te dije que no te lo ibas a creer.

—En ese punto estoy más que dispuesta a darte la razón, cariño. —Intentó darle a su voz un tono tan desenfadado como el de Michael mientras desdoblaba las dos páginas de fax y las colocaba junto a la carta que ella había recibido de Arno.

Aunque por lo general estaba encantado de participar en cualquier broma, en aquel momento se mostró dispuesto a hacer una concesión a la seriedad de la situación.

—Emily, ¿de qué va todo esto?

—Esto está más allá de mi comprensión, lo confieso. —Se le ocurrían pocas razones para que Holmstrand la hubiera hecho partícipe de sus asuntos. Solo había cierta relación en el ancho mar del trabajo académico: antigüedades, historia y religión. ¿Eso era todo? ¿Había en ese territorio de interés común algo que los unía de un modo que ella no era capaz de ver?

La conversación quedó en silencio cuando Emily se sumió en sus pensamientos.

—Bueno, muchas gracias por su perspicaz contribución, profesora.

Ella se rio ante esa muestra de franqueza. Las cosas siempre habían sido así entre ellos desde aquella primera conversación durante una cena de colegas en Oxford hacía cuatro años. Él, un antiguo estudiante universitario convertido en un orgulloso estudiante de postgrado en Arquitectura, había intentado sintetizar su admiración por el diseño moderno con una mención favorable al Gherkin, el famoso rascacielos londinense diseñado por Norman Foster que parecía un pepino de cristal a punto de despegar.

—Es una abominación imperdonable —fue la respuesta sincera de Emily, dada libremente y con tono enérgico—. Y en la vida vas a convencerme de que en realidad te gusta. Decir eso es la obligación de un arquitecto, igual que un estudiante de música cree que debe mostrar admiración hacia Bach por principios, incluso aunque prefiera oír un rasguñar de uñas sobre una pizarra durante cinco minutos antes que tragarse otros tantos minutos de los Conciertos de Brandeburgo.

Ya fuera por la admiración que despertaban sus ojos azules o por su fuerza de voluntad, Michael se prendó de ella inmediatamente y de un interés fortuito la cosa pasó a un romance de verdad que floreció hasta convertirse en un amor sincero. Él le había propuesto matrimonio el año anterior, durante su tercer puente de Acción de Gracias juntos, y aunque ella era la más firme de los dos en la relación, eso de la petición de mano tradicional, con el anillo de diamantes y la rodilla hincada en tierra, no le hacía la menor gracia.

—Tal vez puedas empezar con lo que ya sabes —sugirió él—. Ambas cartas mencionan la Biblioteca de Alejandría... Holmstrand dice que la ha encontrado.

—No dice eso —intervino Emily. El tono pragmático de Michael la sorprendió—. Él no dice que la encontrase, solo que existe y que yo debo hallarla.

—De acuerdo —admitió él—, pero aún hay algo que encontrar. Odio preguntarte esto, pero ¿la biblioteca y esta Sociedad están... perdidas?

—Es genial que seas tan guapo, porque tus conocimientos de historia dejan mucho que desear y eso me hace preguntarme si prestabas algo de atención en la facultad. —Él había abandonado los estudios de Historia en aras a labrarse una carrera mejor remunerada en la arquitectura, así que ella aprovechaba la menor oportunidad para pincharle con el tema. Emily esperó que le respondiera con una risa, como así fue, y luego prosiguió—: La biblioteca se perdió, o más bien fue destruida. No estoy muy segura de a qué Sociedad se refiere, tal vez sea solo la administración de la biblioteca.

—¿Cuándo la destruyeron?

—No estoy segura —respondió ella.

—¿Y luego me acusas a mí de no saber historia? Al menos mi ignorancia no va precedida por un doctorado sobre la materia.

—No lo sé, Michael, porque nadie lo sabe. Es uno de los mayores misterios de la Antigüedad. Se erigió durante el reinado de Ptolomeo II, faraón de Egipto a principios del siglo III, y se convirtió en la mayor biblioteca de la historia de la humanidad. Y luego, al cabo de unas pocas centurias, desapareció.

—¿Desapareció?

—No existe una palabra más adecuada —replicó ella—. La mayoría de la gente da por hecho que fue destruida, mas no tenemos evidencia alguna de ello. Desapareció, así de simple. Es un verdadero misterio.

—Bueno, si es un misterio, tienes una página llena de pistas.

Sin embargo, esa ocurrencia de su prometido no la hizo reír. Estudió la tercera página de Arno.

—¿Podría ser cierto que Holmstrand encontrara la Biblioteca de Alejandría? —acabó por preguntar Michael.

En la mente de Emily resonaron otra vez las palabras del viejo profesor: «La biblioteca existe, y también la Sociedad..., ninguna de las dos se perdió».

Emily reflexionó antes de responder a la pregunta.

—Si cualquier otro afirmara conocer la ubicación de la biblioteca, yo desecharía esa posibilidad de inmediato. Demasiado sensacional. Imposible. Pero se trata de Arno Holmstrand. Y tenía una reputación difícil de igualar.

—Sí, recuerdo cómo le admirabas —comentó Michael. Él también admiraba la perspicaz inteligencia del viejo profesor, por el que incluso sentía una cierta ternura, como bien sabía ella. Michael llegó a conocerle en una ocasión durante una de las recepciones brindadas por la universidad. Después del acto, le comentó que Arno le recordaba mucho a su abuelo, un hombre de ojos dulces y cejas pobladas que había visto mucho mundo sin encallecerse por ello.

Pero el tono de Michael era un recordatorio de que la muerte de Arno relacionaba a Emily con algo que ninguno de los dos era capaz de explicar.

—¿No podría ser que los hombres famosos también mientan? —inquirió al fin.

—No solo era famoso, Michael, era una autoridad mundial.

Arno Holmstrand había brillado en el ámbito académico incluso en su época de estudiante. Se había formado en Yale para luego acudir a Harvard, donde se licenció en Filosofía y Letras. Emily había oído el rumor de que había obtenido la licenciatura en solo un año. En ese mismo periodo de tiempo se las había ingeniado para publicar su primer libro: *Dinámica intercultural, el flujo del conocimiento entre África y el Oriente Próximo a finales del periodo clásico*. Tal vez el título no tuviera mucha pegada, pero se convirtió en una referencia en la materia de inmediato. Emily todavía lo utilizaba como bibliografía en sus clases a pesar de que habían transcurrido varias décadas desde su publicación.

Nada de eso iba a impresionar a Michael, y ella lo sabía. En las presentes circunstancias, y dado el carácter audaz del que solía hacer gala, iba a estar mucho más dispuesto a dejarse seducir por la parte aventurera del trabajo del viejo profesor. Y de eso también había en abundancia, así que dijo con entusiasmo:

—Este hombre se granjeó la fama durante su primera expedición arqueológica con la Universidad de Cambridge. Era el único doctorando en ese momento. Su grupo efectuó una exploración siguiendo los mapas que él había dibujado durante una investigación en la Biblioteca Británica. Enterradas desde hacía siglos bajo las arenas del desierto, descubrieron no una, sino dos fortificaciones militares en el norte de África, ambas fechadas en época de Ptolomeo II Filadelfo, faraón de Egipto. —Emily era incapaz de reprimir su entusiasmo.

—¿El mismo que tiene relación con la Biblioteca de Alejandría?

—Exacto, y por si eso no bastara, al hallazgo le siguieron un puñado de aventuras al más puro estilo hollywoodiense. Según me han contado, las milicias acantonadas en las aldeas de alrededor veían con muy malos ojos los yacimientos arqueológicos, y los asolaron dos veces. En la segunda ocasión le dieron una paliza, le maniataron y le abandonaron a treinta kilómetros de allí, en pleno desierto.

Michael permitió un momento de silencio antes de intervenir de nuevo en la conversación.

—Por tanto, el profesor Arno Holmstrand el Grande sí es la clase de hombre capaz de haber hallado esa biblioteca vuestra tan perdida.

Emily se inclinó sobre el teléfono. La inquietud de la mañana se desvanecía poco a poco, desvelando en su retirada un entusiasmo cada vez mayor.

—Sí, era perfectamente capaz de ello, pero recuerda que no es eso lo que dice en sus cartas, en ellas dice algo más increíble: nunca se perdió del todo. Él dice que conocía su existencia, no sé cómo puede ser eso posible, pero es lo que dice.

—Y ahora, después de muerto, ¿quiere que tú la encuentres?

—Eso parece, sí.

—Y eso…, ¿eso no te molesta?

Emily vaciló al advertir que el tono despreocupado y bromista había desaparecido de la voz de Michael.

—No —admitió—, ¿por qué debería…?

—Porque la historia de Holmstrand, tal y como tú la cuentas, no es que esté libre de peligros. —Wess se dispuso a responder, pero antes de que pudiera hacerlo, él prosiguió—: Para decirlo sin rodeos, Emily, ese hombre está muerto, y esas cartas y esas pistas tienen pinta de llevarte a recorrer el mismo camino que le supuso acabar con tres disparos en el pecho.

16

Washington DC, 11.45 a.m. EST (10.45 a.m. CST)

Mitch jadeaba con cada inspiración. Cada movimiento del pecho acentuaba el dolor causado por la hoja que le perforaba la cavidad abdominal.

—¿A qué se refiere? ¿De qué complot me habla? —Su confusión era auténtica, y también su pánico.

—Estamos al tanto de la trama contra el presidente —repuso Jason con la misma calma y firmeza con que sostenía el cuchillo hundido en la espalda del joven—. Y de sus ambiciones.

Mitch no se volvió a mirarle, se limitó a observar la imagen de Jason reflejada a medias en el panel metálico del cuadro de mandos del ascensor.

—¡No sé nada de ningún complot!

—No me mienta —respondió Jason, moviendo ligeramente el cuchillo—. Le conviene muy poco.

La nueva oleada de dolor hizo que al joven se le saltaran las lágrimas. Su respiración era cada vez más entrecortada.

—No..., no estoy mintiendo.

—También nos hemos enterado de que se ha filtrado una lista de personas involucradas en el complot del vicepresidente

—prosiguió Jason, sin inmutarse por las protestas del agonizante—. Y se ha pasado a un grupo que quizá tenga poder para frenarlo.

—¿Por qué...? ¿Por qué iba yo a actuar contra el vicepresidente? —resolló el herido—. ¡Es mi jefe!

—¿Sí...? No lo es, ¿a que no? En realidad, no lo es. Conocemos cuál es su verdadera filiación política, señor Forrester. —El interpelado puso unos ojos como platos al oír semejante acusación. Jason se inclinó hacia delante y le dijo al oído—: Diga lo que diga su carné, usted no trabaja para el vicepresidente, lo sabemos. Sus ambiciones son abrirse camino hasta otra oficina muy diferente. Una de paredes ovaladas.

Mitch no podía negarlo. Le habían pillado. Su desdén hacia el vicepresidente debía de haber sido demasiado transparente y al final alguien había acabado por sospechar la verdad, que desde hacía tres meses estaba trabajando para asegurarse un nombramiento en la plantilla presidencial.

—De algún modo comprendió cuáles eran las intenciones del vicepresidente y filtró los detalles a sus enemigos políticos —continuó Jason.

El daño abrasador hizo que Mitch pensara a toda prisa. Había soltado mentiras y negativas cada vez que tenía ocasión, pero aquel hombre parecía saber la verdad ya. Y le había clavado un cuchillo en la espalda.

—Yo solo descubrí unos nombres —barbotó al final—, pero no conozco los detalles concretos de sus planes, solo las personas involucradas.

Jason enarcó una ceja.

—¿Qué nombres...?

—Gifford, Dales, Marlake... —Inspiró con bastante dolor antes de seguir hablando—. Eran unos pocos. Jamás se los dije a nadie. Preparé una lista en mi ordenador. Quizá un día pueda llegar a ser un documento de lo más motivador. Nadie la ha visto.

Jason sabía que esta última afirmación era falsa, aun cuando Forrester podía alegar en su defensa que él no se la había enseñado a nadie. No motu proprio. No a sabiendas. Por desgracia, como bien sabía Jason, sus adversarios tenían formas de hacerse con la información.

Volvió a centrar su atención en el hombre que tenía delante de él.

—¿Qué más había en ese documento? ¿Qué sabe del plan...?

—Pero ¡qué plan! —chilló Forrester con una sorpresa tan auténtica como su dolor—. Solo empecé a ver un esbozo. Los colaboradores del presidente morían y los partidarios del vicepresidente cobraban mayor preeminencia, pero ¿plan? No lo había.

Jason estudió el reflejo de los ojos de Forrester en la pared del ascensor. Pasó un buen rato antes de que despegara los labios.

—¿Sabe, señor Forrester? Creo que me está diciendo la verdad. Sinceramente, no sabe nada más.

El joven logró soltar un suspiro de alivio en medio de tanto dolor.

—Gracias a Dios. Yo... —Hizo un gesto de dolor, pero continuó—: Yo no he hecho más que servir a mi país.

Jason esbozó una media sonrisa.

—Eso se acabó.

Retiró el cuchillo de la espalda de Mitch con un movimiento suave. Enseguida empezó a borbotar por la herida un chorro de sangre casi negra. Mitch se volvió hacia el hombre para encararse con él mientras este limpiaba la hoja sobre la chaqueta de su víctima y pulsaba el botón para reanudar el ascenso.

Forrester, horrorizado, se llevó ambas manos a la espalda y el rostro se le puso lívido cuando las miró de nuevo y estaban cubiertas con su propia sangre.

—Creía que me había dicho que me dejaría vivir si... cooperaba.

Se apoyó sobre un lateral de la cabina, pues estaba cada vez más débil, y desde allí resbaló hacia el suelo. La pérdida de sangre le sumió en la inconsciencia.

Jason enfundó el cuchillo mientras el campanilleo del ascensor anunciaba la llegada al piso cuarto, cuyo descansillo estaba vacío. Bajó la vista para contemplar al penoso infeliz que tenía ante él.

—Usted más que nadie debería saberlo —repuso con una ancha sonrisa de satisfacción en el semblante—: nunca confíes en un hombre de Washington.

Y salió de la cabina, cuyas puertas se cerraron con suavidad delante del hombre que ya había exhalado el último aliento.

17

El breve interrogatorio de Mitch Forrester confirmó a Jason todo cuanto necesitaba saber. La Sociedad había obtenido la lista a través del ordenador del ayudante vicepresidencial, a quien Marlake debía de tener bajo vigilancia. Esa fuga había determinado la eliminación del Custodio y su Ayudante, tarea de la que se había ocupado en persona. Ahora, con Forrester fuera de juego, la filtración había quedado sellada definitivamente. La obsesión de la Sociedad por el secretismo y las cadenas cerradas de responsabilidad garantizaban que no lo supiera nadie más. La misión podía proseguir sin problema alguno.

Ahora, únicamente quedaba el inesperado asunto de Minnesota.

El Custodio había demostrado al morir que era algo más que una filtración potencial, aunque la hubieran tapado. El libro, las páginas arrancadas. Había algo más en marcha, algo más grande incluso que la propia misión.

Jason salió del bloque de apartamentos con la piel de gallina. Las cosas estaban cambiando. El horizonte parecía adoptar un cariz diferente.

18

11.10 a.m. CST

Entre dimes y diretes, la conversación se prolongó unos minutos más hasta que llegaron a una encrucijada.

—Atiende, son las once y poco, y mi vuelo hacia Chicago sale a las dos y diez —dijo por fin Emily—. Con todo el tráfico del puente de Acción de Gracias, debería salir pronto si es que al final voy.

Tanto ella como Michael sabían que la última frase era más una pregunta que una afirmación.

—Si... —repitió él, y dio la vuelta a los billetes impresos que Holmstrand había comprado por Internet. Se planteaba la elección entre Chicago o Inglaterra; sin embargo, de algún modo, él sabía que no había elección. Emily siempre había sido una adicta a la aventura, el único ingrediente que se perdía, como ella misma solía decir a menudo, al seguir una vida académica, que, por lo demás, la hacía sentirse realizada. Sin embargo, lo que ahora se les presentaba era algo más que una simple curiosidad con algo de riesgo—. Emily, deberías venir a casa. No tienes por qué volar a Inglaterra solo porque te lo haya pedido un colega, por muy tentadora que pueda resultar la perspectiva. Sobre todo teniendo en cuenta el hecho de que le asesinaron poco después de mandar la invitación.

Ella pensó en los posibles obstáculos futuros y en las misteriosas cartas que Arno le había enviado. No estaba acostumbrada a cosas como aquellas. Había ocupado un puesto en el Carleton College desde que terminó la tesis, haría poco más de año y medio, regresando así a la fuente de su inspiración académica. A pesar de haber abandonado Carleton nada más concluir la licenciatura con el fin de asistir a las mejores y más importantes instituciones del mundo universitario, había regresado con ansia a donde había dado sus primeros pasos. Ahora ocupaba un puesto permanente y nada iba a cambiar hasta la jubilación. Eso ofrecía una considerable seguridad a Emily, una académica de treinta y dos años, pero no la clase de entusiasmo que ella había pensado que iba a caracterizar su futuro. Intentó mantener controlado ese lado aventurero suyo corriendo mucho, y más recientemente había tomado lecciones de *krav magá* o combate de contacto, el arte marcial israelí, y alguna que otra clase de paracaidismo acrobático en un aeropuerto cercano, pero había tenido que aceptar el hecho de que el mundo académico carecía de las emociones que ella ansiaba tanto.

Y ahora esas emociones estaban ahí. Un misterio definido con vaguedad. Unas cartas extrañas con pistas aún más extrañas. Un billete para el otro lado del Atlántico. Pero, por otra parte, también estaban su prometido, el puente de Acción de Gracias y la preciada y poco frecuente oportunidad de estar juntos, pues Chicago había resultado no estar tan cerca como habían pensado en un principio, cuando decidieron que Michael hiciera su aprendizaje desplazándose todos los días muchos kilómetros hasta el lugar de trabajo.

—Hemos de decidir esto juntos —dijo por fin Emily—. Parece que hoy tengo dos reservas de avión. ¿A cuál me subo? —Y contuvo el aliento a la espera de la respuesta de Michael.

—Inglaterra —respondió él, comprendiendo que ella había hecho caso omiso a su anterior protesta—. Eso está bastante más lejos que Minnesota.

Emily se tensó de puro entusiasmo y agregó:

—No es volver a Inglaterra, es regresar a Oxford, nuestro territorio en nuestros años de estudiantes.

—Bueno, eso parece —repuso Michael, que le echó un vistazo a la carta de Arno—, pero ¿qué vas a hacer exactamente? —preguntó; hablaba con tal énfasis que perdía su compostura habitual—. ¿Vas a plantarte en Inglaterra únicamente con una cuartilla llena de pistas y aun así descubrir algo que lleva perdido desde hace siglos?

Emily deseó estar más cerca y así poder extender la mano para coger la de Michael. Percibía la aprehensión de su prometido y un miedo también presente en su propio entusiasmo. Pero incluso la perspectiva tan extraña que él describía le resultaba a ella seductora.

—Piénsalo, Mike. Arno se las ingenió para conocer mis planes y mi vida, o sea, a ti, a fin de que hoy recibiera esa información, y eso a pesar de su propia muerte. Vamos, eso tiene que despertar tu interés. —Soltó un jadeo de entusiasmo. Al otro lado de la línea no hubo discusión—. Y ahora me ha dejado un billete para Inglaterra —prosiguió Emily—. No sé cómo, pero de algún modo Holmstrand previó el futuro. Estoy segura de que no voy a vagar por Inglaterra sin rumbo fijo por mucho tiempo. Además, tampoco será el fin del mundo si todo se queda en agua de borrajas, y habré hecho un viaje gratis a tu patria.

—Pero sin mí. —Michael por fin recuperaba el tono de su adorable prometido.

La voz de Emily se suavizó al responder:

—Siempre podrías venir conmigo, ya sabes. Una pequeña aventura juntos, ¿eh? Volver a donde nos conocimos...

Emily no podía verlo, pero los ojos de Michael se iluminaron a pesar de que sabía que no podía aceptar esa invitación.

—Tal vez vosotros, los de la universidad, tengáis muchas vacaciones, pero a mí me espera una presentación el sábado, sea o no puente Acción de Gracias. Es mi primera gran oportunidad ante un cliente, ¿te acuerdas?

—Por supuesto, lo sé. —Michael se había estado preparando para ese momento durante meses, pues era uno de los últimos, y mayores, obstáculos en su carrera por pasar de aprendiz a arquitecto plenamente cualificado.

—Además, según dice en la carta, espera que vayas sola. A saber qué vas a hacer ahí, solo el Cielo lo sabe.

Emily se animó al escuchar la última frase. Ella había tomado una decisión y aquello era como si acabara de recibir el beneplácito que había estado esperando.

—¿Sí...?

—Vamos, no finjas ni por un momento que no vas a ir, conmigo o sin mí.

Y así ocurría en efecto: aquella aventura era demasiado grande para dejarla pasar. Michael la conocía bien y no iba a hacer que se perdiera semejante oportunidad. Una sonrisa se extendió por el semblante de Emily mientras se inclinaba hacia el auricular.

—No te inquietes, Mikey, te traeré algo bonito a mi regreso.

19

11.15 a.m. CST

El corazón de Emily latía desbocado cuando colgó el teléfono al cabo de un momento. No tenía ni idea de lo que sucedería después, pero trazó sus planes de inmediato y centró su interés en el aeropuerto internacional de Minneapolis, desde donde volaría a Inglaterra. Tenía el tiempo justo para telefonear a su antiguo director de tesis en Oxford, el profesor Peter Wexler, para ver si podía acudir a recogerla al aeropuerto y llevarla a la ciudad. La aventura empezaba a partir de ahí.

Para bien o para mal, la última voluntad y testamento de Arno Holmstrand iba a llevarse a cabo.

20

Nueva York, 2.30 p.m. EST (1.30 p.m. CST)

La conexión de vídeo vaciló unos momentos y tras varios parpadeos cobró vida. La imagen del Secretario se conectó a la de los otros seis miembros del Consejo. El órgano ejecutivo había sido convocado a una reunión especial, pues las circunstancias lo requerían.

El hombre se inclinó hacia la cámara colocada en lo alto de la tapa del portátil.

—Caballeros, los acontecimientos han tomado cierto... giro.

Las seis ventanas colocadas en la pantalla junto a la suya emitieron un pequeño murmullo.

—¿No han podido sus Amigos realizar la tarea? —preguntó uno de pronunciación áspera y fuerte acento árabe.

—La tarea se ejecutó tal y como se había planeado —aseguró el Secretario.

—Entonces, ¿ha muerto también el Custodio? —preguntó alguien desde otra ventana y con otro acento.

—Hemos actuado de igual modo con el Ayudante, eso fue la semana pasada. Y hace unas horas hemos taponado el origen de la fuga.

Los miembros del Consejo acogieron las noticias asintiendo sin decir nada para mostrar su acuerdo. El silencio se prolongó un buen rato hasta que uno de los interlocutores tomó la palabra:

—Al parecer, nuestra tarea está terminada. Sabemos cómo funciona su estructura. Esos eran los únicos hombres con acceso a los datos. Hemos cubierto la fuga con eficacia. —Había satisfacción en el tono del hombre, pero un cierto aire de frustración enturbiaba sus declaraciones de éxito. La misión podía continuar y alcanzarían los objetivos a corto plazo, pero ahora que habían desaparecido el Custodio y su Ayudante, la larga búsqueda, esa que se había prolongado durante varios siglos, quedaba fuera de su alcance. Se había ganado algo, pero también se había perdido algo mucho, mucho más valioso.

El Secretario apoyó las manos sobre la mesa con calma y la agarró antes de contestar:

—Sí, en efecto. La filtración está controlada y podemos retomar nuestra tarea, pero... —calló unos segundos para dar énfasis a sus siguientes palabras—, pero ha surgido algo nuevo.

Aquel comentario imprevisto provocó caras de sorpresa entre sus interlocutores. El secretario sintió en él una pequeña fuente de poder. La habilidad para mantener en suspense a sus colegas despertaba su instinto innato de dominio. Él sabía lo que ellos ignoraban e iban a enterarse solo porque había decidido compartir esa información.

—No lo entiendo —comentó otro miembro del Consejo—. Nuestra tarea ha terminado si han muerto los dos. La amenaza a una posible exposición ha acabado, aunque eso signifique haber cerrado la puerta a... otras cosas.

«Otras cosas». La balbuceante mención de aquel consejero suavizaba una referencia, conocida por todos los miembros del Consejo, a la única cosa, el único objetivo, a la razón por la cual existía la institución.

El Secretario esperó a que terminara de hablar el hombre antes de retomar la palabra.

—Caballeros, el objetivo supremo aún está a nuestro alcance —aseguró, e hizo una pausa para deleitarse con el silencio y la perplejidad de sus colegas. Jamás había sentido con tanta fuerza su poder—. El Custodio pasó los últimos momentos de su vida intentando mantener algo fuera de mi conocimiento, de nuestro conocimiento. No se trataba de exponer a los jugadores de nuestra pequeña historia. El objetivo de sus últimos momentos de vida fue realizar un último engaño, evitar que lográramos nuestro objetivo.

Acarició con los dedos el ejemplar de tapa dura que el Amigo le había traído. De pronto, una chuchería sin valor alguno había cobrado un valor enorme, se trataba de una copia en perfecto estado de la *Historia ilustrada de la Universidad de Oxford*, de John Prest.

Uno con todas las páginas intactas.

—Caballeros, al morir, a pesar de su valía, uno de nuestros adversarios cometió un error. El último truco le salió mal al Custodio. —Contempló intensamente los semblantes digitalizados de la pantalla—. El dominio de este país no es suficiente. La biblioteca aún puede ser nuestra. Caballeros, la carrera todavía no ha terminado.

Pulsó una tecla para cortar la comunicación y se volvió hacia el hombre de traje gris, que permanecía a su izquierda entre las sombras.

—Ha llegado la hora de que vayas a Oxford.

21

Minnesota, 3 p.m. CST

No tienes ni idea de lo mucho que te lo agradezco —dijo Emily, mirando hacia el asiento de la conductora del espacioso Mazda.

Unas horas antes se había dejado caer con mucha vergüenza por el despacho de Aileen Merrin a fin de pedirle el favor de que la llevara al aeropuerto en su coche. El plan original de Emily había sido dejar el suyo en el aparcamiento del aeropuerto durante el tiempo que durase su corta visita a Chicago, pero el reciente cambio de planes la había obligado a alterar la previsión inicial. No sabía cuánto tiempo podía durar su viaje al Reino Unido.

—No te preocupes por eso —le contestó Aileen—. He terminado de dar clase por hoy y, con todo lo que ha ocurrido, la verdad es que me alegra ausentarme un buen rato del campus.

La profesora le sonrió, pero la emoción le tensaba las líneas situadas alrededor de sus ojos almendrados.

—¿Le conocías bien? —quiso saber Emily, consciente de que la noticia de la muerte de Holmstrand la había afectado más que a otros.

—En realidad, no más de lo que cabía esperar. Conocía su reputación, por supuesto, pero solo empecé a tener trato a raíz de que viniera a esta universidad. Era un hombre... —Merrin enmudeció mientras buscaba la palabra adecuada—. Espectacular. —Se quedó pensativa durante un rato y luego, con expresión dulce y bondadosa, miró de soslayo a Emily—. ¿Sabes?, tú y él no sois tan distintos.

A Emily no podría habérsele ocurrido una comparación menos probable.

—¿De qué modo? Él y yo somos de mundos diferentes. El grande y el pequeño. —Era capaz de mostrarse comedida en los círculos académicos, pero sabía bien qué lugar le correspondía si se hablaba del tema.

—Bueno, eres joven —replicó Aileen—, y él no lo es... No lo era. Ya había conseguido los mejores logros de su carrera. Al menos podemos congratularnos de eso.

Emily permaneció en silencio, concediendo a la veterana profesora un momento para controlar las emociones.

—Pero los dos compartís muchos enfoques e intereses comunes —continuó la anciana, intentando mantenerse erguida en el asiento del conductor y recobrar la compostura—. Recuerdo haber leído tu solicitud de acceso. Sentiste el gusanillo de la enseñanza muy pronto, como Arno. ¿Cuántos años tenías cuando diste la primera clase? ¿Diez? ¿Quince?

—Sí, llevo mucho tiempo en este camino —confirmó Emily. Ignoraba que Holmstrand tuviera un bagaje similar al suyo. Ella, por su parte, hasta donde era capaz de recordar, siempre había querido enseñar.

Los profesores de la escuela elemental plantaron esa semilla en su mente adolescente cuando era una colegiala en el rural estado de Ohio. Le gustaba la ciencia porque era la pasión de su profesor en tercero y el arte porque el de quinto le enseñó lo divertido que podía llegar a ser. Volviendo la vista atrás, nunca había llegado a discernir si le agradaban esos temas en sí mismos o si el entusiasmo de sus profesores había sido contagioso, pero, en todo caso, eso era lo que le había inoculado la pasión por la enseñanza.

—El interés de Arno se remontaba también a su infancia —observó la conductora—, y fue a por él como una bengala, igual que tú. El mundo era diferente en aquel entonces, por supuesto, pero los dos vais a por lo que os interesaba, cada uno a su manera. Y a los dos os gustan las buenas peleas.

—¿Peleas?

Aileen sonrió.

—Las batallas. Los conflictos. Los grandes momentos. La historia en acción.

Esa era una buena caracterización de los intereses de Emily. Al acudir a la universidad le descubrieron a los antiguos griegos y a los romanos, a egipcios y árabes, a asirios e hititas. Cuando se familiarizó con todos esos pueblos, descubrió lo que iba a convertirse en su verdadera pasión: los enfrentamientos entre ellos, sus guerras, esos momentos que hacían temblar la tierra cuando se producía un choque entre estos pueblos: los griegos batallando contra los romanos, los árabes conquistando a los egipcios, los asirios oprimiendo a los israelitas. Los aliados se convertían en enemigos, los adversarios hacían la guerra para luego convertirse otra vez en aliados. Había algo en el desafío y en la contienda que le iba bien a su forma de ser. Sobresalió en los deportes siendo adolescente y ascendió peldaños en el mundo académico, dominado por hombres, gracias a ese mismo espíritu de lucha.

—Y no pretendas que tu carrera no ha cobrado un valor a pesar de tu juventud —prosiguió Aileen—. Estudiaste en Oxford con una beca Rhodes* y te doctoraste en Princeton.

---

* Premio internacional de posgrado para estudiar en Oxford. Existe desde 1902 y es uno de los más prestigiosos del mundo. *[N. del T.]*.

—¿Recuerdas todo eso de mi entrevista de acceso hace dos años? —preguntó Emily.

—Algunas personas dejan huella —repuso la anciana con una sonrisa, y sus recuerdos se centraron otra vez en el viejo profesor—. Arno es el único miembro de la universidad a cuyas conferencias asistían tantos profesores como alumnos.

Emily asintió con gesto cómplice. Ella misma había acudido siempre que le había sido posible durante el primer año de Holmstrand en la universidad. Era uno de esos hombres incapaces de no recordar los viejos tiempos y cada una de sus conferencias acababa convertida en una singladura por el callejón de la memoria, un camino que muy pocos podían emular.

No obstante, no le había conocido bien a nivel personal y el grado de familiaridad entre Aileen y el profesor le provocaba una punzada de envidia. Emily conocía a Holmstrand sobre todo por su reputación y por la excentricidad de sus salidas, que en un veterano profesor de su talla uno podía perdonar, y admirar en secreto como hacía Emily. La pasión de Arno por los aforismos era célebre. Soltaba perlas de sabiduría tanto en las clases magistrales como en las charlas informales, ahondando a veces en elementos profundos y otras en manías y preferencias de viejo.

—La sabiduría no es circular, la ignorancia sí. El conocimiento descansa sobre lo que es viejo, pero sin dejar de apuntar a lo que es nuevo.

Esas habían sido las frases de apertura de su conferencia inaugural, y sus concisas diatribas contra la circularidad se habían convertido en una cantinela habitual en todas las conferencias a las que Emily había asistido. Arno había conservado un hábito que se había convertido ya en una seña de identidad: repetir tres veces las ideas clave de sus seminarios.

—No hubo edad dorada en Roma. Ninguna edad dorada. Nada de edad dorada.

Esos tríos salpicaban todos sus discursos. Ella había disfrutado en especial de un seminario de Holmstrand sobre los Papiros de Oxirrinco*, donde le preguntaron sobre ese punto, y Arno replicó con vehemencia:

—La gente sabe qué quieres decir si repites algo tres veces. Una podría ser un accidente; dos, una coincidencia, pero si un hombre dice algo hasta por tres veces, eso es que lo dice a ciencia cierta.

«Hasta por tres veces». Esa forma arcaica de hablar le hizo sonreír entonces, cuando contestó, y también ahora, al recordar la escena.

—El pasado vive si es recordado. —Esa era otra de las perlas de Holmstrand—. La sabiduría tiene vida y poder siempre que se la salve de la fragilidad de la memoria humana.

Ese pensamiento había impactado tanto el idealismo académico de una neófita como ella que al año siguiente lo había escrito en la guía de estudios de sus asignaturas. Una gran mente no solo debe ser valorada, ha de ser utilizada.

Las remembranzas de Emily sobre Holmstrand culminaban con un encuentro centrado en la tecnología. Se le quedó grabado en la memoria ese recuerdo acaecido solo unos meses antes: estaba sentada en una cabina de la Laurence McKinley Gould Library del Carleton College; ella y Arno estaban realizando una búsqueda en el catálogo electrónico de la colección.

Un anciano de pelo blanco con gafas vestido con prendas de tweed sentado delante de una pantalla de ordenador es una imagen poco habitual en cualquier circunstancia, pero Arno ante un ordenador era algo completamente distinto. El viejo profesor parecía fuera de juego con la tecnología. Daba la im-

---

* Miles de manuscritos en griego y latín datados entre los siglos I y VI. Se descubrieron en la actual El-Bahnasa a finales del siglo XIX. Se conservan en el museo Ashmolean (Oxford). [N. del T.]

presión de que se quedaba muy frustrado cada vez que pulsaba una tecla, y eso que se conocía al dedillo todo el sistema. Aquel hombre era una curiosa paradoja también en ese extremo.

Fue uno de sus contados encuentros personales. Se había vuelto hacia Emily y había exclamado con vehemencia:

—Es sorprendente lo de estos catálogos. —Emily se quedó demasiado sorprendida por la espontaneidad de la conversación como para responder de forma adecuada y se limitó a asentir con la cabeza—. ¿Ha reparado usted en cuántas universidades de todo el mundo usan este mismo software periclitado? Una versión acá y otra acullá, pero el núcleo es el mismo. He usado este trasto en Oxford, Egipto y Minnesota. Ni una sola vez ha funcionado como Dios manda. Y en todas partes tenía el mismo sistema, Emily.

Recordaba haber sonreído con vergüenza, permitiéndose un único gesto coqueto. No obstante, la minúscula diatriba contra la tecnología evidenció que el profesor conocía su nombre. Un poquito de fama, solo una gota.

La única conversación privada entre ellos había discurrido de esa guisa, y eso les confería aún más misterio a las cartas de Holmstrand. De entre toda la gente posible, y en vísperas de su muerte, ¿por qué había contactado con ella? Si había descubierto el emplazamiento de la Biblioteca de Alejandría, uno de los mayores tesoros de la Antigüedad, ¿por qué había optado por compartirlo con una colega mucho más joven? ¿Y por qué se refería a la misma con tanta cautela en sus cartas?

Sus recuerdos terminaron cuando el vehículo cruzó un puente y sufrió una serie de sacudidas al pasar por encima de los remaches que lo unían a las orillas. «No puedo contarle a Aileen lo de las cartas», decidió. La profesora era íntima de Holmstrand, si este hubiera querido que estuviera al tanto, se lo habría dicho. Emily no se sentía cómoda con la idea de revelar una verdad silenciada.

Por último, Aileen abandonó sus recuerdos y miró a su pasajera por el rabillo del ojo.

—¿Vas a casa?

—¿Disculpa?

—Tu vuelo de esta noche... ¿Vuelves a casa a pasar las vacaciones con la familia?

—No exactamente —respondió la interpelada, no muy segura de qué contestar.

—Entonces, ¿vas a pasar un tiempo tranquila y a solas?

Emily sintió un nudo en el estómago y se llevó la mano al bolsillo de la chaqueta donde guardaba las cartas dobladas de Arno. Puede que viajara sola, pero, aun sin saber por qué, no tenía la sensación de que el futuro fuera a reservarle nada tranquilo.

22

Puerto Shipu, cerca de Ningbo (China)

U n fino cordel negro envolvía y sujetaba el sencillo envoltorio de papel marrón. Ese método sencillo de envolver paquetes en la zona hacía que aquel tuviera un aspecto como el de cualquier otro, salvo por el hecho de no llevar distintivo alguno. Ni dirección, ni nombre, ni remitente.

El Bibliotecario tomó el paquete de la bolsa y lo guardó en el herrumbroso armario metálico. La puerta de goznes se cerró con un crujido considerable. Él la empujó un poco a fin de asegurarla en su sitio. Volvió a poner en su lugar el sencillo candado igual de oxidado que había retirado hacía unos momentos y lo aseguró dándole unos golpes con el puño cerrado.

Aquel era el duodécimo depósito desde su nombramiento y el Bibliotecario lo hizo con auténtica devoción. Había seguido al pie de la letra el sistema de trabajo indicado por su mentor hacía un año. Se aseguraba de que estaba solo y nadie le seguía, y también recorría una ruta intrincada desde su casa hasta el lugar de lanzamiento. El paquete se presentaba exactamente conforme a las especificaciones, con su formato preciso. No hablaba con nadie de aquella tarea y conservaba su puesto de trabajo.

Respetaba las instrucciones de la carta y nunca se demoraba en el lugar del depósito. El viejo almacén pesquero estaba lejos, oculto entre los árboles que crecían a un lado del puerto. Se aseguró de que el armario estaba bien cerrado y se dirigió hacia la arboleda, donde tomó el camino de regreso a la ciudad.

Había alcanzado una noble meta otro mes más. El corazón del Bibliotecario se henchía de orgullo cada vez que participaba en un proyecto tan antiguo, cuyos detalles jamás llegaría a conocer en su totalidad.

23

En vuelo sobre el aeropuerto internacional
St. Paul (Minneapolis), 9.46 p.m. CST

Usa esa mente historicista tuya, Emily». El consejo con que cerraba la última de sus misivas ponía la pelota en la cancha de Emily, a quien obligaba a realizar una investigación como es debido para descifrar las instrucciones. El maestro seguía siendo un docente de los pies a la cabeza incluso después de muerto y pedía a sus alumnos respuestas que exigían esfuerzo en vez de ponerse a criticarlos por haberse convertido en depósitos inmerecidos y no solicitados de saber.

«Y eso me parece muy sorprendente», pensó en su fuero interno. Emily profesaba admiración por los instintos de sus mejores profesores, pero le habría alegrado mucho disponer de la información necesaria sin necesidad de romperse la cabeza. Su entusiasmo era cada vez mayor y sobrellevaba muy mal la falta de detalles.

El vuelo de Minneapolis a Heathrow duraría siete horas y cuarenta minutos, siempre y cuando no surgieran complicaciones. Eso le dejaba casi ocho horas sin otra cosa que hacer más que devanarse los sesos, entregada a la especulación sobre lo que le aguardaba y lo que podría conseguir en ese punto. Estrechó contra el pecho las cartas de Holmstrand cuando el avión recogió limpiamente el tren de aterrizaje y lo dejó sujeto en su posición con un gemido de motores. Las misivas transformaban un desplazamiento normal en un viaje único. La llenaban de entusiasmo. Implicaban algo épico. Y con el entusiasmo llegó la inquietud. Obraban en su poder las palabras de un hombre muerto, las cartas de la víctima de un asesinato cometido hacía menos de veinticuatro horas. Poco a poco regresó el pavor experimentado al principio del día.

«Calma, profesora». Se había reprendido por ello desde la facturación de equipajes, pero aun así, el corazón le latía desbocado. Nunca había estado cerca de ningún asesinato, ni siquiera a través de terceras personas. Tampoco jamás se había visto involucrada en algo tan misterioso como su actual viaje. Desdobló las cartas y volvió a leerlas al menos una veintena de veces. El contenido de las misivas parecía quemar esa memoria suya casi fotográfica. Las plegó otra vez y se percató de la convulsión de sus manos al ver el temblor del papel por los extremos.

—Subimos a 35.000 pies —ronroneó una suave voz masculina a través de los altavoces de la cabina. Emily había estado demasiado distraída como para notar antes que el capitán había empezado a hacer algunos comentarios—. En un momento la tripulación de cabina pasará por los pasillos con refrescos y un refrigerio.

«Ya tardan». Estaba más que lista para tomarse un trago y calmar los nervios. No tardó en olvidarse de aquel anuncio y volvió a entregarse al hilo de sus propios pensamientos sobre el extraño derrotero de aquella jornada.

Según Arno, la Biblioteca de Alejandría no se había perdido. Tuvo que recordarse que, a pesar de la realidad tangible de estar a bordo de un avión, solo era su declaración. Emily comprendió con turbadora intensidad que el profesor no le había proporcionado ninguna información adicional. Si asumía que todas las aportaciones ulteriores de Holmstrand iban a ser tan enigmáticas como las de sus cartas, el peso de todos los detalles iba a recaer sobre ella.

El conocimiento de Emily sobre tan mítico lugar se basaba en la información adicional recogida durante sus investigaciones. Los escasos datos históricos conocidos con un mínimo de certeza se hallaban de lleno en el área de su interés por la historia grecorromana y estaba familiarizada con las líneas maestras del asunto desde hacía años, pero esos trazos eran vagos y misteriosos incluso para la más aplicada de las investigadoras. La frontera entre leyenda y realidad se volvía difusa en la práctica totalidad de los detalles, hasta el punto de que resultaba imposible determinarla de modo irrefutable. Pocos académicos tocaban el tema más que de pasada, ya que este se apoyaba demasiado en la hipótesis y la investigación, territorios en los que los eruditos se adentraban con precaución. La investigación histórica estaba concebida para tratar con datos y la famosa biblioteca contaba con muy pocos datos fidedignos.

La biblioteca en cuestión se llamaba en realidad Real Biblioteca de Alejandría y se cree que fue fundada durante el gobierno de Ptolomeo II Filadelfo, señor de Egipto, cuyo padre obtuvo grandes honores a las órdenes de Alejandro Magno y luego, hacia el 305 a. C., consiguió el título de faraón. Ptolomeo I Sóter había dedicado un templo célebre a las musas, el *museion*, como parte de su programa de glorificación de su nuevo reino, del cual todos los latinoparlantes y la historia después habían tomado la palabra «museo». El *museion* no había sido una biblioteca en el sentido moderno de la palabra, sino un templo consagrado a las deidades de la poesía, las artes, la inspiración y el aprendizaje, y en su interior había valiosos objetos de culto. También disponía de textos dedicados a todos los temas relacionados, cuidadosamente ordenados y dispuestos en baldas.

Fue su hijo Ptolomeo II Filadelfo quien amplió el *museion* a fin de convertirlo en una colección no del saber religioso, sino de todo el saber. El imperio cambiaba y crecía, y pareció adecuado que un rey que gobernaba por el poder tuviera a su disposición el poder del conocimiento. Y así fue como fundó y acogió lo que iba a convertirse en la primera gran biblioteca del mundo, un hogar sagrado para todo conocimiento escrito y todo dato documentado.

El proyecto fue el mayor y más costoso de toda la historia. Ptolomeo fijó como objetivo inicial la obtención de medio millón de rollos para sus estanterías y estableció unas prácticas extraordinarias a fin de conseguirlo. Sus agentes buscaban y compraban todos cuantos pergaminos eran capaces de adquirir y dictó un edicto imperial según el cual todos los visitantes de Alejandría debían prestar sus libros y cualquier otro material escrito a su llegada al objeto de que sus escribas pudieran copiarlos y añadirlos a la colección. Los bibliotecarios eran enviados una y otra vez a los antiguos centros del saber con el propósito de obtener copias de todos los libros importantes, ya fuera adquiriéndolos o consiguiendo el préstamo para copia en un *scriptorium* que crecía a igual ritmo que la biblioteca misma. A través de una infraestructura cada vez mayor, la biblioteca organizaba comisiones encargadas de traducir los textos ininteligibles para los pensadores y eruditos del imperio, la mayoría de los cuales pensaban y leían en griego. La traducción de la Biblia hebrea al griego koiné —lengua común de los pueblos helénicos tras la muerte de Alejandro Magno— fue uno de los proyectos más célebres; en este empeño se empleó a setenta escribas judíos, y dicho número, Εβδομήκοντα en griego y *septuaginta* en latín, es la razón de que su trabajo sea conocido hoy en día como Biblia Septuaginta o Biblia de los Setenta, que sirvió de base del Antiguo Testamento.

—¿Cacahuetes, galletitas saladas o dulces? —Una voz cantarina sacó a Emily de la rememoración de todos aquellos datos.

—¿Disculpe?

—¿Qué prefiere? —quiso saber la azafata, cuya sonrisa inamovible en un rostro hierático daba la impresión de haber sido hecha con escayola antes de despegar—. ¿Galletas dulces, galletas saladas o cacahuetes?

—Esto... Cacahuetes, supongo —respondió Emily—. Y tráigame un whisky, lo de los cacahuetes es opcional.

La azafata reaccionó al intento de broma con su misma sonrisa artificial.

—¿Prefiere alguna marca de whisky en especial? Tenemos Bushmills, Famous Grouse...

—Me sirve la botellita más grande, da igual la marca —interrumpió el recitado de la lista con leve ademán. La azafata enarcó una ceja y cuestionó la feminidad de semejante comentario con una mirada fulminante, pero Emily le respondió con una expresión que dejaba claro que nadie le había pedido su opinión.

La mujer le entregó una botella de Famous Grouse y una copa de plástico rebosante de hielo antes de avanzar hasta la siguiente hilera de pasajeros apretujados.

—¿Galletas dulces, galletas saladas o cacahuetes? —pio, repitiéndose como si se tratara de un cedé.

Emily retorció el tapón de plástico hasta lograr quitarlo y vertió el contenido sobre los cubitos. Un buen trago de aquel fuerte licor le aplacó un tanto los nervios. Cerró los ojos, apoyó la cabeza contra el respaldo y poco a poco regresó a sus pensamientos.

Los bibliotecarios alejandrinos se hicieron célebres en todo el mundo antiguo por su sabiduría y erudición. Esos bibliotecarios tenían al alcance de la mano la mayor colección de recursos documentales del mundo, una colección en donde había material de todas las disciplinas, artes, ciencias, historia, biología, geografía, poesía, política, gracias a lo cual atrajeron a otros eruditos y la biblioteca se convirtió en un centro de investigación y conocimiento. Cualquier historiador estaba familiarizado con los directores o custodios de tan vasta colección: Zenódoto de Éfeso, Calímaco, Apolonio de Rodas, Eratóstenes, Aristófanes de Bizancio, Aristarco de Samotracia, y una larga lista.

Nadie sabía qué tamaño llegó a alcanzar. Lo más probable es que se sobrepasara enseguida el objetivo inicial de medio millón de rollos. La biblioteca creció hasta hacerse tan enorme como su influencia, hasta el punto de que otros centros políticos empezaron a fundar instituciones similares. La rival más fuerte fue la de Pérgamo y habría supuesto una grave amenaza de no haber sido saqueada a mediados del siglo I por Marco Antonio, que se llevó más de doscientos mil rollos de sus arcas para ofrecérselos como regalo de bodas a Cleopatra, una descendiente del primer Ptolomeo. Hollywood, recordó Emily, se había encaprichado más de aquella sórdida historia de amor que con la biblioteca que había recibido el regalo.

En aquel momento la colección de Alejandría requería múltiples edificios, unas estructuras de almacenamiento especiales y cámaras. El espíritu de investigación propició la construcción de amplias salas de lectura, aulas para dar clase, *scriptoria* y oficinas administrativas. El rumor decía que la colección pudo llegar a alcanzar el millón de códices y rollos, y la cifra podía ser cierta. El mundo no había visto nada igual en cuanto a depósito de saber y cultura.

Y entonces, en algún momento del siglo VI, todo aquello se desvaneció.

La mayor biblioteca de la historia de la humanidad desapareció, así de simple, envuelta en un misterio que ningún historiador ni académico había sido capaz de resolver. Existía un sinnúmero de teorías sobre lo acaecido, y ella las conocía, pero ninguna pasaba de la teoría, todas eran simples especulaciones. Solo una cosa podía darse por cierta: el mayor depósito de saber que había conocido la humanidad a lo largo de la historia ya no estaba ahí. Se habían perdido toda la sabiduría y el poder que esta proporcionaba. La biblioteca se había desvanecido.

«¿O no?».

Emily no había prestado mucha consideración a esa pregunta hasta aquella misma mañana, pero ahora era la única consideración importante, la que le aceleraba el pulso a causa del entusiasmo. Si Holmstrand decía la verdad en su mensaje, las posibilidades de lo que se guardaba en sus cámaras estaban más allá de lo imaginable. Todo cuanto se conocía de la historia iba a cambiar para siempre.

Juenes

24

Aeropuerto de Heathrow (Londres),
11.15 a.m. GMT

Quince minutos antes de que las ruedas del vuelo 98 de American Airlines rodasen por la pista de aterrizaje de la terminal 3 de Heathrow, las de otro aparato mucho más pequeño se agarraron al asfalto de otra pista. El Gulfstream G550 hecho de encargo estaba pintado de un blanco uniforme sin otra marca distintiva que el número de avión escrito con letras negras en la aleta de cola.

Jason echó un vistazo por la ventanilla del jet con poco entusiasmo. El interior era el polo opuesto a la sencillez exterior. Alfombras de felpa y asientos de cuero daban lustre a la cabina, realzada por madera de nogal nudosa y toda pintada de un color beis que le confería un aspecto muy funcional. Descansaban sobre una mesita con la parte superior hecha de madera de nogal, a juego con el resto del equipamiento, un vaso de cristal sin asas con los restos de su bebida y la carpeta con sus notas e instrucciones.

Y una fotocopia de alta calidad de las tres páginas del libro que le había llevado hasta allí. La primera vez que las vio eran pavesas de páginas calcinadas en la oficina del Custodio. Más tarde las había encontrado completas en las hojas satinadas de otro ejemplar nuevo del libro del que las habían arrancado. Había estado todo el largo vuelo memorizando hasta el último detalle de las mismas y ahora las tenía grabadas a fuego en la mente.

Cruzar el Atlántico por razones de trabajo no era algo inusual en su empleo, ni tampoco que lo hiciera a bordo de un avión privado, al amparo de la riqueza y el secretismo. Jason había recibido el título de Amigo hacía siete años y a partir de ese momento cada jornada había sido un día de intriga. Se había alzado por encima de los rangos intermedios gracias a su eficacia y desapasionamiento. Había que hacer unos trabajos y nadie iba a llevarlos a cabo mejor que él. Nunca había sido la clase de hombre que pretende tomar las grandes decisiones o tener poder y autoridad en el sentido tradicional del término. Su poder se hallaba a un nivel más básico, en la severidad con que cumplía ciegamente las órdenes, y las obedecía sin misericordia alguna.

Observó los destellos del aeropuerto que pasaban por delante de la ventanilla. El jet rodó por la pista hasta el pequeño espacio reservado a los aviones privados. Se hallaba allí porque había sabido ganarse la confianza del miembro más antiguo del Consejo y se había convertido en el jefe de sus ayudantes. La responsabilidad depositada por el Secretario sobre sus hombros en el día de hoy era enorme. Tenían casi a la vista el último objetivo, la razón última de su existencia, y podía estar más cerca de lo que había estado en siglos.

No tenía intención alguna de perder ese objetivo.

25

Aeropuerto de Heathrow (Londres),
11.34 p.m. GMT

Un Boeing 777 de ciento cincuenta toneladas entró en contacto con la pista de aterrizaje al cabo de unos momentos, despertando a Emily Wess de un sueño que había tardado mucho tiempo en conciliar. Una voz tan artificiosa que parecía una grabación resonó por la cabina informando de la hora local, las 11.34. El tiempo estaba particularmente nublado y hacía una temperatura de 13 grados.

La académica se frotó los ojos para ahuyentar al sueño cuando sonaba el pitido final del anuncio.

—Deseamos a todos los pasajeros norteamericanos de a bordo un muy feliz día de Acción de Gracias en Gran Bretaña.

26

E l profesor Peter Wexler se había decantado por el Jaguar modelo S-Type debido a un conjunto de razones. El pulquérrimo acabado, el cómodo interior y el equilibrio adecuado entre lujo y confort hacían del mismo el modelo apropiado para resaltar el estatus de un apasionado del diseño clásico de los coches ingleses a pesar del desafortunado hecho de que en 1989 la marca Jaguar fuera comprada por Ford, que en 2008 se la vendió a la firma india Tata Motors.

Sin embargo, el color granate del coche había sido cosa de su esposa. Ningún profesor universitario, ni siquiera uno de Oxford, tenía la autoridad requerida para decirle la última palabra a Elizabeth Wexler: se había mostrado de acuerdo en que su marido eligiera un vehículo de su gusto a condición de ser ella quien escogiera el color de la carrocería, un reluciente granate metálico con el tono de un fino terciopelo, y la tapicería, cuero de color crema con remates de fresno pulido.

Wexler la esperaba en el aparcamiento del aeropuerto, sentado en el asiento de lo que llamaba «el coche de mi esposa». Cuando Emily entró por la puerta trasera, situada a la derecha, quedaron ocupadas todas las plazas del sedán: un conductor al volante, Wexler como copiloto a su izquierda y Emily en el asiento de atrás, sentada junto a un joven que no conocía de nada.

—Bienvenida otra vez a Inglaterra, señorita Wess —la saludó su antiguo supervisor de tesis, verdaderamente complacido de ver a quien había sido su alumna no hacía tantos años. Emily Wess había sido una de sus pupilas más brillantes, era aguda de mente y tenía espíritu combativo. Él admiraba su tenacidad tanto como su inteligencia. Después, señaló con un ademán a la figura sentada detrás junto a ella—: Le presento a Kyle Emory, uno de mis nuevos estudiantes. He de suponer que intenta remplazarla.

El hombre esbozó una sonrisa y le tendió una mano.

—Encantado de conocerla.

Su apretón de manos era firme y enérgico. Era un muchacho pulcro y amable, la clase de personas que causan buena impresión. A primera vista parecía una buena elección entre los recién graduados.

—Es otro colono —prosiguió el profesor, haciendo caso omiso al intercambio de formalidades que tenía lugar entre los jóvenes—. Pero al menos tienen la decencia de mantener la corona en su moneda.

—Soy canadiense —precisó Kyle—. He venido aquí desde Vancouver.

—Ea, ea, ninguna de vuestras ilógicas rebeliones tiene cabida aquí —repuso el profesor con voz forzada, dirigiendo el tema hacia su protegida americana. Emily siempre se había mostrado dispuesta a escuchar sus manifestaciones sobre la superioridad cultural inglesa y por ese motivo exageraba una barbaridad sobre ese punto siempre que ella andaba cerca—. Por fin los canadienses saben lo que les conviene...

—Bah, dirías eso de cualquier país que pusiera a la reina en sus billetes y considerase que los caballos eran lo último en medios de transporte —le tomó el pelo ella a su vez.

—Cierto, cierto. Guardias a caballo, la policía montada... Hay tradiciones pequeñas y entrañables, mi querida señorita, y no esas tonterías que practican vuestras cincuenta tribus. Como puedes oír en las noticias, hoy los canadienses no se han comido vivos unos a otros.

Con un ademán señaló la radio del vehículo, donde el locutor de la BBC anunciaba el sumario:

—... Por el modo escandaloso en que el presidente maneja los asuntos en Oriente Medio.

Kyle se mordió la lengua. Tenía la impresión de que, probablemente, precisar que Canadá no tenía un presidente y sí un primer ministro era tangencial en la mofa del profesor.

—Bueno, tú y tus amigos canadienses podéis venir unos días —respondió Emily—. Nosotros, los de las colonias rebeldes, estaremos encantados de introduciros al siglo XXI, aunque a lo mejor habría que empezar por el XX, o por el XIX. Nunca consigo recordar en cuál os habéis quedado.

Los dos sonreían de oreja a oreja.

Kyle observó el intercambio de pullas, sintiéndose como ese adolescente pillado en medio de las bromas gastadas por dos adultos muy educados de tal forma que, sin saber muy bien cómo, se veía afectado por todos sus chistes.

Wexler se apoyó sobre el antebrazo del asiento y se volvió hacia su invitada.

—Bueno, y ahora que ya nos hemos puesto al día, permíteme que te sitúe. He traído a Kyle porque este buen canadiense siente verdadera pasión por su tema, señorita Wess.

Emily preparó la réplica: «Es *doctora* Wess, profesor». No estaba segura del todo de si el desliz era una continuación de las bromas o si el viejo profesor había olvidado que ella se había doctorado después de que ambos terminaran su trabajo.

Kyle metió baza antes de que ella pudiera replicar:

—La Biblioteca de Alejandría ha sido una de mis grandes pasiones desde hace años.

Ella refrenó la sorpresa y una sombra de preocupación. ¿Debería saber aquel desconocido qué asuntos la habían llevado hasta allí? No hacía ni cuarenta y cinco minutos que había pisado suelo inglés y ya tenía sentado a su lado al ayudante de un profesor a punto de abordar el tema. Buscó a su anfitrión con la mirada y comentó:

—Cuánta eficiencia.

—Le telefoneé en cuanto colgamos —comentó Wexler—. Supe que debía traerle conmigo en cuanto me hablaste de esas cartas. Confío en que no te importe. Estoy al tanto de tu intención de hacer las cosas con más sigilo.

El profesor se golpeó la nariz con un dedo, haciendo ese gesto universal del cómic que identificaba a la persona como alguien pésimo para guardar secretos de Estado.

—No, por supuesto que no.

En realidad, no estaba del todo segura de si le molestaba o no. El instinto le aconsejaba no revelar su nueva información, pero alguien con más conocimientos sobre la Biblioteca de Alejandría podría resultar de utilidad.

—¿Puedo..., puedo ver las cartas? —inquirió Kyle, expectante, y extendió una mano con la palma abierta hacia arriba.

Emily consideró con detenimiento la petición, incapaz de sobreponerse a su deseo de mostrarse reservada, y volvió los ojos hacia Wexler en busca de consejo. El profesor adoptó un gesto serio por vez primera a lo largo de todo el encuentro.

—Es uno de mis mejores pupilos, Emily. Nadie va a poder ayudarte más que él.

Ella vaciló una vez más, pero luego se llevó la mano al bolsillo y sacó del mismo un manojo de papeles. Kyle lo tomó con avidez y se perdió en su propio mundo mientras los leía.

Emily se volvió hacia su anfitrión, que contemplaba la escena con interés.

—Como ya te anticipé por teléfono, Holmstrand fue asesinado ayer; bueno, supongo que ahora, con la diferencia horaria, habrán pasado dos días. Ocurrió el martes por la noche.

—Pobre profesor Holmstrand. Era un buen hombre —respondió el británico—. Escribió la crítica de uno de mis libros hace unos años.

El comentario había sido una mordaz disección de uno de los estudios de Wexler, y a este le había encantado hasta la última palabra. En la alta escuela, ser criticado de una forma tan convincente era una forma de ser elogiado.

—Entonces, estás al tanto de su reputación.

—Es alguien a quien uno se toma en serio. —«Era». Wexler notó de inmediato su desliz en el tiempo verbal. No era fácil pasar del presente al pasado cuando estaban involucradas vidas humanas.

—Precisamente por eso estoy aquí en lugar de en casa disfrutando con mi prometido del pavo de Acción de Gracias y tomando la nota de Arno Holmstrand como el juego de un anciano.

Emily se abrochó el cinturón de seguridad, que la sujetaba de forma desagradable al respaldo de cuero.

—Ah, sí, el bueno de sir Michael —repuso Wexler—. ¿Y cómo está nuestro antiguo patriota?

—Tan estupendo como siempre. Te envía saludos. Le encantaría que supieras lo aborrecible que se ha vuelto su pronunciación después de pasar unos pocos años en la sagrada tierra de Estados Unidos.

—Ese chico nunca supo lo que le convenía —repuso el profesor con un taimado asentimiento de cabeza.

Emily sonrió, pero las notas de Arno le preocupaban demasiado como para enzarzarse con nuevas bromas.

—Arno decía en sus cartas que conocía el emplazamiento de la Biblioteca de Alejandría —dijo, y señaló con un movimiento de cabeza las hojas que Kyle tenía en las manos—, mencionó también a una Sociedad y anunció que iban a matarle por esa información.

—Los historiadores han buscado la biblioteca durante siglos, señorita Wess —empezó, dirigiéndose a ella con el habitual tono del maestro hablando al alumno.

—Lo sé. —Emily cortó la lección levantando una mano—. Créame que lo sé, pero esa afirmación le ha costado la vida a Arno. Me inclino a pensar que merece la pena seguirle la pista. —Respiró hondo varias veces mientras intentaba reunir las piezas de un puzle demasiado confuso, y ella era consciente de eso—. Lo que más me sorprende, profesor, es el modo en que murió. No fue un asesinato corriente y moliente. Al parecer fue obra de un profesional. Y él sabía que iba a cometerse. Envió esas cartas el día de antes. ¿Por qué matar a un anciano?

El hecho capital que la había conducido a Inglaterra era el asesinato de Holmstrand. Este había escrito las cartas con unas pistas y las había protegido con su vida. Pero aun así, Emily no le encontraba sentido.

—No me lo imagino. Los recursos de la biblioteca fueron enormes en el pasado, eso he de reconocerlo, pero ¿tanto como para matar a un hombre? ¿Qué puede albergar ahora la biblioteca para que merezca la pena cometer un crimen?

—Es más que eso.

Se había olvidado poco a poco de la presencia del alumno de Wexler, así que su injerencia la sorprendió.

—¿Perdón...?

Kyle levantó los ojos de las hojas, ahora depositadas en su regazo.

—Disculpen, doctores, pero este asunto no gira solo en torno a la biblioteca.

La solemnidad del momento hizo que Emily sintiera una punzada de vergüenza por la oleada de orgullo que la invadió al oír, por fin, que alguien se dirigía a ella por su título.

—Mire eso —continuó Kyle, y entregó una de las páginas a su profesor—. Hay una frase suelta hacia mitad de la página. Léala.

Wexler halló la línea y la estudió.

Existe, y también la Sociedad que la acompaña. No estuvo perdida.

—Disculpe, joven, mas no estoy seguro de entenderle —repuso el profesor, entregando la hoja a Emily.

—El difunto no solo dice conocer el paradero de la biblioteca —explicó Kyle—. Escribió: «Existe, y también la Sociedad que la acompaña». —Hizo una pausa. Emily volvió a mirar la caligrafía de Arno, que ahora le resultaba ya muy familiar—. Y eso, bueno, eso es completamente diferente.

27

Londres, 1 p.m. GMT

E xisten bastantes teorías acerca de la destrucción de la biblioteca. ¿Las conocen? —Kyle Emory se había convertido ahora en el centro de atención tanto de Emily como de Wexler—. Y me refiero en particular a las teorías sobre su continuidad.

Emily todavía vacilaba.

—Especular acerca de su desaparición es una cosa y teorizar sobre que continúa existiendo, otra muy diferente.

Kyle le dedicó una mirada perspicaz.

—Se lo concedo, doctora, pero usted ha venido aquí sobre la base de una hipótesis, la de que aún podría existir, así que al menos debería estar abierta a otras posibilidades. —Esperó a que ella le hiciera una señal de asentimiento y, en cuanto Emily la hizo, él continuó—: Demos un paso atrás y empecemos por las teorías sobre la desaparición.

—Básicamente, los estudiosos coinciden en que fue destruida y discrepan en cuándo, cómo y por quién —accedió Emily.

—Así es. La afirmación más común entre los académicos de salón ha sido que acabó reducida a cenizas durante la conquista de Alejandría por Julio César en el año 48 a. C. por culpa de un incendio, intencionado o fortuito.

—Pero apenas unos años después Marco Antonio hizo su gran depósito de rollos para impresionar a Cleopatra —le interrumpió Wexler—. Un regalo de bodas realmente bueno, si se me permite decirlo. Mi esposa solo me regaló una primera edición de *El señor de los anillos* y un humificador de puros con una inscripción.

Aquella aproximación al amor tan singular hizo reír a Emily y Kyle.

—De acuerdo —aceptó Kyle, volviendo a concentrarse—. Por muy romántica que sea la imagen de César reduciendo la ciudad y la biblioteca a cenizas así como su *affaire* con Cleopatra, esa hipótesis quedó desacreditada hace mucho tiempo.

—Los viajeros del mundo antiguo nos han dejado documentos y diarios donde se constata el uso de la biblioteca décadas e incluso varios siglos después —aseguró Emily.

—En efecto. La historia es bonita, pero las evidencias no acompañan. En cambio hay otras dos teorías donde datos y fechas encajan un poco mejor.

—La de los musulmanes y la de los cristianos.

—¡Precisamente! —Kyle se irguió en el asiento del Jaguar, entusiasmado al ver que su interlocutora estaba al corriente de las teorías básicas—. Tal vez la biblioteca no sucumbió cuando llegó Julio César, pero la mayoría de la gente está de acuerdo en que la biblioteca pudo caer durante alguno de los saqueos de Alejandría, lo cual ocurrió varias veces. En el año 642 de nuestra era, cuando los nuevos ejércitos musulmanes se movieron de Oriente a Occidente, las tropas de 'Amr ibn al-'As superaron las defensas de Alejandría y se apoderaron de la urbe, devastando amplias áreas de la misma durante su avance. Se trataba de un general inmisericorde, deseoso de erradicar las raíces de las antiguas religiones de la nueva fe del islam. Hizo derribar muchos templos paganos y también edificios consagrados a la sabiduría pagana.

—¿Existe alguna evidencia clara de que la biblioteca existía aún en tiempos de la conquista árabe o de que esas tropas la destruyeran? —quiso saber Wexler.

—¿Directa? Ninguna. Solo sabemos que saqueó la ciudad y ese hecho encaja con el perfil del general.

—Y otro tanto ocurre con la hipótesis de que fueron los cristianos —terció Emily—, aunque las fechas sean más tempranas en este caso.

—Esa teoría sitúa los acontecimientos en los tiempos de Teodosio I. —Kyle asintió a Emily para indicarle que prosiguiera.

—El reinado de este emperador se sitúa entre Julio César y Al-'As, hacia el siglo IV d. C. Teodosio fue un gobernante cristiano y uno de los primeros que impuso el cristianismo no como una simple religión aceptable, sino como la única permisible. Dictó un decreto ordenando la destrucción de todos los templos paganos de sus dominios y el obispo Teófilo de Alejandría se apresuró a cumplirlo de muy buen grado.

—Podrían haber respetado la biblioteca —le interrumpió Kyle—, pero las conexiones de esta con el culto pagano eran muy fuertes. Nació como templo consagrado a las musas y no mucho después de su creación se extendió hasta abarcar un *serapeo* o templo del dios Serapis.

—Esta hipótesis llega a afirmar que la íntima conexión entre la religión pagana y el conocimiento pagano selló el destino de la biblioteca —continuó la profesora americana—. Las masas agitadas por Teófilo la destruyeron en torno al 391 d. C.

—Estamos rodeados de signos de amor y tolerancia por todas partes —ironizó el inglés.

—Todos conocemos demasiado bien ese aspecto de la historia. —Emily tuvo la sensación de poder decir eso en nombre de los tres. Ese tipo de hechos no sorprendía a ningún historiador.

—Lo realmente interesante son las teorías levantadas sobre la idea de una destrucción parcial de la biblioteca. Las partes intactas pudieron continuar su actividad.

Emily volvió a sentirse suspicaz.

—Hay personas a las que nada les gusta más que una buena teoría de la conspiración.

—Muy cierto —convino el estudiante canadiense—, pero no es posible rechazar sin más esa posibilidad. Muchos estudiosos consideran inconcebible que algo tan vasto desapareciera de la noche a la mañana sin más, y yo me cuento entre ellos. Ningún emperador deja arder semejante tesoro. Ningún gobernante cristiano o musulmán, por muy grande que sea su fervor religioso, se libra por las buenas de un recurso irreemplazable.

—Hay unos cuantos momentos en la historia del mundo que te desdicen —observó Wexler.

—Y más que eso —insistió Emily en la misma dirección—, esas teorías descansan en la más pura especulación. A lo mejor los alejandrinos la quemaron como subterfugio y todo fue un ardid para engañar a los conquistadores de la ciudad, porque ya habían puesto el contenido a buen recaudo. A lo mejor ya habían llevado la colección a otro sitio, la habían dejado en otro lugar completamente a salvo y solo quedaban los edificios y los templos para sufrir las iras de las masas cristianas. Y así, y así, y así. Todo eso son simples conjeturas.

—Y no tienen fin. Las teorías de la conspiración se alimentan de la sospecha sin fin —apostilló el académico de Oxford.

—Bien podría ser, pero de todas las teorías que circulan por ahí, una ha persistido todo el tiempo, la de que un grupo continuó trabajando a través de los siglos para que la biblioteca siguiera en activo ininterrumpidamente desde su fundación. Y recordad una cosa: el profesor Holmstrand menciona en sus dos cartas la existencia de un grupo que acompaña a la biblioteca. Dice que eso también existe.

Emily intentó asumir la idea de que Arno aceptaba esas teorías, una posibilidad muy dura de aceptar para un académico comprometido con su trabajo. Aun así, las cartas mencionaban algún tipo de grupo al que se refería simplemente como «la Sociedad», y destacaba ese aspecto.

—Bueno, en tal caso, ¿de qué estamos hablando? —inquirió Emily, intentando poner a prueba esa posibilidad—. ¿De un grupo de pusilánimes que permanecen ocultos en la oscuridad para proteger un millón de rollos?

—Ni por asomo —replicó Kyle con tal pasión que todo su cuerpo desprendía energía—. La leyenda dice que ese grupo estaba formado al principio por el propio personal de la institución, que desde siempre tenía encomendada la misión de recopilar nueva información documentada e incorporarla. Buscar, reunir, guardar. Buscar, reunir, guardar. Cuando la biblioteca fue amenazada, su traslado fue solo una pequeña parte del proyecto. Ellos estaban realmente interesados en continuar con su tarea: reunir información y conservar el conocimiento.

»Todo el mundo daba por perdida la biblioteca tras el saqueo de Alejandría, así que resultó evidente que la mejor forma de asegurar su pervivencia era mantenerla oculta. Usted sabe más de historia que yo, doctora Wess —dijo al tiempo que miraba con intensidad a Emily—, y sabe que quemar libros ha sido un hecho recurrente. Existir suponía un gran riesgo, así que la biblioteca pasó a la clandestinidad.

La norteamericana vio un fallo de lógica en la exposición de Kyle.

—¿Y qué sentido tendría una biblioteca escondida? Si no puede accederse a la mayor reserva de conocimiento del mundo, ¿de qué sirve?

—Es ahí donde la leyenda toma un giro inesperado. No tiene sentido alguno un conocimiento si no sepuede acceder a él, como usted dice —repuso el estudiante canadiense—, pero demasiado conocimiento demasiado expuesto se convierte en un riesgo. Existe el riesgo factible de un lector que destruye algo que no le gusta y también el de gente que desea saber demasiado por razones equivocadas. Debéis tener presente que la Biblioteca de Alejandría no estaba abarrotada solo de poesía y otras artes, era también el depósito del conocimiento acumulado de un imperio, allí se conservaban documentos históricos y geográficos, elementos cartográficos, registros de descubrimientos científicos, anales militares, planos arquitectónicos. Cuando se descubría una nueva tecnología en un país extranjero, se conservaban los detalles y al final se enviaban a la biblioteca. Cuando una técnica bélica se perfeccionaba hasta el punto de que confería una ventaja a un ejército sobre otro, se conservaban los diarios de los generales y, al final, una copia de los mismos acababa en Alejandría. Los espías y exploradores enviados a territorio enemigo dibujaban mapas donde situaban fortificaciones y elementos defensivos, al final se hacían copias y...

—... Se enviaban a la biblioteca. —Emily terminó la frase por él, al comprender la lógica de Kyle.

—Eso es cierto. El potencial del conocimiento productivo debía ser atenuado por su potencial para el mal uso. Nadie quería ver lo que podía hacer todo ese potencial en malas manos.

»Según la leyenda, se adoptó una decisión tan radical a fin de protegerla frente a los malvados y a las intenciones perversas. La tarea de recabar información nueva prosiguió, pero a partir de ese momento se realizaría de incógnito. Los bibliotecarios se dispersaron a lo largo de todo el imperio con el propósito de reunir nueva información allí donde fuera posible y ponerla a buen recaudo con el resto de la colección. Y así fue como esta creció y siguió haciéndolo a lo largo de los siglos.

Emily permaneció en silencio y dejó que la historia de Kyle impregnara su mente, que ya estaba dándole vueltas a lo expuesto. Eso no era imposible. Y lo de las sociedades secretas tampoco era un mito. Lo que Kyle describía era, en esencia, una forma de reunir datos, una práctica entre los gobernantes de hoy día, y aún se hacía en secreto. Pero un detalle no le encajaba.

—Esos bibliotecarios se desperdigaron por todas partes a fin de obtener nuevo material, dices, pero ¿no hicieron nada para que viera la luz? ¿La biblioteca se convirtió en un sumidero de conocimientos?

—¿Quién sabe...? —respondió Kyle con un encogimiento de hombros—. He localizado algunos retazos de información que dicen que los bibliotecarios diseminaban ciertos conocimientos cuando pensaban que eso podía resultar beneficioso. Pero ahí es donde el hilo común de la tradición se bifurca en hebras más pequeñas y se hace muy difícil conjeturar qué podría ser un hecho y qué una pura ficción. Algunas de esas teorías son verdaderos disparates, viejos manuscritos a punto de ser descubiertos por los arqueólogos, filtración de datos militares contra naciones opresoras, etcétera, etcétera. Cualquier cosa que podáis imaginaros, alguien ya lo ha pensado.

Emily alzó una ceja.

—Has dicho que algunos materiales salieron de la biblioteca a pesar de que esta permanece escondida. ¿Y no sabemos cómo ocurrió?

—Así es. Los bibliotecarios y sus sucesores determinaron qué información iba a estar accesible para el público... cuando ellos estimaran oportuno. Si aceptamos que hay un trasfondo de verdad en estas leyendas, eso propicia la concentración de mucho poder en muy pocas manos.

La norteamericana contempló la primera carta de Holmstrand. El estudiante había hablado con tanta pasión que una parte de ella deseaba creer que una historia tan extraña tuviera algo de sentido, pero parecía demasiado surrealista como para ser posible. Los vagos comentarios de Arno en las misivas generaban demasiadas especulaciones en torno a su viaje.

«Existe, y también la Sociedad que la acompaña. Nunca estuvo perdida», rezaba la primera carta: Sacó la segunda: «La biblioteca existe, y también la Sociedad encargada de su guarda y protección, ninguna de las dos se perdió».

Desechó cualquier posible duda al oír las siguiente palabras de Kyle.

—Una cosa más —dijo Kyle, echándose hacia delante al hablar y sin apartar la mirada de la hoja que sostenía Emily—, he dado por válido todo esto debido a una razón: ese grupo, el grupo de bibliotecarios que ha mantenido a flote la institución a lo largo de la historia, pasó a ser conocido simplemente como la Sociedad.

28

Washington DC, 7.45 a.m. EST
(12.45 p.m. GMT)

Jefferson Hines se aproximó al banco de siempre en el parque Folger con la misma sensación de inseguridad de siempre. Una docena de cámaras por lo menos grababa hasta el menor de sus movimientos en cualquier lugar de Washington, y él lo sabía, como también sabía que esconderse a plena vista era la mejor forma de evitar una vigilancia demasiado escrupulosa. Cualquier reunión que él mantuviera, en especial si era a puerta cerrada, iba a ser sometida a un escrutinio intenso, mas un encuentro fortuito en el parque podía ser considerado solamente eso. Los del Servicio Secreto le vigilarían y le escucharían, por supuesto, pues para saber qué decían sus labios contaban con esos aparatos de brujería científica que iban más allá de su comprensión. No había forma de evitar eso, pero podía sentarse a hablar mientras Cole hiciera referencias veladas y se atuviera a los códigos y frases hechas convenidas por los dos hacía mucho tiempo. Además, en ocasiones, lo importante era ser escuchado.

Cole se acercó al cabo de unos momentos y se sentó a su lado. Para combatir el frío invernal ambos vestían largos abri-

123

gos característicos de la alta clase política, guantes de cuero y bufandas de lana. El vicepresidente se había puesto nervioso las primeras veces que se habían encontrado en lugares públicos, pero Cole le había dado garantías que habían acabado por demostrarse válidas. Había conseguido hacerse un habitual en la oficina del vicepresidente gracias a sus frecuentes visitas como miembro de un lobby y seguidor político, y ya no despertaba curiosidad alguna verles juntos. Siempre tenían la cobertura legítima de tener asuntos legítimos que discutir y Cole se había revelado como un verdadero malabarista de las maniobras políticas. Jamás incumplía sus promesas y conseguía tantos fondos y apoyos como el mejor de los activistas y seguidores. En vez de levantar sospechas, había conseguido que todos los miembros del círculo más cercano a Hines estuvieran deseando verle.

Ahora se sentaba junto al vicepresidente de Estados Unidos bajo una cobertura de profesional y activista político. Los agentes del Servicio Secreto asignados al vicepresidente se mantenían a la distancia prescrita e intentaban controlar las inmediaciones.

—Las cosas nunca terminan de salir como uno espera —empezó Cole, convencido de que no hacía falta andarse con finezas ni retrasar el asunto que tenían entre manos. Habló con carácter general. Ambos se habrían puesto en peligro si hubiera dicho «Las cosas no han salido como planeamos», pero teniendo en cuenta las noticias que surgían en el mundo a cada minuto, iban a suponer que se trataba de una conversación sobre el último escándalo político del día—. No se conocen filtraciones; sin embargo, la verdad ha empezado a salir.

La expresión «la verdad» era el irónico código acuñado por Cole para representar la mentira alrededor de la cual se centraba todo lo relativo a la misión de ambos. Su mentira se había convertido en la verdad de la nación. Y gracias a ella el Consejo había escalado a un nuevo altar de poder y aumentaba los recursos de su ya de por sí vasto y antiguo arsenal.

—Sí, el personal me ha informado esta mañana —repuso Hines—. Todas las grandes cadenas han empezado a trabajar sobre las nuevas revelaciones de cómo ha llevado el presidente lo de Afganistán. La CNN y la ABC han mencionado explícitamente su conexión con los saudíes. Se ha sugerido la posibilidad de tratos ilícitos en el esfuerzo de reconstrucción del país, lo cual ha causado resentimiento entre los insurgentes. Ha habido incluso informes sobre un videoclip grabado en el desierto por una célula donde se amenazaba con la yihad y la adopción de represalias por ese acto de traición.

—Esa conexión estará en boca de todos dentro de unas horas —replicó Cole. Ese comentario era una especulación susceptible de múltiples interpretaciones, pero ambos hombres sabían que no se trataba de ninguna conjetura.

Se hizo entre ellos un silencio, al cabo del cual el vicepresidente dio voz a una idea que tenía muy presente.

—Forrester, mi ayudante, no ha venido a trabajar hoy. —Dejó que la frase flotara en el aire.

—Nadie se queda a tu lado a las duras y a las maduras —replicó Cole finalmente—. Es mejor no contar con el concurso de quienes no prestan su apoyo... libremente.

Hines comprendió que era asunto cerrado cuando su interlocutor no dijo nada más sobre el tema. No conversaron sobre la ejecución de Mitch Forrester —el vicepresidente estaba seguro de que esa era la razón de la ausencia del joven—, pues Cole le había dejado claro desde el principio que no iba a informarle sobre la totalidad de las implicaciones de su trabajo, y que no iba a ser bien recibida ninguna pregunta o comentario a ese respecto. Por eso se limitó a quedarse sentado en el asiento del parque.

—Parece que los asesores del presidente Tratham han tenido una mala semana —continuó Cole, cambiando de tema—.

¿Te ha enseñado tu equipo el informe sobre Burton Gifford que ha publicado Reuters hace unas horas?

—Todavía no —negó Hines a pesar de conocer perfectamente el contenido del mismo, ya que ese asesinato había figurado en el plan desde el principio.

—Quizá debería echarle un vistazo —prosiguió Cole—. ¡Menuda vergüenza! Un hombre abatido a tiros en la flor de la vida..., cinco días antes de lo de Dales. Es como si todos los consejeros del presidente estuvieran diñándola en estos días. —Inspiró hondo el helado aire de noviembre al tiempo que enarcaba las cejas en un gesto de falsa preocupación por el penoso estado del mundo—. Me pregunto si algo de esto no guardará relación con las noticias de esos turbios negocios en Oriente Próximo.

Los dos hombres permanecieron sentados en silencio durante un momento más largo. Hines parecía consagrado a meditar sobre la interpretación de las noticias de la jornada que había hecho su seguidor.

—No sé... —dijo al final, luego se incorporó y le tendió la mano—, pero estoy seguro de que exploraremos todas las posibilidades. —«Puedes estar bien seguro», pensó, mas no lo verbalizó. Aceptó la mano de Cole y la estrechó—. Que este pequeño bache en el camino no merme tu apoyo ni el de la fundación Westerberg a nuestra administración. Sois un apoyo muy valioso para el partido.

—Por supuesto que no, señor vicepresidente, usted tiene ahora y siempre mi pleno apoyo.

29

1.50 p.m. GMT

1.50 p.m. GMT

Una hora después de haber abandonado el aeropuerto de Heathrow, el Jaguar de Peter Wexler rodó sobre una calzada de adoquines y se detuvo en una plaza de aparcamiento ya reservada en el Oriel College, cerca del centro de Oxford. El resto del trayecto lo habían realizado bastante más callados que al principio, mientras Wexler y Emily digerían toda la información que Kyle les había facilitado con tanto entusiasmo.

La leyenda acerca de la Sociedad era, en esencia, como todas las paranoias conspirativas, pero había algo escalofriante en la conexión entre los nombres y los títulos con las referencias mencionadas por Holmstrand en sus cartas, y ese algo confería a las especulaciones de Kyle una sustancia que ningún estudioso podía ignorar por completo. Lo bastante como para espolear una curiosidad ya bastante despierta.

En cuanto bajó del coche, Emily se quedó helada y sintió cómo se le colaba por la nariz el ambiente cargado de Oxford, saturado por la humedad de los ríos Isis (que es el nombre que toma el Támesis a su paso por esta ciudad) y Cherwell —ambos confluían en la ciudad—. Se alegraba de haber regresado a pesar de los hechos determinantes de su viaje y los extraños derroteros que había tomado la conversación durante los sesenta minutos anteriores. No había otro lugar como Oxford en la faz de la tierra.

Se volvió hacia Wexler mientras ambos estiraban las piernas:

—Debo telefonear a Michael. Allí ahora es la madrugada, pero aun así, querrá saber que estoy bien.

—Puedes usar el del piso de arriba —respondió él, indicando con un gesto la ventana de su oficina. Emily, sin embargo, sacó su BlackBerry y dio un golpecito en la pantalla por toda respuesta.

—Creo que esto va a funcionar desde aquí. Sé de buena tinta que ese nuevo invento llamado teléfono móvil por fin empieza a ser conocido en Inglaterra. —Lo encendió, saboreando la ocasión de poder devolverle sus mofas al viejo profesor. Este soltó un gruñido por toda réplica y recorrió el trecho que les separaba hasta el antiguo edificio con una sonrisa de conformidad.

—Cuando termine, tenga la bondad de reunirse con nosotros —pidió Kyle mientras Emily estaba a la espera de encontrar una red y poder conectarse—. Quiero hablar con usted acerca de la tercera página. —Y sostuvo en alto la lista fotocopiada de Arno, la página que parecía ser una colección de pistas.

—De acuerdo. Te veo en un minuto.

Kyle Emory se metió las páginas en el bolsillo. Entonces, recogió la bolsa de Emily y siguió a Peter Wexler al interior del ornamentado edificio en cuanto ella se conectó. Al cabo de unos momentos contestó una voz familiar. Michael la saludó con entusiasmo e intercambiaron los comentarios de rigor sobre el vuelo y la llegada.

—Michael, las cosas ya eran raras antes, pero no vas a creerte lo que ha sucedido ahora.

1.55 p.m. GMT

A tres calles de allí, dos hombres vestidos con elegantes trajes de chaqueta se pusieron en las solapas tarjetas de identificación falsificadas de forma apresurada. En los cinturones portaban réplicas de gran calidad: si alguien hubiera sospechado algo y hubiera tomado nota de sus números, los habría encontrado debidamente registrados en todas las bases de datos inglesas y de Interpol. En un almacén de Londres sin identificar tenían un equipo técnico trabajando con equipo informático casi futurista para monitorizar las comunicaciones por radio y teléfono. En caso de que alguien les detuviera y contactara con sus superiores a fin de verificar la validez de sus identificaciones, los técnicos interceptarían sin problema dicha llamada y la reenviarían hacia una voz que confirmaría estatus, cargo y derecho a estar allí.

Pero era de lo más improbable que se llegara a eso. Jason y su compañero eran verdaderos expertos en ese cometido y deseaban investigar la escena de un crimen atestada de oficiales de policía. Su aspecto exterior estaba tan conseguido que lo más probable era que pasaran desapercibidos.

Se alisaron las chaquetas y se concentraron en hablar únicamente con acento británico en cuanto doblaran la esquina. La montaña de escombros era considerable y la destrucción, vasta, pero tenían su objetivo en el punto de mira y un desafío no iba a hacerles errar el disparo.

El secreto del Custodio se hallaba allí y no iban a cejar en su empeño hasta haberse apoderado de él.

31

Nueva York, 9 a.m. EST (2 p.m. GMT)

El Secretario se llevó el vaso de whisky a los labios con parsimonia, saboreando el efecto de veinte años en un barril de roble, el mejor que podían ofrecer las tierras altas de Escocia. Él no era un entendido en el sentido estricto del término, pero sabía qué debían beber los hombres poderosos y aquel era un trago que solo estos podían permitirse. Cada botella costaba cuatrocientos dólares, principalmente porque se lo enviaban directamente desde una destilería en Escocia y lo embotellaba a mano un hombre exclusivamente para él. Se había asegurado de que no trabajara para nadie más. Nadie más en el mundo podía disfrutar de un trago como el suyo, literalmente.

Tenía abierto el libro delante de él por las páginas críticas. Las hojeó por enésima vez. Era tan claro, tan obvio... No había pregunta alguna que debieran hacer.

«Absolutamente ninguna». Era como si el Custodio hubiera querido mostrarles los contenidos.

El vuelo de Jason había salido hacía unas nueve horas. El Amigo de más confianza del Consejo debía de estar en Oxford a esa hora. La iglesia, descrita en el libro y acompañada por una nítida fotografía en blanco y negro, era un punto central de la ciudad, o al menos lo había sido.

En su despacho recibía por vía satélite la BBC, que ahora informaba de que la mitad de la estructura de la iglesia se había visto reducida a escombros por culpa de la explosión que dos días antes había sacudido la estructura hasta sus cimientos. El Secretario había tomado escrupulosa nota de los detalles. La explosión había ocurrido el miércoles a las 5.30 de la mañana, en horario británico. Esa hora coincidía casi al segundo con la eliminación del Custodio a 6.500 kilómetros al oeste. Había sido fácil obtener los registros telefónicos: confirmaban que ese día el viejo había llamado a Oxford a primera hora de la mañana.

El Secretario reconocía con facilidad el infantil esquema punitivo del Custodio. Iban a por él, y lo sabía. Le habían entregado la lista filtrada por culpa del inepto ayudante de Hines y estaba seguro de que no iban a dejarle con vida, sabiendo como sabía lo que tramaban. Y también sabía que su ejecución supondría el final a trece siglos de búsqueda por parte del Consejo, y el pequeño bastardo había optado por irse tocándoles las narices con ese lamentable acto. Había querido que encontrasen esas páginas para que pudieran localizar el sitio, solo para que pudieran ver cómo les había negado la última esperanza de obtener su mayor objetivo y sentir que se lo había arrebatado de las manos. Se estaba burlando de ellos incluso después de muerto, asegurándose de que vieran lo lejos que había llegado, incluso en sus horas finales, a fin de tenerles a raya.

«Estúpido».

El Secretario solo lamentaba que el adversario al que se había enfrentado durante tantos años no tuviera oportunidad de ver todo el poder que habían acumulado contra él. Ahora que habían descubierto la estratagema, el Consejo actuaría con toda la fuerza del poder que habían acumulado durante siglos con el fin de salir triunfantes en su búsqueda. Habían conseguido su objetivo en Estados Unidos, pero también iban a apoderarse de su mayor objetivo, la biblioteca misma. El Secretario podía sentirlo en la sangre.

32

Oxford, 2 p.m. GMT

Emily Wess subió hacia las habitaciones de Wexler por unos escalones de madera. El tramo de escaleras fue construido varios siglos después que el edificio, pero aun así, seguía siendo una antigüedad. Emily recordaba cómo en sus días de estudiante de posgrado intentaba sin éxito subir por allí sin que se diera cuenta el supervisor. El crujido de la madera vieja la delataba siempre.

El despacho del profesor estaba asociado a un cuarto de baño, una cocina pequeña, una sala de estar y un dormitorio pequeño. Eso venía a ser lo que se denominaban sus habitaciones, al viejo estilo de Oxford, localizadas en el segundo piso de uno de los edificios del Oriel College con vista a Magpie Lane. Durante las tutorías se había sentado allí, entre estantes combados y muebles de salón decrépitos, una estudiante bajo la tutela de uno de los grandes en su campo. Los debates entre ambos podían prolongarse hasta el infinito. Wexler tenía un don para detectar la escoria en cualquier exposición y obligaba a sus alumnos a defender su posición con una intensidad que ellos ignoraban que poseían. Poco a poco, el profesor se había convertido en un amigo íntimo.

Emily entró tras llamar con los nudillos en la puerta entreabierta.

—Entra, entra... Me he tomado la libertad de... —Wexler no llegó a terminar la frase, pero entregó un vaso familiar lleno de un licor también familiar—. A tu salud... ¡Por tu sorprendente regreso a estos salones!

Emily aceptó el vaso y alzó la copa de jerez. Kyle se unió a ellos en el brindis.

—Michael está bien, ¿no? —inquirió el oxoniense al tiempo que con la mano señalaba un espacio vacío en el sofá junto al estudiante canadiense. Emily tomó asiento.

—Sí. Envía recuerdos.

La conversación telefónica había sido breve, pero había bastado para asegurarle que había llegado sana y salva. Michael se había llevado una gran alegría por oírla en un día tan señalado para ambos, incluso a pesar de que habían hablado hacía solo unas horas, pero el tono de su voz se había vuelto más serio cuando le hizo partícipe de cuanto se había enterado desde su llegada al Reino Unido. Le habló de una leyenda que, de ser verdad, relacionaría sus actuales actividades con una historia más grande de lo que ninguno de los dos había imaginado.

El estudiante canadiense estaba sentado en su rincón del sofá, había dejado a un lado su vaso ya vacío y se removía inquieto.

—Escuche, sobre la tercera hoja... —empezó, tomando la última página de la segunda carta de Arno Holmstrand.

—Vamos, vamos, entras demasiado deprisa en materia —le atajó Wexler—. Quizá yo no sea demasiado dado a las charlas, pero sí a disfrutar de un trago decente. —E hizo un gesto para que retirase los documentos.

Kyle hizo lo que le decía tras una evidente vacilación. Era un hombre acostumbrado a rumiar las ideas con todas sus energías. Aquella práctica encajaba, como él muy bien sabía, con el estereotipo de doctorandos que se habían hecho famosos por desarrollar una mente unidireccional, capaces de contemplar poco más que su materia, aunque eso excluyera comer, bañarse o establecer relaciones con otros seres humanos. Pero aquello, miró las páginas, aquello era interesante.

El joven continuó removiéndose durante el largo tiempo que los tres estuvieron sentados sin decir nada.

—Bueno, por lo que veo, hemos agotado toda nuestra conversación social —concedió el profesor al cabo de un rato, rompiendo el silencio. Depositó el vaso y dijo—: Muy bien, señor Emory, puede usted continuar.

El gesto de alivio del canadiense fue inconfundible.

—La tercera página es completamente diferente de las otras dos. El profesor Holmstrand dice en su segunda carta que no puede estar seguro de que veas la carta antes que ellos; sean ellos quienes sean, parece claro que esta tercera página contiene una guía, diseñada para ocultarse bajo el disfraz de un enigma.

—¿Diseñada para ocultarse bajo el disfraz de un enigma? —Emily enarcó una ceja—. ¡Cómo se nota que acabas de terminar la carrera! Escucha, reserva las palabras rimbombantes para tu tesis. —Ella lo dijo con una sonrisita, pero el canadiense no sabía si era una broma o una reprimenda a juzgar por su rostro. Emily dirigió una mirada de desconcierto a Wexler, y luego asintió—. Sí, también yo estoy de acuerdo en que la tercera página parece estar llena de pistas... para algo.

—Cierto. —Kyle percibió la nota de sarcasmo, pero eso no mermó lo más mínimo su entusiasmo—. Pistas, precisamente. Y en cuanto al contexto de las mismas, la nota de la parte superior nos proporciona algún indicio. «Dos para Oxford y otro para luego». Hay tres frases después. Parece una suposición razonablemente segura considerar que dos se aplican aquí, en Oxford, y la tercera a otro lugar.

Emily miró la carta por el rabillo del ojo. La interpretación del joven canadiense era lógica y aportaba la ventaja adicional de dar un orden a lo que de otro modo parecían frases escritas al azar. En vez de cuatro pistas, había tres, precedidas de una nota que les proporcionaba un contexto. Dos se aplicaban en Oxford y la tercera, bueno, en otra parte. Por vez primera se le ocurrió a la doctora norteamericana que ese viaje la llevaría a territorios más lejanos que los actuales.

—Por tanto, eso nos deja la tarea de averiguar el significado de las tres pistas —continuó Kyle.

—Además del símbolo —le interrumpió Wexler—, y sin olvidarnos del encabezado que hay sobre el dibujo. Seguro que todo significa algo.

Emily se había concentrado tanto en las frases manuscritas que había obviado casi por completo el símbolo, dibujado en la parte superior: un marco dentro del cual había dos letras griegas. Eso iba a ser aún más duro que descifrar las frases, fuera cual fuera su significado.

Emily iba a equivocarse más de una vez con sus suposiciones a lo largo de aquel día.

—Ah, creo haber descubierto el significado de las letras —anunció Kyle.

Mientras él seguía a lo suyo, Emily alzó las cejas de forma involuntaria y exclamó:

—¿Ya? —Emily tomó el papel y las examinó—. ¿Cómo? En esta hoja no hay indicación alguna que permita deducir su posible significado.

—No, en esa página no —convino el joven—. La clave está en la hoja anterior. —Cogió la copia de la segunda carta de Arno y se la entregó a Emily—. Mire ahí, al final, donde están las dos palabras subrayadas.

—«Nuestra biblioteca» —leyó ella en voz alta, y observó de soslayo al profesor oxoniense, pero este tenía los ojos clavados en Kyle, a la espera de una explicación. Estaba muy concentrado y miraba intensamente a su alumno, intentando descubrir por sí mismo el hallazgo de este.

—El profesor Holmstrand deseaba llamar la atención sobre estas palabras —prosiguió el joven—, resulta evidente. No ha subrayado nada más en las tres páginas.

—¡Qué listo es mi chico! —exclamó Wexler, que saltó sobre su asiento al reconocer la pista advertida por su pupilo—. Es una etiqueta, un identificador, las miguitas de pan que Hansel y Gretel dejan en el bosque. —El rostro del oxoniense relucía de contento por haber reconocido enseguida el descubrimiento de su doctorando. Kyle asintió con fervor.

—Lo siento, pero debo admitir que no os sigo —dijo Emily.

El canadiense tomó otra vez la tercera página.

—Arriba hay un símbolo formado por dos letras griegas, la eta y la beta. El trazo pequeño situado encima de ellas parece un acento, pero en realidad no lo es.

—No —admitió ella—. Eso es una *abreviatio,* el antiguo indicador de una abreviatura. —La afición griega por las abreviaturas se había consolidado tiempo atrás, cuando las palabras no se escribían con papel y pluma, sino que se tallaban en piedra. Dos letras requerían menos esfuerzo físico y eran más baratas de escribir.

—En efecto. Por lo general esa clase de adorno indica un término abreviado situado entre la primera y la última letra de la palabra que se pretende acortar, pero en este caso concreto tengo la impresión de que lo que se pretende compendiar son dos palabras, y no una. Es el indicio de una frase.

La comprensión asomó a los ojos de Emily cuando reparó en las palabras subrayadas en la segunda carta de Arno. Nuestra biblioteca.

—Tiene razón —exclamó Wexler al apreciar en el gesto de Emily que había comprendido la explicación—. En el lenguaje de la Biblioteca de Alejandría beta-eta es una abreviatura de *bibliotheche emon,* «nuestra biblioteca».

—Las mismas palabras subrayadas por Holmstrand en su carta —murmuró ella. Las piezas encajaban. Arno les urgía a comprender.

—Mi suposición es que el profesor Holmstrand dibujó para ti un símbolo representativo de la biblioteca misma y te facilitó una serie de pistas sobre cómo encontrarlo —continuó Kyle—. Apostaría cinco libras y una ronda de cervezas a que ese símbolo se encuentra en el sitio adonde llevan las pistas. —Y sostuvo en alto la hoja para que Emily y Wexler lo vieran.

—Si ese pequeño símbolo está ahí fuera esperando a que lo encontremos, como dices, necesitamos descifrar esas tres frases —concluyó Emily, a quien había convencido la explicación de Kyle.

Acto seguido, fue Wexler quien tomó la batuta de la conversación y dijo:

—Si aceptamos que las dos primeras referencias versan sobre Oxford, en tal caso, su significado está claro. —Respiró hondo, tomando aire para dar una explicación a sus palabras—. La primera reza: «Iglesia de la universidad, el más antiguo de todos». Ni siquiera podemos considerar que el mensaje esté codificado. La iglesia de la Universidad Santa María Virgen, además de ser centro neurálgico de la vida religiosa oficial de la ciudad, es también el edificio más antiguo de la universidad propiamente dicha.

La iglesia no era el edificio más antiguo de la universidad ni tampoco el primero en ser usado para la vida académica, sin embargo, sí fue el primero en tener un uso colectivo por parte de los diferentes *colleges* y facultades que surgieron durante los siglos XII y XIII, a partir de los cuales la universidad acabó cobrando su forma definitiva. En ese sentido, sin duda podía decirse de ella que era el edificio «más antiguo de todos».

Cuando Emily alzó la vista, descubrió un gesto de perplejidad en los rostros de sus interlocutores. Ambos intercambiaban miradas llenas de vacilación hasta que Kyle se volvió hacia ella.

—¿Cuánto hace que no ves un telediario?

—Desde hace bastante. He estado ocupada con... otras cosas —contestó ella, que se había pasado de viaje la última jornada.

—De acuerdo —asintió el canadiense—. No te has enterado de una noticia importante, especialmente ahora, que es relevante para ti. Al margen de los escándalos de Washington, la noticia del día ha ocurrido bastante cerca de aquí. Han destruido la iglesia de la universidad —informó el joven, poniendo mucho énfasis en cada palabra.

—¿Qué...? —Emily no logró contener su sorpresa—. ¿Cómo...?

—Un artefacto explosivo detonó ayer. —Kyle no le quitó la vista de encima.

—Pero no vamos a dejar que eso nos detenga —intervino Wexler—. Si esa frase se refiere a la iglesia, eso hace posible que la segunda tenga sentido. La iglesia recién destruida estaba dedicada a la Virgen María, una mujer con muchos títulos: madre de Jesucristo, dama soberana, siempre virgen...

—... Y reina de los cielos —apostilló Emily, que se había percatado de por dónde quería ir su mentor.

—Precisamente —admitió el oxoniense—. Hace un tiempo que no visito esa iglesia, pero me acuerdo de todo tan bien como cabría esperar y sé que había más de una imagen de la Virgen adornando las paredes. Holmstrand escribió: «Para orar, entre dos reinas». Apostaría a que ese símbolo, el que figura arriba en la página, se encuentra entre las estatuas de María en la iglesia de la universidad. —Hizo una pausa—. O al menos así era antes de la bomba, claro.

El terceto permaneció en silencio durante unos instantes, ponderando la aparente solución de Wexler al enigma de Arno Holmstrand.

—¿Y qué me decís de la última frase: «Quince, si es por la mañana»?

—Me temo que no tengo la menor idea a ese respecto —admitió Wexler al tiempo que alzaba las manos, admitiendo al menos una derrota parcial—. Ni siquiera los ingleses somos capaces de resolverlo todo con un solo trago, aunque sea generoso.

—Pero si les dejas tomarse un segundo... —concluyó Emily, sonriendo ante la salida de su antiguo tutor.

—No olvidéis que las dos primeras pistas se refieren a Oxford, pero no la tercera —puntualizó Kyle—. Quizá la localización de una aporte algo de luz sobre las siguientes.

Emily se echó hacia atrás y dejó que su espalda se hundiera en las curvas gastadas del viejo sofá. Tenía la mente llena de emociones difusas. Las nuevas de la destrucción de la iglesia le habían provocado una gran tensión, pero también la había tomado por sorpresa la sensación de decepción.

Había esperado que la guía secreta de Arno fuera más difícil de descifrar, por decirlo de algún modo. Ella se había imaginado un gran misterio que formase parte de una búsqueda llena de glamur y al final se había resuelto tomando un jerez a la media hora de estancia en Oxford.

«Media hora».

Fue esa idea lo que hizo reparar en el fugaz paso del tiempo y eso encendió la chispa en su mente. «Tiempo —pensó—. El tiempo importa, el tiempo lo cambia todo».

Emily dio un bote sobre el sofá y miró fijamente a los ojos de su antiguo profesor.

—Tengo una pregunta para la que necesito una respuesta de lo más precisa.

Wexler miró a Emily sorprendido por tan repentino estallido de energía.

—Como gustes. Haré cuanto pueda.

—¿A qué hora exactamente hubo la explosión en la iglesia de la universidad? —preguntó ella con el corazón acelerado, consciente de lo singular de su enfoque.

33

Oxford, 2.10 p.m. GMT

Los cascotes se desparramaban alrededor de los Amigos sin orden ni concierto y era ese desbarajuste lo que confería un toque imponente a la escena, aún más caótica por la legión de agentes de la ley que pululaban por allí en busca de pruebas. Examinadores forenses, fotógrafos de la unidad CSI e incluso ingenieros estructurales se concitaban en aquel sitio. Agentes sin uniforme acordonaban con brillante cinta amarilla las áreas consideradas inseguras mientras otros anotaban detalles en sus blocs y una multitud de detectives hablaban por radio o por móvil para informar de los hallazgos a sus superiores.

Jason y su acompañante habían contado precisamente con la habitual confusión de todos los atentados a gran escala. Podían realizar su trabajo a las mil maravillas, pues eran virtualmente invisibles en medio de aquel enjambre de agencias, cada una con sus ropas e identificaciones, sus intereses particulares, sus protocolos y formas de investigar.

Los Amigos acudían allí para realizar un estudio más que una investigación. Conocían la causa de la explosión, estaban al tanto de la motivación y el propósito de la misma, y no les interesaban para nada los detalles específicos buscados por la policía: el tipo de explosivo, el mecanismo de activación, etcétera. Su atención se centraba en buscar lo que había sobrevivido para determinar qué había resultado destruido por la explosión, pues los Amigos sabían perfectamente que aquello era un juego, el juego del escondite, en el que el Custodio había intentado que ellos no fueran capaces de buscar nada, que se limitaran a lamentar la pérdida de lo que él había destruido. Pero el viejo no iba a salirse con la suya.

—Mantente lo más inmóvil posible —ordenó Jason a su compañero. Este llevaba en la palma de la mano un ingenio pequeño, apenas mayor que una videocámara, y con el mismo iba grabando lentamente una de las grandes paredes de la iglesia. Las grabaciones iban a parar al ordenador que Jason sostenía sobre sus rodillas.

—No lo muevas, necesitamos imágenes nítidas de los contornos para las alineaciones.

El interpelado se mantuvo lo más firme posible. Al final, prácticamente no se movía.

—El cuarto completado —anunció, y apretó el botón de apagado.

Jason examinó la pantalla del ordenador cuando este hubo cargado el cuarto escáner lateral del edificio. El programa de recepción ya se había puesto en funcionamiento para añadir esas imágenes a lo grabado con anterioridad. Poco a poco empezaba a cobrar forma un mapa tridimensional de la estructura.

—Empieza con el tejado —ordenó Jason.

El segundo hombre pulsó el botoncito rojo de la cámara y comenzó la quinta grabación. En esta ocasión apuntó hacia el cielo y poco a poco fue bajando para grabar la techumbre de un extremo a otro.

Jason abrió de pronto el móvil y pulsó un botón a fin de contactar con el equipo londinense.

—¿Estáis viendo eso?

—Sí —contestó una voz con frialdad—. Conecta el enlace emisor receptor y podrás ver la nuestra.

El Amigo rebuscó entre los menús del portátil y convirtió la conexión de solo emisión hacia el servidor de Londres en otra de emisión y recepción. La imagen procedente de los laboratorios comenzó a mostrarse.

—Ya lo tengo —declaró.

En el monitor apareció una imagen tridimensional del interior de la iglesia, era idéntica a la que él y su compañero acababan de obtener con una diferencia crucial y notable. El modelo enviado por Londres correspondía al del edificio sin la desfiguración producida por el reciente atentado. Era la iglesia mostrada en su estado original.

—Hemos obtenido las imágenes de diferentes fuentes —informó el líder del equipo londinense—. Lo que se ve es el aspecto del interior hace setenta y ocho horas, salvo algunas partes concretas, que son aún más recientes.

Los recursos electrónicos del Consejo eran tan vastos como las habilidades de sus adeptos. Había logrado acostumbrarse en términos prácticos, pero aun así, a Jason no dejaba de sorprenderle el número de grabaciones sobre diferentes lugares del mundo que había disponibles en línea si se combinaban fotografías oficiales, imágenes por satélite, blogs de turistas y álbumes personales. Todo junto permitía reconstruir el interior y el exterior de la mayoría de los edificios importantes del planeta con un esfuerzo bien orientado.

Sin embargo, semejante despliegue de medios no había sido necesario en este caso, y él lo sabía. El Consejo había vigilado Oxford desde hacía décadas. Los recursos de la biblioteca eran móviles y las conexiones de la ciudad, históricas. No se había establecido ninguna conexión primaria, pero Oxford era un sitio muy conocido para el Consejo y por esa razón ocupaba un lugar preeminente en sus bases de datos, actualizadas de forma rutinaria gracias a las nuevas vigilancias, fotografías y grabaciones realizadas por los Amigos. Pero recientemente, en los últimos seis meses, la comunicación continua del Custodio con la ciudad inglesa había dado la señal de alarma y había aumentado la atención sobre Oxford. Siempre había encriptado los correos electrónicos y las llamadas telefónicas a fin de que no pudieran enterarse del contenido, pero el Consejo había podido saber que, de forma habitual, mantenía correspondencia fluida con ciertos grupos en Oxford al menos desde mayo. Por consiguiente, los equipos de vigilancia sobre el terreno habían incrementado su atención de forma sustancial.

—Casi hemos conseguido material suficiente para empezar un escáner comparativo —prosiguió el hombre desde el otro lado del teléfono. Tanto el portátil como la terminal londinense mostraban ambos modelos, uno junto a otro: primero, la iglesia intacta, y segundo, en su actual estado ruinoso. Listos para ser examinados. Listos para ser comparados.

—Usad el modelo previo a la bomba para catalogar todos los objetos que ahora están presentes en los fragmentos destrozados —ordenó Jason—. Cada pintura, cada grabado, cada estatua, cada vidriera, cualquier cosa puede ser una posibilidad. Ah, y enviádselo al Secretario.

Todos los asignados al proyecto sabían que la Sociedad había destruido la iglesia; probablemente, lo había hecho para ocultar algo, pero a diferencia de todos los policías de alrededor, ellos no precisaban de excavaciones ni de conjeturas. Con la reconstrucción de lo que había en las áreas destruidas iban a poder cruzar referencias de todo cuanto veían, usándolo como punto de partida para ulteriores investigaciones.

—Hecho —exclamó el segundo Amigo, bajando la cámara al costado—. Eso es todo.

Jason lo confirmó con un asentimiento: el segundo modelo en 3D estuvo completo en cuestión de segundos. El cruce de referencias iba a hacerse en los ordenadores de las oficinas londinenses, más potentes que el portátil. Él solo debía esperar que se determinaran los resultados, y eso iba a requerir unos minutos.

Alzó la mirada y contempló la escena circundante. Un día antes había estado en la oficina del Custodio, donde había experimentado una sensación de poder enorme cuando guardó la pistola después de haberle disparado. Este edificio había sido destruido unos minutos después, como había sabido luego. El Custodio había orquestado aquel plan de última hora cuando se enteró de que iba a por él. Era un intento a la desesperada de ocultarle algo.

Jason reprimió una mueca de satisfacción. Ese hombre debería haber sabido que era imposible ocultarle nada al Consejo.

—Vamos a por tus secretos, viejo —susurró para sí mismo.

La certeza de que el Custodio ya no iba a poder responder a sus amenazas le proporcionaba un gran placer.

34

2.30 p.m. GMT

Emily apenas era capaz de reprimir la impaciencia mientras Wexler repasaba los rotativos matutinos para enterarse de a qué hora había sido destruida la iglesia de Santa María. Tenía el pálpito de que ese detalle era significativo y el instinto le decía que esa intuición era correcta, pero no podía estar segura hasta que se confirmara la hora.

—La explosión fue ayer a primera hora de la mañana —dijo el profesor oxoniense mientras leía los periódicos—. Según los primeros informes, estalló una bomba en la base de la torre. Gracias a Dios ocurrió de madrugada... —Las palabras se fueron apagando mientras él seguía leyendo. De pronto se enderezó al encontrar la información que andaba buscando—. Aquí está. La explosión tuvo lugar a las 5.30 de la madrugada. No había nadie en el interior y nadie resultó herido, pero la torre se ha perdido, y con ella el resto del edificio. Han sido capaces de determinar con exactitud la hora del estallido gracias a las manecillas del reloj de la torre, que se detuvieron cuando esta fue destruida.

—Los medios locales y nacionales llevan repitiendo la noticia desde que sucedió —añadió Kyle—. Según ha dicho esta mañana la BBC, la torre se llevó la parte central de la iglesia en su caída, y eso incluía la antigua biblioteca. Los dos extremos del cuerpo principal siguen de pie, pero aún no he oído decir que estén lo bastante firmes como para que no haya que derribarlos.

—¡Menuda tragedia! —apostilló Wexler—. Era una preciosidad de iglesia.

—Toda el área está acordonada —continuó el joven canadiense—. Estuvieron todo el día de ayer intentando garantizar la estabilidad a fin de que la zona fuera segura para los investigadores. Los locales de la Thames Valley Police (la fuerza de orden público del valle del Támesis) entraron esta mañana.

—Y no solo la policía. Podéis estar seguros de que el Gobierno también va a investigar el asunto tal y como está con lo de la vigilancia antiterrorista. —Wexler hablaba del Gobierno en términos de desagrado absoluto. Estaba firmemente convencido de que los intelectuales formados sabían del arte de gobernar mucho más que cualquier posible gobernante. Por supuesto, esa clase de hombres jamás se dignaban a intervenir en política, eso estaba muy por debajo de la dignidad de cualquier buen académico, pero resultaba reconfortante saber que uno podría hacerlo, y sin duda con mayor éxito que el resto.

Emily no prestó atención a esta muestra de esnobismo, pues tenía la mente puesta en aquella información tan sorprendente.

«5.30 a.m.». El corazón se le desbocó cuando se puso a contar con los dedos, pues sabía adónde le llevaban los hechos incluso antes de empezar, pero debía asegurarse.

—Las 5.30 de la mañana del miércoles menos las seis horas de diferencia horaria... —Emily hablaba solo para sí misma, susurrando—. Eso significa que el edificio fue destruido el martes por la noche a las 11.30 en el horario de Minnesota, el vigente en el Carleton College.

Kyle y Wexler fijaron la mirada en la norteamericana sin saber muy bien adónde quería ir a parar.

—Arno Holmstrand fue asesinado a esa misma hora según los rumores que circularon por mi departamento. En algún momento entre las 11 y la medianoche del martes. —Emily efectuó la observación todavía con los dedos flexionados por haberlos usado para contar y sus labios pronunciaron unas palabras inconcebibles para una escéptica como ella—: Esos dos hechos han de estar relacionados.

La edificación había permanecido en pie durante siglos y ¿resulta que la destruían justo cuando ella debía encontrarla? Dejando a un lado una vida de aborrecibles teorías de la conspiración, no podía tratarse de una coincidencia.

Sus dos interlocutores no le quitaron los ojos de encima a la espera de más información.

—Ya existía una relación entre esa iglesia y Holmstrand —prosiguió ella, que iba desarrollando sus ideas conforme hablaba—. Las pistas apuntan directamente en esa dirección. Lo que ha escrito aquí me conduce allí —dijo mientras con un ademán señalaba primero las cartas de Holmstrand y luego una fotografía de la iglesia que ocupaba la primera página de uno de los periódicos aún extendido sobre las piernas de Wexler—. Y entonces, en el mismo momento en que él me guía hacia algo oculto en la iglesia, esta resulta destruida por una bomba. —Emily se detuvo un segundo antes de añadir—: Lo que implica me parece claro.

—Compártelo con nosotros —le urgió el profesor.

—Supieran o no que Arno había facilitado pistas a un tercer agente como yo, lo que está claro es que no querían que nadie pudiera encontrar lo que Holmstrand me ha dicho que localice. Y a fe mía que están dispuestos a adoptar medidas extremas a fin de asegurarse de que nadie lo consiga.

Emily se permitió unos segundos de silencio para cavilar. El hecho de que alguien no quisiera que se hallara información relativa a la biblioteca no hacía más que confirmar la validez de las revelaciones de Arno e incluso las teorías de Kyle acerca de lo que podría ser esa Sociedad. Algún grupo deseaba que los secretos de la Biblioteca de Alejandría siguieran siendo secretos, eso resultaba evidente.

Y ese simple hecho hacía que ella quisiera encontrarlos por encima de todo.

Emily alzó los ojos en busca de Wexler.

—Profesor, la hayan destruido o no, vamos a echarle un vistazo a esa iglesia.

35

2.45 p.m. GMT

E so era más fácil decirlo que hacerlo.

—La zona está acordonada —había protestado Kyle después de que Emily hiciera su declaración— y la iglesia es un hervidero de policías, así que no veo cómo vamos a colarnos.

—Querer es poder, muchacho —zanjó el oxoniense en medio de las dudas y la vacilación, e hizo ademán de levantarse. Esa afirmación era algo definitivo tratándose de Peter Wexler. No hacía falta discutir más el asunto. Sabía qué quería hacer y tenía intención de hacerlo, por muchos obstáculos que se le pusieran por delante. Su rostro exudaba esa confianza que hacía pensar a los estudiantes que podrían aprender un par de cosas si tomaban ejemplo.

Le imitaron y se pusieron de pie cuando Wexler cogió una gorra plana y un paraguas. En el firmamento brillaba un cielo azul huérfano de nubes, pero ese hecho irrelevante no iba a determinar el atuendo del profesor a la hora de pasear por las calles.

Emily esbozó una sonrisa. El entusiasmo de Wexler era contagioso. Metió las cartas de Holmstrand en el bolso, cruzó la puerta detrás de Kyle, bajó las escaleras y se adentró en la ciudad de las agujas soñadoras[*].

* La expresión *dreaming spires* («agujas soñadoras») fue acuñada por Matthew Arnold en su poema *Thyrsis* y se ha convertido en un eslogan para la ciudad de Oxford. *[N. del T.].*

36

Washington DC, 9.30 a.m. EST (2.30 p.m. GMT)

Esto no tiene buena pinta, da igual como se mire —sentenció el general Huskins, y lanzó la fotografía sobre la larga mesa—. Han asesinado a todos los asesores más cercanos e influyentes.

El resto de los hombres sentados en torno a la mesa permanecieron callados. Cada uno de ellos era una mezcla de rabia e intensa y atenta actividad mental. La reunión había sido convocada por el secretario de Defensa, Ashton Davis, en respuesta a la crisis creciente provocada por la cascada de noticias que no dejaban de publicarse en todas partes, desde los artículos del *New York Times* hasta las divagaciones embrionarias de la blogosfera en los idiomas seguidos por la CIA, que eran casi todos. Por regla general, los encuentros tácticos sobre defensa nacional solían celebrarse en la sala de situaciones de la Casa Blanca, pero esa posibilidad no era viable en las actuales circunstancias. Davis había dado orden de que la reunión tuviera lugar en una habitación discreta a prueba de escuchas en el tercer anillo del Pentágono, donde los presentes pudieran hablar con franqueza sin ser vistos ni oídos por nadie.

—Exagera el asunto —respondió el secretario de Defensa—. Solo han sido asesinados tres asesores del presidente. Eso dista mucho de ser todos.

—Son cuatro si contamos al ayudante del vicepresidente, Forrester —replicó el general—. Ese arribista pasaba tanto tiempo en la plantilla del presidente como en la suya. Además, conocemos esos cuatros casos, pero ¿alguien sabe si se ha cerrado la cuenta?

Huskins miró a su homólogo del Servicio Secreto, el director Brad Whitley, cuyos asentimientos indicaban que estaba de acuerdo con él.

—Sea como sea, cuatro no es un número pequeño —apostilló Whitley—, y menos cuando han muerto todos en una semana.

—¿Cómo diablos ha permitido que ocurra esto, Whitley? —El secretario de Defensa lanzó esa acusación contra el último en hablar al tiempo que daba un puñetazo en la mesa.

El director del Servicio Secreto había ostentado el cargo durante las tres últimas administraciones y no perdió la calma ni se amilanó cuando, centrándose únicamente en los hechos, respondió:

—Nuestro cometido es proteger al presidente, al vicepresidente y a sus respectivas familias, así como a los dirigentes extranjeros cuando nos visitan. No es tarea del Servicio Secreto proteger a los ayudantes y asesores del presidente.

Davis inspiró con fuerza a fin de sosegarse. Whitley estaba en lo cierto, por supuesto. Aquello no era un fallo de la institución, sino del hombre al mando, o eso decían los datos que tenían a su disposición. El presidente se había metido en aquel embrollo él solito y había arrastrado con él a la nación cuyo liderazgo ostentaba.

—Volvamos a los datos disponibles sobre los asesinatos —replicó el secretario de Defensa, dejando correr el punto anterior—. Eso es lo que determina si se trata de un gran fallo en la guerra antiterrorista o de una traición orquestada por el comandante en jefe.

Las palabras de Davis eran la primera ocasión en que alguien verbalizaba la verdadera extensión de los hechos que se presentaban ante ellos. Se hizo un silencio embarazoso.

—¡Hablad, maldita sea! —exigió el secretario de Defensa, dando otro puñetazo en la mesa.

El general Mark Huskins se recobró de la gravedad del momento, se inclinó hacia delante y, hablando de un tirón, reveló cuanto habían descubierto sus investigadores militares en las diferentes escenas del crimen.

—Todos los hombres fueron abatidos por varios disparos en el pecho hechos con una pistola, salvo el caso del ayudante del vicepresidente. Se trataba de ejecuciones. Han sido trabajos profesionales.

—Por tanto, podría haber sido cualquiera... o bastantes grupos —conjeturó en voz alta Davis, que pareció esperanzado.

—No —le contradijo el general—. Balística informa de que los disparos fueron hechos siempre por un arma del mismo calibre y en tres de ellos había marcas suficientes como para determinar el origen.

—¿Qué clase de origen?

—Si aceptamos que los casquillos no estaban demasiado deformados por el impacto, podemos rastrear su manufactura gracias a la forma, los componentes químicos, la aleación y otros indicadores claves por el estilo. Eso nos permite rastrear a proveedores y traficantes de armas por todo el mundo. Hacemos esto de forma rutinaria en todas las zonas terroristas y áreas de combate táctico, en cualquier sitio donde podamos conseguir munición procedente de otras fuerzas que no sean las nuestras.

—Tras este resumen para el secretario de Defensa, se retrepó sobre la silla y dijo—: Las balas están relacionadas con hombres malos, señor secretario.

Y para eso se hallaban todos allí, para determinar ese enlace.

—¿Y...? ¿Adónde lleva el rastro?

El general era consciente de que su respuesta revestía una gran gravedad, pero su trabajo no consistía en ocultar hechos terribles a aquellos hombres, y cuando contestó, lo hizo con seguridad:

—Todas las balas empleadas en los asesinatos de los asesores presidenciales proceden de un lote de munición cuyas características físicas y químicas únicamente hemos detectado en un escenario. Y ese escenario es el noreste de Afganistán.

«Bueno, ya lo he soltado».

Todos los hombres reaccionaron en silencio ante semejante revelación. Unas sólidas pruebas forenses respaldaban las sospechas que habían tenido hasta ese momento.

—¡Válgame Dios! —respondió Whitley. A la luz de esa revelación, su trabajo como jefe de los Servicios Secretos cobraba un cariz muy diferente.

Davis intentó poner esa información en el contexto más amplio de los acontecimientos de aquel día.

—El torrente de informes que están sacando a la luz los medios de comunicación demuestran un claro patrón de corrupción en la actuación del presidente Tratham. Quienquiera que haya filtrado el grueso de la información tal vez deba pudrirse en una de nuestras mejores prisiones por semejante boquete en la seguridad nacional, pero lo cierto es que no hay mucho margen de duda. El presidente ha practicado el doble juego con sus amigos los saudíes.

—Y eso ha cabreado a los afganos, obviamente —respondió Whitley.

—¿Y qué relación tiene eso con los asesores muertos? —Davis quería certezas, claridad.

En esta ocasión el encargado de proporcionárselas fue el director del Servicio Secreto.

—Gifford, Dales y Marlake le habían avisado seriamente sobre sus resoluciones en materia de política exterior y todos ellos formaban parte del núcleo encargado de las negociaciones para la reconstrucción de la posguerra.

—¿Y qué hay de Forrester?

—Formaba parte del equipo del vicepresidente, pero apuntaba más alto y también él estaba metido en asuntos de política exterior.

—¡Y también el presidente! ¿Es que ha perdido el juicio todo el mundo en esta administración?

El director de los Servicios Secretos estaba lívido y el secretario de Defensa, colorado a causa de la rabia.

—Un momento —intervino el general—, ignoramos si el vicepresidente está o no implicado. La documentación filtrada únicamente muestra vínculos con el despacho oval y vuestras escuchas a Hines —añadió, mirando a Whitley— parecen indicar que él estaba tan sorprendido como el resto por todo esto.

David se giró de inmediato hacia el director de los Servicios Secretos.

—Quiero que usted y sus hombres lo averigüen, y que lo hagan con absoluta certeza. El presidente está metido en el ajo de unos acuerdos ilegales con Arabia Saudí que han hecho que los insurgentes afganos hayan asesinado a varios asesores en suelo americano, aquí mismo, en la capital. Quiero saber si el vicepresidente ha tomado parte o no en esta despreciable traición. Si se trata de lo primero, tengo intención de crucificarlos a los dos.

37

Oxford, 3.10 p.m. GMT

La escena en el extremo de Radcliffe Square era tal y como la había descrito Peter Wexler. La iglesia de Santa María yacía en ruinas enfrente de la Cámara Radcliffe, un edificio de estilo paladiano inglés construido en memoria de John Radcliffe; la primera biblioteca circular del Reino Unido se utilizaba ahora como un conjunto de salas de lectura no adosadas a la Biblioteca Bodleiana, y era la principal biblioteca de investigación de la universidad.

La explosión había destruido por completo la gran torre del siglo XII y el chapitel, centro de interés de la ciudad y uno de sus mayores atractivos turísticos, y ahora solo eran un montón irreconocible de piedras ennegrecidas. La parte central del edificio se había venido abajo y estaba aplastada allí donde las vigas la habían unido a la torre, mientras que las alas este y oeste se mantenían en pie con obstinación. Una capa de piedrecitas y de polvo procedente del centro de la iglesia había cubierto los famosos adoquines de la plaza, tan hermosos como impracticables.

La zona estaba acordonada con cinta policial de color amarillo y varias patrullas de la policía local uniformada montaban guardia en diferentes puntos a lo largo del perímetro asegurado, tal y como Kyle había anticipado. Detrás, el área era un hervidero de policías. Los chalecos reflectantes de color amarillo permitían distinguir con facilidad a los miembros de la Thames Valley Police, cada uno de ellos con el buey de Oxford y el emblema policial. A ellos se habían unido los miembros de una brigada de bomberos e inspectores venidos desde Londres para evaluar los daños. Representantes de oficinas y departamentos gubernamentales acudían vestidos de negro, presumiblemente, dedujo Emily, con el fin de mantenerse en el anonimato, aunque resultaba obvio, en especial para los periodistas de los medios de comunicación locales, ahora agrupados en corrillos, que el MI6, el nombre popular por el que se conocía al Servicio de Inteligencia Británico, tomaba parte en las investigaciones. Una bomba implicaba la presencia de terroristas y los terroristas traían el terror, y los políticos ingleses, al igual que sus homólogos americanos, estaban más que predispuestos a recordar que aún se libraba una guerra antiterrorista.

Y Kyle también había estado en lo cierto sobre el tema del acceso: no se veía modo alguno de que el público pudiera traspasar el cordón policial montado alrededor de las ruinas del edificio. Emily miró de refilón al estudiante de posgrado en busca de algún indicio u orientación, pero el joven se había alejado de la escena en dirección al muro de piedra que rodeaba el All Soul's College y bordeaba un lado de la plaza. Ahora estaba sentado allí. Ella se percató de que el doctorando no contemplaba la iglesia derruida, sino que miraba mucho más lejos, sumido en sus propios pensamientos.

En cambio Peter Wexler, con el paraguas a rastras, se fue derecho hacia el cordón policial. El profesor tenía el propósito evidente de ir a donde se le antojara y hacer caso omiso de todas las señales. Emily no se apartó de su lado.

Se detuvieron delante de un agente apostado de pie en la parte exterior de la zona acordonada.

—Me temo que no puedo dejarles pasar. Esta zona está cerrada al público.

Y así empezó el jueguecito.

—Eso ya lo vemos —repuso el oxoniense, y se quitó la gorra con gran aspaviento y boato—. Mas yo no formo parte del público, empero. Soy miembro del consejo universitario y antiguo director de este sitio.

El agente le miró convencido solo a medias y no hizo ademán de moverse.

—Esta joven es mi ayudante, eso significa que es una amiguita que hace todo cuanto yo le digo. —Emily se mordió la lengua y asintió con sumisión en señal de acuerdo. Luego, iba a tener que compartir un par de ideas con su antiguo tutor por aquella descripción—. Y esos de ahí —continuó, señalando a un grupo de tres hombres vestidos de gris que conversaban en medio de las ruinas— son mis colegas, que ya están un tanto sorprendidos de que siga aquí fuera en vez de estar con ellos. —Wexler permaneció unos instantes en silencio para dar tiempo a que su interlocutor comprendiera el significado de sus palabras—. Y ahora, le estaría profundamente agradecido si hiciera usted el favor de dejarnos pasar. Todo este lío ha puesto patas arriba mi agenda del día.

El oficial de policía todavía vacilaba, pero Peter Wexler era un académico veterano e imponente en una ciudad regida por académicos y en ese momento su mirada conminatoria se posó sobre el oficial como si reprendiera a un niño pequeño.

—Muy bien, señor —asintió por fin el agente, cediendo a la presión. Oxford estaba abarrotado de profesores con una gran influencia. Podía dejarle pasar en ese momento o más tarde, pero eso le valdría una buena reprimenda por parte de sus superiores por poner un palo en la rueda de las frágiles relaciones entre universidad y ayuntamiento—. Pero vaya con cuidado. El edificio ahora está asegurado, pero no ocurre lo mismo con el suelo.

—Se lo agradecemos —respondió el oxoniense rápidamente al tiempo que agarraba a Emily por el hombro y la arrastraba junto a él. Los dos se agacharon para pasar por debajo de la cinta amarilla y anduvieron con paso lento en dirección a los otros hombres.

—¿Su ayudante? —murmuró Emily con incredulidad.

—No te pongas quisquillosa, también he dicho que eras una amiguita —añadió él—. Te he dado dos tazas de humillación en vez de una. Me pareció lo apropiado, dadas las circunstancias.

—Ah, sí, estoy segura de que te resultó difícil interpretar el papel de viejo secundario elegante. —Emily puso los ojos en blanco mientras continuaban andando—. ¿Es verdad algo de lo que has dicho?

—Bueno, eso depende de lo precisa que quieras ponerte a la hora de definir la verdad. —Wexler no se volvió hacia la norteamericana mientras caminaban, pero a ella le pareció ver que estaba exultante de satisfacción. Emily se concentró en ver dónde ponía el pie a fin de evitar tropezar con las piedras y ladrillos que hasta hacía poco habían formado parte de la silueta de la urbe. En aquel momento su gusto por el calzado plano y práctico se había convertido en una gran ventaja.

—Voy un momento a saludar a mis colegas —anunció el profesor—. Una pequeña reunión y una lamentación en grupo... Ya sabes, así es como un caballero aborda la destrucción. Tienes que echar un vistazo, pero no te entretengas. Imagino que al final acabarán echándonos.

El profesor fue directo hacia el grupo mientras Emily se encaminaba a un extremo de la iglesia. El daño resultaba impresionante visto desde lejos, pero lo era más si se contemplaba de cerca. En posiciones forzadas descansaban piedras que le llegaban a la altura del hombro, y al pie de las mismas, rotas y aplastadas, podían verse gárgolas y estatuas talladas en piedra. La norteamericana se detuvo ante una de ellas con aspecto de ser un ángel; durante siglos había contemplado la ciudad desde lo alto, pero ahora yacía partido en dos y no podía apartar la mirada de los tobillos de Emily. La visión era abrumadora. Se hallaba en medio de la historia, como si los libros de texto y los documentos antiguos hubieran vuelto de pronto a la vida. La edificación de aquella iglesia universitaria había supuesto un cambio en la enseñanza occidental, un giro en la historia intelectual. Allí se habían impartido las lecciones sobre los grandes avances de la ciencia y la Reforma había pagado allí su peaje a manos de la Inquisición.

Y allí se encontraba ella, una de las primeras en contemplar la devastación de todo aquello.

Emily luchó para no sucumbir a la tentación de entregarse a la nostalgia. Estaba en aquel lugar por una razón y dicha razón exigía de ella una concentración plena. Mientras intentaba dilucidar si tenía derecho a estar allí, y también un motivo, avanzó hacia el ala oeste del edificio, hacia la alargada pared que daba a High Street. Esa zona había sufrido un daño mínimo. Avanzó hacia la puerta y la atravesó sin mirar ni una vez a los guardias de uniforme que patrullaban a fin de impedir el paso a turistas y transeúntes. Un contacto visual solo daría pie a preguntas, y ella no estaba segura de poder ser tan persuasiva como Wexler.

En el interior había tantos investigadores como en el exterior. Emily intentó imitar sus actitudes de observación mientras contemplaba la escena. Había sobrevivido milagrosamente intacta el ala oeste de la iglesia, que albergaba el árbol de Jesús, la famosa vidriera de Charles Kempe. De hecho, toda aquella zona se hallaba relativamente en buen estado. Y otro tanto podía decirse si se miraba en dirección opuesta a través de la nave. El coro y el presbiterio, reconstruidos a mediados del siglo xv y adornados con intrincadas tallas de madera en la sillería de la misma época, permanecían tal y como los recordaba de su época de estudiante.

En cambio, la nave de la iglesia se había llevado la peor parte de la explosión. El techo se había desplomado sobre el altar y el púlpito, y el muro norte, que soportaba el peso de la torre, se había venido abajo. Ahora se había convertido en un montón de cascotes. Había resultado aplastada por completo la capilla lateral Adam de Brome, así llamada en honor a un rector del siglo xiv que también había sido el fundador del Oriel College. Haces de luz brillante iluminaban aquel espacio desde ángulos un tanto forzados. Se colaban por los huecos de paredes y techumbre en vez de entrar por las vidrieras tintadas de la iglesia, obra de maestros como Pugin y Kempe.

La emoción de la escena acabó por embargar a la historiadora que había en Emily a pesar de sus ímprobos intentos de contención. El cardenal Newman predicó entre aquellos muros antes de abandonar el anglicanismo en favor de la Iglesia católica, y John Wexley, padre fundador del metodismo, había pronunciado allí sus sermones antes de ser expulsado por lo hiriente de sus comentarios sobre la pereza y la indiferencia religiosa de la universidad. Entre esas paredes la Reforma protestante había tenido que encarar una de sus primeras pruebas cuando la Iglesia católica usó aquel espacio como sala de justicia durante el juicio de Latimer, Ridley y Thomas Cranmer, dos obispos y un arzobispo reformistas que acabarían sus días en la hoguera, no muy lejos de la iglesia donde se habían negado a ceder ante los movimientos prorromanos de la nueva reina. Emily no se consideraba católica ni metodista ni protestante, pero aquel edificio, ahora un caos absoluto, había sido escenario de algunos momentos que habían conformado la historia moderna.

Y tal vez volvería a serlo si en verdad tenía alguna conexión con la perdida Biblioteca de Alejandría. Ese pensamiento se le habría antojado como una absoluta fantasía hacía una hora escasa, pero en las circunstancias actuales ya no le parecía tan ridículo. Aquella destrucción intencionada guardaba una relación evidente con el asesinato de Holmstrand.

Emily avanzó por el pasillo sur de la iglesia en dirección hacia el montón de escombros del centro, repitiendo por lo bajo las palabras de orientación dadas por Arno: «Para orar, entre dos reinas». En una edificación consagrada a la Virgen María tenía que haber estatuas, cuadros, algún tipo de representación de la sagrada patrona.

Contempló el montón de cascotes en que se había convertido el centro de la construcción y pensó: «Si está ahí, es cosa perdida». Tardarían semanas en sacar de entre los escombros cualquier estatua enterrada bajo ellos que hubiera podido sobrevivir al peso aplastante de la torre, y las circunstancias de los dos últimos días le indicaban que no disponía de ese tiempo.

Emily volvió la vista atrás a fin de mirar el camino recorrido para llegar hasta su actual posición. En el mismo no había estatuas dignas de mención y nada atraía su atención en las vidrieras laterales. Irguió la cabeza con el propósito de ver un poco y, no por vez primera en su vida, se detuvo para extasiarse con el esplendor de la gran vidriera oeste. Ni siquiera la destrucción circundante era capaz de privarle de su enorme belleza. La imagen representaba aquella gran visión del profeta Isaías donde se profetizara que Cristo descendería del árbol de Josué y sería parte del antiguo linaje del rey David. La vidriera interpretaba la visión al pie de la letra y consistía en un clamoroso árbol cuyas ramas ocupaban todo el cristal, sosteniendo las imágenes de reyes, profetas, patriarcas y ancestros. En el centro, como culminación de la visión, se hallaba una imagen del propio Jesucristo.

Su madre le sostenía en brazos.

La profesora se fijó en el panel central de la vidriera. El niño Dios descansaba sobre la rodilla materna como si fuera un trono. Ella lucía un atuendo real y estaba completamente caracterizada como Reina de los Cielos.

«Para orar, entre dos reinas».

La respiración se le aceleró. Buscó otra imagen de la Virgen en los diferentes paneles de la vidriera. Kempe, el autor de la vidriera, ¿había equilibrado la escena con una segunda imagen? ¿Tan antiguo era el camino por donde la estaba guiando Arno?

Ella recorrió la vidriera con la mirada varias veces sin localizar una segunda imagen mariana. «La segunda ha de estar en algún otro sitio de la iglesia», dedujo. Ponderó la posibilidad: tenía más sentido eso, y no que estuviera también en el cristal.

«Localiza otra imagen de María y luego examina el espacio que hay entre ellas». Emily amplió el radio de su búsqueda. No había nada en los muros de alrededor y se le cayó el alma a los pies cuando su mirada regresó otra vez a la sección central de la iglesia, ahora sembrada de escombros, pero luego miró más lejos y a través del arco del coro contempló las tallas del presbiterio. Las pinturas de Francesco Bassano sobre la adoración de los pastores aún seguían en el muro este, encima del altar, desafiantes; resistían incólumes a los estragos de la explosión.

Encima de esas imágenes se hallaba el retablo. Michael le había insistido muchas veces en que usara ese nombre, pero ella siempre pensaba en él como una parte del altar. Allí había siete estatuas. Una de ellas en particular atrajo de inmediato su atención.

Justo encima del altar había una estatua del niño Jesús en brazos de su real madre.

«Para orar, entre dos reinas». En cada una de las alas se hallaba presente la misma imagen de la Virgen María, una en vidrio y otra en piedra. De pronto, Emily vio clara la pista de Arno. El pequeño símbolo de la biblioteca así como cualquier otra información o pista que pudiera haber se hallaban en el espacio comprendido entre ambas imágenes. «Entre dos reinas». Un lugar situado exactamente en el centro de la iglesia.

Y debajo de mil toneladas de piedras caídas.

38

Oxford, 3.50 p.m. GMT

Al cabo de unos momentos, Emily abandonó la iglesia con gesto adusto. La preocupación sobre si la policía la detendría y se la llevaría de la escena del atentado no la asaltó hasta que estuvo en el pequeño callejón conocido como Catte Street, pegado al extremo este de la iglesia. Los descubrimientos realizados en el interior del edificio le habían hecho perder cualquier esperanza de tener acceso a la información que Arno quería que descubriese. Holmstrand había escrito que otros iban en pos del conocimiento y estaba claro que habían llegado allí primero y habían borrado sus huellas de forma harto dramática. Fuera lo que fuera que pudiera verse allí, ahora era imposible acceder a ello. Emily no tenía la menor idea sobre el tiempo necesario para desescombrar todo aquello, podía llevarles semanas o meses retirar el montón de piedras acumuladas en la sección central e, incluso después de que lo hubieran logrado, estaba por ver que siguiera allí lo que ella andaba buscando.

Recorrió los campos con la mirada hasta establecer contacto visual con Peter Wexler, que pareció experimentar un notable alivio al verla salir del edificio. Murmuró unas disculpas apresuradas a los miembros del corrillo del que formaba parte y se acercó a Emily; luego, ambos emprendieron el camino de salida y pasaron a la zona cuyo acceso ya no estaba restringido por cintas amarillas. Caminaron en silencio hacia donde se hallaba el doctorando, todavía sentado en el banco de piedra y sumido en sus pensamientos.

—Empezaba a preguntarme cuánto tiempo más iba a poder seguir con esta artimaña —dijo Wexler, que miró a Emily con expectación—. Confío en que el tiempo haya merecido la pena.

—En cierto modo. He localizado a las dos reinas: una imagen de María en la vidriera del extremo oeste y una estatua de la Virgen en el altar del lado opuesto. Pero orar entre ellas no resulta posible en este momento.

El profesor enarcó una ceja en gesto inquisitivo.

—El punto medio entre las dos imágenes ahora es un montón de piedras y escombros.

El oxoniense lanzó una mirada fugaz hacia atrás y entendió a qué se refería Emily en cuanto vio dónde yacían las ruinas de la torre. El profesor parecía físicamente dolido por tan malas nuevas.

—No sé si voy a encontrar una forma de seguir —admitió la norteamericana al tiempo que intentaba contenerse para que no le aflorara en el tono de voz la sensación de derrota—. Sea lo que sea que yazca debajo de esa montaña de escombros, no voy a poder llegar a ello. Al menos no ahora.

De pronto, el joven canadiense se puso en pie. Había permanecido callado hasta ese momento, pero ahora era el único de los tres con una pincelada de esperanza en el rostro.

—En realidad, doctora Wess, eso no es un problema tan grande como usted se piensa.

Aquella nota positiva fue demasiado para ella, frustrada como estaba.

—¿Qué...? ¿No es un problema tan grande como yo creo? ¡Usted sí que sabe elegir a los optimistas, profesor! —exclamó Emily, mirando a Wexler, y luego se volvió otra vez hacia el joven—. Mientras hay vida hay esperanza, ya lo sé, pero una cierta dosis de realismo le viene bien al alma.

Aun así, Kyle seguía exultante mientras Emily hablaba y su semblante pasó de la esperanza a la convicción absoluta. El rapapolvo no le hizo agachar las orejas, sino que le llevó a esbozar una seca sonrisa.

Emily no comprendía absolutamente nada.

—¿Que una iglesia de piedra se haya derrumbado sobre la pista no le parece un problema?

—No, en absoluto —contestó Kyle con resolución—, porque estoy absolutamente seguro de que ahí, debajo de todos esos escombros, no hay nada.

39

Nueva York, 10.30 a.m. EST (3.30 p.m. GMT)

El Secretario sintió un nudo en el estómago cada vez mayor. Jason y su compañero estaban en Oxford, en el lugar de los hechos, coordinando al equipo local y a la rama del Consejo en Londres. Todos sus hombres en Inglaterra habían demostrado ser agentes habilidosos. Los que Jason había tomado como equipo de apoyo actuaban bajo la apariencia de hombres de negocios de la City; esos expertos eran buenos conocedores de su territorio e inquebrantables a la hora obtener resultados. Al igual que Jason, eran la viva imagen de la lealtad, la discreción y la eficacia, los compañeros ideales del Secretario, un hombre que solo quería las mejores bebidas, las mejores viandas, los trajes más elegantes y los mejores hombres a su servicio. Hombres que conocieran el poder del Secretario y supieran cuál era su sitio, que recelaran de lo antiguo y abrazaran lo nuevo. No quería a sus órdenes a esos tipos que decían «Sí, señor», prefería hombres que no dijeran nada y solo actuaran, cumpliendo su voluntad al pie de la letra.

Ese pequeño equipo se había puesto a comparar las dos maquetas digitales en 3D. El Secretario podía verlas ambas en la pantalla de su ordenador. Una ventanita situada a la izquierda de ambos modelos actualizada por el equipo encargado de cruzar referencias informaba sin cesar sobre la lista de objetos que habían resultado destruidos por la explosión, así como sus orígenes, diseño, antecedentes e historia. Los expedientes eran detallados hasta lo intrincado. Cualquier minúsculo punto podía ser importante y, por consiguiente, el equipo estaba generando unos listados considerables. La misión iba bien.

Y aun así notaba un nudo en el estómago.

El Secretario recibía informes telefónicos cada diez minutos, pero el intervalo de tiempo entre las llamadas se hacía cada vez más insoportable. Nuevas dudas e inquietudes parecían surgir a cada segundo transcurrido. No dejaba de darle vueltas en la cabeza a una sucesión de detalles inquietantes que habían acompañado al asesinato de Arno Holmstrand.

«El último acto del Custodio. Una llamada telefónica hecha el día anterior. El libro con las páginas arrancadas. La iglesia. La explosión».

Retorció un clip entre los dedos de la mano izquierda, un tic nervioso que había tenido desde la niñez. «Algo va mal». Miró una vez más las páginas del libro que Arno Holmstrand había intentado evitar que vieran, aunque a la vez también parecía desear que las vieran y lo averiguaran.

«La iglesia. La explosión. El libro abierto. Ese libro abierto tan a la vista».

El nudo del estómago fue a peor. El Custodio era un hombre dado a los engaños, y él lo sabía, un tipo sinuoso y aficionado a las tretas y artimañas. A juicio del Secretario, no era un hombre sabio, al menos no en un sentido de nobleza y autenticidad, pero sí astuto, era un maestro del engaño. Había tenido noticia de lo que se planeaba en Washington, pero ni la visión del poder que estaban acumulando le había frenado a la hora de invertir sus últimas energías en esta otra tarea: aquella burla vergonzante y desdeñosa sobre la misma *raison d'être*[*] del Consejo.

Y entonces el Secretario tuvo una revelación y, con una claridad que únicamente le sobrevenía cuando las circunstancias le exigían el máximo, supo que los últimos movimientos de Holmstrand no eran una cuestión de mofa y venganza. No, era más, mucho más. Y en ese preciso momento cayó en la cuenta de que se había equivocado sobre el modo como había abordado el tema. «Los mentirosos siempre mienten», se reprendió a sí mismo. Había concedido demasiado crédito al aspecto superficial de los movimientos de Arno.

Alargó la mano para descolgar el teléfono de su despacho, seleccionó una opción de marcado rápido de entre las muchas opciones del menú y se llevó el auricular al oído.

—Soy yo —anunció, convencido de que su interlocutor al otro lado de la línea no necesitaba de mayores identificaciones—. Quiero que vayas a la universidad del Custodio ahora mismo. Consígueme información de todas las personas que trabajaban con Arno Holmstrand y de cualquiera que haya hablado con él en los últimos cinco días.

Su mano sudada dejó un contorno de sudor y humedad en el auricular cuando lo depositó sobre la horquilla del teléfono.

«El viejo bastardo no dirigió contra mí su última andanada —musitó, fortalecido ante esa nueva perspectiva—. Dejó las miguitas de pan para otra persona, y que me aspen si no averiguo de quién se trata».

---

[*] Razón de ser. *[N. del T.]*.

40

De qué estás hablando? —quiso saber Peter Wexler, cuya perplejidad era aplicable también a Emily.

Kyle se pasó los dedos por entre el pelo corto, como si cepillárselo le permitiera desprenderse de los últimos atisbos de duda.

—Mientras ustedes dos entraban a explorar, me he sentado en ese banco a ver si conseguía asimilar toda esta situación —respondió el joven—, y ya no he conseguido sacármelo de la cabeza de lo obvio y evidente que es. —Y abarcó toda aquella escena con un movimiento del brazo.

—¿Obvio?

La palabra entraba en conflicto directo con la desorientación que embarga a Emily. La única cosa evidente para ella era su propia confusión. Y su frustración. Y quizá su creciente sorpresa ante el optimismo del joven.

—Piensen en ello —prosiguió el canadiense—. La iglesia estalla justo cuando Arno es asesinado. La conexión es demasiado obvia, ya que él ya la había dirigido a usted hacia Oxford, doctora, y también le había comprado un billete antes de morir. No hace falta ser Einstein para unir esos dos puntos.

Emily se mantuvo a la espera un tiempo más, no muy segura de adónde quería conducirles Kyle, pero en las palabras de este podía apreciarse la misma nota de inquietud que ella había sentido en un primer momento ante la aparente simplicidad de los mensajes de Arno.

—Y luego —prosiguió el doctorando—, tenemos la pista que nos ha traído hasta aquí: «Iglesia de la universidad, el más antiguo de todos». Venga, hombre.

Su mirada fue de Wexler a Emily y se desesperó cuando se percató de que ninguno parecía seguirle el hilo a su razonamiento. Otra persona se habría sentido muy contenta de haber ganado a dos académicos a la hora de descifrar un enigma, pero a Kyle Emory le consumía la emoción del misterio. Quería que ellos lo vieran tan claro como él.

—Creo que la razón por la que hemos sido capaces de descifrar tan deprisa esta pista es por su simplicidad, es demasiado sencilla. Para tontos, como decimos nosotros, los canadienses —concluyó Kyle—. Cualquier turista que haya hecho una visita guiada de dos peniques sabe que esta iglesia era el edificio más antiguo de la universidad, y por si eso no hubiera bastado, el nombre en sí mismo ya constituía una pista.

»Si ese profesor suyo la envía a descubrir una biblioteca que lleva perdida mil quinientos años, ¿pretende decirme que la clave está oculta detrás de unas pistas descifrables por un guía turístico de los que cobran cinco libras la hora?

Emily permaneció en silencio. A su modo, diligente y preciso, el chico era bueno. Había elegido un punto de vista que tanto ella como Wexler habían pasado por alto. Los dos se habían dejado embargar por la emoción de su pequeña tarea detectivesca. En cambio, el enfoque de Kyle había dado frutos.

—Estás en lo cierto. Los mensajes de Arno eran... demasiado..., demasiado...

—Obvios. —Tras repetir su primer dictamen, Kyle se permitió el lujo de que una pequeña sonrisa de satisfacción se demorase unos segundos en sus facciones.

Emily asintió a regañadientes, pero no sin cierta admiración.

—Y entonces viene a colación lo de las dos reinas —prosiguió Kyle—. Usted ha estado ahí dentro hace diez minutos, doctora Wess, y las ha encontrado a pesar de que media iglesia se ha venido abajo. La misión consistía en encontrar un punto en el medio. Y está sepultado por las rocas, sí, pero lo ha encontrado de todos modos. Y así todos los indicios se interpretan con suma facilidad. ¿De acuerdo? —El canadiense parecía acalorado por su propia intensidad. Su dinamismo era de lo más enérgico—. Si todo esto va de verdad sobre la Biblioteca de Alejandría y estas son las pistas de Arno Holmstrand para evitar que sea descubierta por las personas equivocadas, hay un problema capital.

—¿Y cuál es?

—Que no son pistas en clave, son de una sencillez insultante y nos llevan directas al objetivo. Los niños de primaria serían capaces de descifrarlas en cuestión de unos días.

—Arno Holmstrand no fue ningún estúpido, Kyle —terció Wexler, inclinándose sobre los conversadores—. Me resulta muy difícil creer que no inventara algo realmente efectivo para ocultar sus verdaderos propósitos.

—Y tiene usted toda la razón, profesor —contestó Kyle, arrebatado por el frenesí del momento. Subía y bajaba los hombros a causa del entusiasmo. Abría y cerraba las manos sin cesar, como si la solución a los enigmas de aquella tarde flotara en el aire y él fuera a atraparla entre los dedos.

—El hecho de que sean tan simples y sencillas no me hace pensar que sean malas, antes bien lo contrario: me parecen...

brillantes. —Miró a Emily directamente a los ojos. Había conseguido despertar su curiosidad—. Tengo la impresión de que su profesor había ideado estas pequeñas pistas con el propósito de inducir a engaño. Y dos veces.

»La primera, mostrándose lo bastante misterioso como para que la doctora entrara en el juego y comprendiera que se trataba de un enigma. Se entusiasmó cuando las piezas empezaron a encajar y creyó que ya lo había resuelto. En otras palabras, si alguien encontrara esas pistas y sospechara que en ellas podía haber un secreto, él quería que sintiera exactamente lo mismo. Primero refuerza las expectativas de esas personas y luego las desorienta. Pero deben tener un punto en común: ocultar algo para una segunda lectura. La primera oculta su verdadero significado y, por tanto, es una decepción. Si cayeran en malas manos, los nuevos propietarios se embarcarían en una búsqueda inútil hacia la nada.

Un doble ardid. Emily se puso a evaluar mentalmente esa posibilidad conforme iba escuchándole y las palabras de Kyle le convencían cada vez más. No obstante, había un hecho clave que ponía esa teoría en entredicho.

—¿Y qué razón hay para todo esto? —Emily hizo un ademán hacia la escena de destrucción que colmaba la plaza—. La destrucción de la iglesia parece confirmar la lectura más sencilla. Si la pista no conduce a este lugar, ¿por qué iba alguien a poner una bomba en la iglesia? Es evidente que alguien más lo sabía, o al menos estaba muy convencido de que en ese lugar había una información importante.

Kyle permaneció en silencio, mas solo por un momento. Estaba convencido de tener razón, por inimaginable que pudiera parecer su hipótesis.

—Es un engaño hecho con la intención de dar credibilidad a la interpretación falsa —contestó el joven. Emily se quedó boquiabierta cuando Kyle confirmó el significado preciso de su sugerencia—. No creo que otra persona volara por los aires esta iglesia. Me parece obra del propio Holmstrand.

—Dios mío.

Wexler soltó un jadeo y puso unos ojos como platos mientras contemplaba de nuevo la escena. La propuesta de Kyle era de una inmensidad apabullante: toda aquella destrucción únicamente era una estratagema. Si el joven estaba en lo cierto y Holmstrand, o cualquier otro, estaba dispuesto a causar semejante devastación, física e histórica, solo para despistar a posibles perseguidores, en tal caso, Emily se hallaba envuelta en algo mucho más grande de lo que había pensado en un principio, fuera lo que fuera. Mayor que nada de cuanto había visto a lo largo de su dilatada carrera académica. Lo suficiente como para que un historiador se mostrase desaprensivo y destrozase un trozo de la historia a fin de proteger un secreto.

Los tres académicos se quedaron contemplando el montón de piedras de la antigua iglesia.

Cuando el doctorando volvió a hablar, lo hizo con voz más pausada y resuelta, y sin apartar la mirada de las ruinas.

—Sea o no la Biblioteca de Alejandría, eso que buscas ha de valer una inmensa fortuna.

Por último, la doctora dejó de mirar el lugar del atentado y se volvió de espaldas a sus acompañantes con el fin de poder sacudirse la intensidad del momento.

—Bueno, Canadá gana la guerra de la cultura en la jornada de hoy, está visto que Peter y yo no podemos. —Wexler estuvo de acuerdo y se llevó la mano al borde de la gorra en señal de reconocimiento al buen trabajo de su alumno—. Asumamos por un momento que estás en lo cierto, Kyle —concedió Emily—. De todos modos, tampoco perdemos nada si te equivocas, pero si tienes razón y las pistas están ideadas para confundir, ¿cómo vamos a conocer su significado real?

—Al parecer, doctora Wess, va a tener que averiguar cómo orar entre dos reinas.

La respuesta de Kyle corrió el velo del enigma a los ojos de todos.

41

Nueva York, 11.15 a.m. EST (4.15 p.m. GMT)

Esto no va a gustarte nada —auguró con solemnidad el hombre desde su minúsculo móvil.

Trent era un Amigo con muchos años a su servicio y el Secretario le permitía cierta informalidad en el trato que jamás habría concedido a ningún otro de sus hombres.

—Al grano —replicó el Secretario con una voz que no delató emoción alguna, pero la observación atrajo su atención e hizo que se incorporase en el asiento.

—Hemos estudiado a fondo a los miembros del departamento del Custodio en el Carleton College. Ya sigan en el campus, ya se hayan marchado de vacaciones, los tenemos controlados a todos; a todos, salvo a uno.

El Secretario sujetó el auricular con más fuerza.

—¿De quién se trata?

—Una joven profesora, la doctora Emily Wess. No está donde debería estar.

El Secretario repitió el nombre para sí mismo, articulando los labios de forma un tanto exagerada. Le sonaba vagamente, dado que había leído una lista de todos los colegas y compañeros del Custodio en la universidad en cuanto habían conocido la identidad de aquel. Pero ese nombre por sí solo no le decía nada. Habían investigado a todas las personas de esa lista, pero ninguna había levantado sospecha alguna, incluida la doctora.

—Registramos su apartamento hará cosa de unos meses —comentó, pensativo—, pero no hallamos nada anómalo.

—No —convino el Amigo—. Era una advenediza a juzgar por el expediente. Joven, novata, una asociada recién llegada. Pero el tema de su tesis doctoral —continuó, acercándose el móvil a los labios— reviste cierto... interés.

El Secretario ya estaba pidiendo más información a través del portátil. El Consejo conservaba a perpetuidad una ficha sobre todas las vigilancias del pasado precisamente para momentos como aquel. El nudo del estómago se convirtió en una piedra en cuanto el expediente resultó visible en el monitor.

—Cuando era una estudiante de posgrado, la doctora Wess escribió sobre Ptolomeo, sobre Egipto —prosiguió Trent al otro lado del teléfono. Sus palabras confirmaban lo que estaba leyendo el Secretario.

—Figura en el dosier —repitió el Secretario, pero en esta ocasión el tono de su voz era inusualmente tenso—. La investigamos. La joven tenía interés en la historia y en Egipto, pero no estaba en condiciones de establecer ninguna conexión ni con la Sociedad ni con el propio Custodio. La teníamos bajo vigilancia, ya que trabajaba en el mismo edificio que él, pero no se detectó motivo alguno que permitiera sospechar la existencia de una conexión entre ellos.

—Lo sé —replicó el Amigo—, mucha gente estudia historia, e incluso historia del Antiguo Egipto, pero el expediente de la doctora Wess va a cobrar mucho más interés en cuanto sepas dónde ha decidido pasar el puente de Acción de Gracias.

—¿Dónde? —inquirió el Secretario.

—En Inglaterra. Emily Wess aterrizó en Heathrow esta mañana.

42

Oxford, 4.35 p.m. GMT

Emily se marchó en compañía de Wexler y Kyle unos minutos después de su conversación en las inmediaciones de la iglesia de Santa María. Era media tarde y los dos oxonienses debían atender a sus obligaciones y a ella le vendría bien disponer de un poco de tiempo para reflexionar sobre las confusas revelaciones que le había deparado la jornada. Ardía en deseos de pasar sola un rato, pues parecía que iba a estallarle la cabeza, ya fuera por el cambio horario, el trauma de la bomba o simplemente por toda la información que había tenido que absorber en las pocas horas que llevaba en suelo británico. El grupo se mostró de acuerdo en reunirse para cenar en casa de Peter Wexler, pues este había tenido la gentileza de ofrecérsela como base de operaciones mientras estuviera en la ciudad. Le facilitó la dirección y garantizó a Emily que se aseguraría de que le llevaran su bolsa de viaje a la habitación de invitados, lo cual la libraba del engorro de tener que llevarla mientras deambulara por la urbe.

Se alejó de la iglesia y de la plaza, y giró a la izquierda, donde enseguida anduvo sobre el pavimento ligeramente curvo de High Street. Tradicionalmente, en la mayoría de las ciudades inglesas las High Streets solían albergar franquicias de grandes cadenas y tiendas, pero Oxford era diferente: en vez del glamur de ropas a precios prohibitivos, puntos de venta de muebles y tiendas de aparatos electrónicos, era el hogar de un buen número de *colleges*, cafés y unas pocas fachadas de tiendas locales. La zona reservada a la venta al por menor se había trasladado al cercano Cornmarket, Emily ignoraba cuánto hacía de eso, pero esa mudanza convertía la calle en un travesía ajena al comercio, aunque seguía dominada por taxis y autobuses.

Recorrió la calle en dirección a su bar favorito cuando era una estudiante de posgrado, un pequeño café situado en la esquina entre una calle lateral y High Street, justo enfrente del edificio de Examination Schools, donde se daban la mayoría de las charlas y conferencias. El lugar era un establecimiento sin pretensiones que contaba con la aprobación de Emily en todos los sentidos: el café era fuerte; la ubicación, conveniente; el ambiente, satisfactorio. Tomó asiento, pidió un expreso doble y se dedicó a contemplar el flujo continuo de viandantes por la ventana.

Estaba cada vez más persuadida de que el joven canadiense tenía razón en su enfoque del caso. Las pistas eran demasiado obvias tal y como ellos las habían estado interpretando. El miedo de Arno a que alguien encontrara las cartas antes que ella había sido lo bastante fuerte como para que tomara la precaución de cifrar incluso los códigos. Un monumento histórico de Oxford, el mismísimo corazón de la centenaria universidad, había sido destruido como parte de un plan para alejar de la pista correcta a los posibles perseguidores. Emily intentó hacerse una idea del apremio experimentado por Holmstrand, lo suficiente como para tomar la decisión de destruir un trozo de la historia.

«¿Quién era ese hombre? —se preguntó—. ¿Qué clase de conexiones y de poder necesita atesorar una persona para ser capaz de tramar la destrucción de semejante edificio desde su despacho en el estado rural de Minnesota? ¿Y qué rayos tiene que ver eso conmigo?».

No lograba sacarse esa pregunta de la cabeza. Era la única para la que no había tenido respuesta desde el principio.

La cuestión clave era, sin embargo, cómo iba a descifrar el significado de las pistas si Holmstrand había tomado unas medidas tan excepcionales para protegerlas. Iba a tener que pensar de un modo diferente si pretendía entrar en la mente del viejo profesor, Emily era consciente de ello. Repitió una y otra vez las palabras de la carta: «Iglesia de la universidad, el más antiguo de todos». El nombre de la iglesia era obvio, y también concluyente, pues no había ninguna otra en Oxford que llevara el título de la institución. Si Arno pretendía señalar otra cosa, ¿debía hacer una investigación más exhaustiva en la historia de Oxford? ¿Hubo alguna vez una iglesia con el nombre de la universidad, aunque fuera solo por un tiempo? La historia iba y venía. Tal vez hubo un tiempo durante el cual no fue un centro religioso. ¿El truco estaba en «el más antiguo de todos»?

Un grupo de turistas pasó por delante de las ventanas del establecimiento. Sostenían en alto las cámaras con la intención de fotografiar un *college* situado justo al lado. Emily contempló con aire ausente cómo hacían poses para inmortalizar el momento en una tarjeta para el recuerdo. Tomó un largo sorbo de su café, negro y denso.

«¿Y si la trampa estaba en la primera parte, en la "iglesia de la universidad"?». Si el principio estaba escrito con el propósito de despistar, entonces debía buscar la iglesia más antigua de Oxford, sin importar su adscripción a la universidad. Pero eso solo era la mitad del trabajo. ¿Era una iglesia que todavía estaba en pie o se refería a los cimientos más antiguos? ¿Y si era la torre de más años? En un radio de dos kilómetros a la redonda a Emily se le ocurrían media docena de edificaciones que reclamaban ser los restos del edificio más antiguo de Oxford. Las torres más antiguas, los muros más antiguos, los cimientos más antiguos, los suelos más antiguos... En una ciudad que exudaba antigüedad, todo el mundo intentaba subir la apuesta y se proclamaba más antiguo que nadie.

Intentó concentrarse de nuevo. «Para orar, entre dos reinas». Fuera del contexto universitario, no tenía la menor de idea de cómo ponerse a decodificar la segunda pista de Arno. Dejando a un lado todas las «Reinas de los Cielos» existentes de una ciudad llena de iglesias y representaciones de la Virgen María, Oxford era también una ciudad real y tenía una larga historia de interacción con la monarquía. Edificios, calles, señales, plazas, estatuas, iglesias... Y en todas estas categorías había al menos una con el nombre de una reina u otra. Era imposible poner orden.

Emily acabó de un sorbo el contenido de la taza. Por mucho que le gustara el café, sospechaba que la aliviaría más dar un paseo que aumentar su agobio con nuevas cavilaciones. Dejó unas monedas para pagar la cuenta, salió del local y pasó a la acera de enfrente, donde se encontró detrás de una de esas célebres visitas guiadas a pie. Se vio obligada a aminorar el paso y escuchar las explicaciones del aburrido guía sobre todo cuanto se veía alrededor. Emily se había sumado a uno de esos grupos durante su primera visita a Oxford, siendo todavía una estudiante en el extranjero. Se alegró al recordar el asombro experimentado cuando había recorrido aquellos escenarios de cuento de hadas: las grandes fachadas de piedra, los mercadillos con techo, los enclaves fortificados de los *colleges* y los chapiteles. Incluso siendo una inocente estudiante, sospechaba que los guías mal pagados de aquellas visitas se inventaban la mitad de los hechos con los que cautivaban a los grupos de turistas, pero eso a ella no le importó, por raro que pudiera parecer. Oxford tenía tanto de mito como de verdad y era al mismo tiempo un sueño romántico y una realidad tangible.

—... En un claro desafío a los objetivos del Merton College, ese de ahí detrás. —Emily volvió al presente cuando un receso del tráfico permitió oír las palabras del guía—. Pero a pesar de esto, el University College*, aquí, a nuestra izquierda, aún insiste en ser el *college* más antiguo de la universidad, pues se fundó a mediados del siglo XIII.

Una docena de cámaras enfocaron hacia la izquierda y empezaron a tomar instantáneas de la mampostería conforme el hombre iba describiéndola.

«¿Qué?».

Sintió que el corazón le daba un brinco en el pecho. Abrió la boca y formuló una pregunta incluso antes de darse cuenta de que estaba hablando.

—Disculpe, ¿podría repetir eso?

El guía se volvió hacia ella y con una habilidad consumada accedió:

—Por descontado: el University College es uno de los tres que reclaman ser el más antiguo de la ciudad. Los otros dos son el Merton y el Balliol, y vamos a verlos enseguida.

El hombre le dedicó una amplia sonrisa, pero los ojos le relucieron con sospecha, como si sugiriera que si la interrogadora de ojos azules increíblemente vívidos y aspecto atractivo había pagado las diez libras que valía la visita guiada, él no lo había visto.

Sin embargo, Emily se quedó donde estaba, rebuscando las cartas de Arno en la bolsa, mientras el grupo se alejaba. Rescató la tercera hoja y leyó en voz alta unas palabras que ahora cobraran un nuevo significado.

«Iglesia de la universidad, el más antiguo de todos». Sus ojos desvelaron el ingenioso disfraz y releyeron las palabras que ahora parecían escritas con renovada claridad.

---

* Se le conoce como *Univ*. Su nombre completo es The Master and Fellows of the College of the Great Hall of the University of Oxford. Fue fundado en 1249. *[N. del T.]*

Emily, como Wexler y Emory, había tomado al pie de la letra lo de la iglesia de la universidad. Era un nombre conocido en una ciudad conocida. Y era obvio que Arno había querido que le viniera a la mente al escribirlo, pero lo cierto es que era una persona muy precisa en su redacción, y no había escrito la iglesia de la universidad, sino iglesia, sin el artículo. No se refería a la iglesia de la universidad, sino a la del University College, o sea, a su capilla. «El más antiguo de todos» no aludía al edificio de una iglesia, sino al *college*.

Emily contempló fijamente el sólido muro del University College, que dominaba el tramo inferior de la calle. Le sobrevino la convicción de que la pista de Holmstrand apuntaba a ese objetivo.

Se detuvo al acercarse a una parada de autobús situada enfrente de la puerta más al este del *college*, una que había dejado de usarse como entrada desde hacía mucho. Iba a tener que subir un poco más por la calle y llegar a la entrada principal si quería entrar al complejo, pero no lo hizo, pues deseaba poner en orden sus ideas. Ascendió unos pocos peldaños y se plantó junto a una arcada tapiada. Se dio media vuelta y tomó asiento en lo alto de la escalera. La doctora cerró los ojos y disfrutó de la ausencia de distracciones visuales, entusiasmada por la velocidad con que empezaba a cobrar sentido el pequeño misterio de Holmstrand. «Quizá no sea una pérdida de tiempo después de todo».

Abrió los ojos, sacó la carta de Arno y releyó la línea manuscrita: «Para orar, entre dos reinas». Emily sintió crecer en su interior una determinación renovada: iba a encontrar a qué se refería aquel enigma también.

La solución vino más pronto de lo esperado: al levantar la vista de la hoja se descubrió contemplando un rostro de piedra, y es que al otro lado de la calle se erguía la noble silueta de una reina, rodeada por ocho blancas columnas de piedra que sostenían un dosel por encima de su cabeza. La talla permanecía debajo de una cúpula propia, encaramada en lo alto de una ornamentada fachada que discurría en ángulo a la calle. Emily la tenía justo delante gracias a que había subido el tramo de escaleras de la puerta en desuso del University College.

«Queen's College». El pulso se le aceleró mientras se estrujaba las meninges para recordar los pocos hechos que sabía sobre aquel lugar. Se fundó en 1345 y tomó su nombre en honor a la reina Felipa de Henao, esposa del rey Eduardo III. El *college* era famoso por la calidad de sus organistas e historiadores. Emily había asistido en su interior a un seminario durante su segundo año como estudiante del máster e incluso entonces reparó en la estatua situada sobre la puerta de la entrada principal. Pocas reinas merecían más que ella un monumento en el mundo académico.

«Ella es la primera. Necesito otra».

Emily miró a derecha e izquierda, pero incluso antes de empezar a girar la cabeza ya sabía lo que iba a ver. Ahí, casi a la misma distancia, pero en dirección opuesta, se alzaba la silueta derrumbada de la iglesia de Santa María la Virgen.

En ese momento se percató de que se hallaba entre dos reinas: a su izquierda estaba la Reina de los Cielos, en forma de una iglesia consagrada a la Virgen María, y a su derecha una reina del mundo, en forma de *college* dedicado a una reina del siglo XIV.

Y tras ella, oculta a la vista por el grueso muro, estaba la iglesia del University, «el más antiguo de todos».

Emily metió la carta de Arno en la bolsa y salió disparada hacia la puerta.

43

4.55 p.m. GMT

Los acontecimientos posteriores a la revelación de Emily se sucedieron a gran velocidad. Pagó una módica cantidad por tener el honor de dar una vuelta por los jardines del University College y entrar después en el antiguo recinto. Una vez dentro de sus muros de piedra caliza, atravesó los cuidados jardines y se fue directa al recinto de la antigua capilla. El enorme edificio se alzaba junto a la gran residencia de estudiantes. Las dos impresionantes estructuras quedaban ocultas a la visión del público general gracias al diseño amurallado del propio *college*.

Emily entró en la capilla con un propósito singular. Cada peculiaridad del hermoso interior —las estatuas de los antiguos directores en la antecapilla, donde también había unas pantallas de madera magníficamente tallada y una vidriera estupenda de Van Linge, datada antes de la guerra civil— llamaba su atención como potencial indicador que permitiera localizar el símbolo de la biblioteca, uno como el dibujado por Arno en su carta. En cualquier otro día se habría demorado delante de todos y cada uno de los detalles del espacio sagrado, disfrutando del significado histórico y religioso de aquellos que conocía e intentando averiguar más de los que no. Se había pasado toda la vida obrando de ese modo en capillas e iglesias, imbuida por la creencia de que era casi sacrílego permanecer cerca de algo antiguo y no desvelar su significado. Pero no en el día de hoy.

No tenía la menor idea acerca de la forma en que se revelaría el emblema: ignoraba si sería una zona reluciente en una vidriera, estaría tejido en una tela o tallado en madera. Pero sentía con todo su ser que estaba en algún rincón de aquel lugar. Contempló por enésima vez la tercera hoja de Arno, donde podía verse la pequeña divisa en lo alto de la página, las letras griegas beta y eta rodeadas por un pequeño marco ornamental.

Cruzó el trascoro de madera y se adentró en la capilla principal, donde había un puñado de visitantes: unos pocos estaban de pie, observando boquiabiertos el lugar, y el resto se hallaba sentado en los bancos, orando en diferentes actitudes de recogimiento. Ella pasó junto a ellos en dirección al altar, donde estudió con detenimiento hasta el último detalle, pero no localizó nada que guardara el menor parecido con el símbolo de la carta. Se giró a la derecha y recorrió con la mirada la pared, las bancadas, las ventanas e incluso los suelos a medida que avanzaba por el pasillo. «Nada». Anduvo de vuelta al altar y lo examinó de nuevo antes de repetir el proceso por el lado izquierdo. «Nada otra vez».

Frustrada, alzó el cuello para contemplar la techumbre de estilo casi gótico que diseñó George Gilbert Scott para la capilla: líneas fuertes, curvas ampulosas e imponentes, arcos ojivales. El techo soportó el escrutinio en silencio sin revelarle absolutamente nada.

Emily bajó la mirada y centró su atención de nuevo en el altar, el punto más despejado de la capilla. Esta se hallaba aislada del espacio principal por el típico trascoro ornamentado de separación entre el coro y la nave. En este caso era de una oscura madera tallada con primor. Los tallistas de alguna generación previa habían creado sobre la recia madera un entramado de follaje que parecía liviano como el aire, cuyo efecto únicamente quedaba estropeado por la capa de polvo gris que cubría las zonas a las que resultaba difícil llegar, así como unos cuantos arañazos y marcas de siglos atrás, testimonio de que la capilla había sido un lugar de culto muy activo.

Se puso a examinar el trascoro y enseguida atrajo su atención una de las zonas garabateadas del rincón. Esa sección algo más tosca solo era visible desde un extremo del altar, donde ahora estaba ella, por lo que habitualmente no era vista por visitantes ni fieles. Desde su posición podía advertir que no estaba más afectada por las marcas que otras zonas, pero estas eran más recientes a juzgar por el tono más luminoso de las mismas. Se acercó un par de pasos y entonces los rasgos cobraron una forma más coherente. Y lo que parecían ser cuatro tachaduras se convirtió en una forma rectangular hecha con cierta tosquedad y las líneas picudas resultaron ser...

... Letras y palabras rodeadas por líneas grabadas con tosquedad, y un pequeño signo. *El signo.*

Emily lo había encontrado.

Burdamente tallado en la madera había un símbolo idéntico al de la carta: las dos letras griegas debajo de la marca de abreviatura dentro de un recuadro ornamental. El sencillo emblema sin pretensiones que representaba «nuestra biblioteca». Debajo del mismo, grabada en la madera dentro del pequeño recuadro, había una serie de palabras inconexas.

44

Emily contempló fijamente un texto donde se concitaban el sentido de la historia y el de la aventura, que, de pronto, se había vuelto tangible y real. No pudo evitar que su imaginación volara hacia esas películas taquilleras con templos de cartón piedra y estatuas de dioses falsos. La emoción y la educación no iban de la mano en la rural Ohio y desde la infancia ella había abrigado una devoción poco o nada femenina por las películas de aventuras. La saga de Indiana Jones había sido su favorita.

«Esto es la realidad, Indiana», pensó con una inmensa satisfacción.

Aquel era el primer descubrimiento auténtico de Emily Wess. Era poca cosa en sí mismo, cuatro trazos hechos en la pared trasera de una iglesia, pero su significado era muy superior. Ahora estaba convencida de que lo que Holmstrand había dicho sobre la Biblioteca de Alejandría era cierto, y entonces aquello era una pieza de un puzle que la conducía a un descubrimiento inimaginable.

Y si podía ir tan lejos, lo haría.

Miró de nuevo el improvisado grabado de la pared, donde se veía el emblema de Arno diáfano como el día y, debajo, una serie de palabras escritas con una letra de trazo rudimentario.

Legado de Ptolomeo
Vidrio
Arena
Luz

El nombre del rey egipcio le resultaba familiar, pero las tres palabras restantes no le decían absolutamente nada. Eso no disminuyó la alegría que sentía por haber hecho el descubrimiento, aun cuando el contenido de aquel mensaje resultara más extraño que los de antes.

Mas ahora había un camino a seguir con claridad. Había llegado tan lejos gracias a la perspicacia de otros y se dio cuenta de que iba a necesitarlos de nuevo para recorrer los caminos que la aguardaban. Necesitaba ayuda.

Sacó el BlackBerry de un bolsillo de la chaqueta Salvatore Ferragamo, su favorita, y pulsó un botón plateado a fin de activar la cámara. Tomó tres instantáneas del garabato de la pared. Otros tantos clics confirmaron la acción. Deseaba asegurarse de que la imagen fuera nítida y distinguible al menos en una de las instantáneas. Estaba decidida y resuelta. Wexler y ella habían acordado no volver a verse aquella tarde hasta la hora de la cena, pero Emily sabía que su descubrimiento era demasiado importante como para esperar a ese momento. Se guardó el móvil en el bolsillo y salió de la capilla en dirección a la casa del profesor.

45

Nueva York, 12.30 a.m. EST (5.30 p.m. GMT)

La sensación de claridad y revelación que el Secretario había experimentado hacía dos horas se había asentado hasta convertirse en una determinación centrada y controlada. Forzó los hombros hasta adoptar una posición relajada mientras la línea telefónica iba entre chasquidos a través de diferentes conexiones y se mantuvo a la espera del doble timbrazo característico de la telefonía inglesa.

El Amigo en Minnesota había confirmado hacía poco más de una hora su nueva interpretación del último misterio del Custodio. Había convocado una reunión del Consejo y le había obligado a intervenir para proporcionarle cobertura. Y mientras él enviaba a su gente a escarbar entre las ruinas, el Custodio introducía una nueva pieza en el juego. El Secretario estaba convencido de que había llevado a Inglaterra a sus mejores hombres y los había embarcado en una misión que iba a ser una pérdida de tiempo. Y un engaño. Arno Holmstrand se burlaba de él aun después de muerto.

Pero ahora conocía a la nueva jugadora. Esa doctora Emily Wess había viajado a Londres y que estuviera allí al mismo tiempo que sus hombres solo confirmaba la opinión del Secretario.

La situación en el momento actual era diferente, como también lo eran los hechos, al menos en lo tocante a su significado. Ya no pensaba que la demolición de la iglesia respondiera a un plan para ocultarle algo a su Consejo. Al menos nada que estuviera en ese edificio.

El engaño del Custodio había sido muy aparente, pero tenía fallos. Al arrancar un puñado de páginas de un libro fácilmente localizable, sabía que el Consejo iba a poder recrear las hojas quemadas en un abrir y cerrar de ojos, como así había sido. Ni siquiera habían tenido que recurrir al proceso fiable pero lento de tratar los restos carbonizados y unirlos luego para ver qué es lo que quería ocultarles el difunto. Jason solo había tenido que ir a una librería de la misma ciudad y comprar otro ejemplar. Holmstrand se había encargado de no utilizar una edición rara como anzuelo para su trampa, pues deseaba asegurarse de que fueran capaces de conseguir el libro con facilidad. Y en este localizaron intactas las páginas arrancadas, donde había una referencia clara: la iglesia de la Universidad Santa María la Virgen. Un monumento histórico.

Pero su enemigo había previsto que ellos iban a reconocer ese objetivo, y por eso el Secretario supo de ese monumento casi al mismo tiempo que tuvo noticia de su destrucción, causada por una explosión a los pocos minutos de que el Custodio hubiera sido eliminado. La conexión entre ambos hechos estaba clara. Le sorprendieron la vastedad de la trama y el deseo de Holmstrand de burlarse de ellos, ya que les guio hasta el tesoro solo para arrebatárselo y dejarles ver la magnitud de lo que les negaba. No era la primera vez que el Custodio gastaba semejante tipo de jugarretas.

Él había dado los pasos siguientes de forma automática, y ahora comprendía que ese había sido su error. Un blanco evidente, una ocultación obvia. No había dudado ni un instante en enviar a los Amigos a su nueva misión: negar al Custodio los beneficios de la destrucción, es decir, hallar lo que había oculto debajo de los cascotes.

En lo más profundo de su ser, más allá de lo que estaría dispuesto a admitir, ni siquiera ante sí mismo, era consciente de que podía haberlo hecho mucho mejor. Debería haberse detenido un momento y mirar qué había más allá de lo aparente. Entonces habría visto que le estaban engañando. Debería haber imaginado el juego del Custodio después de todos estos años.

«Bueno, a toro pasado todos somos genios». La frase era un cliché, pero no por ello dejaba de ser verdad. Además, ahora, en su despacho, con una certeza que iba más allá de toda duda, había encontrado una forma de penetrar en la trampa de su enemigo. Holmstrand le había despistado, pero él había logrado encontrar el camino de vuelta. Y los hombres de Minnesota habían realizado un buen trabajo.

Sonó la doble señal y obtuvo línea en el auricular. Al cabo de unos momentos, una voz dijo:

—Aquí estoy.

—¿Dónde, exactamente? —quiso saber el Secretario.

—Acabo de abandonar la escena del atentado —contestó Jason—. Se ha hecho de noche y la policía local nos ha pedido a todos que salgamos para instalar unas torres de luz que alumbren la zona de escombros. La espera no va a prolongarse mucho más. Regresaremos a la iglesia en cuestión de minutos. Londres ha completado el listado. Han recibido instrucciones de buscar en las zonas más oscuras, allí donde las imágenes escaneadas no están completas. Podría haber algo en ellas.

—No —respondió el Secretario con voz monocorde. La negativa no provocó pregunta ni discusión alguna al otro lado de la línea, tal y como él había esperado. Solo hubo silencio. El Amigo se mantuvo a la espera de una explicación e instrucciones. Jason era su ayudante más cercano, el único Amigo en quien confiaba plenamente a pesar de su juventud. Era fiable y estaba bien entrenado—. Las circunstancias han cambiado. No hay nada en la iglesia. Solo era un movimiento de distracción.

Al otro lado del Atlántico, Jason se envaró. Se mantuvo en silencio, pero sintió crecer en él una oleada de rabia. No le hacía ni pizca de gracia ser engañado.

El Secretario sospechó que la ira del Amigo iba a más, por eso dijo:

—No te preocupes, amigo mío. Al final nos hemos dado cuenta, como siempre.

—¿Cuál es el siguiente paso? —quiso saber Jason. La única forma de que reprimiera la frustración era ponerle otra meta que lograr, otro objetivo.

—Cazar en vez de excavar. —El Secretario se retrepó sobre la silla del despacho—. Te estoy enviando al móvil un archivo con una fotografía. Esa mujer se llama Emily Wess y se encuentra allí, en Oxford. Ahora es vuestra prioridad. Tiene un BlackBerry con número registrado. Tu equipo puede usarlo para localizarla.

Mientras el Secretario hablaba, el Amigo sintió en el oído la vibración del teléfono, señal de que había recibido un mensaje.

—Un momento —pidió, y bajó el móvil a la altura de los ojos. El mensaje consistía en una breve exposición sobre Emily Wess. Lo examinó con rapidez y se llevó el teléfono al oído—. Ya lo tengo.

—Esta mujer es tu prioridad número uno ahora mismo.

—¿Está muy involucrada? ¿Cuánto sabe exactamente?

—Todavía lo desconozco, pero seguro que algo sabe, y está en el meollo del asunto. —El Secretario hizo una pausa. Jamás habría admitido una debilidad aparente ante nadie, pero a Jason podía confiarle todos sus pensamientos—. Su nombre ya constaba en nuestros archivos, pero nunca había levantado sospecha alguna. Hasta donde sabemos, mantenía una relación laxa con el Custodio, pero en cuanto este fue ejecutado, voló hacia Inglaterra gracias a un billete que él le había comprado. —El trabajo de campo de sus hombres en Nueva York ya le había permitido reconstruir hechos de días anteriores—. Estoy seguro de que está involucrada. —Hizo una pausa—. Ahora estamos en su casa para ver qué puede tener oculto. Localízala y no la pierdas de vista. No quiero que muera antes de saber hasta qué punto está metida en todo esto. Infórmame de todo cuanto veas.

En cuanto el Secretario colgó, Jason se volvió a su compañero y le dijo:

—Tenemos nuevas órdenes. Anota esto —dijo, y le entregó a su interlocutor el móvil, en cuya pantalla aún resultaba visible la información sobre Emily—. Rastrea el teléfono de esa mujer y llévanos a ella.

—Dame una zona al menos —le pidió el otro Amigo—. ¿Por dónde empezamos a rastrear?

—Ella se encuentra aquí. Emily Wess está en Oxford.

46

Oxford, 6 p.m. GMT

Emily había telefoneado al profesor Peter Wexler mientras atravesaba el University College. Luego, transitó por la ciudad lo más deprisa posible. La voz de su antiguo director de tesis sonó tan entusiasmada como la suya en cuanto le hubo anticipado el descubrimiento. A su llegada, el oxoniense le abrió la puerta con entusiasmo.

—Entra, entra.

Accedió al interior del edificio victoriano y dio un abrazo a su anfitrión. El decoro quedó a un lado ante sus energías renovadas.

—Quítate los zapatos enseguida —la instruyó Wexler—. La señora de la casa no va a tolerar que le manches el suelo.

Se esperaba de ella que respetara ciertos protocolos incluso a pesar de los grandes hallazgos de la jornada.

Emily obedeció en el acto y se libró de los mocasines de sendos puntapiés antes de seguirle llevando solo calcetines hasta el elegante cuarto de estar. El anfitrión tenía un aire de entusiasmo juvenil cuando le hizo la venia a la mujer sentada con aire majestuoso en una butaca.

—Emily Wess, te presento a mi adorable esposa, la señora del profesor Wexler. —La esposa de Peter se levantó de la silla y abrazó con calidez a la recién llegada.

—No le hagas ni caso. Llámame Elizabeth. Es un placer conocerte después de todos estos años. —Emily le devolvió la sonrisa mientras ella seguía hablando—: Peter te menciona a menudo, pero nunca tanto como en el día de hoy. —Elizabeth Wexler hablaba con el aire de quien conocía bien la energía desplegada habitualmente por su esposo—. Por favor, siéntete como en casa, Emily. Iré a atender el horno y dejaré que vosotros os acomodéis.

Cuando la señora de la casa salía por la puerta, su esposo regresó con dos bebidas en las manos para ocupar su lugar.

—Ten, un trago. Y toma asiento.

Emily aceptó la copa e hizo lo que se le pedía. Nada más tomar asiento se percató de que el mobiliario en el hogar del profesor era mejor y notablemente más refinado que el de la oficina. Wexler tenía un punto histriónico y teatral que le llevaba a cultivar una apariencia de descuido, pero podía prescindir de todo eso en su casa.

—He sido incapaz de hacer nada desde tu llamada —admitió el profesor, paseando de un lado a otro de la estancia. Se acercó a una mesa de centro y alzó un libro de tapas desgastadas—. He intentado ocupar la espera refrescando mis conocimientos sobre Alejandría y su biblioteca, pero a los viejos nos resulta difícil concentrarnos.

Depositó el libro en el mismo sitio y se sentó delante de su huésped, a la que miró con expectación. Ella extrajo el móvil de la chaqueta sin decir palabra, encendió la pantalla y se lo pasó al profesor. Este devoró la imagen con los ojos.

—¡Sorprendente, maravilloso!

Emily sujetó con más fuerza el vaso.

—Escuche, como me diga que ya lo ha descifrado... —lo dijo medio en broma, medio en serio. Ella había estado dándole vueltas al contenido de ese mensaje garabateado desde que lo encontró y Wexler lo había visto hacía menos de veinte segundos.

—No, cielo santo, no, no tengo la menor idea de lo que significa... aún —se apresuró a asegurarle su anfitrión—. Pero es maravilloso que esté ahí, ¿no te parece? ¡Y tú lo encontraste! Realmente hay algo detrás de todo este curioso subterfugio.

Miró a Emily, alzó la copa con un gesto dramático y bebió un largo trago de celebración. Luego soltó un largo suspiro cuando el licor bajó por su garganta, apoyó la espalda contra el respaldo de su asiento y dejó que ese entusiasmo se convirtiera en el protagonista del momento.

—¿Tienes...? ¿Tienes la menor idea de lo que significa? —inquirió el oxoniense.

—Solo dispongo de algunas observaciones sobre eso. —Ella irguió la espalda en el sofá, adoptando una posición reflexiva—. Lo primero de todo, me sorprende que el mensaje se haya realizado en la madera, no sobre piedra o una superficie pintada, y está raspado, no grabado. Además, hace muy poco.

Las dos últimas palabras les conmovieron a ambos. Era una yuxtaposición muy interesante: un símbolo hecho hacía poco a fin de ocultar algo muy antiguo.

—Por tanto, es un mensaje nuevo, no un vestigio histórico de la madera —comentó Wexler sin apartar los ojos de la pantalla del BlackBerry.

—Eso parece. Las marcas en la madera parecen recientes. Las palabras parecen grabadas con un piolet o algo con un borde metálico basto, no sé. Las escribieron a toda prisa, así que es probable que quien lo hizo usara lo primero que tuvo a mano. —Emily hizo una pausa, tomándose su tiempo para encajar las observaciones. Las cosas curiosas no acababan ahí—. El segundo detalle que me sorprende es el lenguaje. El mensaje está escrito en inglés, cuando casi todo en la capilla figura en latín.

—También yo me he fijado en eso —convino el británico sin dejar de mirar la fotografía.

—Ambos hechos sugieren que el mensaje es reciente, muy reciente incluso, diría yo. Pudo hacerse ayer o la semana pasada. Eso no forma parte de un rastro antiguo de pistas.

—Lo cual indica que no es obra de Holmstrand en persona, o al menos no físicamente —apuntó el anfitrión—. A menos que fuera capaz de desaparecer del campus de tu universidad y buscar un atajo en tan corto espacio de tiempo, lo cual parece harto improbable. Ha tenido que contar con la ayuda de alguien.

Emily sopesó las implicaciones del argumento de Wexler. Tal vez dejaron las pistas para que ella las descubriera y Arno se hallaba detrás de todo, sí, pero no actuaba solo.

—En suma, Holmstrand antes de morir pide a alguien que ponga ahí ese mensaje. Algo nuevo y por una razón.

Wexler sopesó los comentarios de su antigua pupila durante unos instantes, y cuando habló, sus palabras fueron una prolongación de sus pensamientos.

—Por una razón y para una persona.

Emily no entendió en un primer momento qué pretendía decirle su antiguo tutor. Este levantó la mirada del móvil y contempló fijamente a su antigua pupila.

—Lo puso ahí para ti. —Wexler le devolvió el teléfono—. La pista es pequeña y está bien oculta. Y te reveló la localización en las cartas que te remitió. Está escrita en inglés, porque, aunque te defiendas bien en otros idiomas, ese es el tuyo. Bueno, el americano es una versión bastarda del mismo. —Emily dejó pasar la ocasión de echarle una amistosa reprimenda, porque eso estaba fuera de cuestión. El argumento del profesor era serio y no había terminado—. Comienza con un comentario acerca de Ptolomeo, y me parece innecesario recordarte que ese fue el tema de una de tus pasadas investigaciones. —Wexler dijo con tono más enfático—: Ignoro cuántas letras hace falta reunir para que empiece a cobrar sentido un alfabeto, pero aquí tenemos la a, la b y la c, y todas señalan en la misma dirección. No se trata de un símbolo genérico. Estamos ante un mensaje puesto ahí con un único propósito: ser descubierto por la doctora Emily Wess.

Ahora fue ella quien se quedó mirando la pequeña pantalla del móvil. Estudió la imagen mientras su anfitrión seguía hablando. Con el dedo iba pasando de una fotografía a otra y observaba las tres.

—Esto le da otra orientación a las cosas —prosiguió el profesor—. Kyle andaba en lo cierto antes. Las pistas están ideadas para ofrecer un significado oculto que va más allá de lo evidente, pero el objetivo de las mismas eres tú. Han de tener sentido para ti de un modo que podría no ser tan evidente para nadie más.

Emily abandonó su silenciosa introspección y buscó a Wexler con la mirada.

—En tal caso, si tienes razón, se supone que esta nueva pista va a decirme algo. Entonces, ¿qué vamos a hacer?

Wexler pareció muy complacido con que Emily estuviera de acuerdo con su valoración de la situación y siguiera usando el plural a pesar de que los acontecimientos del día habían personalizado las cosas mucho en ella.

Se hizo un largo silencio mientras los dos eruditos buscaban una respuesta.

—El legado de Ptolomeo es exactamente lo que estamos buscando, la biblioteca misma —dijo al fin Emily, rompiendo el silencio—. La fundó el primer Ptolomeo que subió al trono y sus hijos la expandieron.

—Precisamente —contestó el profesor. Tomó un largo trago mientras su mirada no se apartaba de sus libros—. Pero, por supuesto, es muy posible que la pista no signifique eso.

Emily alzó los ojos para ver si adivinaba el pensamiento de Wexler en cuanto sospechó que el oxoniense había tenido una idea. Él se volvió hacia ella y, de pronto, en ese momento, se convirtió en un profesor que estaba delante de su discípula.

—Existen dos buenos motivos para que el «legado de Ptolomeo» no se refiera a la Biblioteca de Alejandría. El primero es que ya sabemos que estamos buscando la biblioteca perdida, así que de poco puede ayudarnos una pista cuyo significado sea: «Venga, buscad la antigua biblioteca». Aunque Arno hubiera creído que eras torpe como un cerrojo y que ibas a quedarte confusa, decirte «Ve, encuéntrala» no es decirte cómo hacerlo.

Emily se permitió recibir con una risotada tanto el argumento del profesor como el tono condescendiente con que lo había formulado. Al parecer, daba igual cuántos títulos académicos pudiera acumular, eso no le impedía ser reprendida como una colegiala.

—En segundo lugar, tenemos el término «legado» —prosiguió él—. Un legado no es algo perdido, es algo que uno deja atrás al morir, algo accesible.

Emily comprendió la idea de su mentor.

—Por supuesto. Cuando hablamos de un legado político, aludimos a lo que deja tras él. Lo que ahora tenemos se debe a su trabajo, a su vida.

—En efecto. Cuando menciona el «legado de Ptolomeo» no te indica algo perdido, se refiere a algo que ya tenemos, algo real, algo que nos guíe otra vez hacia el antiguo monarca. —Wexler se levantó de su asiento, y sin dejar de hablar se dirigió a un estante situado al otro lado de la estancia—. Eso me ha sugerido una idea de lo más interesante. —Repasó el lomo de una hilera de libros en busca de un título concreto. Al encontrarlo, lo señaló con la yema del dedo, lo sacó del estante y empezó a hojearlo mientras continuaba con su exposición—: La obra de Ptolomeo fue su biblioteca, y hasta cierto punto el legado de Ptolomeo es su biblioteca.

Ella le escuchaba con total atención e intentó adelantarse, ver a qué conclusiones quería llegar el inglés.

Emily tomó en las manos el libro abierto de par en par por una página donde podía verse la fotografía en color de una inmensa construcción circular moderna con una techumbre en ángulo que caía a pico desde lo alto para encontrarse con el mar al borde una bullente metrópolis egipcia.

—Quizá yo pueda presentarte el legado de Ptolomeo: el Gobierno egipcio abrió la nueva Biblioteca de Alejandría en el año 2002. Apuesto cinco contra uno a que ese es el objeto del nuevo mensaje.

La magnífica estructura deslumbró a Emily desde la página con sus líneas modernas y contornos imponentes. La nueva biblioteca no guardaba conexión alguna con la antigua, pero se mantenía en los estándares de aquel proyecto inicial. Era un grandioso homenaje al pasado faraónico de Egipto y distinguía la línea costera alejandrina con un monumento sin parangón en la tierra.

Cuando sostuvo la imagen, Emily tuvo la sensación de que era un edificio que debía ver con sus propios ojos.

47

Chicago, 2 p.m. CST (8 p.m. GMT)

Michael Torrance estaba sentado en un banco de la zona ajardinada que había en el patio exterior de su apartamento cuando sonó el teléfono. Se protegía del aire frío de un despejado día otoñal con una gruesa cazadora de cuero. Saltaron a la pantalla del móvil el nombre de Emily y la foto hecha dos años antes, unos instantes antes de que despertara en una acampada con un peinado que solo podía gustarle a un novio. Su actual periodo de aprendizaje en Chicago implicaba que pasaran mucho tiempo separados y el pequeño fogonazo visual de su rostro en la pantalla hacía la distancia más tolerable.

Aunque la distancia había crecido exponencialmente en las últimas veinticuatro horas.

—¡Emily! —exclamó jubiloso al ver el número, y se llevó el móvil al oído—. No esperaba tu llamada hasta más tarde.

—Hola, cielo, ¿te interrumpo?

—En absoluto, estaba disfrutando de un rato a solas para almorzar. —Michael hizo una pausa, sabedor de que sus siguientes palabras iban a despertar una oleada de nostalgia—. Feliz día de Acción de Gracias, cielo.

—Ya era el día de Acción de Gracias cuando te llamé hace unas horas —respondió en broma. Su voz era toda calidez.

—¿No puede un hombre felicitar a su mujer dos veces? El regreso a la vieja patria está volviéndote una minimalista, Em. No vas a tardar en decirme que voy a tener que conformarme para todo nuestro matrimonio con el «Te quiero» que espero oír alto y claro el día de nuestra boda.

—Pensaba que eso ya lo habías entendido. Los dos somos personas muy ocupadas, no tenemos tiempo para repeticiones innecesarias. —Ella rompió a reír al otro lado del teléfono, y de pronto fue consciente de la distancia que los separaba, del día que era y del significado del mismo, y deseó con renovado vigor que no se hubieran puesto de acuerdo en que él se quedara en Estados Unidos—. Feliz día de Acción de Gracias también para ti, Mikey. Lamento no estar allí, pero te lo compensaré.

—Puedes apostar a que sí —replicó con él con una nota de humor en la voz.

—Pero por el momento —prosiguió ella— hay una cosa que puedes hacer por mí.

—¿Esperas que me deje mangonear por ti desde el otro lado del globo?

—Yo no te mangoneo —protestó ella, fingiendo inocencia—. Solo sugiero con énfasis.

Él se echó a reír.

—¿Qué necesitas?

Emily pasó los siguientes minutos poniéndole al día sobre cuanto había acaecido desde su llegada a Oxford. Michael escuchó con asombro las descripciones de edificios destrozados, antiguas iglesias, inscripciones en la madera de una capilla y, por último, la nueva obra maestra levantada por el Gobierno egipcio como monumento histórico e intelectual.

—¿La nueva Biblioteca de Alejandría? ¡Emily! Es uno de los edificios más apabullantes que se han construido en los últimos treinta años. Es el sueño de todo arquitecto.

—Vosotros, los arquitectos, siempre pensáis en lo mismo —replicó ella en broma. Entre las explosiones, el hundimiento de la iglesia, la irrupción en la escena del atentado y todos los demás detalles que tanto habían entusiasmado a la doctora, lo que atraía la atención de su prometido era la arquitectura.

—No te preocupes, Em. Todavía sigo convenientemente impresionado por tu perspicacia deductiva y tu brillantez intelectual, pero ese edificio... ¡Estamos hablando de la perfección arquitectónica!

—¿Y no te gustaría que yo pudiera darte una explicación de primera mano? —preguntó.

—¿Vas a ir...? —Michael comprendió de pronto que no estaba mencionando el edificio, sino que planeaba una segunda etapa en su precipitado viaje—. ¿Te vas a Egipto?

—Si puedes ayudarme a ir, sí. No puedo encontrar semejante pista y dejarlo correr, ¿no te parece? —Se trataba de una pregunta retórica, ni que decir tiene, hecha con el propósito de captar su interés. Ella era consciente de que había un peligro, y a tenor de lo visto aquel día, probablemente aumentaría si se acercaba a la biblioteca.

Michael dejó escapar un largo suspiro donde materializaba su nerviosismo a la luz de las nuevas noticias. Pero ella estaba decidida y él lo sabía. Emily percibió todo esa preocupación en su silencio.

—Te ayudaré en todo lo que necesites siempre que me prometas actuar con mucho cuidado —acabó por decir él.

—Tengo toda la intención de regresar a casa contigo. Y ahora, ¿puedes comprarme un billete? Si lo haces tú, será más seguro y rápido que encargarlo a través del BlackBerry.

—Claro. De hecho, me distraerá bastante. Las páginas web de venta de billetes deben de ser los únicos lugares de la red que no están llenos de escándalos. No he conseguido dejar de darle al botón de actualizar en la página de la CNN desde que esta tarde han puesto a funcionar el ventilador de mierda.

—No te sigo.

—Bueno, bueno, cielo, pues sí que has estado ocupada si no has tenido tiempo para enterarte de lo que ha sucedido por aquí. Hazte un favor y échale un vistazo a las noticias antes de subir a ese avión. Es como si todo el país fuera a hacer implosión con un escándalo presidencial y unos terroristas asesinando a los más cercanos al presidente. Es como un apocalipsis político.

—Y le hizo un breve resumen de la situación de Washington.

—Al menos, no soy la única rodeada por la intriga —dijo Emily cuando hubo terminado—. ¿Ves? Al final, después de todo, sí hemos tenido una experiencia común hoy.

48

Oxford, 8.25 p.m. GMT

La duración de la conversación fue perfecta para Emily. Un vuelo de las líneas aéreas turcas salía hacia Alejandría aquella noche a las 10.55, así que le daba tiempo para darse una ducha y cambiarse de ropa antes de salir disparada por la puerta con tiempo suficiente para llegar a Heathrow, siempre y cuando a la esposa de su anfitrión no le importara que se saltaran la cena hecha en casa poco antes de sentarse a la mesa. La perspectiva de pasar otro largo periodo de tiempo en una cabina saturada de aire reciclado se le hacía imposible sin refrescarse primero.

El oxoniense se mostró de acuerdo en llevarla él mismo al aeropuerto en cuanto Michael confirmó la adquisición del pasaje. El viejo profesor hervía de entusiasmo como un chiquillo ante la idea de las aventuras y proezas que aguardaban a su antigua pupila.

—Este vas a necesitarlo —aseguró Wexler, cogiendo un tomo de su biblioteca y poniéndolo en manos de su alumna poco después de que esta saliera del cuarto de invitados, duchada y con ropa nueva. Era el tercer libro que le ofrecía desde que había asomado por la puerta—. Y también este. —Agregó a la pila una gruesa guía de viajes de cubiertas satinadas—. Este lo compré en 2002, cuando asistí a la inauguración de la biblioteca. Tiene una estructura fabulosa. Aquí lo aprenderás todo sobre ese tema.

Emily sonrió agradecida. Sostenía en las manos unos volúmenes que cubrían el tema desde todos los ángulos posibles, desde la historia de la antigua biblioteca hasta la política del Egipto moderno que había dado lugar a aquella maravilla arquitectónica. Le aguardaba un vuelo de ocho horas, pero, aun así, iba a tener que concentrarse mucho para leerlo todo.

—Gracias, profesor, pero vamos a tener que dejarlo ya, si no nos vamos ahora mismo...

—Sí, sí, es cierto. —El oxoniense se apartó de las estanterías. Intercambiaron una breve mirada. Él fue incapaz de reprimir una sonrisa—. ¡Dios, que me aspen si esto no es divertido! De haber sabido que tus visitas eran tan interesantes, te habría invitado a volver más a menudo.

Se rieron los dos a la vez. Wexler se metió en el bolsillo las llaves del coche.

—Cariño, nos vamos —anunció en dirección a la cocina cuando ya se dirigían hacia la puerta principal.

—Una cosa antes de marcharnos. Dígame, ¿puede recibir fotografías en el móvil?

—Nunca lo he intentado, pero eso creo. Es uno de esos trastos modernos, así que estoy seguro de que es posible. ¿Por qué me lo preguntas?

—Me gustaría fotografiar las cartas de Arno y enviarle los archivos..., solo por seguridad. —Emily vaciló. No sabía muy bien por qué, pero tenía la sensación de que convenía tener una copia electrónica de las mismas. Aquella jornada se había mostrado pródiga en misterios e incertidumbres. No sabía qué iba a depararle el futuro, y más valía ser precavida.

—De acuerdo, bien pensado —replicó Wexler—. Puedes hacerlo en el coche, y ahora, en marcha.

Emily cogió la pequeña bolsa de viaje y, sin soltar los libros, se dirigió hacia la puerta, el coche, el aeropuerto y después de todo eso... a Alejandría.

49

Oxford, 9.35 p.m. GMT

A diferencia de la mayoría de los hombres, cuya perspectiva se ha formado viendo películas hollywoodienses y leyendo novelas negras baratas, Jason sabía que rastrear un objetivo en el mundo moderno tenía muy poco de seguirlo por los caminos a pie o en un coche y bastante de sentarse delante de un ordenador bien equipado y actuar con sagacidad. No se trataba de que perseguir y rastrear no diera sus frutos, pero eso solía suceder al final de una operación, cuando la víctima iba a ser capturada... o eliminada. El rastreo moderno resultaba mucho más eficaz si se llevaba a cabo con tecnología y recursos modernos.

La búsqueda de Emily Wess era uno de esos casos. El número de teléfono de su BlackBerry les había permitido llegar hasta su tarjeta SIM, gracias a la cual habían podido localizarla en un tercio de la ciudad. Eso también había posibilitado la confección de un listado de sus llamadas telefónicas, lo cual les había permitido tener noticia de sus comunicaciones con un académico local, Peter Wexler, y su prometido, un tal Michael Torrance, residente en Chicago. Los antecedentes de Wexler, una eminencia en la historia del Antiguo Egipto, confirmaban una relación que venía de antiguo con la doctora Wess.

La llamada de la profesora a su prometido había revelado su intención de viajar y un rápido rastreo por las bases de datos de las aerolíneas, ahora que ya conocía todos los detalles necesarios, reveló los detalles del vuelo a Alejandría, desde el número de asiento hasta las preferencias culinarias. A partir de ese momento había vigilado todas las tarjetas de crédito de Emily Wess y había intervenido los diez teléfonos a los que solía llamar más a menudo. Adondequiera que fuera, con quienquiera que hablase e hiciera lo que hiciera, los Amigos iban a estar al tanto.

El grueso de su trabajo durante los últimos veinte minutos había estado centrado en Alejandría. Deseaba tener fresca toda la información antes de telefonear al Secretario.

Abrió el móvil y marcó.

—Ponme al día —exigió el Secretario unos segundos después.

—Emily Wess ha reservado un asiento en el vuelo TA1986 de las líneas aéreas turcas. Sale de Heathrow a las 10.55 p.m., hora local. La reserva se efectuó por Internet desde un ordenador en un apartamento de Chicago, propiedad de su prometido. Enseguida tendremos hombres allí.

—Alejandría —repuso el Secretario, repitiendo una palabra tan significativa.

—Ya he alertado a nuestro equipo principal de allí —continuó el Amigo—. Tomaré un avión en cuanto hayamos terminado aquí.

—Ve en cuanto puedas. Deja el seguimiento de lo de Oxford en manos de otros.

—Por supuesto. —Jason hizo una pausa y miró la pantalla durante unos segundos—. Hemos vigilado durante meses nuestros cuatro objetivos de Alejandría. Sabemos que hay un Bibliotecario en la ciudad, lógico, dada su relevancia, y nuestro mejor agente asegura que es uno de esos cuatro. Todos ellos trabajan en la Bibliotheca Alexandrina, que es el destino de la doctora Wess. —La vigilancia en Alejandría era una operación de larga duración y el Secretario conocía los detalles, pero de todos modos le envió los datos sintetizados a través del móvil—. He ordenado a nuestros hombres que durante las próximas cuarenta y ocho horas no pierdan de vista a ninguno de los cuatro. Hay muchas posibilidades de que la doctora vaya a reunirse con uno de ellos, y si acude allí guiada por el Custodio, lo más probable es que contacte con el que importa.

—¿Y tú?

—Vamos a pegarnos a la doctora —respondió Jason, mirando por el rabillo del ojo a su compañero—. Estaremos allí cuando ella aterrice y ya no nos apartaremos de su lado, solo por si no contacta con ninguno de nuestros candidatos.

El Secretario se permitió el lujo de reclinarse sobre el respaldo de la silla. Los Amigos eran de lo mejor en su negocio.

—Una cosa más —agregó el Amigo—. Wess está de camino al aeropuerto. Está aprovechando la conexión de su BlackBerry para visitar diferentes páginas web de noticias, y en todas ellas no se habla de otra cosa que no sea el lío de Washington.

«Maldita sea», pensó el Secretario, y estuvo a punto de soltarlo en voz alta. Estaba claro que Emily Wess estaba relacionada con la biblioteca, pero ahora resultaba que a lo mejor estaba informada de su trabajo en Washington DC y quizá la filtración de la lista del Consejo no estaba tan cerrada como habían pensado.

—De modo que le han pasado información sobre la misión en curso. Holmstrand la soltó antes de que nos encargáramos de él.

—Eso parece —replicó Jason.

El Secretario ponderó sus palabras durante un buen rato antes de pronunciarlas por teléfono:

—Vas a tener que vigilar muy de cerca a Wess. Tal vez sea nuestro único lazo vivo con el paradero de la biblioteca, así que la necesitamos viva y ajena a nuestra presencia el mayor tiempo posible. Encárgate de ella si hace cualquier cosa que ponga en riesgo la misión de Washington, pero considéralo como el último recurso.

—Comprendido.

Se hizo otro silencio antes de que el Secretario diera por concluida la conversación.

—Ve a Egipto ahora mismo y averigua qué es lo que realmente sabe Emily Wess.

50

Londres, 10.55 p.m. GMT

Con tan poco tiempo, Michael solo había conseguido encontrar en el vuelo nocturno a Alejandría un asiento en primera, un lujo del que Emily no había disfrutado con anterioridad. La azafata la había conducido hasta un espacioso asiento de felpa y enseguida le habían entregado una manta de lana junto con una bolsa llena de regalos. Le dio las gracias a Wexler por haberse ofrecido a correr con todos los gastos. Después de todo un día pateándose la zona cero de una explosión en un país extranjero y decodificando las pistas de un muerto, agradecía sobremanera cualquier pequeño indicio de civilización. Jamás le había parecido tan maravilloso un frasquito de refrescante loción de manos.

El vuelo de Londres a Alejandría duraba ocho horas justas, incluyendo la breve escala aduanera en el aeropuerto de El Cairo. Salía de uno de los aeropuertos más antiguos del mundo y llegaba a uno de los más nuevos de Egipto: Borg El Arab, una maravilla de vidrio y metal con forma de barco, algo inexplicable a juicio de la doctora norteamericana. No le sorprendía que su prometido hubiera exudado entusiasmo por teléfono al describirle los detalles, pero incluso entonces Emily se preguntaba si las características de un aeropuerto, aun cuando fuera de reciente construcción, eran algo que solo un estudiante de Arquitectura podía apreciar. Incluso aunque la forma de nave hubiera sido adoptada con el propósito de establecer una conexión entre los modernos vuelos y la fama de la antigua ciudad portuaria de Alejandría, seguía siendo un aeropuerto con todas las molestias típicas de los aeropuertos.

Emily se relajó en el asiento. Todavía le quedaban por delante ocho horas durante las cuales iba a poder disfrutar de la paz y la calma de esos momentos, así como leer parte del material entregado por su antiguo mentor. Eso además de comer todo cuanto le dieran las azafatas. El feroz crujido de su vientre iba a más, recordándole que únicamente había tomado una taza de café desde que abandonó Estados Unidos.

Mientras aguardaba la llegada del servicio de comidas, reclinó el asiento y conectó el cargador del móvil. Solo después centró su atención en los libros. No tardó en saber que Borg El Arab no era la única joya de la arquitectura que había florecido en la ciudad de Alejandría durante los últimos años. La guía de viaje que Wexler le había dado en Oxford, y que ahora descansaba abierta sobre su regazo, se hallaba llena de ejemplos en ese sentido. Desde mediados de los noventa, el gobierno local de Alejandría se había fijado como objetivo revitalizar la ciudad con el propósito de desterrar la imagen que la mayoría de los turistas tenía de Egipto: un lugar de pobreza endémica y población iletrada, con una situación muy próxima a los países del Tercer Mundo. Alejandría había sido en tiempos una de las grandes capitales de la sabiduría y del comercio y se estaba convirtiendo en una nueva metrópolis de la cultura y la moda; ahora, las mismas tiendas de lujo presentes en la neoyorquina Quinta Avenida o en la londinense Oxford Street se hallaban en la Corniche, y todas las nuevas construcciones edificadas en la ciudad eran un modelo de vanguardia arquitectónica: nada que ver con las paredes de adobe y la silueta de las pirámides.

La nueva biblioteca iba en esa dirección. La urbe deseaba recuperar una parte de su antigua reputación como centro mundial del conocimiento y por eso adoptó la decisión hacía un par de décadas de construir una nueva biblioteca lo más cerca posible del emplazamiento de la antigua. Pero la ubicación era lo único que la Bibliotheca Alexandrina iba a tener en común con su homóloga de la Antigüedad. La estructura era de lo más vanguardista que Emily había visto, o al menos esa impresión producían las fotografías. El edificio principal era un enorme disco de granito cuyo tejado se deslizaba hacia el mar, recreando la imagen de que el sol del conocimiento salía de entre las aguas, algo que la literatura se había apresurado a utilizar. En la fachada había inscripciones y textos escritos en ciento veinte idiomas de todo el mundo, todo un símbolo de la dimensión universal de la sabiduría, por la que se había hecho famosa la antigua biblioteca.

No era de extrañar que Michael la adorase.

Todas las cifras del edificio eran apabullantes. El disco central tenía ciento sesenta metros de diámetro. Su principal sala de lectura tenía 70.000 metros cuadrados. Tenía espacio para albergar ocho millones de libros. Había costado doscientos veinte millones de dólares.

Cuando la moderna Alejandría construía algo, lo hacía a lo grande. «No se diferencia tanto de la antigua Alejandría», pensó Emily.

La gran diferencia entre una y otra eran las sociedades existentes alrededor de cada biblioteca. En los tiempos antiguos, la biblioteca era la niña de los ojos del rey y la sociedad hacía lo que hacían las sociedades en el mundo antiguo: imitar a su soberano. Ptolomeo usaba la biblioteca para dar prestigio a su reinado y su pueblo le siguió con avidez en ese propósito. No había mucha diferencia entre que obraran por amor a su faraón y devoción a la cultura o si lo hacían porque no les quedaba otra, salvo morir.

Empero, el Egipto moderno se parecía muy poco al reino de Ptolomeo I Sóter y el desorbitado precio del nuevo edificio no era el único aspecto que había provocado un encendido debate en las calles y en el Gobierno. Igual de relevante era la pregunta de para quién se había construido, dado que la mayoría de la población seguía siendo analfabeta y Alejandría no había sido la capital del conocimiento desde hacía siglos. El presidente llevaba mucho tiempo en el poder y podía soportar esos comentarios, pues veía la biblioteca como una forma de reverdecer los laureles de su antigua reputación, mas un presidente no es un rey, como pusieron de relieve los alzamientos y sublevaciones que acabaron por expulsar del poder al Gobierno. Y allí donde los Ptolomeos habían mandado y el pueblo les había obedecido, el poder actual se había visto abocado a unas elecciones democráticas y a la burla de los medios de comunicación internacionales. Era un mundo diferente: volátil, manipulador, inseguro.

Los pensamientos de Emily volvieron a las noticias leídas mientras iba de camino a Heathrow. Se le hacía difícil creer todo cuanto había visto en la pequeña pantalla del BlackBerry. No hacía ni cuarenta y ocho horas que se había ausentado del país y la capital ya se había llenado de cadáveres en crímenes cometidos en teoría por activistas de Oriente Próximo airados por los chanchullos ilegales del presidente. «Me pregunto si seguirá habiendo un país a mi regreso», pensó. No se leían todos los días titulares como «Golpe de gracia» o «Traición presidencial» referidos a Estados Unidos, y esos habían sido dos de los titulares más sosegados de los hojeados mientras viajaba en coche.

Pero no iba a distraerse. El escándalo en Washington era un buen ejemplo de la volubilidad del mundo político, una volubilidad que, sin embargo, había posibilitado que se completara un desafío como el de la nueva biblioteca. Por fin esta se había construido y el mundo volvía a contar con la Biblioteca de Alejandría, ahora con un nuevo rostro y otra imagen.

Miró por la ventanilla. El Canal de la Mancha se desvanecía en favor de la línea costera. Se habían acercado mucho a territorio francés mientras leía. Entonces, se preguntó, y no por vez primera a lo largo de aquel día, cómo había acabado en medio de un fregado de semejante envergadura. Resultaba difícil creer que hacía dos tardes estuviera estirando los músculos y concentrándose en su clase de *krav maga*, la mañana del día anterior diera clase cerca de los cuidados campos de Minnesota y ahora volara a bordo de un avión turco, en primera clase, de camino a Egipto, siguiendo las indicaciones de unas incisiones practicadas en la pared de una capilla inglesa, mientras en su país el mundo político parecía estar cada vez más cerca de la implosión.

La agitación en la boca del estómago fue a más, y no solo a causa del hambre. Si aquello era una pérdida de tiempo absoluta y no llevaba a ninguna parte, que así fuera; al menos vería Alejandría. Y si se trataba de algo más, como estaba segura de que era el caso, tendría éxito en su pequeña misión. Y cuando lo hiciera, poseería la misma información que le había valido tres balas en el pecho a Arno Holmstrand.

Emily cerró los ojos. Estaba a siete horas de vuelo de la costa egipcia. En aquel instante, ella deseó encontrarse mucho, mucho más lejos.

51

Washington DC; 5.45 p.m. EST (10.45 p.m. GMT)

El grupo convocado por el secretario de Defensa para afrontar la creciente crisis de la administración se reunió de nuevo en la discreta sala del Pentágono. Ashton Davis había hecho acudir a ese pequeño equipo porque pronto iban a tener que realizar una tarea sin precedentes en la historia norteamericana: la destitución forzosa del presidente de Estados Unidos.

—El *impeachment,* por el cual se procesa a un alto cargo público, no es una opción —informó con voz monocorde—. Es un procedimiento que requiere tiempo y solo en una ocasión se ha conseguido destituir a un presidente investido. No disponemos de tanto tiempo. Las acciones de este hombre han provocado una amenaza manifiesta a la seguridad nacional y han sido asesinados consejeros presidenciales, e incluso algún miembro del personal que trabajaba en el Ala Oeste. El causante de tales actividades debe ser retirado del cargo donde puede seguir ocasionándolas, sea o no el presidente de Estados Unidos.

El razonamiento era claro, pero la perspectiva pareció poner nervioso al director del Servicio Secreto.

—En la historia de este país, nadie, salvo los votantes, ha destituido por la fuerza a un presidente en activo.

—Y nunca habían venido asesinos al corazón de este país para llevar a cabo una vendetta por las actividades ilegales en el extranjero de un presidente, director Whitley —replicó el general Mark Huskins.

—Esa es la razón por la que debemos orquestar una reacción militar —añadió el secretario de Defensa—. No estamos hablando de unos negocios más o menos ilegales o de unos movimientos políticos equivocados. Hablamos de un hombre que se ha convertido en un peligro para la seguridad nacional y ha traído el conflicto del Oriente Próximo al mismísimo corazón de nuestra democrática capital.

Whitley se removió incómodo en la silla. Todo cuanto decían sus interlocutores era exacto, pero, aun así, la decisión no tenía precedentes.

—¿Existe en la constitución algún formalismo que ampare una destitución militar de un presidente en ejercicio?

—No de forma explícita —respondió Davis—. El presidente es el comandante en jefe de las fuerzas armadas, pero no es un rango militar en sí mismo y no puede hacérsele comparecer ante un consejo de guerra ni un tribunal militar.

—Pero ¿cómo vamos a proceder si no hay un elemento militar en juego? El ejército norteamericano no arresta civiles en suelo nacional a menos que lo recoja expresamente la ley militar.

El general Huskins se inclinó sobre la mesa.

—Podemos en caso de que ese civil propicie o apoye las operaciones de fuerzas militares enemigas en tiempos de guerra.

Whitley puso unos ojos como platos.

—¿Sugiere que arrestemos al presidente de Estados Unidos como un combatiente enemigo en la guerra contra el terrorismo?

—Hemos arrestado a otros ciudadanos americanos por mucho menos. Por Dios, ¡hay asesinos sueltos en Washington por culpa de las actividades ilegales del presidente Tratham! Tal vez hayan venido a suelo americano en represalia y no por invitación presidencial, pero el hecho cierto es que se encuentran aquí, y no lo estarían si Tratham hubiera obedecido las leyes que juró proteger. ¡Debemos detener a ese hombre! —dijo el general con energía y convicción.

El director Whitley sabía que protestar tenía poco sentido. Su interlocutor estaba en lo cierto: había que detener al presidente antes de que la situación se les fuera de las manos.

—¿Y qué hay del vicepresidente? —quiso saber el secretario de Defensa—. ¿Tiene alguna conexión con todo esto?

Whitley se volvió hacia Davis con rostro esperanzado.

—Mis agentes han estado trabajando con el FBI para explorar todas las posibilidades desde nuestra última reunión. La buena noticia es que parece limpio. Sus principales apoyos cuando se trata de asuntos extranjeros son Alhauser, Krefft y la Fundación Westerberg. Todos ellos tienen una reputación considerable a la hora de promover negocios en el extranjero y, de hecho, los dos últimos han presionado en el Congreso a favor de la transparencia contable en la reconstrucción de Afganistán e Irak. El vicepresidente parece estar relacionado con el tipo adecuado de grupos: los que no van a provocar respuestas militares por conductas ilícitas.

—Seguid investigando —ordenó el secretario de Defensa—. Ha de estar inmaculado... o caerá con el presidente. —Davis se puso de pie, dando una nota de gravedad al fin de la reunión—. Caballeros, el Gobierno de este país no se verá arrastrado por la conducta criminal de su líder. Les debemos eso a todos los norteamericanos. Ahora, vayan y asegúrense de que el vicepresidente está preparado para lo que se avecina. Va a ocupar un papel muy diferente al actual antes de que acabe la semana.

Viernes

52

Aeropuerto de Borg El Arab, Alejandría (Egipto)
Hora local, 8.56 a.m. (GMT +2)

El jet de las aerolíneas turcas aterrizó con un solo minuto de retraso sobre la hora prevista de llegada. El sol despuntaba en el horizonte y el calor, incesante incluso en un día de noviembre, no había disipado aún el frío de la noche.

Una hora después, Emily viajaba en taxi por el camino del noreste hacia el centro de la ciudad. Se asomó por la ventanilla y estiró el cuello con la esperanza de hacerse, desde la distancia, una imagen clara de la ciudad. Había visto bastante poco durante el aterrizaje y solo ahora se daba cuenta de que estaba a escasos kilómetros de la ciudad sobre la que tanto había estudiado desde su infancia. El miedo, que había envenenado su estómago durante las pasadas horas, empezó a dulcificarse con una familiar sensación de aventura y descubrimiento.

A lo lejos se asentaba Alejandría, la ciudad fundada por Alejandro Magno. Había sido una de las más famosas urbes del mundo desde que Alejandro la fundase a principios del año 331 a. C. hasta su declive gradual desde el punto de vista internacional en el siglo VII. Su faro, el Pharos, había lucido en la bahía como una de las siete maravillas del mundo mientras la urbe cobraba tanta o más fama como centro comercial, industrial e intelectual. Situada a lo largo de la costa, en la lejana orilla occidental del delta del Nilo, la «perla del Mediterráneo» —como había sido conocida durante milenios— siempre había tenido una posición preminente por su poderío militar y comercial. Quizá ahora era más notable como centro turístico, sirviendo como popular destino vacacional y punto cultural de interés, y aunque fue el puerto principal de Egipto, aún conservaba parte de su antigua importancia como centro del tráfico marítimo.

Alejandría se había asentado en el corazón de tres imperios y había sido la pieza clave de al menos cinco culturas diferentes. El Egipto de los faraones se remontaba un milenio en el tiempo, y luego pasó a ser gobernado por los Ptolomeos hasta que se convirtió en provincia romana. En los últimos siglos antes de Cristo se había convertido en el centro de la diáspora judía y el único grupo de israelitas en el mundo. Después, en los años posteriores a la conversión del imperio a la cristiandad, se había transformado en la capital del aprendizaje y de la influencia de los cristianos, produciendo algunos de los más grandes pensadores y obispos de la Iglesia, así como algunas de las más desabridas herejías. El concilio de Nicea —primer concilio ecuménico, que había elaborado la primera forma del credo que los cristianos siguen rezando hoy— había tenido lugar como respuesta a una apostasía originada en esta ciudad para luego extenderse rápidamente a través del mundo cristiano.

La fama de la Alejandría cristiana estaba destinada a perdurar varios siglos, pero no a ser eterna. Hacia el año 640, y tras una fulgurante expansión, las tropas musulmanas la tomaron al asalto. La urbe se convirtió en el corazón de una nueva África del norte islámica, aunque sus conquistadores fundaron enseguida otra ciudad propia para rivalizar con ella. Esa metrópolis se convertiría más tarde en El Cairo, hoy la más famosa, aunque más joven, prima de la antigua Alejandría.

Emily estaba impresionada con la urbe que aparecía ante sus ojos. Muchas antiguas capitales de cultura y conocimiento habían ido y venido a lo largo del curso de la historia, pero era poco frecuente que resurgieran después de desaparecer. Alejandría estaba luchando por revivir esa gloria, reclamaba su herencia. Había tenido un pasado de grandeza e intentaba recuperarlo.

Ese anhelo había, literalmente, cambiado el paisaje de la ciudad a su alrededor. Se había creado una moderna metrópolis, una contribución brillante a la cultura del continente. Y se había construido la nueva biblioteca. Antes de que Emily tuviera oportunidad de apreciar más aún esa proeza, vio que el taxi frenaba y doblaba una esquina que desembocaba en una pequeña plaza de la ciudad. Ante ella se levantaba la forma inconfundible del edificio que había venido a ver.

En su interior, un hombre esperaba pacientemente sentado su llegada.

53

10.25 a.m.

Emily se bajó del taxi con determinación. El viaje había entumecido su garbo habitual, aunque la animaba la convicción de estar en el buen camino. La fachada de granito de la biblioteca se alzaba ante ella; parecía de un blanco brillante bajo el sol de la mañana y la moderna estructura fundida con un pórtico frontal cubierto de estatuas de antiguos dioses y reyes egipcios difuminaba la línea entre un presente futurista y el pasado de antaño. Tuvo que admitir la calidad del diseño. Aquella visión la dejó sorprendida, anonadada incluso.

Una amplia colección de puertas de cristal indicaba la entrada, y Emily, impaciente, se apresuró a cruzarlas. Había utilizado el breve viaje desde el aeropuerto para trazar un plan. Se apuntaría a una de las visitas turísticas que la biblioteca ofrecía cada quince minutos, y la utilizaría para orientarse por el interior del edificio. No tenía la menor idea de por dónde empezar a buscar lo que se suponía que debía encontrar aquí, pero tener una orientación básica parecía un primer paso necesario. Una vez que supiera situarse, podría adaptarse a la tarea de localizar la siguiente pieza del puzle de Arno.

Los escritorios rodeaban el vestíbulo central de la biblioteca, señalados amablemente en una variedad de idiomas para beneficio de visitantes como Emily. Recorrió los carteles con la mirada en busca de alguno que rezara *Tours,* y avanzó hacia él en cuanto lo localizó.

—Entrada y visita, diez libras —informó un empleado a Emily, incluso antes de que la norteamericana tuviera ocasión de hacerle la pregunta. Mientras abría el billetero, él le pidió moneda local, que ella había comprado por una ridícula comisión en una oficina de cambio en el aeropuerto. El empleado continuó una perorata bien ensayada—: Nuestros guías les conducirán a través de la biblioteca en una visita de media hora, en la que les quedará clara toda la historia.

Emily se aguantó la risa. A veces un inglés chapurreado puede prometer cosas más grandiosas de lo que se pretende. Pero, por otra parte, «toda la historia» por diez libras egipcias parecía un trato bastante bueno.

El empleado le entregó a Emily un pequeño plano en color.

—La visita ha salido hace cinco minutos. La próxima es a las once. Espere junto a esa estatua a que llegue el guía.

Ella se desplazó hacia la estatua de piedra blanca que se alzaba en medio del vestíbulo, dominando la entrada. Reconoció la figura de Demetrio de Falero, el famoso orador ateniense que había pasado sus años dorados en Alejandría bajo el patrocino del primer Ptolomeo.

Pero estaba demasiado ansiosa para esperar. Miró el reloj y volvió a hablar con el empleado.

—Me uniré a la que ya ha empezado. ¿Hacia dónde han ido?

Emily siguió el gesto de la mano del ujier y atravesó rápidamente la entrada hacia las escaleras que conducían a la sala de lectura principal, donde un pequeño grupo, turistas americanos en su mayoría, se apiñaba en torno a una joven guía de apariencia seria. Emily podía detectar a un estudiante a un kilómetro de distancia, e inmediatamente tuvo la seguridad de que la guía era una estudiante universitaria, seguramente de posgrado a juzgar por la edad. Trabajar para pagar los estudios era, al parecer, una tradición sin límites de fronteras.

Emily se situó cerca del grupo, sonrió cortésmente cuando la guía se dio cuenta de su llegada y le mostró el tique para asegurarse de que ella supiera que podía estar allí.

—Perdón, llego tarde —dijo Emily prácticamente para sí misma. La guía le devolvió la sonrisa, y siguió con su discurso. Hablaba en un inglés claro y académico, con un acento dulcificado por una atenta práctica.

—La Biblioteca de Alejandría o Aktabat al-Iskandar yah es una gema en nuestra herencia cultural alejandrina. Oficialmente inaugurada en el año 2002, es un centro intelectual no solo para Egipto, sino para todo el Mediterráneo. —Les condujo escaleras arriba—. Nuestra ciudad tuvo en el pasado la biblioteca más grande del mundo. Hoy en día nuestra colección tal vez no sea la mayor, pero está creciendo con rapidez, y esperamos que un día vuelva a serlo.

—¿Qué tamaño tiene? —Un turista predecible hizo la pregunta predecible.

—La biblioteca tiene espacio para ocho millones de libros, así como para varios cientos de miles de mapas y volúmenes especiales. Sin embargo —la guía realizó una leve pausa, como si estuviera revelando un secreto de Estado—, nuestra colección actual solo tiene 600.000 volúmenes. Por lo que, como están a punto de ver, muchas de las estanterías están aún vacías. La colección actual fue donada por países de todo el mundo cuando el edificio fue terminado. Muchas de nuestras donaciones vienen de España, Francia y México. Ahora reunimos libros procedentes de Oriente Medio, Asia, Europa y el oeste, y la colección crece cada día. Algún día todas estas estanterías vacías estarán llenas.

Con una cuidadosamente ensayada intencionalidad, estas últimas palabras fueron pronunciadas precisamente cuando el grupo alcanzó la parte superior de la escalera y sus ojos se focalizaron en el corazón de la biblioteca: la sala de lectura principal. Se levantaron exclamaciones de asombro audibles desde casi todos los lados, y Emily no se avergonzó al dejar que se le escapara una.

Ante ellos estaba una vista verdaderamente espectacular. Un gran techo inclinado de vidrio y piedra difundía luz a una biblioteca cuyo aspecto estaba a medio camino entre el puente de una nave espacial y un salón de negocios posmoderno de clase alta. Suelos de madera lacada caían en cascada bajo el inmenso espacio angular, conectado a través de escaleras esculpidas y rampas suavemente arqueadas. Unos focos de aluminio pulido insertados en las repisas iluminaban con delicadeza las hileras de estanterías hechas con madera de fresno. Las divisiones de cristal acentuaban las pequeñas áreas de lectura y trabajo, mientras que los artísticos balcones dejaban ver los niveles inferiores. En torno al bosque de inmensos pilares plateados que sostenían el sorprendente tejado, los pupitres estaban colocados en hileras y grupos, algunos con la superficie desnuda y esperando ser cubiertos con libros y papeles, otros —y eran cientos— amueblados con terminales de ordenadores, escáneres e impresoras. La iluminación empotrada en la pared difundía un tranquilo y profesional resplandor en aquellos rincones donde la luz del sol, que se colaba a través de las claraboyas de arriba, no llegaba.

La guía concedió a su público un momento antes de entrar en escena.

—La vista ante ustedes fue obra de una firma de arquitectos elegida por la Unesco para crear nuestra monumental biblioteca.

—La firma era Snøhetta, ¿no es así? —Emily recordó el detalle de la guía de Wexler.

La guía se mostró convenientemente impresionada.

—Sí, señora —respondió echando una mirada provocadora a Emily—. Snøhetta ganó el contrato gracias a su visión del encuentro en una única estructura de lo antiguo y lo moderno, simbolizando el renacimiento de nuestra ciudad en el siglo XXI. Pero también porque su diseño, además de resultar visualmente sensacional, es funcional.

»Nuestra biblioteca puede acoger a miles de lectores en cualquier momento. Los libros son fácilmente accesibles a través del catálogo electrónico, y mantenemos activas las colecciones de publicaciones periódicas y noticias de todo el mundo. La sala de lectura principal, en donde ahora mismo estamos, abarca siete pisos en desnivel. Alrededor de los bordes de cada piso hay ordenadores con acceso a Internet gratuito para cualquiera que desee usarlos. —Hizo una pausa, aparentemente orgullosa de este último punto—. Internet tal vez no puede alcanzar cada rincón de África, pero aquí, entre estas paredes, es gratis y rápido para quien quiera utilizarlo.

Empezó a guiarlos a través de las estanterías, circulando entre grupos de escritorios y librerías impresionantemente ordenadas.

—También hay otros muchos recursos, además de los libros que todos esperamos de una biblioteca. Dentro de la sala principal existen colecciones de mapas, un ala entera solamente para recursos multimedia y un laboratorio científico dedicado a restaurar libros y manuscritos antiguos. También somos la única biblioteca en Egipto con su propia colección de materiales para ciegos, con miles de libros en braille. En el piso superior extendemos nuestra riqueza desde la tierra hasta los cielos con un planetario completamente digital. Y si tienen tiempo tras esa experiencia, también albergamos ocho completos museos donde se exponen unas treinta colecciones especiales, todo dentro de estas paredes.

Hubo más exclamaciones de admiración. Emily se quedó tan boquiabierta como el resto mientras bajaban un tramo de escaleras hacia un subnivel de volúmenes que resultaron estar dedicados a la historia de Europa occidental.

—También les puede interesar saber —continuó la guía— que la Bibliotheca Alexandrina es la sede de la única colección mundial del Archivo de Internet, albergada en un banco de unos doscientos ordenadores donados por el archivo con un valor de cinco millones de dólares americanos, aunque hoy se estima que ese valor se ha multiplicado más o menos por diez. Cada página de Internet entre 1996 y 2001 está incluida en la donación inicial, archivadas aquí en un centenar de terabytes de espacio de almacenaje, y se ha ampliado desde entonces incluso más con una colección completa de instantáneas de Internet, que se sacan cada dos meses. Cientos de miles de personas utilizan este asombroso recurso en todo el mundo.

Avanzaron, recorriendo una fila tras otra de brillantes estanterías, fachadas lustrosas, relajantes áreas de descanso y espacios para conferencias. La guía siguió ofreciendo comentarios de las vistas que les rodeaban, pero, tras unos pocos minutos, Emily había alcanzado el límite de su asombro. El sitio era verdaderamente apabullante. Impresionante. Incomparable. Pero la doctora no había acudido por la charla, y cuantos más hechos relataba la guía, más sobrecogedor le parecía el proyecto que tenía por delante. Aunque hubiera sabido con precisión lo que estaba buscando, encontrarlo en una estructura de semejantes dimensiones sería un inmenso esfuerzo. Y Emily no estaba segura de tener ni la más mínima pista de lo que debía descubrir allí.

«Debo buscar por mi cuenta», pensó de pronto, y se puso a ello con diligencia. Un momento después, cuando la guía y su grupo bordeaban un rincón, Emily no les siguió. La voz de la guía se perdía en la distancia, y Emily se encontró de pie, sola frente a 600.000 libros.

54

La sala de lectura principal, en donde ahora mismo estamos, abarca siete pisos en desnivel».

Los dos hombres apenas prestaron atención a las palabras de la joven guía, lo necesario para calcular la distancia de seguridad entre los integrantes de la visita y ellos, situados donde no les vieran. No habían tenido tiempo para cambiarse de ropa y sus trajes negros y grises, que les habían permitido pasar desapercibidos en Oxford, les hacía llamativos en las filas de la institución egipcia. Mejor mantener una distancia y resguardarse del innecesario escrutinio público.

Mantuvieron sus posiciones detrás de las hileras de estanterías cuando los integrantes de la visita guiada pasaron junto a ellos. Cada Amigo interpretó un número convincente de analizar las estanterías, cogiendo y hojeando aquí y allí los raros libros, pareciendo a ojos de cualquier observador unos lectores entusiastas que exploraban la colección de la biblioteca. Pero su atención estaba fija solo en una cosa: la joven mujer que habían perseguido desde Oxford.

La doctora Emily Wess, cuya conexión precisa con el Custodio seguía siendo un misterio, pero cuya implicación con la biblioteca estaba ahora fuera de toda duda. Emily Wess, cuyo vuelo comercial desde Inglaterra había durado una hora más que su vuelo privado, por lo que llegar a Egipto antes que ella había sido una tarea simple. Emily Wess, cuyos pasos vigilaban de cerca y cuya vida entera se estaba convirtiendo en el objetivo principal del Consejo. Un equipo había entrado en su casa de Minnesota para buscar más información mientras ellos seguían sus pasos en Egipto.

Emily Wess ahora estaba de pie, sola, separada del grupo. El segundo hombre miró a su compañero por encima del libro abierto. También este había visto que su objetivo se había retirado de la visita y ahora estaba sola. Accesible.

«Aguarda —pensó Jason para sí mismo con firmeza, sabiendo que su mirada enviaría el mensaje a su compañero sin la necesidad de palabras—. Espera y síguela. No te comprometas».

Sus hombres estaban colocados a lo largo de la biblioteca, permaneciendo cerca de cada uno de los cuatro empleados que el Consejo había vigilado en los últimos meses. Cada uno de ellos era considerado un candidato potencial para ser identificado como el Bibliotecario que trabajaba de incógnito en Alejandría. Sabían que sus enemigos, la Sociedad de Bibliotecarios, tenían un operativo en la ciudad —eso estaba claro desde hacía años— y habían restringido gradualmente su reserva de potenciales sujetos a estos cuatro. Sin embargo, hasta ahora, el Consejo había sido incapaz de encontrar un indicio concluyente que revelara cuál de los cuatro hombres era. Pero estaban a punto de concluir esa tarea. Bastaba con que la doctora siguiera las instrucciones del Custodio y abordara a cualquiera de ellos. Entonces conocerían su identidad (y tendrían a su hombre). Un Bibliotecario trabajando en este

lugar tendría que ser un pez gordo en la jerarquía de la Sociedad, el Consejo podría sacarle nuevos detalles e información.
Emily Wess les conduciría directamente a él. Y luego, si eso
era todo lo que sabía, podrían deshacerse de sus servicios y
acabar con su vida.

55

10.40 a.m.

Lo más arduo era determinar por dónde comenzar. Simplemente las dimensiones de la biblioteca convertían cualquier decisión de Emily en algo arbitrario, pero sabía que tenía que empezar por algún sitio. Rehízo el camino por el tramo de escaleras que había descendido hacía unos minutos cuando había abandonado el grupo, y pasó junto a un panel de plexiglás con el plano de la sala principal de lecturas. Sacó el BlackBerry del bolsillo y pulsó la pantalla para buscar el grabado fotografiado en Oxford.

«He encontrado el legado de Ptolomeo», pensó para sí misma, releyendo la primera línea manuscrita. Debajo de ella, estaban las tres palabras que sintió que debían guiarla hacia algo en la Bibliotheca Alexandrina: cristal, arena, luz.

«Empecemos por el principio». Cristal. No veía relación alguna entre el cristal y su búsqueda de la biblioteca perdida de Alejandría, pero cualquier sección de la colección del edificio que tuviera que ver con la histórica ciudad no podía ser un mal lugar para empezar.

Emily se dirigió a un ordenador cercano y seleccionó la versión en lengua inglesa del catálogo del sistema en el menú. Se desplegó una interfaz de búsqueda familiar, muy parecida a los catálogos académicos de las demás bibliotecas que había encontrado en otras instituciones en su trabajo, y rápidamente fue pinchando hasta llegar a la pantalla apropiada y meter los criterios de búsqueda. Al repasar las listas de entradas resultantes, localizó «Historia: Alejandría (antigua)», con una serie de dígitos detrás de la entrada que la remitían al nivel 4, filas de estantes 25-63. Regresó hasta el panel de plexiglás y en el plano de la biblioteca logró encontrar el camino. Dio media vuelta y echó a andar.

Atravesó los dos niveles de galerías y bajó cuatro pisos más hacia la sala de lectura antes de llegar a la hilera 25, donde una inmensa colección de historia antigua mediterránea empezó a centrar el objetivo con precisión en Alejandría. Los libros estaban ordenados en sus estanterías por grupos, aquí había más cantidad de tomos en cada montón que en otras zonas por las que había pasado. De hecho, las estanterías se parecían más a lo que uno esperaría de una biblioteca, y el contraste saltaba a la vista. Emily se dio cuenta de que el resto del lugar, pese a todo su esplendor, tenía, tal vez por ello, un cierto aire triste, embrujado. Una de las instalaciones más espectaculares del mundo estaba casi vacía, como si estuviera mostrando al mundo el simple poderío y el poder de su potencial para aprender, pero no hubiera aún calculado del todo qué quería decir.

Rehízo su camino a lo largo de las extensas filas, mirando los títulos de los lomos, impresos en francés, inglés, español, ruso, alemán, árabe. «Que Dios me ayude si está en árabe», pensó. Era capaz de leer la mayoría de las lenguas romances, además del griego clásico y el latín, y sabía suficiente eslavo para arreglárselas, pero en el árbol de la familia de lenguas del mundo el árabe estaba en una rama muy alta a la que ella jamás se había atrevido a escalar.

Para cuando se aproximó a la quinta y última estantería de la fila 63, la última de la sección, presintió que no encontraría nada. El último grupo de libros estaba consagrado a los años de decadencia de la ciudad, pero no había nada en ninguno de sus títulos ni en los que les precedían donde hubiera alguna alusión al vidrio. «Sería igual si la hubiera», musitó.

Emily se enderezó y pasó junto a la pulida barandilla del balcón que separaba artísticamente su nivel del piso inferior. Quizá estaba pensando en la dirección equivocada. El cristal siempre tenía un aire moderno, por mucho que uno se remontara en la historia. Quizá no debería mirar en la sección de historia. ¿Cristal moderno? ¿Fabricación de vidrio? ¿Tecnologías del vidrio? Emily se dirigió una vez más a una de las omnipresentes terminales de ordenadores, metió un nuevo grupo de criterios de búsqueda en la interfaz estándar y, en unos pocos minutos, decidió direcciones hacia las colecciones de «Materiales, moderno: vidrio» y empezó a andar hacia otra de las estilizadas partes del complejo.

Una mirada a estas estanterías dio con el reverso de la moneda del problema que había encarado en la sección de historia: aquí cada libro que tocaba versaba sobre el cristal, pero ninguno guardaba conexión con Alejandría ni con la biblioteca. Eran diferentes tipos de frustración, pero con el mismo resultado final.

«¡Piensa, profesora!», estuvo a punto de decir en voz alta, como si por pura insistencia pudiera forzarse a sí misma a imaginar el camino que se suponía que debía seguir. «Vidrio, arena, luz... ¿Qué diablos se supone que significa eso?».

«Piensa con creatividad». Quizá la respuesta no consistía en hallar un término o el siguiente, sino en su combinación. El vidrio, todo el mundo lo sabe, está hecho de arena. O al menos eso era lo máximo que Emily sabía de la ciencia de hacer cristal. Luz..., luz también figuraba entre las palabras. La luz pasa a través del cristal.

Cerró los ojos e intentó alcanzar alguna revelación combinando de manera creativa las palabras.

«¿Era el legado de Ptolomeo algún tipo de proceso? ¿Convertir la arena egipcia en cristal? ¿Un cristal que dejara entrar la luz?». Lo último era forzar las cosas un poco más de la cuenta, pero algo era mejor que nada. Volvió a inclinarse hacia la colección de historia, con la pretensión de localizar esta vez todos los volúmenes posibles sobre Ptolomeo. Pero ¿cuál de ellos? Mientras andaba, Emily sabía que las posibilidades eran demasiado numerosas. Había habido una sucesión de quince reyes, todos llamados Ptolomeo, y por lo menos el doble de ese número de generales, príncipes, gobernantes y capitanes que habían transmitido el nombre imperial a través de la última dinastía egipcia. Cada uno de ellos tenía una historia. Y Emily estaba segura de que de cada uno existía al menos una pequeña colección de libros.

«Esto no me lleva a ninguna parte».

Se detuvo antes de subir otra vez al cuarto piso y se dirigió al lateral de un rellano, encaminándose hacia uno de los pasillos de sillas que salpicaban la biblioteca. Correr alrededor de las pilas de libros con cada intuición era contraproducente. Necesitaba sentarse, pensar y poner en orden lo que se suponía que estaba buscando.

Se hundió tanto como pudo en una rígida silla gris azulada y dejó que la luz del sol la distrajera de todas las vistas circundantes. Volvió a cerrar los ojos, intentando concentrarse.

«Las pistas en Oxford eran engañosas —se recordó a sí misma—. El lenguaje de Arno era preciso, pensado para despistar en una primera lectura». Sacó el teléfono y estudió con detenimiento la foto de la capilla.

«El legado de Ptolomeo». Emily volvió a pensar en las palabras del profesor Wexler sobre el legado, la intención se centraba en algo que aún se poseía y no tanto en algo perdido.

Ese consejo la había traído hasta aquí. Quizá necesitaba prestarle otra vez atención a fin de reajustar el enfoque: en vez de registrar de arriba abajo la biblioteca en busca de un elemento con algún punto clave sobre el legado del rey, se dijo Emily a sí misma, «partamos de la premisa de que esto es su legado y estoy sentada en él». Abrió los ojos y se situó de nuevo en la escena. «¿Qué hay aquí, en este lugar, que enlace estos tres elementos?».

Una mujer en una terminal de ordenador cercana aporreaba el teclado. Se había calado en los oídos unos pequeños auriculares blancos por los que se escapaba algo de música, y aunque Emily no podía estar segura, daba la impresión de que estaba canturreando. La música, el canturreo, el tecleo, los pitidos del ordenador... Era como si se hubiera sentado en esa mesa, en ese ordenador, en ese momento, precisamente para distraer a Emily.

Cerró los ojos y reclinó la cabeza hacia atrás en la rígida silla, permitiendo que la luz del sol le acariciara el semblante y le aplacara el pulso acelerado.

Y entonces cayó en la cuenta.

«Luz del sol». La luz caía a chorros desde arriba. Solo había una manera de que eso sucediera. Emily abrió los ojos de golpe.

«Vidrio». El colosal techo inclinado era una espectacular red de paneles de vidrio centelleando bajo el sol egipcio. Estaban enmarcados en su nicho de granito y formaban una red de vidrios entrecruzados que transformaban la luz dorada en una luminosidad grisácea clara que llenaba la biblioteca que estaba debajo.

Emily se irguió en la silla. Vidrio, arena, luz. Miró de nuevo la imagen de su BlackBerry y, de repente, el cuadro de su pantalla le pareció diferente. Nuevo. Había algo que antes no había visto: la forma. Quienquiera que hubiera garabateado el mensaje en la parte frontal del altar de madera de Oxford no había escrito estas palabras unas al lado de las otras. Estaban grabadas en la madera verticalmente. El término «vidrio» no estaba detrás de las otras, sino encima de ellas.

VIDRIO

ARENA

LUZ

Emily miró hacia arriba una vez más, al techo inclinado. Aquí, en medio del legado de Ptolomeo, el cristal estaba por encima de todas las cosas.

¿Y si esas palabras fueran un mapa? ¿Un plano básico que debía seguir?

El techo de la biblioteca era de vidrio. Estaba construido con arena egipcia. Emily volvió a mirar la fotografía. «Bajo la arena, luz».

«He de bajar al sótano».

56

11 a.m.

Emily se sintió cada vez más segura conforme descendía un tramo tras otro de escaleras. De vez en cuando se demoraba junto a las estanterías para evitar que la determinación de su paso atrajera la atención de algún conservador o de los guardias de servicio. Luego seguía bajando. Las tres palabras de su fotografía eran un mapa, le indicaban que descendiera a la parte de la estructura que estuviera bajo la arena, por debajo de la planta baja. Allí estaba segura de encontrar la «luz» que estaba bajo las otras dos palabras de la pista. La luz era, como cualquier historiador sabía, un símbolo de la verdad en casi cualquier cultura.

«La verdad está debajo de estas paredes».

Aceleró el paso a medida que se acercaba al último piso. Era muy parecido a los otros: grupos de escritorios y mesas con ordenadores colocados allí donde daba el sol, y en la parte de detrás, con iluminación eléctrica, hileras e hileras de estanterías. Emily fue de las escaleras a las hileras de estanterías, y de ahí, a la parte de atrás. Aquel entorno estaba menos iluminado. En la penumbra propia de tener once pisos de diseño moderno por encima no había más luz que la de los artísticos focos de las estanterías.

Llegó a la pared opuesta, encalada y limpia. Algunos retratos y pósteres rompían la larga y plana superficie, que, según Emily se dio cuenta, estaba solo adornada con tres puertas de madera: una en cada extremo y otra en el medio. Se dirigió intuitivamente hacia la de la izquierda y probó el picaporte. «Cerrada».

Un momento después se plantó delante de la puerta central. Parecía idéntica a la primera y también estaba bien cerrada. Sin embargo, su certeza no flaqueó. A pesar de dos fallos, estaba convencida de que estaba en la buena pista.

Al aproximarse a la tercera puerta, el corazón de Emily se aceleró.

Allí estaba el signo que buscaba, expectante.

En el rincón superior de la puerta, grabado con trazos rudimentarios en el esmalte y la madera, se hallaba un símbolo que había llegado a conocer demasiado bien, con sus dos letras griegas rodeadas por su ornado marco. El emblema de la biblioteca. Se concedió un brevísimo momento para esbozar una sonrisa de confianza, y luego puso la mano en la tercera de las puertas.

Y esta vez, se abrió.

57

Al mismo tiempo, en Northfield (Minnesota),
3 a.m. CST

Los tres hombres no dejaron nada sin mirar en la casita residencial que la doctora Emily Wess había alquilado muy cerca del campus del Carleton College. Habían rajado los cojines de los sofás y descuartizado el colchón hasta los muelles. Las alfombras habían sido levantadas del suelo e incluso habían arrancado el papel de las paredes en busca de agujeros cubiertos o espacios ocultos escondidos. Todas las búsquedas que los Amigos habían llevado a cabo habían sido concienzudas, así que, cuando el Secretario ordenó un registro «completo», quería decir que el lugar debía ser desmontado hasta la estructura si llegara a ser necesario.

Los Amigos lo habían probado todo, pero la búsqueda había sido infructuosa. No había nada, absolutamente nada en la residencia de Emily Wess que tuviera alguna conexión evidente con la biblioteca, con la Sociedad o con el Custodio. Solo estaba la típica biblioteca personal de un profesor universitario, determinada por el claro amor que Emily Wess sentía por su alma máter de posgrado, la Universidad de Oxford. Libros sobre la historia, arquitectura y cultura de la misma ocupaban casi tres baldas de la librería de su cuarto de estar.

Los asaltantes cumplieron las órdenes: se llevaron el disco duro del ordenador y metieron en bolsas todos los libros de los estantes. Si algo estaba escondido en alguno de ellos, sería descubierto bajo la luz azul de su estación satélite en Minneapolis.

Los tres al unísono deseaban que ese examen revelase algo. La ausencia de noticias no eran buenas noticias, no para el Secretario.

Uno de los hombres abrió su teléfono y marcó. Un momento después, alguien respondió. Ninguno de los dos se identificó.

—¿Has acabado? —llegó la pregunta a lo lejos del otro lado de la línea.

—Sí. No hemos encontrado nada. La casa está limpia. Sus libros y el ordenador estarán en un laboratorio en una hora. —Echó un vistazo sobre los restos revueltos de lo que una vez había sido la casa de Emily Wess, convencido de que no se habían dejado nada. Volvió a prestar atención al móvil.

—¿Y usted?, ¿está usted en el sitio? —preguntó.

—Acabamos de llegar a la casa —se oyó la respuesta.

—Bien —respondió—. Cuando haya conseguido lo que necesite del novio, infórmeme inmediatamente.

—Por supuesto.

Y con eso ambos hombres finalizaron la llamada.

En Chicago, los dos Amigos adoptaron un comportamiento profesional cuando las puertas de metal del ascensor se abrieron en el cuarto piso de un bloque de apartamentos de nivel medio.

Unos pocos escalones después, estaban de pie frente a la puerta señalada con el 401. El Amigo que llevaba la voz cantante llamó a la puerta.

—¿Su apellido? —preguntó su compañero entre dientes. En la «entrevista» subsiguiente iban a tener que mantener unas formas profesionales—. Recuérdame su apellido.

—Torrance —respondió el otro hombre—. El objetivo se llama Michael Torrance.

58

11.05 a.m.

Emily empujó la puerta de madera, que giró sobre unas bisagras bien aceitadas. Ante sus ojos, al fondo de las estanterías del primer piso de la biblioteca, apareció una escena diferente. Una larga rampa descendía hacia el centro de la estructura. Las paredes eran de un oscuro color gris piedra bajo la luz parpadeante de los anticuados tubos fluorescentes azules que de pronto habían sustituido a los cálidos brillantes tubos empotrados que alumbraban los espacios públicos. Al otro lado de la puerta no había más signos que una alfombra burda de tonos crema y gris pálido rematada con una placa de metal. El suelo era de hormigón basto con marcas negras de ruedas, hechas por las carretillas de reparto que transitaban por allí de forma repetida.

Aquello era sin lugar a dudas una entrada al centro de operaciones de la flamante Bibliotheca Alexandrina y conducía a un dédalo de vestíbulos y estancias. La doctora recorrió el pasillo en esa dirección, sabiendo que allí era donde se hacía el verdadero trabajo del más famoso centro de aprendizaje de Oriente Medio.

La entrada a la primera de una serie de salas y oficinas interconectadas apareció a su derecha mientras avanzaba por el pasillo principal. Miró con cautela en la pequeña habitación, queriendo asegurarse de que estaba vacía antes de atravesar la puerta abierta y arriesgarse a ser vista. Por suerte, la estancia estaba desocupada, y también la siguiente, lo cual le permitió continuar el descenso por el corredor en desnivel. Las estanterías diseñadas para estudiar de las salas de lectura de los pisos superiores eran sustituidas aquí por anticuados estantes pintados de verde, combados bajo el peso de los libros y papeles, más amontonados que ordenados sobre ellos.

Sin embargo, algunos sonidos ocasionales de actividad le recordaron que esta era un área de trabajo, y que no estaba sola, por muy áridos que parecieran las oficinas y los despachos. Emily escuchó voces apagadas en la habitación contigua según avanzaba por el corredor y anduvo de puntillas a medida que se acercaba. Colocó el ojo derecho en la mirilla de la puerta y espió lo que parecía una reunión de oficina normal y corriente: colegas estudiaban documentos y mecanografiaban en terminales de ordenadores encendidas.

Emily agachó la cabeza y se retiró antes de que pudiera ser descubierta. En otro contexto habría podido disfrutar más que nadie de una reunión profesional, pero ahora no podía arriesgarse a un encuentro con la gente que había visto. Obviamente no era una zona pública y estaba aquí sin invitación. Si un empleado estricto con el protocolo la veía en la puerta, no podría evitar que la echara fuera de esas paredes tan rápidamente como había entrado.

«Estos pasillos esconden una respuesta —se dijo Emily a sí misma—. Luz. Verdad. Sea lo que sea, se supone que lo debo encontrar». Recorrió todo el corredor hasta llegar al final, observando las superficies, las puertas, estanterías y cualquier cosa que pudiera darle alguna pista acerca de su objetivo.

En esta zona, la mayoría de las puertas únicamente estaban identificadas con números, o no lo estaban. Empero, algunas tenían placas con nombres grabados en ellas, nombres que empezaban por «Doctor» o «Profesor». Experimentó un gran alivio al comprobar que el inglés había sido elegido como la lengua internacional de la investigación en Egipto. Le vino a la memoria una tarde anónima de su niñez, sentada en la clase de Francés de su colegio en Logan (Ohio), cuando el profesor había insistido con orgullo en que el francés era el lenguaje universal, la verdadera y literal «lengua franca» en todo el mundo. El docente se las había arreglado para convencerles en aquella época, y Emily había seguido con el estudio del idioma durante años. Pero el mundo había cambiado, eso estaba claro.

Emily descendió por la zona subterránea de la biblioteca, cada vez peor iluminada. El pasillo terminaba en un codo que doblaba a la derecha y anunciaba el comienzo de otro corredor en cuya pared había más puertas de despachos. A la izquierda había tres vestíbulos más pequeños conectados como un inmensa letra E al revés. Se escondió detrás de un estante y luego en una habitación vacía, donde se puso a escuchar. Avanzaba con paso lento, examinaba el complejo sin salir de su asombro y andaba con cuidado para evitar ser grabada por las contadas cámaras que de forma sorpresiva estaban operativas en el sótano.

«Bajo la arena, luz». Era obvio que ninguna de las luces de allí abajo iba a ser la del sol, como tampoco creía que las asépticas bombillas fluorescentes azules que parpadeaban por encima de su cabeza bastaran para producir algo parecido a la luminosa revelación que ella estaba buscando. «Debe de ser un símbolo o una representación. Algo imaginario en vez de una realidad».

«¿Qué simboliza la luz?».

Cuanto más avanzaba Emily, más antiguas le parecían las paredes circundantes. Al principio eran de hormigón, pero ahora eran ¿de piedra? Si no, el ladrillo utilizado era una imitación de primera. Los bordes de cada una de las losas rectangulares parecían levemente erosionados.

¿Habían construido aquel edificio sobre las ruinas de una estructura antigua?

Según recordaba, el Gobierno egipcio había querido construir la nueva biblioteca en un emplazamiento lo más próximo posible al de la antigua. Egipto era una tierra en la que cada vez que se metía una pala en la arena se sacaba al menos un objeto antiguo. Era perfectamente posible que no todos los muros de los sótanos fueran tan modernos como los de arriba.

Había tres corredores laterales. Eligió el del centro. Las baldas de las estanterías se hallaban vacías, exponiendo más las paredes de detrás a medida que Emily se acercaba. Las luces de esta zona estaban completamente apagadas, pero sus pupilas se habían adaptado a la oscuridad y pudo apreciar el estado de la piedra del enladrillado. Era inconfundible. El enladrillado estaba cubierto de garabatos y dibujos. Sin embargo, las marcas no estaban pintadas. Eran grabados.

«Grabados».

El pulso de Emily se aceleró. Hasta ahora había recibido dos pistas —en la madera de la capilla del University College, en Oxford, y en la puerta de la sala de lectura más arriba— y las dos habían sido grabadas. Por primera vez desde que entró en el complejo del sótano, sintió como si estuviera haciendo progresos.

Recorrió los grabados de las paredes con la mirada. Muchos estaban en árabe, aunque también los había escritos en caracteres latinos. No era capaz de reconocerlos por completo, pero podía decir que la mayoría eran nombres. Nombres de personas.

Los pensamientos sobre la antigüedad de todo aquello se fueron tan pronto como habían venido, y esbozó una gran sonrisa al percatarse de lo que estaba viendo. Entonces, su mente regresó al Willis Hall, en el Carlton College. En su último año de universitaria, ella y un grupo de amigos honraron una antigua y venerable tradición estudiantil. En una noche de mayo, a oscuras para evitar las omnipresentes patrullas de vigilancia del campus, habían escalado en secreto la torre del edificio de ladrillo amarillo y escribieron sus nombres con pluma en los antiguos y poco accesibles muros. Sus firmas se añadían a las muchas que ya había. Era un rito de iniciación: dejar la firma en la piedra del campus antes de irse a donde fuera. Emily contempló docenas de nombres garabateados en la piedra del corredor del sótano; se dio cuenta de que debían de ser de los trabajadores de la construcción egipcios, algo parecido a los de la tradición de Willis Hall: habían grabado sus nombres en la historia, en una estructura que habían moldeado con sus manos y en la que la mayoría, probablemente, jamás volvería a entrar.

Recorrió el pasillo hasta el final, donde se detuvo ante una puerta cerrada sin ninguna placa en su superficie. Intentó girar el picaporte en dos ocasiones, sacudiéndolo cada vez con mayor fuerza, pero no se movió. Emily sintió una sorprendente desesperación. «¿Qué pasa si está ahí, si es lo que estoy buscando y no puedo alcanzarlo?».

La gran cantidad de nombres grabados en el muro, por muy irrelevantes que fueran, había aumentado sus niveles de adrenalina y su expectación. Pero la puerta no cedió.

Siguió hacia delante, llegó hasta el final de la pequeña habitación y se volvió para observar el camino andado desde el otro lado. Había una segunda puerta frente a la primera. Tampoco tenía número ni placa.

Y entonces la vio. Grabada recientemente en la piedra con una caligrafía desigual, había una palabra en inglés:

Luz

«Bueno, por una vez no tendré que descifrar un signo», pensó Emily. Buscaba una luz más obvia. Recorrió la palabra con los ojos, como si pudiera revelar algún secreto si la miraba con suficiente intensidad.

«Este es el signo», lo sabía, «y esta es la puerta». Bajó la mirada a la puerta de madera que estaba ante ella, y sintió escalofríos mientras lo hacía.

Ahora la puerta estaba abierta y por ella surgió un hombre de piel oscura disimulada detrás de una barba negra. Clavó sus ojos negros en ella.

59

11.35 a.m.

El desconocido se quedó mirando el rostro ahora lívido de Emily. Vestía un traje convencional y corbata, ambas prendas de color marrón, aunque cada una de una tonalidad distinta. Una barba negra, corta y recortada con sumo esmero, acentuaba lo oliváceo de su piel. El corto cabello sobre la cabeza era del mismo formidable color, pero suavizado junto a las sienes y orejas con toques de gris. Sus ojos se posaron en Emily con una intensidad singular.

—¿Qué quiere? —preguntó el hombre abruptamente. La rudeza de su tono se hizo más franca con un acento gutural árabe.

La doctora no sabía qué responder. La contestación dependía por completo de la identidad de ese hombre y si estaba conectado o no con su investigación y la palabra grabada encima de la puerta de su despacho. ¿Estaba ligado de alguna manera a los signos que Arno había dejado en la biblioteca o solo era un empleado de la biblioteca que estaba por casualidad en el despacho? Emily ni siquiera tenía claro el enfoque de su aproximación a él.

—Yo, yo soy... —titubeó.

El hombre la miró de arriba abajo sin prisa mientras ella tartamudeaba. Por último, Emily permaneció en silencio. El desconocido la miró a los ojos sin decir nada y se mantuvo a la espera. Ya fuera por una estrategia deliberada o simple brusquedad de carácter, no iba a ponérselo fácil.

«Tengo que pasar por encima de este tipo. No puedo dejar que me detenga». La mente de Emily se aceleró mientras buscaba las palabras correctas, pero todo lo que pudo articular fue la excusa obvia. Se esforzó en adoptar un tono relajado:

—Lo siento mucho, creo que me he separado de mi grupo y estoy perd...

—Lo siento —la interrumpió el desconocido—. Estoy muy ocupado.

Aun así, se quedó plantado a la entrada del despacho sin apartar los ojos de Emily. No levantó una mano ni miró hacia el despacho, ni tampoco hizo alguno de los gestos habituales en un intento de eludir una conversación no deseada. Se mantenía inmóvil, con las manos pegadas a los lados.

El embarazoso silencio se prolongó. Daba la impresión de que aquel hombre esperara algo más, pero luego movió la mano hacia el picaporte.

—Me temo que debo pedirle que se vaya si no tiene más que añadir.

Volvió a mirar a Emily, esta vez de un modo extraño, casi como si estuviera suplicando. Después sujetó la puerta sin ceremonia alguna, se metió en el despacho y cerró al entrar.

Emily se encontró por segunda vez contemplando la puerta sin placa a escasos centímetros de su semblante. Se le aceleró aún más el pulso, pero no a causa del miedo, sino más bien por la excitación. «Este hombre sabe algo, está claro». Llamó con los nudillos, aun cuando no tenía la menor idea de qué iba a decir cuando le abriera.

La oportunidad no llegó. La puerta se mantuvo cerrada ante ella.

«¡Piensa!», se ordenó a sí misma para prestar atención. Había algo extraño en la última frase del hombre. «Me temo que debo pedirle que se vaya si no tiene más que añadir». Se trataba de un comentario atípico y no dejaba de sonar en la mente de Emily a pesar de la confusión del momento. «¿Nada que decir? ¿Qué espera que diga?».

Emily miró a su alrededor en busca de algún tipo de orientación. La mirada revoloteó hasta la palabra grabada sobre la puerta. «Luz». «¿Es una contraseña? ¿Se supone que debo utilizarla como una palabra de acceso, como Alí Babá en la cueva cuando los ladrones se habían ido?».

Aquel hombre podía ser una oportunidad y, fuera cual fuera, le preocupaba haberla perdido, así que actuó por impulso y exclamó:

—¡Luz!

La palabra reverberó en el pequeño pasillo.

No sucedió nada. La puerta se mantuvo firmemente cerrada y solo escuchó el eco de su propia voz. La respuesta evidente parecía demasiado fácil. El uso de soluciones obvias para las pistas de Arno estaba fuera de lugar. Debería haberlo supuesto.

«Entonces, ¿qué demonios se supone que debo decir?».

Además de la palabra escrita en la pared solo tenía otro recurso a mano: su bolsa llena de papeles. Sacó las dos cartas y la página de pistas de Arno. Las releyó en diagonal. Emily echó un vistazo por encima a los textos manuscritos. Después se forzó a detenerse y estudiarlos para encontrar cualquier elemento de ayuda que allí pudiera haber. Sin embargo, las cartas no revelaban nada de apariencia relevante. Aquellos textos la habían conducido hasta Oxford y a la inscripción de la pequeña capilla, pero no decían nada de lo que se suponía que debía hacer allí.

O al menos esa impresión daba, pero Emily percibía que eso debía de ser intencionado.

Oxford le estimuló la memoria. Dio la vuelta a las páginas hasta llegar a la hoja que primero había hecho que sintiera su viaje como una búsqueda, la que contenía el pequeño emblema que había sido su indicador en ambas ciudades, con las tres pistas que había debido descifrar. Y en la parte alta de la página, una pequeña inscripción: «Dos para Oxford y otro para luego».

«¿Qué es lo que había dicho Kyle?», se preguntó a sí misma, recordando los comentarios del joven canadiense cuando se sentaron juntos en el despacho de Wexler. «Hay tres frases después. Parece una suposición razonablemente segura considerar que dos se aplican aquí, en Oxford, y la tercera, a otro lugar». A medida que recordaba, Emily sentía más admiración por el doctorando. Si su presentimiento era correcto, esta sería la tercera vez que Kyle la había orientado correctamente en un momento de frustración.

Bajó la vista y contempló las tres frases que Holmstrand había escrito debajo del emblema. Las dos primeras ya habían demostrado ser válidas. Luego, figuraba la tercera y última pista de Arno.

«Quince, si es por la mañana».

La frase no significaba nada para Emily, pero en ese preciso momento no estaba buscando un significado. Solo algo que decir.

Contempló otra vez la puerta y se orientó hacia el despacho que había tras ella.

—Quince, si es por la mañana. —Dijo aquella frase sin significado con un tono lo más firme posible.

Transcurrieron unos instantes interminables. Las esperanzas de Emily se desvanecían y en la oscuridad regresaban todas las dudas. ¿Y si no era eso? No tenía ninguna otra pista.

Entonces se oyó un clic.

Observó el pomo. Pareció desplazarse hacia la izquierda, luego se detuvo, y después continuó.

La puerta se abrió lentamente. Tras ella aguardaba el hombre, en pie, tan firme como antes, y sin quitarle la vista de encima. Mirándola a los ojos, la invitó:

—Entre.

60

11.40 a.m.

Jason y su compañero habían acechado a su objetivo a bastante distancia. La habían seguido de un pasillo a otro y se habían mantenido a la espera cuando ella irrumpía como una bala en salas y despachos vacíos. La doctora se dedicaba a su tarea con intensidad. Únicamente les sorprendía el hecho de que parecía no saber qué estaba buscando. Los Amigos sabían de su meta mucho más que ella, a pesar de que la identidad de su objetivo no había estado clara hasta hacía unos minutos.

Tuvieron clara la identidad del interlocutor de Emily Wess en cuanto ella se adentró en los pasillos del sótano. El Consejo había determinado cuatro candidatos como potenciales Bibliotecarios en la ciudad: tres trabajaban en las oficinas de los pisos superiores de la Bibliotheca Alexandrina y solo uno en los niveles del subsuelo. Si las pistas del Custodio conducían allí a la doctora, Jason había reducido las posibilidades a una. Ya había encontrado a su objetivo.

No podía arriesgarse a que la joven le escuchara, y el eco lo amplificaba todo, hasta un suspiro, en aquellos pasillos del subsuelo, de duros suelos y paredes de piedra. Por eso mandó un mensaje de texto a todos los miembros del equipo: «Es Antoun».

Los Amigos dispersos por todo el edificio comprendieron inmediatamente que el texto de dos palabras significaba que debían posicionarse de acuerdo a la nueva información. El hombre que había estado siguiendo a Antoun se retiró de su posición: no querían estar demasiado cerca ahora que le habían identificado. Un Bibliotecario asustado, como una Emily Wess asustada, no era útil. Jason y su compañero habían continuado siguiéndola.

A partir de ese momento no habían tenido otra preocupación que evitar ser detectados por Wess o por el hombre con quien iba a encontrarse. No obstante, ellos no tenían el mismo problema que la doctora, ser vistos en los pasillos no les suponía inconveniente alguno, pues se habían fabricado tarjetas de acceso y chapas identificadoras nada más aterrizar en Egipto, y cada uno las llevaba prendidas en la solapa. Si sus trajes grises estaban fuera de lugar entre los turistas y estudiantes de los pisos de arriba, encajaban a la perfección en el sótano de trabajo.

Cualquier persona de mente inquisitiva solo vería a dos especialistas dedicados a supervisar los escáneres e instrumental óptico, y de eso allí había en abundancia. Además, los Amigos tenían una vasta experiencia a la hora de representar sus papeles de forma convincente.

Su objetivo consagró varios minutos a la tarea de buscar y observar antes de detenerse ante cierta puerta. Algo había llamado su atención allí. Jason se lo señaló a su compañero, y ambos tomaron posición en la esquina donde el pasillo más corto desembocaba en el vestíbulo más largo. En la oscuridad tenían la posición ventajosa de ver y no ser vistos.

Jason actuó con rapidez en cuanto se abrió la puerta y apareció un hombre en el umbral. Extrajo el móvil y en silencio le hizo una fotografía a ese hombre. Luego, pulsó unos pocos botones y se la envió al Secretario.

«Antoun», pensó, confirmando la identidad. Tenían al Bibliotecario.

Sin embargo, estaba claro que la doctora no le conocía. Es más, sucedió una escena extraña. Él cerró la puerta y ella estuvo revisando unos papeles y hablando para sus adentros antes de que Antoun abriera otra vez. El aceitunado Antoun, en apariencia un empleado respetable de la biblioteca, miró a Wess y le dijo:

—Entre.

Había llegado la hora de actuar. Jason se puso en movimiento en cuanto Antoun cerró la puerta de nuevo. Avanzó en silencio y extrajo del bolsillo un aparatito digital. Sin hacer ruido, sujetó el micrófono en el marco de la puerta e introdujo un pinganillo en su oído izquierdo. Después tomó el mando táctil y pulsó unos botones de la pantalla a fin de ajustar el micrófono en la posición óptima. Ajustó las funciones hasta que fue capaz de escuchar al otro lado de la puerta con la misma claridad que si estuviera en el despacho.

Pulsó otros botones y el ingenio empezó a transmitir la conversación digitalizada en una retransmisión Wifi de corto alcance. El segundo Amigo ya tenía conectado el ordenador de mano, captó la señal y la envío a través de una conexión abierta al despacho del Secretario.

Las palabras pronunciadas por los dos ocupantes del despacho se transmitían perfectamente a través de la red del espacio digital y sonaban con nitidez cristalina en dos pequeños altavoces de un despacho neoyorquino solo una milésima de segundo después de que fueran dichas.

El Secretario se sentó en un despacho de madera de roble y se dispuso a escuchar cada palabra.

61

11.45 a.m.

Entre.

El hombre arrastró las palabras. Había en ellas una mezcla de orden y vacilación. El plan iniciado por el Custodio se hallaba en un punto crítico y estaba próxima la culminación del trabajo ya hecho de preparar a Emily para su papel, todo sin que ella estuviera al corriente.

Se echó a un lado para permitir que la joven entrara en un despacho sin ventanas con paredes de ladrillo y suelo de hormigón. El hombre cerró de un portazo tras ella y echó el pestillo.

—Por favor, siéntese. —Con un ademán señaló una silla de madera en el rincón, la única superficie del despacho que no estaba cubierta de papeles, libros, carpetas y material informático. El lugar estaba abarrotado.

Emily tomó asiento y esperó a que él ocupase su lugar detrás del escritorio, en una chirriante silla giratoria, y se volviera hacia ella. Mantuvo las manos apoyadas en las rodillas, mirando a su visitante sin decir una palabra.

Finalmente, Emily rompió el silencio:

—Mi nombre es...

—Sé quién es usted, doctora Wess.

Emily se sobresaltó al oír su nombre. Aquel hombre había sabido quién era todo el tiempo.

—No lo entiendo —replicó—. Si usted ya sabía quién soy, ¿por qué no me ha dejado entrar la primera vez que llamé a la puerta? ¿Qué sentido tienen las extrañas preguntas en la puerta?

Él la miró imperturbable.

—No es así como nosotros trabajamos. Nos basamos en... la confianza. Debía estar completamente seguro de que podía confiar en usted. —Detrás de sus palabras había una mezcla de convicción y alivio.

—No lo entiendo —repitió Emily—. ¿Qué le ha hecho confiar en mí?

—Que usted supiera mi nombre —respondió.

—¿Su nombre?

—«Quince, si es por la mañana». —El hombre se señaló a sí mismo—. En la carne. —Había una ligera subida en las comisuras de su boca, casi una sonrisa.

Emily seguía desconfiando y se quedó paralizada con la revelación.

—Lo siento, doctora Wess —se disculpó al darse cuenta de la prevención de su visita. Era de vital importancia que Emily Wess comprendiera lo que estaba en juego. Tendría que ayudarla—. No me llamo así, por descontado. Mi nombre es Athanasius, aunque aquí mis colegas me conocen como doctor Antoun.

El anfitrión habló con sinceridad. Esa franqueza manifiesta calmó un tanto los nervios de Emily.

—¿Y la frase «Quince, si es por la mañana»? —preguntó ella.

—Es como llamamos a nuestros personajes. Piense en ello como en una identificación. Una manera simple de hablar de uno sin emplear nuestra verdadera identidad.

Enmudeció y se mantuvo a la espera, buscando en el rostro de la joven algún indicio de que había comprendido. Sin embargo, ella seguía mostrándose reticente y recelosa.

Athanasius se percató de que debía hacer algo más para ganarse la confianza de Emily. Se levantó y cruzó el pequeño despacho de un solo paso. Buscó en un archivo y retiró una sencilla hoja de papel guardada allí en medio de otras muchas.

—Recibí esto la semana pasada —anunció, dándole el papel a Emily. En él había una breve nota manuscrita, que rezaba:

La doctora Emily Wess llegará de forma inminente. Si sabe qué decir, infórmela de lo que necesita saber.

Emily sintió que se le cerraba la garganta. Era la letra de Arno Holmstrand, idéntica a la de las cartas en su bolso. Incluso la tinta color sepia era la misma.

Athanasius Antoun volvió a su sitio.

—¿De qué se trata, doctora Wess?

Emily le miró.

—¿De qué se trata el qué?

—¿Qué es lo que necesita saber?

El súbito toma y daca de pregunta y respuesta la pilló desprevenida.

—¿Que qué necesito saber? Nada. Todo. He cruzado el mundo en las últimas veinticuatro horas, y no exagero, sabiendo solo que busco la perdida Biblioteca de Alejandría y... —Emily revolvió en el interior de su bolso, sacó los papeles de Arno y examinó la primera carta—. La biblioteca y esta «Sociedad que la acompaña». —Miró al hombre sentado frente a ella—. ¿Puedo suponer que usted es miembro de esta «Sociedad»?

La joven pensó que debía poner las cartas sobre la mesa a fin de demostrar a su interlocutor qué poco era lo que tenía a su disposición.

Athanasius permaneció un momento en silencio. En circunstancias normales, ningún bibliotecario hablaría jamás de su papel, ni de la Sociedad, ni de la biblioteca. Muchos, a lo largo de la historia, habían preferido la prisión, incluso la muerte, antes que revelar su participación en tan noble camino. Pero las instrucciones del Custodio habían sido claras. Wess había sido elegida para desempeñar un papel y necesitaba saber la verdad, aunque compartirla con ella significara romper siglos de protocolo.

—Sí —respondió por fin con sinceridad—. Pero debo corregirla, doctora Wess. La biblioteca que usted está buscando no está perdida. —Esperó, dando un momento a Emily para que asimilara sus palabras—. Está escondida.

La joven cazó la idea al vuelo y sugirió:

—Arno lo descubrió, y ahora ustedes trabajaban juntos para guardar el secreto, ¿no?

—No exactamente. —Athanasius no se estaba quieto en la silla. Era mucho lo que la norteamericana no entendía de la situación—. No había nada que descubrir, porque nunca estuvo perdida. Fue escondida a propósito, de forma intencionada.

Emily asimiló la revelación. Kyle, según parecía, volvía a tener razón.

—¿Desde cuándo?

—Desde siempre —insistió el egipcio—. El mito de la destrucción nos ha sido de lo más útil, pero la biblioteca no está muerta y nunca lo ha estado. Es más bien una entidad viva y activa. Al igual que la colección de arriba, nuestra biblioteca siempre está creciendo.

Emily no apartó los ojos del Bibliotecario, pero miraba sin ver. Estaba rememorando la historia, las leyendas y los mitos, documentos y descubrimientos. Las teorías que había discutido con Kyle y Wexler habían perdido buena parte de su importancia. En el mundo que había conocido hasta ese momento, nadie conocía el destino de la Biblioteca de Alejandría, pero todos estaban de acuerdo en que había desaparecido. Todos sabían que se había desvanecido y así había permanecido durante siglos.

Todos... excepto este hombre sentado ante ella y el grupo al que pertenecía.

—Nuestro papel —continuó Athanasius— es asegurarnos de que se mantiene viva. La Sociedad existe para cerciorarse de que la biblioteca continúe siendo lo que siempre ha sido: la más completa colección de conocimiento de historia, con el propósito de iluminar y completar los hechos de los hombres.

La mirada de Emily regresó al presente, y a la pregunta que ardía dentro de ella con fuerza.

—Así que, ¿usted sabe dónde está? —Se inclinó hacia delante, ansiosa por oír la respuesta. Lo que escuchó no fue lo que esperaba.

—No. —Athanasius se anticipó a la mirada de desilusión que cruzó el rostro de Emily—. Ninguno de nosotros lo sabe. Ese siempre ha sido el secreto mejor guardado de nuestra Sociedad, se ha ocultado incluso a quienes trabajamos en sus filas. Solo dos hombres saben su ubicación. O la sabían —se corrigió a sí mismo—. Ambos fueron asesinados la semana pasada.

Emily sintió una opresión en el pecho cuando se acordó de Arno Holmstrand, asesinado en su despacho.

¿Habían cometido otro asesinato? ¿Había más muertes? Porque las posibilidades de que acabara tocándole a ella estaban aumentando de forma sustancial.

Era una historia terrible y entre sus detalles estaban dos muertes recientes, pero, aun así, la curiosidad de Emily se impuso a su miedo. Las palabras de Athanasius tenían un punto clave que ella verbalizó.

—¿Cómo funciona? —preguntó, asegurándose de que Antoun entendiera la seriedad de su demanda—. ¿Cómo conservan una biblioteca escondida?

62

11.55 a.m.

Athanasius se acomodó en la silla de su despacho. Si había que contar la historia, era necesario contarla entera y bien. Había sido Bibliotecario, miembro de la Sociedad, durante más de veinticinco años, y había dedicado los años más productivos a su servicio. Emily Wess solo había sido expuesta a su existencia durante unos minutos y, sin embargo, el futuro de la organización dependía de ella. Y para eso era crucial cómo la informara acerca de su trabajo y cómo le presentara las cosas.

—El cómo hacemos nuestro trabajo —comenzó— puede ir después del quién y el porqué. Nuestro nombre completo es Sociedad de los Bibliotecarios de Alejandría. Durante quince siglos nuestro papel ha sido el mismo: mantener el archivo del antiguo conocimiento de la biblioteca y actualizarlo sin cesar con nuevo material. Arriba —indicó, y movió una mano hacia la inmensa institución que estaba encima— están orgullosos de tener un archivo que retrocede hasta 1996. El nuestro se remonta..., bien, digamos que algo más lejos.

—A la época de Ptolomeo II —sugirió Emily, rememorando al famoso fundador de la biblioteca original.

—No, doctora Wess. Mucho, mucho más lejos. Eso sería
retrotraerse al momento de la fundación de la biblioteca, pero
se buscaron informaciones, documentos y registros de siglos
anteriores. Tenemos archivos en nuestra colección que retro-
ceden miles de años. En relación con algunas culturas, al comienzo de su historia escrita. El rey Ptolomeo tuvo una visión:
el hombre debe vivir la verdad y tener acceso a la verdad de
cada época. Nosotros hemos intentado mantener siempre esa
visión.

Mientras Athanasius hablaba, Emily sintió un aire de nobleza en su interlocutor y en sus palabras, lo cual era un extraño
complemento a la atmósfera de muerte que, como esas mismas
palabras le recordaron, la había traído aquí. El proyecto original de la Biblioteca de Alejandría había sido una cuestión de
principios. Trabajar en su continuación parecía igualmente elevado.

—Tal vez haya habido eras oscuras en nuestro pasado
—continuó Athanasius—, pero las más oscuras están por venir, y acaecerán en cuanto estemos privados del pasado. En la
época de Ptolomeo, la gente llamaba a su proyecto el «Nuevo
amanecer», la pujanza de la sabiduría sobre el caos gracias a la
organización y la accesibilidad del conocimiento. Pero los
nuevos amaneceres no son siempre bienvenidos. Usted es historiadora, ¿verdad, doctora Wess? —Emily asintió—. Entonces está bien informada de las vicisitudes de la historia. Unas
tribus luchan contra otras, unas naciones hacen la guerra a
otras. Las ideologías se enfrentan entre sí para obtener la he-
gemonía.

Emily conocía demasiado bien las líneas generales de la
historia de la humanidad. Era lo que la fascinaba de la disciplina,
incluso aunque esos constantes conflictos mostraran algo depri-

mente sobre la condición humana. Ella solía bromear diciendo: «Nombra dos culturas que estén en paz. Dale un par de siglos al historiador y te enseñará dos civilizaciones en pie de guerra». Y esas eran las estadísticas optimistas. En demasiados casos, la línea temporal se medía en décadas, no en siglos.

—Nuestra biblioteca vivió en un clima de inestabilidad entre el surgimiento del cristianismo antipagano, en los siglos IV y V, y la llegada de las inquietantes tropas del islam en el VI —continuó Athanasius—. El conocimiento que poseíamos y los materiales recopilados se fueron convirtiendo en la envidia o en la ruina de demasiadas culturas y poderes. Lo sabíamos, al dejar estanterías accesibles en un lugar conocido, la biblioteca nunca estaría segura, y el mundo difícilmente podría estar a salvo del conocimiento que poseía. Debe recordar, doctora Wess, que la Biblioteca de Alejandría no contiene solo literatura. Posee...

—Información militar —agregó Emily—. Materiales políticos, informaciones de Estados y Gobiernos. —La joven pensó en los materiales que un rey querría tener a su disposición. Parecía imposible que estuvieran hablando de algo real.

—Avances científicos, investigación tecnológica —dijo Athanasius, completando la lista—. Una clase de información... peligrosa.

Emily se inclinó hacia delante al oír esa última palabra. No se sentía en posición de corregir a Antoun, pero ese comentario entró de lleno en un tema importante para ella.

—Confío en que quiera decir amenazante —precisó ella—. La información no es peligrosa, solo lo que hacemos con ella. —En el pasado había sido acusada de una juvenil ingenuidad por hacer esta distinción, pero resultaba que creía en ella.

—Quiero decir peligrosa, doctora Wess —replicó Athanasius mientras sus facciones se tensaban—. Una amenaza es una cosa. Un peligro real es otra. La información no es solo una idea romántica. La información en bruto puede ser mortal.

Emily se sintió incómoda. Este era un punto que los intelectuales habían debatido durante siglos, y que nunca dejaría de estar sobre la mesa. ¿Qué es peligroso, lo que sabemos o lo que hacemos con eso? Michael y ella habían debatido esta cuestión más veces de las que podía recordar. Él lo consideraba en lo que él llamaba un modo «más protector, como un guardián», que ella; estaba convencido de que la información contenía en sí misma el poder, y que lo que los hombres hacían lo hacían por el conocimiento que poseían. No era una proposición en la que se pudiera decidir. «Los hombres malvados no pueden hacer mucho mal sin las herramientas adecuadas», le había dicho más de una vez. Emily tenía una visión diferente. Estaba menos convencida de la utilidad de la posesión de la información de lo que lo estaba de los peligros de la opresión, crueldad y dominación a las que tradicionalmente conducía la censura.

Estaba a punto de intervenir para defender su punto de vista ideológico a partir de la diferencia entre el conocimiento y la acción, cuando Athanasius se le adelantó:

—Piense en la historia moderna. Imagine que todos los detalles de la construcción, lanzamiento y detonación de un artefacto nuclear fueran accesibles públicamente desde 1944, con tres poderes mundiales queriendo destruirse los unos a los otros a cualquier precio. ¿Usted consideraría esa información una simple amenaza o un verdadero peligro?

Emily no dijo nada. Las imágenes de nubes en forma de hongo sobre Nagasaki e Hiroshima le vinieron a la memoria.

—Unos imperios se apoderaban de otros y nuevas culturas estaban progresando, conquistando y derrotando civilizaciones antiguas —continuó Athanasius, volviendo a la Antigüedad—. ¿Qué habría pasado si un ejército hubiera obtenido detalles completos del poder militar de otras potencias? ¿Y si los secretos de un Gobierno los hubieran conocido sus enemigos hasta el más mínimo detalle? A ese nivel de profundidad había llegado la biblioteca tras tantos siglos de buscar activamente la información.

»Los empleados de la biblioteca no se limitaban a catalogar y procesar la información. Habían extendido su papel a efectuar reconocimientos y al terreno de la acción por el mundo entero, y de ese modo la información recogida no tenía parangón. No, quedó claro que ese conocimiento era demasiado jugoso para un mundo en guerra como el de entonces. Debíamos proteger al mundo de lo que sabíamos.

Emily le escuchaba, a medio camino entre el asombro y la inquietud. Y en sus entrañas empezó a formarse un nudo. Conservar el conocimiento era una tarea muy próxima a su corazón, pero esconderlo era otra cosa muy distinta, y se llamaba censura. El mundo había visto muy a menudo lo que ocurría cuando eso sucedía.

—El director de la institución, el Custodio de la biblioteca, tomó la decisión de pasar a la clandestinidad, y fue entonces cuando se fundó la Sociedad, a principios del siglo VII. Desde entonces se dice que la biblioteca se perdió para el mundo, pero en realidad se llevó a Constantinopla. En aquel tiempo, la capital imperial era una ciudad con varios siglos de historia, pero era joven en comparación con Alejandría y se estaba convirtiendo en el centro intelectual del imperio.

»El traslado debió de ser una tarea increíble —dijo Athanasius con ojos soñadores mientras imaginaba la escena—. Miles de rollos, manuscritos y códices fueron cargados en secreto a bordo de barcos que cruzaron en secreto el Mediterráneo para encontrar acomodo en un nuevo complejo subterráneo construido específicamente para darles cabida.

Emily también se lo imaginó. La flotilla encargada del traslado había tenido que ser enorme para poder hacerse cargo del transporte, teniendo en cuenta las dimensiones adquiridas por la Biblioteca de Alejandría después de tantos siglos. Era imposible hacerlo todo al amparo de la noche, y aun así, Emily no había encontrado ninguna referencia a semejante proyecto en ninguno de los registros de la historia que había leído. El relato de Athanasius sobre el traslado de la biblioteca podía ser una mentira o la historia de un encubrimiento monumental.

—La colección siguió en Constantinopla hasta finales del siglo xvi. En las décadas y siglos subsiguientes hubo intentos continuos de descubrirla, pero permaneció oculta, aunque por muy poco. La Sociedad estaba cada vez más preocupada por el riesgo de posibles filtraciones. Nuestro personal estaba formado por seres humanos, susceptibles a sobornos, amenazas y todo tipo de manipulaciones. Siglos y siglos de sigilo se hubieran visto comprometidos si alguno de ellos sucumbía.

Emily presintió por dónde iba a continuar Athanasius.

—Así que tuvisteis que ocultársela incluso a vuestra propia gente.

—Se tomó la decisión de llevar la ocultación de la biblioteca al siguiente nivel: un nuevo traslado, pero en esta ocasión su localización no fue revelada más que a un reducido grupo de privilegiados, dos personas, que vivían apartadas en regiones remotas del imperio.

»Cuando uno de ellos moría, el conocimiento descansaba sobre los hombros del otro, que era libre de elegir a un nuevo "segundo". De ese modo, la ubicación de la biblioteca nunca descansaba sobre un único individuo, que podía morir por diferentes causas, pero tampoco era conocida por tantas personas como para comprometer su seguridad.

«Y así es como funciona el sistema normalmente. Pero cuando el Custodio ve llegar la muerte sin tener a un segundo, es necesario improvisar algunos planes», pensó Athanasius en su fuero interno, pero omitió ese detalle. Wess aún no estaba preparada para asimilar la historia en su completa dimensión.

—A finales del siglo XVI, el laberinto de túneles excavados debajo del antiguo palacio imperial de Bizancio, hogar de la biblioteca durante siglos, estaba completamente vacío.

63

Washington DC, 5.15 a.m. EST
(12.15 p.m. en Alejandría)

Brad Whitley, director del Servicio Secreto, permaneció de pie en el despacho del vicepresidente, cerrado a cal y canto y con las cortinas bajadas. Había dado instrucciones a sus hombres de desconectar los micrófonos y deseaba asegurarse de que nadie iba a interrumpir la reunión. Era una de esas conversaciones en las que convenía estar concentrado, sin oyentes ni distracciones.

—Todo esto resulta muy difícil de creer, director Whitley —aseguró el vicepresidente Hines—. ¿De verdad va a suceder dentro de dos días?

—Sí, señor vicepresidente. El secretario de Defensa y todos los altos mandos militares están de acuerdo en que se trata de un asunto de seguridad nacional que debe ser controlado cuanto antes. El presidente va a ser despojado de su cargo y quedará bajo arresto militar a pesar de las protestas de inocencia que lleva haciendo a la prensa desde que estalló todo esto. El enemigo está en suelo patrio por culpa suya. No habría terroristas ni criminales asesinando a nuestras figuras políticas en la capital de no ser por sus chanchullos ilegales.

—¿Están ustedes seguros de la conexión?

—Sí, señor. Las pruebas son irrefutables. El estamento militar ha podido rastrear la munición empleada en los asesinatos y relacionarla con ciertos enclaves de Afganistán, y en cuanto a los materiales filtrados sobre los negocios del presidente Tratham con Arabia Saudí, no dejan lugar a dudas. Seguramente, ya los ha visto.

—Por descontado —le confirmó Hines. Su equipo los había examinado conforme iban apareciendo desde que surgió todo aquello. Miró con perplejidad al director de los servicios secretos e inquirió—: ¿Cuál es el procedimiento en un caso semejante? ¿Existen disposiciones o antecedentes para el arresto militar de un presidente?

—No los hay, pero los generales están convencidos de que la ley militar y las disposiciones de la Ley Patriótica son más que adecuadas y suficientes para amparar el arresto, detención y acusación de cualquier individuo, y eso incluye al presidente en ejercicio. Sus privilegios ejecutivos cesan de inmediato en cuanto sea arrestado por estas acusaciones.

—¿Y luego?

—Luego entra en juego el mecanismo constitucional de designación de su sucesor.

Hines valoró la gravedad de una frase tan inocua. La cadena de sucesión transfería el control del ejecutivo al vicepresidente en caso de incapacidad o inhabilitación del presidente para llevar a cabo los deberes inherentes a su puesto, y si esa incapacidad se prolongara en el tiempo, se transferiría también la presidencia.

—Debería usted saber, señor vicepresidente, que el secretario de Defensa y su equipo le han estado investigando a conciencia. La traición y la alevosía flotan en el ambiente, y él, bueno, nosotros estamos decididos a no dejar que infecte a nuestro sistema de gobierno por más que el causante sea el presidente.

Ha de saber que se han examinado todas las dimensiones de su vida política.

Hines se envaró un poco al oír esas palabras.

—Me alegra saberlo —contestó con el tono de un político serio y responsable—. No tengo nada que ocultar.

—Sí, señor, nuestras investigaciones han confirmado ese extremo.

—Mis principales asesores y contribuyentes en asuntos internacionales son Westerberg, Alhauser y Krefft. Si los investiga en profundidad, sabrá que son famosos por su trasparencia en los asuntos internacionales. La fundación Westerberg incluso...

—Cierto —le interrumpió Whitley—. Ha presionado a favor de la transparencia de la contabilidad en los negocios relacionados con la reconstrucción de Afganistán. Conocemos los antecedentes. Públicamente están en contra de los tejemanejes y trapicheos que han metido en problemas al presidente.

El vicepresidente Hines asintió, seguro de la talla moral de sus partidarios. No tenía duda alguna de que soportarían cualquier tipo de escrutinio.

—Bueno, a menos que tenga usted en el armario secretos que aún no hayan sido aireados... —Whitley dejó la frase en el aire.

—No los tengo —respondió Hines con convicción. «Al menos, ninguno que tú vayas a saber nunca», pensó.

—En tal caso, señor vicepresidente, convendría que se preparase —concluyó el director del Servicio Secreto, levantándose—. Antes de que concluya el fin de semana, dudo de que el prefijo «vice» forme parte de su cargo.

64

Alejandría, 12.02 p.m.

Emily intentó digerir la narración, todo un desafío a una amplia sección de la historia tal y como la había aprendido. Historia y realidad actual. El aluvión de detalles proporcionados por Athanasius se mezclaba con los hechos, un asesinato, tal vez dos, y un atentado con bomba. Más de lo que ella podía asimilar. Emily nunca había sabido que el miedo y la excitación podían entremezclarse hasta resultar indistinguibles.

—Su Sociedad continúa la tarea de los antiguos Bibliotecarios; ¿se dedica a buscar información y añadirla a la colección oculta?

—En parte —respondió el egipcio—. Nuestro cometido como Bibliotecarios es buscar información, como habían hecho los bibliotecarios alejandrinos desde los primeros tiempos, pero con los años tuvimos que diseminarnos por todo el mundo, aunque la Sociedad tiene una misión táctica por encima de todo.

—¿Táctica? —replicó Emily, sorprendida por el comentario. La palabra parecía fuera de lugar en una conversación sobre libros, conocimiento y documentos, y servía para avivar la creciente aprensión que la mantenía sentada al borde del asiento.

—Debe entender que la biblioteca hace mucho tiempo que dejó de ser un simple cúmulo de conocimientos para convertirse en una fuerza activa en el mundo. Ya lo hacía en el siglo I de nuestra era. Si había que ocultar un conocimiento, debía compartirse otro. La información adecuada revelada a la persona adecuada en el momento adecuado favorece el bien de la humanidad. El objetivo de la Sociedad ha sido conservar la biblioteca, pero también usarla.

Emily se echó hacia atrás en la silla. Aquello agregaba una dimensión completamente nueva a la historia de la Biblioteca de Alejandría. No solo recopilaban información sobre los acontecimientos del mundo, sino que ayudaban a orquestarlos.

—¿Hasta qué punto se involucra la Sociedad en influir sobre el mundo con la riqueza de sus recursos?

—Ha variado a lo largo de la historia. En las situaciones ideales no desempeñamos ningún papel directo, pero a veces la historia dista de ser ideal...

—Deme casos concretos —exigió la joven, sorprendida de su propia confianza mientras se le aceleraba el pulso, no muy segura de su opinión acerca de esta nueva revelación.

Athanasius enarcó una ceja, pero se avino a responder:

—Nerón.

—¿Nerón?

—Uno de los peores emperadores de la historia. Usted y la mayoría del mundo le conocen como un loco y un perturbado que tocaba la lira mientras ardía Roma, pero en su momento todos esos desmanes permanecían bien ocultos por sus íntimos y los cortesanos. El imperio sufría sin saber que la causa era su líder. Nosotros, en cambio, sí estábamos al tanto de los detalles. La Sociedad fue la clave de que la información llegara a las personas adecuadas, y así supieron la razón del declive de Roma.

Eso permitió un cambio en la opinión pública y acabó provocando los hechos que desembocaron en su suicidio.

Emily le escuchó sin salir de su asombro.

—Tenemos un caso más convincente en la historia moderna. Podría hablarle de Napoleón, doctora. Tras el golpe de Estado en 1799, su poder se extendió por toda Europa con una fuerza imparable. Erigió un imperio del modo más egotista posible y las naciones sucumbían ante el poder de su Grande Armée.

—¿Y cómo se involucraron? —le sondeó la joven.

—La Sociedad proporcionó la información e hizo los reconocimientos necesarios que permitieron a la Sexta Coalición derrotarle en Leipzig, en 1813, y esa batalla marcó el cambio de la marea para la dinastía napoleónica.

—¿La Sociedad detuvo a Napoleón? —La idea se le antojaba ridícula.

—Solo influyó en los acontecimientos de esa época —la corrigió el egipcio—. Y así lo ha hecho en otros momentos y lugares, compartiendo la información para propiciar el bien común.

Emily se retrepó contra el respaldo, abrumada.

—Lo que me está diciendo es que usan la información que tienen para manipular los hechos del mundo. —Las objeciones morales fueron mucho más fuertes ahora y empañaron un tanto la majestuosidad de la revelación.

—Los hechos no, solo el conocimiento, y yo no usaría el verbo «manipular». —Athanasius buscó una palabra que encajara mejor con su visitante—. Preferiría considerar esto como una forma de... compartir. Lo hacemos con cuidado y precaución para ayudar en vez de dañar. La biblioteca siempre ha sido una institución al servicio del bien. Nos esforzamos por tomar decisiones morales que beneficien a la humanidad.

Emily sintió que crecía el nudo de su estómago. ¿Había nobleza y convicción moral en la causa de la Sociedad? Sí. Pero la censura había sido suprimida hacía mucho. La Biblioteca de Alejandría era una fuerza activa del cambio gracias a unos recursos inimaginables. ¿Quién manejaba ese poder?

Intentó compartir su creciente inquietud volviendo a cuestiones prácticas:

—¿Cómo llevan a cabo su trabajo los Bibliotecarios si desconocen dónde está la biblioteca? Parece imposible influir en el mundo si no tenéis acceso a vuestros recursos.

—El conocimiento del enclave físico de la biblioteca nunca formó parte esencial de nuestro trabajo. Con el tiempo, la conexión física con la colección se hizo menos importante y hoy es totalmente innecesaria. Los Bibliotecarios recogen y suministran información, y solo tienen acceso a la colección misma aquellos cuyo trabajo lo exija. Toda nuestra estructura está compartimentada. La organización está dirigida por el Custodio y su Ayudante. Estas dos personas son las únicas que conocen el paradero de la biblioteca y tienen acceso a la misma. El Custodio supervisa la organización y la distribución de la información a la opinión pública como considera oportuno. Después existe una amplia dotación de apoyo dispersa por todo el mundo que ayuda a mantener y procesar los nuevos materiales. El resto del trabajo lo hacemos los Bibliotecarios. En cualquier momento, y por todo el mundo, hay cien de nosotros con una tarea: reunir información y remitirla. A veces son materiales muy burdos o informaciones que nos llevan a involucrarnos más en acontecimientos internacionales. Algunos, como es mi caso, trabajamos en bibliotecas. —Athanasius hizo un gesto señalando el lugar donde estaban—. He trabajado en bibliotecas científicas toda la vida y mi papel es, por así decirlo, más tradicional: me aseguro de enviar a nuestra colección un ejemplar de todos los libros impresos, periódicos, magacines, diarios e incluso panfletos y pósteres. Busco y compro los que no salen por lo cauces convencionales. Puede haber unos diez como yo en la Biblioteca

Británica, la Biblioteca del Congreso e instituciones de índole similar. Sin embargo, la mayoría de los Bibliotecarios llevan a cabo tareas más especializadas. Su cometido consiste en reunir información sobre política o actividades sociales en sus territorios, aunque en esencia buscan el bien para sus sociedades. Se fijan en los agitadores, les investigan, les siguen, se enteran de su pasado, repasan sus alianzas, y así con todo.

Emily se hizo cargo de la enormidad de la organización descrita por Athanasius. Si era como él decía, la Sociedad de Bibliotecarios de Alejandría no era una simple red de individuos sentados junto a una colección de saber y conocimientos. Estaban hablando de una de las más grandes y antiguas operaciones de espionaje de la historia.

El proyecto era tan vasto que parecía imposible. Emily sintió cómo le seguían aumentando las pulsaciones, pero no era capaz de resistirse, deseaba conocer hasta el último detalle.

—¿Cómo los eligen? ¿Cómo los entrenan para su misión?

—Existe un antiguo proceso que seguimos al pie de la letra para poder reclutar nuevos Bibliotecarios y entrenarlos sin revelar la identidad del Custodio y otras personas en puestos de importancia. Se sigue e investiga a los potenciales candidatos durante al menos cinco años a fin de determinar su personalidad, su honradez e idoneidad. El Custodio asigna a un Bibliotecario la tarea de conocer personalmente al candidato, sin revelarle los motivos y razones, por supuesto. Lo ideal es que ambos se hagan colegas, amigos incluso. Somos capaces de conocer al candidato a través del mentor. Cuando llega el momento, el candidato toma conciencia de que existe la Sociedad y del papel que se le invita a desempeñar. La aproximación se realiza siempre por parte de un Bibliotecario diferente, alguien de otro país acude a conocerle y estudiarle sin que el recluta lo sepa. Si revela la invitación o cualquier otro aspecto, sabemos que no es un buen candidato. Al final, si todo va bien, el Custodio le nombra y jura su incorporación a la Sociedad. El candidato presta juramento ante ese Bibliotecario extranjero, que le informa de sus tareas y deberes ante de marcharse. Y nunca volverán a encontrarse.

—Por tanto, ¿el candidato se incorpora sin haber conocido más que a un solo miembro? ¿Y nunca se dan los nombres de otros socios?

—Exactamente. La identidad del Custodio nunca se revela. Nadie debe ser capaz de identificar al hombre al mando, como dicen los americanos.

La complejidad del sistema reforzaba la impresión general de misterio que le inspiraba la Sociedad, pero también hablaba de su carácter previsor. Emily estaba maravillada y se sentía curiosa y expectante.

—No puedo ni imaginarme cómo es posible que un grupo con tales recursos sea capaz de abordar a nadie para una tarea semejante.

—Lo cierto es que sí puede, doctora —respondió Athanasius, y cuando ella alzó las cejas para mostrar su sorpresa, agregó—: Y más directamente de lo que piensa.

—¿Qué quiere decir?

—Al menos conoce a una persona que ha pasado por esa preparación encubierta que le he descrito.

Emily vaciló.

—¿A quién?

El egipcio volvió a clavar la mirada en los ojos de Emily.

—Usted.

65

12.20 p.m.

Yo...? ¿De qué habla? ¡A mí no me ha preparado nadie!
—exclamó Emily, cuyo corazón había latido desbocado
antes de detenerse bajo el efecto de la última revelación de Athanasius.

—¿Cómo iba a saberlo? —replicó el egipcio—. El punto
clave de la preparación de un candidato es que no lo sabe, no
hasta el fin, hasta que ha demostrado ser digno. Normalmente,
el plazo de preparación son cinco años y el candidato solo tiene
conocimiento de la biblioteca y de la Sociedad durante los últimos seis meses.

—Pero yo...

—Usted no había llegado a ese estado, doctora —la interrumpió Athanasius—, porque su candidatura no había recorrido ni un año.

—¡Un año! —Emily no podía creer que aquel grupo la
había estado observando durante tanto tiempo—. Pero, para
empezar, ¿quién ha sido mi mentor todo este tiempo?

—En circunstancias normales jamás se habría enterado,
doctora Wess, pero las circunstancias presentes son cualquier

cosa menos normales. Creo que usted conoce muy bien a su mentor, el que la ha vigilado y preparado. Era el jefe. El Custodio en persona.

Dicho esto, el egipcio se quedó un momento en silencio. Solo podía tratarse de una persona.

—Arno Holmstrand. —Abrió los ojos asombrada. Emily había supuesto la identidad del Custodio cuando Athanasius empezó a hablar de la Sociedad, pero ahora estaba segura—. Arno Holmstrand era el Custodio.

La expresión de su interlocutor se suavizó al oír ese nombre.

—Sí, doctora Wess. Él fue su mentor, el Custodio, un buen hombre. —Pronunció las últimas palabras con verdadera emoción.

Si Athanasius hubiera expresado de palabra sus sentimientos, ella se hubiera unido a él, ya que la mención del nombre de Arno la removía por dentro. Y esa pena cobraba una nueva dimensión después de enterarse de que Holmstrand participaba en su vida, a pesar de que ella no lo sabía. Pero en aquel momento la principal emoción de Emily era el entusiasmo, aunque entremezclado con el miedo y la confusión. Su participación en los hechos de los dos últimos días no había sido casual ni accidental. La Sociedad no la había perdido de vista durante el último año y Holmstrand, su Custodio, la había vigilado y preparado durante ese mismo tiempo.

Pero ¿para qué? ¿Qué pretendían que hiciera? Una parte de ella le decía que metiera el rabo entre las piernas y saliera de allí pitando, pero otra, más fuerte, se sentía envalentonada ante esta nueva información. Si iba a convertirse en una Bibliotecaria, debía saber en qué consistía su papel.

Se volvió hacia Athanasius.

—Normalmente, ¿qué viene a continuación? Tras este elaborado programa de reclutamiento, ¿cómo hacen su trabajo los Bibliotecarios? Nada de cuanto ha dicho salva el hecho de que reunir y guardar información resulta bastante complicado si no sabes dónde está la biblioteca.

—Todos los meses entregamos al Custodio un paquete con el fruto de nuestro trabajo.

—¿Un paquete?

—Sí, ya sabe, paquetitos con lazo y todo. —Emily se negó a creer semejante cosa, pero el egipcio se adelantó a cualquier comentario de incredulidad, y dijo—: No se los enviamos por correo, claro está. Podrían quedar al descubierto, es demasiado arriesgado. Son... recogidos. Cada mes reunimos la información recabada y la dejamos lista para la... recogida.

—¿Dónde?

—El punto de entrega depende de cada Bibliotecario. Se nos dice dónde, cuándo y cómo debemos depositar nuestras contribuciones dentro de nuestro proceso de reclutamiento. Luego, todos los meses enviamos los paquetes tal y como está prescrito. El Custodio asigna un equipo de tres Ayudantes a cada Bibliotecario, son personas a las que el Bibliotecario no conoce ni ve, pero su responsabilidad es velar por el trabajo del Bibliotecario y recoger los paquetes en el punto de entrega. Los acuerdos son personales y se perfilan durante el reclutamiento. Y así es como se idearon también para usted.

Emily rehuyó la mirada al oír ese comentario al tiempo que hacía lo posible para evitar la incomodidad que la situación le producía. Le entraban sudores fríos y se le ponía la carne de gallina cada vez que especificaba aspectos relativos a su persona. El resto de los elementos ya impresionaban bastante de por sí, en especial las continuas referencias al secretismo y a esa responsabilidad hecha a medida dentro de una estructura reglamentada. Los Bibliotecarios no solo ignoraban la localización de la biblioteca y las identidades de sus compañeros, sino que ninguno de ellos parecía conocer el conjunto. Cada miembro de la

Sociedad se limitaba a recoger datos específicos y entregarlos. Y quedaba fuera de su alcance conocer el significado de los mismos o saber cómo encajaban con otro material.

La biblioteca y su Sociedad la impresionaban mucho, pero la sudoración y las palpitaciones le imploraban que no se callara, y al final fue incapaz de no decirlo. Se sentó en el borde de la silla y preguntó con absoluta sinceridad:

—¿Por qué una fuerza del bien está rodeada de tanto secretismo?

Su anfitrión acogió con gesto amable la pregunta y la actitud de la mujer occidental, pero el cansancio pareció hundirle las facciones.

—La búsqueda de la verdad tiene sus adversarios, doctora Wess, y la posesión de una gran verdad genera enemigos aún mayores. —Miró a su interlocutora en busca de una señal de complicidad—. Somos reservados porque tenemos un enemigo.

No había terminado de pronunciar esas palabras cuando el silencio sobrecogedor de los subterráneos se vio interrumpido por un golpe sordo al otro lado de la puerta. A Emily se le hizo un nudo en la garganta y se levantó de un salto. Athanasius le tapó la boca antes de que pudiera decir una palabra.

—No haga ningún ruido.

66

12.29 p.m.

¡Agáchate! —ordenó Jason a su compañero con un hilo
de voz, que era todo cuanto podía gritar.

Los dos hombres necesitaron menos de un segundo para
retirarse tras un recodo del pasillo principal y ocultarse detrás
de dos estanterías. Era imposible que los vieran desde la puerta
del despacho del doctor Athanasius Antoun.

Deseaba con toda el alma increpar a su compañero, gritar-
le: «¿Qué diablos ha pasado?, ¿qué has hecho?». Pero las circunstancias no permitían nada de eso. Jason respiró hondo para
controlar la rabia. Luego, poco a poco, se acercó a la esquina
para mirar hacia la puerta del despacho. Vio en el suelo del pequeño vestíbulo un libro que había caído desde lo alto de una
balda donde los libros se apilaban de forma bastante insegura.
El inesperado ruido no había sido culpa de su compañero, sino
una simple casualidad. Un accidente, por usar la expresión del
Secretario cuando no se debía hablar de algo.

Jason se retiró a toda prisa cuando la puerta del despacho
se entreabrió ligeramente. Se volvió hacia su compañero y se
llevó un dedo a los labios. Los dos hombres contuvieron la res-

piración, temerosos de que el eco de los pasillos la amplificara y delatara su presencia.

El erudito egipcio se asomó y miró a derecha e izquierda. No advirtió indicio alguno de que allí hubiera intrusos ni visitantes inesperados.

Athanasius bajó la mirada al suelo, donde descubrió un libro abierto sobre el suelo. Entonces miró hacia arriba y reparó en la pila de libros y papeles donde había estado, en medio de una estantería. Se tranquilizó al verlo y soltó un suspiro de alivio audible en todos los pasillos. Echó un último vistazo alrededor antes de meter otra vez la cabeza en su oficina y cerrar la puerta.

Jason y el otro Amigo solo respiraron con suavidad y en silencio cuando el pestillo hizo clic al volver a su posición habitual.

«Qué poco ha faltado», pensó Jason antes de ponerse de pie y echar otro vistazo por la esquina. En la oscuridad apenas era visible el pequeño micrófono transmisor que había fijado a la puerta. Ahora solo había que esperar que Antoun no lo viera.

67

Doctora Wess, tome asiento, por favor.

Athanasius cerró la puerta tras él y se situó otra vez delante de ella. Emily seguía con los ojos muy abiertos y con el pulso acelerado a causa del susto. Los altos niveles de adrenalina sin duda la afectaban y su cuerpo luchaba para soportar un nivel de estrés al que no estaba habituada.

—Tome asiento, por favor —repitió su anfitrión, que le puso una mano en el hombro y la empujó un poco hacia la silla—. Es una falsa alarma, disculpe.

—¿Qué rayos ha sido eso?

—Un libro que se ha caído de una estantería demasiado llena. Nada más. Lamento haberla asustado con mi reacción. Estos días estoy un poco alterado.

—Eso mismo podría decir yo. —La joven respiró hondo varias veces a fin de controlar el mareo y la náusea que le había causado el susto—. ¿Quién creía que podía estar ahí fuera?

El interpelado se sentó en su silla.

—Precisamente ahora acababa de mencionarle la razón de nuestro sigilo: nuestro trabajo tiene opositores.

Emily apretó los puños a fin de alejar el estrés.

—¿Y usted pensaba que ahí fuera estaban esos enemigos suyos? ¿Qué clase de gente es?

—Ignoramos el momento exacto de constitución del Consejo. —Athanasius se echó hacia delante mientras hablaba—. El Consejo, así es como se llaman, se formó en algún momento del siglo siguiente a que la biblioteca pasara a la clandestinidad. La primera referencia sobre ellos en nuestros archivos es del año 772. Según un breve informe de un Bibliotecario de Damasco, había allí un grupo organizado con líderes nombrados y una estructura eficiente. Y ya por aquel entonces se les conocía con ese nombre: el Consejo.

Emily enarcó una ceja al oír esa denominación mientras movía los antebrazos para sacudirse el entumecimiento de las muñecas causado por la adrenalina. A pesar del miedo, no era capaz de pensar en lo adecuado que era que una organización opositora con mil trescientos años de historia tuviera, sin embargo, un nombre tan inocuo.

—La primera razón para ocultarnos fue evitar los juegos de poder entre reyes y facciones y el de quienes perseguían el poder de la biblioteca para dominar el mundo, pero entonces surgió una escisión en nuestras filas. El origen del Consejo estuvo en un golpe de mano. Algunos integrantes de la Sociedad opinaban que el poder no estaba siendo usado correctamente. Deseaban ser más contundentes en el uso de nuestros recursos e influencia.

—El poder corrompe, como suele decirse —opinó Emily, para quien estaba siendo un desafío participar en una conversación constructiva después del pánico que había experimentado, pero entonces se acordaba de que el ruido había sido provocado por un libro al caerse. No había nadie fuera del despacho.

—La Sociedad no permitió que sus recursos se usaran para obtener beneficio ni para apoyar a ejércitos perversos ni otros objetivos por el estilo, y entonces ese grupo intentó poner el poder en manos de otros. Fracasaron, pero esos hombres se unieron para constituir otra organización. Así nació el Consejo.

»Por desgracia, la expulsión de aquellos hombres creó una nueva unidad entre los opositores a la Sociedad y se unieron entre sí líderes que habían sido enemigos durante años. De pronto se aliaron militantes expulsados, disidentes e incluso generales de diferentes Estados, y no precisamente en busca del bien común. Esta coalición únicamente perseguía un fin: descubrir lo que habíamos ocultado. Reclamaban un conocimiento que cada uno de ellos hubiera usado sin vacilar contra los demás de haberlo tenido. Querían descubrir un poder real e invencible.

»Sus objetivos aumentaron con el tiempo. Su razón de ser era encontrar la biblioteca y apoderarse de sus recursos, pero esas intenciones acabaron por conducirles a otros nuevos propósitos. El Consejo siguió oculto a la vista de la gente y poco a poco fue controlando cualquier grupo u organización que pudiera conseguir más poder o influencia. Comenzó a tener miembros en ejércitos, Gobiernos, negocios... Y usó todo eso para extender su influencia a lo largo y ancho del mundo.

—Entonces, lo que me está diciendo es que existe otra organización que también intenta manipular los acontecimientos del mundo, no es solo vuestra Sociedad.

La joven vio cómo el egipcio retrocedía al oírla comparar a los dos grupos, pero enseguida recobró la compostura.

—El Consejo solo desea poder y dominación, pero nunca han abandonado su máximo objetivo, el descubrimiento de la biblioteca para ejercer un poder sin parangón. Han buscado sin descanso para localizar lo que nosotros queremos ocultar.

—¿Y son tan activos como vosotros?

Athanasius hizo un gesto de cansancio.

—Sí, lo son, y extremadamente poderosos. Tal vez el golpe de ahí fuera haya sido un simple libro, pero, créame, mi precaución no está fuera de lugar.

Emily le miró fijamente. Su interlocutor parecía sentirse incómodo por seguir hablando.

—Sabemos que el Consejo está dirigido por un comité que incluye agentes en los tribunales, en los Gobiernos y en la administración de una docena de países. Hemos identificado a algunos, pero no a todos. Han aprendido a ser tan discretos como nosotros.

»Sin embargo, conocemos la identidad de su figura clave. El Consejo está dirigido por un Secretario que ejerce un gran poder sobre sus operaciones. —Athanasius bajó la voz de forma instintiva—. Técnicamente, el poder reside en el comité, pero el jefe del mismo está jerárquicamente por encima de los demás y cuenta con sus propias tropas de Amigos, unos asistentes que ejecutan sus órdenes con eficacia escalofriante. Hemos intentado descubrir su identidad desde hace décadas, pero solo tuvimos éxito hace seis meses. El Secretario del Consejo es un empresario neoyorquino que responde al nombre de Ewan Westerberg, que figura al frente de una enorme fundación consagrada a hacer negocios e invertir en causas políticas por todo el mundo. —Athanasius sacó una fotografía de una gruesa carpeta de papel Manila y se la entregó a Emily; después, agregó con voz vacilante—: Es un tipo realmente peligroso.

Ni el nombre ni el rostro de la instantánea le decían nada a Emily. El mundo de los negocios y las inversiones estaban fuera de su ámbito de actuación.

—En cuanto descubrimos su identidad, intentamos sacar ventaja de ello. Nosotros sabíamos quién estaba al frente y ellos ignoraban la identidad de nuestro Custodio y de su Ayudante, o eso pensábamos. —Athanasius se tomó un respiro y se acarició la barba, sopesando esa afirmación. Finalmente, miró a

Emily—. Estábamos equivocados. El Consejo se las había arreglado para descubrir la identidad de nuestros líderes, igual que habíamos descubierto a Westerberg. El Ayudante del Custodio era Collin Marlake, un empleado de alto estatus en el mundo de las patentes en Washington DC. Había formado parte de la Sociedad durante treinta y siete años y estaba a punto de jubilarse, tanto en el trabajo como entre nosotros. Hace una semana, unos hombres se personaron en sus oficinas poco después de abrir y con toda la eficacia del mundo le partieron en dos el corazón —dijo, escupiendo las palabras como si fueran veneno.

Emily siguió sentada en silencio, atenta a la historia.

—En un primer momento no supimos por qué le habían asesinado de forma tan repentina, pero el Custodio enseguida averiguó la razón. Una de las últimas contribuciones de Marlake a la biblioteca contenía una lista de nombres que había pirateado del ordenador de un ayudante del vicepresidente de Estados Unidos.

—¿El vicepresidente? —La joven se sobresaltó y volvió el hormigueo de la espalda—. ¿Qué clase de nombres?

—Estaban divididos en dos categorías sin clasificar, pero nosotros determinamos enseguida que un grupo estaba formado por hombres próximos al presidente Samuel Tratham y el otro estaba integrado por partidarios del Consejo e íntimos del vicepresidente. Más allá de todo esto, el significado de la lista no estuvo claro en un principio, no hasta que descubrimos que empezaban a morir los que figuraban en la primera lista.

—Una lista de ejecuciones —aventuró Emily.

—En parte, pero elaborada más para manipular que por venganza. Aquí el fin del juego... es... más dramático.

Y entonces Emily recordó los escándalos en Washington. Los asesores presidenciales habían sido asesinados por terroristas insurgentes, presumiblemente en represalia por las acciones del presidente, cuya traición había puesto en peligro la seguridad nacional. Los medios de comunicación hablaban de un colapso inmediato de la actual administración.

—Un momento, ¿está hablando de... una conspiración?

Athanasius asintió con lentitud sin dejar de mirarla a los ojos.

—No parece que el presidente Tratham vaya a sobrevivir a este escándalo.

—Pero usted dice que el escándalo se basa en una mentira —le interrumpió Emily—. Los artículos *online* que he leído dicen precisamente eso, que unos insurgentes extranjeros han matado a los consejeros del presidente y que la causa de que hayan venido a nuestro país es la conducta de Tratham. Y ahora me dice que no es cierto, que no los mataron unos terroristas.

—Bueno, no la clase de terroristas que sospecha la gente. No son sicarios de Oriente Medio quienes han asesinado a sus compatriotas, doctora Wess. Sea bienvenida a su primera demostración de cómo opera el Consejo.

68

12.38 p.m.

La magnitud de la revelación la dejó incapaz de pensar. Todo había empezado como el asesinato de un compañero y la localización de una biblioteca perdida, pero ahora se habían incorporado dos sociedades secretas, la antigua y una nueva, dedicada a manipular acontecimientos por todo el mundo; y ahora, al parecer, la nueva pretendía dar un golpe de Estado en Washington. Daba miedo pensar que alguien le había reservado un papel en medio de todo eso. Los antiguos sentimientos encontrados de entusiasmo y miedo estaban ahora en un punto álgido.

—¿Por qué? ¿Por qué ese Consejo conspira contra el presidente? ¿Qué esperan ganar con eso? —inquirió la doctora, con la voz entrecortada.

—Habrá oído decir que la naturaleza aborrece el vacío, ¿verdad? —replicó el egipcio—. Bueno, dados los acontecimientos de la semana pasada, parece como si pronto fuera a producirse un vacío de poder en el ejecutivo del Gobierno americano. Si quieres alcanzar una determinada posición de poder, ¿qué mejor forma que crear una situación política que lleve a tu hombre a la cima?

—Pero eso no va a salir bien. Estados Unidos tiene una cadena de mando definida a la perfección. Si el presidente deja el cargo, la vacante no la ocupa alguien de fuera. El vicepresidente se haría cargo de inmediato.

Athanasius abrió los ojos con desmesura mientras ataba los últimos cabos sueltos para su huésped.

—¿Y quién cree que encabeza la segunda lista? —preguntó con un hilo de voz. El Bibliotecario le concedió unos segundos para que se hiciera cargo de la dimensión de la conspiración. Sabía que para la joven profesora el mundo antiguo y el mundo moderno chocaban de modo casi incomprensible—. No somos los únicos que sabemos usar la información que tenemos a nuestra disposición —agregó al final.

—Es inconcebible —contestó ella, también con un hilo de voz. El peso de la información pareció reprimir todo intento de hablar en voz alta.

Athanasius retomó la historia sin alzar el tono:

—Nuestro Custodio juntó las piezas en cuanto recibió la lista, pero el Consejo también supo que aquella se hallaba en sus manos y a los dos días murió, igual que su Ayudante. —El egipcio hizo una pausa emotiva, y cuando volvió a hablar, lo hizo con ojos llorosos—. La única diferencia en esta ocasión era que él sabía lo que iba a ocurrir. Arno era un hombre pragmático y dio por hecho que si habían encontrado a su Ayudante, iban a localizarle a él, y que eso significaba que iba a morir. No podían dejarle vivir ejerciendo el poder de la biblioteca y conociendo la naturaleza del complot. El Consejo adoptó una decisión drástica, la de matarle, aun cuando al eliminarle acabaran con el único ser vivo capaz de indicarles la localización de la Biblioteca de Alejandría. Y Arno pasó sus últimos días perfeccionando un nuevo plan en vez de protegerse.

Las siguientes palabras confirmarían la premonición de Emily: la historia iba a encauzarse otra vez en su dirección.

—Optó por acelerar su reclutamiento, doctora Wess. No le era posible seguir nuestra práctica habitual, no disponía de cuatro años adicionales para reclutarla. Solo tenía unos pocos días para poner en marcha su entrada en la Sociedad.

—¿Y por qué no vino y me lo dijo? —preguntó Emily—. Podía haber hablado conmigo en esos últimos días. Podía haber compartido conmigo cualquier cosa. Me podía haber ayudado.

El sentido de pérdida regresó al saber que Holmstrand había pasado los últimos momentos de su vida concentrado en ella. Pero no era solo una pérdida emocional, también había perdido a un hombre que podría haberla ayudado a afrontar lo que parecía un peligro real. Athanasius esbozó una sonrisa apreciativa.

—No es así como funcionamos. Algunas cosas no pueden darse. Han de ser descubiertas. Por esa razón, Arno pasó sus últimos días preparando un plan que despistara al Consejo y a usted la pusiera en la pista para descubrir la biblioteca, nuestra Sociedad y su papel en ella.

Emily sintió de nuevo aquella brecha. Por un lado, no quería oír hablar de su papel en un drama milenario que se basaba en el engaño, la muerte y la destrucción. Y por otro, a pesar del pánico, una parte de ella deseaba hacerse cargo y ser fuerte por una causa que la superaba con claridad. Esa tensión la desgarraba. Aquella había empezado siendo una misión inspiradora, un viaje excitante hacia un posible descubrimiento sobre el que cimentar un prestigio académico, pero ahora iba a descansar sobre sus hombros el peso de un yugo imposible. No estaba segura de querer semejante carga, y mucho menos si estaba en su mano aceptarla o no.

El egipcio intuyó el derrotero de sus pensamientos y se acercó a Emily con gran seriedad.

—Esta tarea no es una opción, sino una obligación, dada la magnitud de cuanto hay en juego. Debe continuar con esto hasta el final. —Athanasius la estudió con atención—. Además, no tiene alternativa. Puede estar absolutamente segura de que el Consejo ya está al tanto de su identidad. En cuanto conozcan su conexión con la biblioteca, doctora, no pararán hasta localizarla y sacarle cuanto sepa.

—Pero ¡si no sé nada!

—Oh, sí sabe. Está aquí, conmigo —respondió el hombrecito—. Y el Custodio le ha confiado una misión que solo usted puede llevar a buen puerto. Va a tener que estar muy atenta hasta que la termine.

Emily se tranquilizó. La curiosidad aún la dominaba lo suficiente como para dejar en un segundo plano la perspectiva de una persecución.

—Si todo es tan secreto en la Sociedad, si todo está tan escondido, incluso a los ojos de ustedes —dijo ella, inclinándose hacia delante—, los Bibliotecarios, ¿cómo es que usted personalmente sabe tanto? ¿Cómo es que conoce todos los detalles que acaba de contarme?

Athanasius parecía triste y cansado.

—Me estaban entrenando para ser el nuevo Ayudante del Custodio, doctora Wess. Marlake iba a retirarse dentro de dos meses y yo ya estaba preparado para asumir su trabajo. Hubo que cambiar la agenda después de su muerte, pero ahora, en las actuales circunstancias, ha sido preciso alterarla otra vez. —La voz del egipcio era poco menos que un susurro insinuante—. El segundo en el escalafón no puede serlo si no hay un primero al mando.

Clavó los ojos en la doctora.

—¿Y encontrar al nuevo Custodio guarda alguna relación con mi reclutamiento como Bibliotecario? —quiso saber Emily—. ¿He de ayudar a encontrarle?

—Todo esto tiene que ver con su reclutamiento —afirmó Athanasius—, pero no es encontrarle, sino encontrarla. —Emily abrió los ojos tanto como el egipcio cuando este añadió—: Vamos, doctora Wess, seguramente ya lo ha entendido. Yo en ningún momento he dicho que la íbamos a contratar para ser una Bibliotecaria.

69

12.45 p.m.

La situación tenía tantas implicaciones y alcanzaba tales dimensiones que no podía desmandarse más, pero eso era lo que había ocurrido.

—¿Que el Custodio Holmstrand me estaba entrenando para ser su sustituta?

—La eligió a usted —le confirmó Athanasius—. Su entrada en el puesto no iba a ser tan dramática ni tan... rápida, pero el Custodio tuvo que acelerar sus planes cuando el Consejo inició el ataque.

Emily siguió resistiéndose a las palabras del Bibliotecario.

—Pero... ¿Y por qué no usted? —le espetó con absoluta sinceridad—. Estaba ya preparado para ser el Asistente del Custodio, y claramente está más formado. ¿Por qué no se convierte en el Custodio y forma a un nuevo Ayudante?

—Resulta difícil de comprender —convino Athanasius—, pero hay un orden y una razón para que operemos como lo hacemos. He sido entrenado y he adquirido unas habilidades concretas para desempeñar un papel específico. Es un rol importante y activo, pero también juego un papel de apoyo. El

Custodio vio en usted algo diferente, algo importante y crítico a su modo de ver, algo más relacionado con el liderazgo y no con la asistencia, algo que compensa su inexperiencia, doctora. Uno siempre puede ganar experiencia y aprender lo que ignora. Pero el Custodio confió en usted. A su modo de ver, usted tenía la personalidad y el carácter adecuados para este papel.

Emily había buscado el reconocimiento durante la mayor parte de su vida académica, deseaba que le reconocieran la inteligencia, la creatividad, el rigor. Pero aquellas alabanzas en semejante contexto la llenaron de miedo. No estaba segura de poder seguir adelante con el peso de las expectativas que habían depositado en ella, máxime cuando lo que había en juego era mucho más que una mala crítica en una revista o una pobre valoración de su docencia por parte de los alumnos.

Y al mismo tiempo, tenía una veta intelectual que le hacía sentirse inquieta por los detalles sobre la historia de la biblioteca y las operaciones llevadas a cabo por la Sociedad. Tenían un enemigo poderoso, sin duda, pero eso no era óbice para que los encargados de la biblioteca no hubieran andado muy cerca de la censura y hubieran difuminado un tanto la frontera entre compartir información y la simple manipulación de los hechos de un modo que no era tan diferente de conspiraciones como la que ahora estaba llevando a cabo el Consejo. Se sentía entre una posición moral negra y otra más luminosa, pero con sombras grises.

«¿Qué es lo correcto? Exactamente, ¿para qué me han pedido que me una a ellos? ¿Para mandar?».

Sin embargo, era consciente de que no podía abandonar la tarea impuesta por Holmstrand. Se arriesgaba a perder para siempre algo de valor incalculable. La Sociedad estaba a cargo de un objeto sin parangón en la historia de la humanidad. Si tenía unas dimensiones tan enormes y completas como las indicadas por el egipcio, entonces, incluso en la actualidad, seguía siendo un recurso sin igual. No podía perderse. Iba a tener que afrontar la inquietante perspectiva de que a lo mejor la perseguía el Consejo.

La joven adoptó una firme resolución con la rapidez de siempre. Tenía un trabajo pendiente, lo hubiera pedido o no, e iba a hacer de tripas corazón para seguir adelante.

Se había hecho un silencio espeso entre ellos dos y Emily lo rompió preguntando:

—¿Cómo se supone que voy a encontrarla?

Athanasius alzó la vista. La narración de la historia de la biblioteca había entristecido su ánimo, pero la resolución de la mujer le insufló ánimos.

—Obrar como hasta ahora la ha llevado muy lejos. Siga las pistas que le ha dejado el Custodio.

Emily dudó.

—He conseguido llegar hasta aquí gracias a que Holmstrand me dejó dos cartas y una serie de pistas en Estados Unidos. Eso me condujo hasta unas inscripciones en Inglaterra y estas me han traído a Alejandría. Pero mi última pista era la que me trajo hasta aquí. Se me han acabado. No tengo nada con lo que continuar.

Athanasius se irguió.

—Ese no es el caso.

Volvió al armario archivador del que había tomado la carta de Arno donde se le ordenaba que aguardase la llegada de Emily. Cogió un sobre y se lo entregó a Emily.

—Este es mi consejo: siga el rumbo marcado por el Custodio.

Emily contempló el sobre.

—Venía dentro del sobre enviado a mi atención —aclaró Athanasius. El Custodio siempre iba un par de pasos por delante.

Emily encontró en el sobre la misma caligrafía y la misma tinta marrón que en las primeras misivas de Arno. El mensaje consistía en una sola frase escrita con extrema pulcritud: «Para la doctora Emily Wess. Entrega a su llegada». Era obvio que Holmstrand tenía más confianza que ella misma en que iba a llegar tan lejos.

Dio la vuelta al sobre y lo rasgó. Dentro solo había una cuartilla plegada donde estaba escrita una única línea, que leyó en voz alta.

Entre dos continentes: la casa del rey, tocando el agua.

—Nuestro Custodio era único para hacerte pensar —comentó el Bibliotecario, y dejó que una sonrisa le curvara los pliegues de los labios.

Emily le sonrió con complicidad por vez primera en la conversación.

—Tal vez sí, pero esta vez no va a ser el caso. Arno debía de saber que la respuesta iba a ser evidente para mí, y más aún después de nuestra conversación.

El Bibliotecario permaneció a la espera. Emily se puso de pie y empezó a pasear por la pequeña oficina en estado de creciente entusiasmo a medida que desentrañaba el significado del críptico mensaje de Arno.

—Solo hay una ciudad cuyos palacios reales están entre dos continentes. Y una parte del pasado de la biblioteca figura allí, según acaba de decirme. Se trata de Constantinopla, la actual Estambul. La ciudad descansa en una pequeña prominencia de tierra en el Bósforo, entre los continentes de Europa y Asia. Ha sufrido muchos terremotos a lo largo de la historia. —Emily había visitado Estambul dos veces en su época de estudiante, y la recordaba muy bien.

De pronto, dejó de pasear y se dio media vuelta para encararse con Athanasius.

—Ya sé a qué se refiere exactamente con eso de «la casa del rey».

70

Sesenta minutos después, 1.45 p.m.,
hora local, Alejandría

Jason se sentaba con aire despreocupado en la mesita redonda de un quiosco de la cafetería del aeropuerto. Era un día normal. Los viajeros iban de aquí para allá en todas las direcciones. El otro Amigo se había instalado lejos de su compañero y pasaba desapercibido al otro lado del patio.

Sin embargo, bajo esa apariencia de calma y normalidad, Jason era un hervidero de emociones enfrentadas. Por un lado, acababa de enterarse de que todo estaba preparado para que la doctora se convirtiera en el nuevo Custodio y, por tanto, de que estaría en condiciones de llevarles hasta la biblioteca. Pero por otra parte había una posibilidad teórica, y en aquel momento nueva, de una amenaza real e inmediata contra la misión en Washington DC. Demasiada gente sabía demasiado y el Consejo había ido demasiado lejos como para echarse atrás ahora. Todo estaba en peligro si Wess o Antoun hablaban.

Encendió el móvil y llamó al primer número de la lista de «Favoritos», señalado con el nombre de «Secretario». Al cabo de unos segundos obtuvo línea con las oficinas neoyorquinas de Ewan Westerberg y, sin malgastar el tiempo en preámbulos, soltó:

—¿Has oído la conversación?

Solo un número muy reducido de personas tenían el teléfono privado del Secretario y los dos ya sabían la razón de la llamada.

—Hasta la última palabra —respondió Westerberg con tono tenso pero profesional. Su capacidad para guardar la compostura en cualquier circunstancia, ya fuera saludar a un colega u ordenar una ejecución, era lo que le había granjeado una reputación—. Estábamos en lo cierto. Holmstrand ha guiado a Emily Wess directamente hasta el Bibliotecario de Alejandría.

—No es un simple Bibliotecario, se trata del futuro Ayudante del Custodio. Ni en sueños hubiéramos esperado encontrar algo así.

—Sabíamos que Alejandría iba a ser importante —replicó el Secretario, aunque también él se había llevado una sorpresa al enterarse del alto rango de Athanasius Antoun en la Sociedad—. Ahora tenemos un enlace capital.

Aquellas nuevas eran magníficas, cierto, pero ambos eran conscientes de que esa conversación había revelado otros hechos turbadores, y no solo con respecto a la misión en Washington.

—Saben mucho sobre nosotros —observó Jason con voz tensa.

—Saben más sobre nuestra organización de lo que creíamos —admitió Ewan. Tampoco había previsto que la Sociedad estuviera al tanto de las actividades del Consejo con el grado de detalle revelado en la descripción de Antoun—. Aun así, lo que saben no es nada en comparación con lo que ignoran.

La ansiedad de Jason no remitió.

—Pero saben quién eres, padre. —Jason se quedó helado cuando se le escapó aquella última palabra. Era un desliz excesivo. Las reglas para dirigirse al Secretario eran firmes, inflexibles; nunca antes las había vulnerado.

La respuesta de Ewan fue glacial, con un desafecto rudo más terrible aún que su habitual contención:

—¿Qué te he dicho sobre referirte a mí de esa manera? —La frase no era una pregunta, en realidad, sino un recordatorio. Un recordatorio amenazante.

Jason Westerberg se había abierto camino hasta lo más alto del brazo armado del Consejo y se había garantizado un lugar en el grupo selecto de ayudantes cercanos y Amigos del Secretario precisamente gracias a que no había pensado en él como su padre, sino solo su empleador. La conexión de sangre importaba poco, pero su rendimiento sí. Los dos hombres tenían una relación exclusivamente profesional y ambos, sobre todo Ewan, preferían esa opción. Esa había sido la naturaleza de la relación desde que Jason era un crío y él sabía que así sería hasta la muerte.

—Lo siento, señor. —Jason intentó recobrar la compostura—. Pero la observación sigue siendo cierta. La Sociedad sabe quién es usted y ahora también está al corriente Emily Wess, la mujer a la que están adiestrando para convertirse en Custodio.

—Que eso no te quite el sueño, Jason —contestó el Secretario. Su hijo se quedó sorprendido al oír su nombre. Suponía un cambio con respecto al tono helado de hacía unos segundos. Eso era lo más cerca que Ewan Westerberg estaba de mostrar afecto, y lo hacía para calmar a un joven agitado—. Quizá sepan algunas cosas sobre nosotros, pero nosotros nos hemos enterado de cosas mucho más vitales para ellos. Ahora mismo estamos reconstruyendo el perfil biográfico de Antoun. La información preliminar sobre él como posible Bibliotecario era poco concluyente, pero confío en que podremos saltarnos su disfraz y averiguar mucho más sobre él con todo lo que hemos sabido gracias a esta conversación. —Hizo una pausa—. ¿Te ha visto ese hombre?

—No.

—Que la cosa siga así. Conviene que no sea consciente de que sabemos algo sobre él hasta que contemos con una biografía más detallada. Entonces, podrás invitarle... —Ewan hizo una pausa para dar énfasis al doble significado de su siguiente frase—. Podrás invitarle a compartir con nosotros el resto de lo que sabe. Ha usado un tono demasiado comedido en su entrevista con Wess. Sabe más. Y puede guiarnos hasta el resto de sus colegas de la Sociedad. Que los demás equipos de El Cairo no le pierdan de vista mientras reunimos información sobre ese hombre. Te llevaremos allí otra vez cuando llegue la hora de convencerle para que coopere.

—¿Y mientras tanto? —Jason miró al otro lado de la placita, donde estaba sentado su compañero. Sabía que no iban a estar de brazos cruzados mientras se llevaba a cabo la búsqueda.

—Os quedaréis con nuestro objetivo principal. La doctora Wess ya ha indicado dónde va a realizar el siguiente paso de su iniciación. No la perdáis de vista.

—Su vuelo a Estambul sale en menos de una hora —observó Jason—. Nuestro avión despegará veinte minutos antes. Ya he dispuesto que acudan a nuestro encuentro cuando lleguemos. Hay cuatro hombres a mi disposición si llegara a ser necesario.

—Usa a los que necesites —replicó el Secretario—. No puede haber más tropiezos en este jueguecito que el Custodio ha dispuesto para su aventajada discípula.

Jason captó la idea y estuvo encantado con ella. Cuanto antes acabara la partida, antes retirarían de la circulación a Emily Wess. Más que una nueva amenaza, la doctora venía a ser un doble regalo para el Consejo. Les guiaría hasta la Biblioteca de Alejandría y con su muerte garantizaría que no se iba a saber nada de su tarea en Washington. Acabarían tomando el control de la colección más antigua y de la última superpotencia mundial.

El joven tuvo un subidón de adrenalina al pensar en el poder que les aguardaba. El Secretario percibió por dónde iban los pensamientos de su hijo desde el otro lado del Atlántico, y por eso le instó:

—Céntrate, Jason. Un poco más de paciencia. Emily Wess nos llevará a la puerta del que ha sido nuestro objetivo durante trece siglos. En cuanto llegue allí, entonces, hijo mío, podrás hacer lo que sea necesario para asegurar que seamos nosotros, y no ella, quienes la crucemos.

71

Estambul, 4.55 p.m., hora local (GMT + 2)

El avión de Emily aterrizó en el aeropuerto Atatürk de Estambul a las 4.55 de la tarde. El vuelo había sido breve y sin incidentes, pero ella tenía la cabeza demasiado llena de cosas como para despreocuparse, a diferencia de lo ocurrido durante el viaje de Inglaterra a Alejandría. Su mente era un remolino y no dejaba de darle vueltas a la información que Antoun le había dado en los sótanos de la Bibliotheca Alexandrina.

Había sentido una descarga de adrenalina al saber que Arno Holmstrand le había dejado otra carta con otra pista, y una descifrable por ella. Estambul, el rostro islámico y secular de la antigua ciudad cristiana de Constantinopla, encajaba a todos los niveles. Tenía algún palacio real ubicado entre dos continentes. También tenía un largo pasado intelectual, confirmado en parte por Antoun cuando le había contado la historia de la antigua biblioteca. Incluso se parecía a Alejandría en el hecho de ser una ciudad real, ya que la metrópoli egipcia recibió su nombre en honor a Alejandro Magno y la urbe bizantina tomó el suyo de Constantino I el Grande. Había paralelismos por doquier. Emily sabía que era allí adonde debía ir.

Athanasius le había ayudado a organizar el vuelo a Estambul en el último minuto. Por segunda vez en veinticuatro horas Emily había sido capaz de subirse a un avión poco después de que se le hubiera ocurrido la idea. A veces, Internet se revelaba como una gran ayuda.

Athanasius también había conseguido que un conductor de Estambul acudiera a recogerla al aeropuerto para evitarle la negociación a brazo partido con los taxistas locales, muy conocidos por los lugareños por su costumbre de sobrecargar los precios gracias a la mala praxis de usar la ruta más larga posible entre dos puntos. Era fácil engañar a un pasajero en una ciudad que era un laberinto de tantas calas y colinas como tenía Estambul. Athanasius y ella habían estado de acuerdo en lo esencial y consideraron idóneo dar los menos rodeos posibles.

—El conductor es un amigo. Te esperará en la fila de las limusinas —la instruyó el egipcio—. Busca a uno con mi nombre escrito en un cartel.

Su conversación concluyó así y luego cada uno siguió su camino. Emily sintió que se había formado un vínculo entre ellos dos, pero había surgido en circunstancias muy difíciles, y debían dejar esa posible relación de amistad en términos prácticos.

Ahora, a más de mil kilómetros de distancia, Emily bajó por la escalerilla del avión y se adentró en la terminal del aeropuerto internacional Atatürk. Su avión había llegado a última hora de un día laborable y el lugar era un hervidero de actividad.

Se echó la bolsa de viaje al hombro y buscó las indicaciones en inglés, marcadas en amarillo, para dirigirse al control de aduana y luego, cuando terminara, a la salida. Todo fue más deprisa y fácil de lo esperado y en cuestión de minutos salió con un sello turco en el pasaporte y un visado cuyo diseño parecía una alfombra turca de intrincado diseño. A renglón seguido se detuvo en un mostrador para cambiar dinero. Retiró una importante suma en liras turcas a fin de hacer frente a las necesidades del día.

En cuanto tuvo un buen fajo de billetes manoseados en su poder, Emily conectó el móvil para telefonear a Michael. No había logrado hablar con él desde que se había marchado de Inglaterra, y el mundo había cambiado mucho desde entonces, o al menos así lo veía ella. Había que ponerle al día y ella podría encontrar consuelo en el sonido familiar de su voz.

El teléfono sonó unas cuantas veces, pero nadie contestó. Emily tuvo la sensación de que algo iba mal. Era muy raro que Michael no respondiera enseguida. Su prometido tenía un identificador de llamadas y, aunque siempre miraba la pantalla para saber quién le telefoneaba, a ella siempre le contestaba enseguida. De hecho, su prometido no había dejado que el teléfono sonara dos veces desde la primera vez que ella le llamó para pedirle una cita. Ella había roto con la costumbre de que fuera el chico quien tomara la iniciativa y dio el primer paso, pero en esa ocasión Michael levantó el auricular al tercer toque. Luego, Emily admitiría que había estado a punto de perder los nervios y colgar. Ese tercer pitido había estado a punto de costarle la relación. Michael Torrance había tomado buena nota y nunca había olvidado su significado.

Emily miró de refilón su reloj mientras el teléfono sonaba una cuarta vez, una quinta... Empezó a calcular la hora local en Chicago, donde había una diferencia de ocho horas. «Si aquí son las cinco, allí son las nueve. Debería estar levantado ya». Emily reconstruyó mentalmente la rutina de su prometido los viernes. A lo mejor había olvidado alguna actividad que le mantenía lejos del teléfono.

Pero antes de que ella pudiera hacer nuevas especulaciones, descolgaron y Michael respondió con voz lejana debido a la calidad de la conexión.

—¿Diga?

—Soy yo —contestó Emily con una nota de alivio y felicidad en la voz.

—¡Em! —Ahora la voz llegó con normalidad. Las preocupaciones de Emily desaparecieron.

—¡Cuánto me gustaría que estuvieras aquí! No vas a creerte lo que me ha pasado desde que hablé contigo en Oxford.

Hubo una ligera demora antes de que él preguntara:

—¿Y dónde estás ahora?

—En Estambul.

—¿En Turquía? Pensaba que habías ido a Egipto.

—Y así era. Fui allí. Estuve allí. Créeme, Michael, estuve allí, pero ahora he acabado aquí.

Y pasó a contarle la historia del día anterior: la búsqueda en la biblioteca, el hallazgo del símbolo, la conversación con Athanasius, y cómo había cambiado la historia que ella conocía. Le habló de la Sociedad, el Consejo y la Biblioteca de Alejandría. También le describió la última pista de Arno, la compra del billete y su vuelo. Y por último le confió el papel que querían que jugara. Notó el cosquilleo del miedo mientras lo decía, pero detalló los hechos con valentía y claridad.

Se dio cuenta de lo deprisa que había ido su vida en las últimas cuarenta y ocho horas mientras contaba todo aquello. En el último día se las había arreglado para estar en tres continentes distintos.

Continuó dándole una gran cantidad de detalles mientras caminaba por los pasillos del aeropuerto de camino hacia la parada de taxis y la fila de limusinas. Entonces, al final de su entusiástico resumen, tomó aliento para respirar.

Michael permaneció en silencio... demasiado tiempo, y él no era de los que permanecen callados. Los primeros temores de Emily volvieron otra vez, sobre todo cuando se percató de que no había comentado nada sobre su extraño reclutamiento, ni sobre el Consejo, ni el papel que deseaban que desempeñara en la Sociedad. Estaba callado, solo eso.

—¿Qué ocurre, Michael?

Hubo otro silencio antes de que él respondiera:

—Emily, han asaltado tu despacho en el Carleton College y también tu casa. La policía me llamó hará cosa de cinco o seis horas, en plena noche, porque los agentes no te localizaban. Alguien ha irrumpido en los dos sitios y lo ha puesto todo patas arriba. Han volcado estanterías, han sacado los cajones... Es como si hubieran asolado los dos sitios...

Emily aminoró el paso. Aquello era un palo y de pronto notó que perdía toda su energía, ya que las noticias de casa conferían un aspecto muy diferente a todo cuanto ella había sabido en las últimas horas.

Tomó conciencia de que había permanecido callada mucho tiempo, así que preguntó lo primero que se le ocurrió:

—¿Saben quién lo hizo?

Por la mente le pasó la sospecha de que el despiadado líder del Consejo tenía muchos hombres a su disposición.

—No, pero... —Michael dejó la respuesta en suspenso.

—Mike, ¿qué ocurre? Dímelo. —Emily había dejado de hablar. Algo más le inquietaba, estaba segura.

Se quedó paralizada cuando él contestó:

—Em, esos hombres me han hecho una... visita.

72

5.15 p.m.

La lengua se le quedó pegada al paladar. Nunca antes había tenido la ocasión de experimentar un pánico semejante y la falta de costumbre la abrumó cuando Michael le dio esa noticia. Se le erizó el vello, se quedó helada, se sintió como si hubiera perdido todo el líquido de su cuerpo y la mente se le embotó. Por vez primera en la vida, Emily experimentó una sensación de completa indefensión, indefensión y una confusión absoluta.

—¿Cómo que te han hecho una visita? ¿Qué quieres decir? ¿Quiénes...? ¿Cuándo? ¿Estás bien? —Hablaba tan deprisa que se le atropellaban las palabras. Se quedó inmóvil en medio del pasillo del aeropuerto. Los pasajeros de su vuelo la rozaban al pasar, dándole topetazos con los brazos y empellones con los hombros. Pero Emily Wess únicamente prestaba atención a la respuesta inminente de su prometido.

—Dos hombres vinieron a entrevistarme hace unas horas. Aparecieron por el apartamento a primera hora de la mañana. Al principio pensé que habían venido por lo del robo con allanamiento de tu piso, aunque me resultaba un tanto extraño que hubieran recorrido todo el trayecto hasta Chicago.

»Pero todo lo que deseaban era saber cosas sobre ti: cuánto tiempo llevabas trabajando en la universidad, dónde habías trabajado antes, si pasabas tiempo con personas a las que yo no conocía o si de pronto viajabas sin explicación. —Michael enmudeció, no muy convencido de compartir con ella una última frase, pero al final optó por ser completamente sincero—: Eran unos tipos siniestros, no hay otra palabra para definirlos.

Ella asumió aquellas palabras lo mejor que supo. El corazón le latía desbocado, tal y como le había pasado en el despacho de Athanasius. El tono bajo con que hablaba Michael ahora tenía todo el sentido del mundo.

—Querían saber tus planes de viaje y también qué vuelo habías tomado. Incluso pretendían saber cómo te había hecho la reserva de avión, si había sido por Internet, en persona o a través de un amigo. Nada de eso podía ser importante para determinar por qué habían robado en tu piso.

—Oh, Mikey, lo siento, lo siento muchísimo.

—Y luego vino una sucesión de preguntas sobre las dimensiones políticas de tu trabajo.

—¿Políticas...?

—Querían saber si tenías compañeros de negocios en Washington, a cuántos miembros de la actual administración conocías, si recibías fondos de partidos políticos o grupos de presión... La línea del interrogatorio era absurda, pero agresiva.

—Por Dios, esto es increíble.

A medida que su prometido hablaba, Emily experimentaba un aborrecimiento creciente hacia los hombres que, como ahora comprendía, estaban metidos en el asunto de la Biblioteca de Alejandría. Athanasius ya le había advertido en Egipto que sus enemigos conocían su identidad y no la perdían de vista. Ese aviso estaba resultando ser muy cierto.

—Esos hombres..., había en ellos algo... intenso —prosiguió Michael—. Vestían los mismos trajes grises, lucían el mismo corte de pelo, se comportaban igual. Parecían clones el uno del otro. Y que me aspen si alguno de los dos trabajaba para la policía local o para el Gobierno. No había en ellos ni un ápice de verdad.

Emily soltó un pequeño suspiro de alivio al percibir el tono de desafío con que pronunciaba las últimas palabras. Michael Torrance no era un pusilánime que se achantara. Aunque Emily tenía una gran seguridad en sí misma y su porte y comportamiento hacían que todos creyeran que era ella quien mandaba en la pareja, lo cierto es que estaban a la par. Él tenía una fuerza y una resistencia que ella encontraba inspiradoras.

—Pero preferiría no volvérmelos a cruzar de nuevo. Parecían conocer la respuesta a todas sus preguntas incluso antes de formularlas. Tengo un sexto sentido para saber cuándo me están interrogando y cuando me ponen a prueba. —En esta ocasión permaneció callado un rato más largo—. No quiero ni imaginar lo que me hubieran hecho de haberles dado una sola respuesta distinta a lo que ellos esperaban.

La joven intentó sofocar la vorágine de emociones que la embargaba: ira, odio, miedo, confusión. Debía seguir el modelo de Michael y pensar con calma qué significaba todo aquel lío. Detrás de aquello debía de estar el Consejo, como había llamado Athanasius al grupo que operaba contra la biblioteca, y también ellos eran los responsables del registro de su despacho y de su hogar, y de la entrevista con Michael. La estaban buscando a ella, resultaba evidente.

La buscaban a ella y estaban dispuestos a hacer todo cuanto fuera necesario con el fin de atraparla. Habían llegado incluso a su prometido.

Ya no estaba a salvo, pero tampoco era ya una simple observadora pasiva. Hasta ese momento, la búsqueda a la que la había lanzado Arno Holmstrand había sido la clase de misterio en el que ella siempre había soñado verse envuelta: un enigma que alcanzaba a personas normales e insignificantes y las lanzaba de lleno a la plenitud de la historia. Ahí estaba ella, una profesora novata, convertida en actriz protagonista de un drama que iba desde los faraones a los gobernantes actuales, abarcando varios continentes y muchos siglos. En ese sentido había sido algo perfecto. Pero ese planteamiento se había invertido tras el ataque a Michael, pues ella lo consideraba una injerencia, un ataque, a pesar de que únicamente le hubieran interrogado. Emily ya no entraba de lleno en la plenitud de la historia, la historia le caía encima. Hechos hasta ese momento perfectamente impersonales se convertían ahora en algo personal e inaceptable.

—Michael, esos hombres son peligrosos —informó, volviendo al presente—, pero no tengo la menor idea de por qué tendrían que ir a por ti.

—¿Sabes quiénes son? —quiso saber Michael, no muy seguro de si estar al corriente iba a tranquilizarle o a provocar que temiera aún más por ella.

—Me hago una idea aproximada. El tipo que me habló de ese grupo, el Consejo, me aseguró que disponía de un grupo numeroso de informantes. Les llaman «sus Amigos».

—Pero ¿por qué hacían preguntas sobre Washington? —insistió Michael—. ¿Qué relación guarda la biblioteca con lo que está sucediendo aquí? ¿Tiene alguna relación, sea la que sea, con los escándalos?

Ella estuvo a punto de contestarle, revelándole el secreto del siglo, pero se mordió la lengua a tiempo. El instinto le decía que pondría en un peligro aún mayor a su prometido si le relevaba todos los detalles del Consejo y su complot con el vicepresidente, e hizo caso a su instinto de protección. Esa información había determinado la muerte de Arno Holmstrand y de otros cuatro hombres más, al menos hasta donde ella sabía.

En vez de contarle nada, hizo una enfática declaración:

—He de ir a casa. —No era algo planeado con detenimiento ni tampoco un plan, solo el curso de la acción a seguir. No podía continuar adelante con la búsqueda mientras las vidas de ambos corrieran peligro. Tal vez le gustara la aventura, pero no era tan egoísta—. Aún estoy en el aeropuerto. Estoy segura de que esta misma tarde puedo coger un vuelo de vuelta a casa.

Se produjo otro silencio, pero cuando él habló, no le dio la respuesta que esperaba:

—Ni en broma.

—Mike, no voy a seguir jugando a los detectives sin ti cuando las cosas se han puesto tan difíciles. Esto iba a ser un viajecito rápido para encontrar la biblioteca para un colega.

La repentina firmeza en el tono de voz de su prometido le permitió advertir a Emily que este había llegado a ver la situación como un desafío y no estaba dispuesto a que Emily la abandonara por él.

—Em, usa un poco la lógica. Ya se han entrevistado conmigo; ha sido desagradable, pero ya ha pasado y se han ido. No hay razón de que vuelvan a por mí. Pero tú..., tú... —Michael se detuvo para encontrar las palabras adecuadas— no puedes pensar que esto es un juego detectivesco de mentirijillas. Hasta yo soy capaz de ver que se trata de una historia real y no es antigua..., si guarda relación con lo que está pasando en Washington. —Hablaba con fuerza y convicción. Emily advirtió una enorme resolución en ese tono de voz.

—Creo que debería tomar ese vuelo. Podría realizar algunas investigaciones con la información descubierta. Haría algunas indagaciones. Pondría las cosas en orden. Luego, podría estar contigo.

—De ningún modo —repuso él—. No vas a utilizarme como excusa. Ven si quieres, pero mi puerta estará cerrada.

Emily esbozó una gran sonrisa y soltó una carcajada. Iba a casarse con el hombre adecuado: aventurero, fuerte, beligerante. Maravilloso. Pero mientras seguían las risas, Michael tuvo la sensación de que la sugerencia de Emily de echarse atrás podría deberse a algo más que a su preocupación por él. Hasta las mujeres fuertes pueden tener miedo.

—Podría ir contigo —sugirió sin pensarlo— y compartir lo que nos espere por delante.

La emoción embargó a Emily y movió los labios para decir «sí», pero se contuvo a tiempo. Si el futuro le deparaba algún peligro, no deseaba que lo corrieran los dos.

—No, tú tienes que defender el fuerte —acabó por contestar—. Voy a dedicarle a este asunto un día más, eso es todo, y siempre que te dejen en paz. Con que te hagan una simple llamada, lo dejo. A mi regreso quiero tener un marido.

—Eso suena bien —dijo él, que también sabía cuándo ceder.

—Ve con cuidado, Michael. Te quiero. —Sonaba un poco trillado, pero, aun así, tenía que decirlo.

—¿Yo? Mi plan es encerrarme en la oficina veinticuatro horas al día las tres próximas jornadas para tener listo mi proyecto —respondió—. Ojalá cierre la venta con la entrega de los planos. No te preocupes y aplícate a ti ese buen consejo. Emily, si esos hombres han venido hasta aquí, eso significa que están dispuestos a ir a cualquier parte. —Enmudeció un tiempo a fin de que sus palabras calaran—. Cuídate las espaldas.

73

5.25 p.m.

Emily sintió una opresión en el pecho tras su conversación con Michael.

Aquellos acontecimientos bastaban para volver loca a una persona cuerda y ella advirtió un nuevo nerviosismo en su caminar. El aeropuerto atestado le parecía menos seguro que antes de la llamada y miraba con recelo a todos los pasajeros.

«No te asustes. No tiene sentido reaccionar de forma exagerada», se dijo a sí misma, pero eso es fácil de decir y muy complicado llevarlo a la práctica. No había forma de serenarse.

Al doblar una esquina llegó a una larga hilera de puertas de cristal que conducían al exterior del aeropuerto y una fila de limusinas aparcadas junto a la acera. Junto a los relucientes sedanes negros había unos hombres sosteniendo unos carteles. Todos ellos tenían un aspecto de profesionales serios y caros, todos excepto uno: un hombrecillo apoyado sobre un Audi de color gris que sostenía un letrero donde rezaba: «Dr. Antoun». Vestía un traje harapiento y arrugado. El pelo parecía ignorar qué era un peine. Aun así, lucía una gran sonrisa y recibía a cada pasajero con un asentimiento, a la espera de que uno se volviera y anduviera hacia él.

Athanasius había arreglado las cosas de modo que uno de sus amigos acudiera a recogerla, pero daba la impresión de que este iba corto de presupuesto. Se dirigió al conductor con un asentimiento de cabeza y se aproximó al coche.

—Soy la doctora Wess, soy... —Emily vaciló, no muy segura de qué palabra podía usar—, soy colega del... doctor... Antoun.

Esperó a que el hombrecito le abriera la puerta del asiento trasero, ella miró dentro y después a sus espaldas. Luego, tomó asiento y se apresuró a abrocharse el cinturón de seguridad.

Emily se puso tensa cuando el coche se alejaba de la acera, pues le pareció ver con el rabillo del ojo una franja de color, o más bien sin color, era un área de un gris llamativo y apagado al mismo tiempo, pero cuando se fijó no había nadie, salvo otros conductores a la espera de sus pasajeros.

«Me estoy poniendo paranoica», se burló de sí misma. Se enderezó en el asiento y fue controlando las pulsaciones hasta que bajaron a un ritmo normal.

74

5.29 p.m.

A tres calles de distancia, Jason Westerberg pisó el acelerador del sedán negro a fin de mantenerse a una distancia constante del coche de Emily. Su compañero estaba sentado tranquilamente en el asiento de atrás, haciéndose pasar por un pasajero. El silenciador enroscado a la boca de la pistola que descansaba sobre su regazo era la única nota discordante en la rutinaria recogida de viajeros del aeropuerto.

Los Amigos siguieron a su objetivo en silencio.

75

Washington DC, 10.30 a.m. EST
(5.30 p.m. en Estambul)

El general Brad Huskins miró al vicepresidente, sentado al otro lado de la limusina. Dadas las circunstancias, el hombre parecía sereno, tranquilo y confiado. Todas las circunstancias deseables en el líder político de una nación.

—El arresto del presidente está previsto para mañana por la mañana a las 10 a.m. —expuso el secretario de Defensa. Ashton Davis había pasado los cinco primeros minutos del viaje hojeando los procedimientos que les esperaban... al frente de la nación—. Quedará en manos del ejército, ya que el arresto se realizará bajo las regulaciones de la ley militar.

—Yo mismo le arrestaré —apuntó Huskins.

El vicepresidente asintió y se volvió hacia el general.

—Confío en que no se produzca ninguna protesta o injerencia por parte de sus agentes en la Casa Blanca. Puede asegurarlo, ¿verdad?

—No la habrá, señor —respondió el director del Servicio Secreto—. Estamos preparando todos los detalles para los equipos del presidente y el vicepresidente, y todo nuestro personal en Washington recibirá nuevas órdenes a los pocos segundos de que empiece la operación.

—No quiero que ningún agente estropee un arresto controlado y fácil por intentar interponerse delante del presidente —comentó Huskins.

—Eso no va a ocurrir —insistió Whitley—. El cometido de mis hombres es proteger al presidente de Estados Unidos, al *legítimo* presidente. No van a resistirse a la destitución legal de un traidor.

Tanto el general como el secretario de Defensa asintieron indicando que estaban de acuerdo. Davis miró por el cristal tintado de la ventana y vio refulgir el mármol del Capitolio a la luz del sol. Detrás, más pequeño y, sin embargo, ese día, más poderoso, se hallaba el complejo que albergaba al Tribunal Supremo de Estados Unidos.

—Llegaremos al despacho de la presidenta del Tribunal Supremo, Angela Robbins, en cuestión de unos instantes —dijo, atrayendo la atención de los otros ocupantes del coche—. Nos aclarará los detalles del traspaso del poder ejecutivo y tutelará el proceso. Será ella quien diga si usted asume o no de inmediato el puesto de presidente o simplemente se hace cargo del poder ejecutivo hasta que Tratham sea condenado por traición y, por tanto, no pueda ejercer el puesto, pero sea como sea, en cualquier caso, el resultado va a ser el mismo.

—Usted va a llevar la voz cantante —soltó con seriedad extrema el general Huskins.

Durante unos instantes reinó el silencio, solo roto cuando el vehículo se aproximó a la entrada posterior del edificio del Tribunal Supremo.

—Esta va a ser la mayor prueba a la que se ha enfrentado nuestro país desde su fundación —declaró Brad Whitley.

—Gracias a Dios, contamos con hombres sensatos de mente despejada como usted para llevar esto a cabo.

76

Estambul, 5.35 p.m.

El pequeño coche que había recogido a Emily gracias a las gestiones de Athanasius iba a más velocidad de lo habitual por la principal carretera costera que conducía del aeropuerto al corazón de Estambul, una autovía moderna con el inverosímil nombre de avenida Kennedy. El viejo Audi parecía tener veinte años más que cualquier otro vehículo que transitara por allí y gemía y crujía por el esfuerzo al que le sometía el conductor. Este conducía con una sonrisa imperturbable. Su incapacidad para pronunciar una palabra en inglés resultaba tan evidente como la instrucción recibida de llevarla a su destino lo más deprisa posible.

Emily se devanó los sesos a fin de unir todos los fragmentos de información acumulados durante la jornada. Concentrarse en los datos más cercanos la ayudaba a no empantanarse en la preocupación que sentía por Michael y su propio nerviosismo. Iba a volverse loca si no prestaba atención a las piezas del puzle, ya fuera por la ansiedad y la culpabilidad de seguir adelante sin él, ya fuera por la amenaza contra su seguridad, una amenaza que era real, y ella lo sabía, a pesar de ser invisible. Por tanto, debía obligarse a analizar los materiales obtenidos a lo largo del día anterior.

Fuera cual fuera la causa del éxodo, una cosa era cierta: la Biblioteca de Alejandría había abandonado la ciudad de origen. Los eruditos habían pensado que se había perdido o que la habían destruido. Ahora ella sabía la verdad, la habían trasladado a escondidas y la habían ocultado. Reubicarla en Constantinopla era un movimiento guiado por el sentido común. La nueva ciudad imperial era un lugar estable y seguro. La urbe siguió siendo un centro de dominio del mundo antiguo tras la caída del Imperio romano de Occidente, y así sería durante mil años más, hasta que los turcos otomanos la tomaron al asalto en 1453. E incluso entonces había conservado su relevancia imperial, al convertirse en la capital del Imperio turco otomano, gobernado por la dinastía Osmanlí. El sultanato fue poderosísimo y sus ejércitos, imbatibles, pero al final también desaparecieron. El advenimiento de la Turquía moderna en 1923 cambió por completo el paisaje: la ciudad no era fortaleza real por primera vez desde que Constantino el Grande la fundara en el año 330.

Si la biblioteca había estado ahí, en tal caso, tenía cierto sentido que Holmstrand la condujera hasta ese lugar como parte del proceso de descubrimiento de su localización. Emily no podía reprimir la sensación de que Arno la estaba obligando a seguir en su viaje el peregrinaje de la propia biblioteca, como si quisiera que se acercara a ella... ¿personalmente?, ¿emocionalmente?

Con independencia del trayecto, había una cosa de especial interés: la biblioteca no había abandonado esa ciudad hasta mediados del siglo XVI, si Athanasius estaba en lo cierto, y por tanto había permanecido en la urbe mientras tenía lugar la gran transferencia de poderes de la centuria anterior. Había llegado a la ciudad imperial bajo el estandarte de los emperadores bizantinos y la abandonó cuando ya ondeaba el pabellón de los otomanos.

Y eso significaba que el «palacio del rey» mencionado por Arno en su última pista no podía ser la residencia del último emperador bizantino, entronizado en el inmenso templo de Santa Sofía, ahora convertido en un museo.

El coche pasó por delante de la iglesia. Emily tuvo entonces la sensación de que se estaba quedando de nuevo en la superficie de las cosas, en el significado aparente de las palabras de Arno, cuyo significado aparente y fácil de descifrar llevaba en la dirección equivocada. Los señores de Constantinopla habían sido famosos y su palacio, aunque estaba en ruinas desde hacía mucho y ahora solo era centro de excavaciones arqueológicas, era una célebre atracción turística de la moderna Estambul. Y allí era adonde a lo mejor debía dirigirse.

Ahora bien, si la biblioteca había estado allí en pleno periodo de conquista islámica, después de la caída del Imperio bizantino y de su capital, Constantinopla, entonces la referencia al palacio del rey debía aludir a algo diferente, y ella estaba bastante segura de que tenía relación con la residencia del sultán otomano, un lugar conocido como el palacio de Topkapi hacia el que el pequeño Audi se acercaba como una bala, a todo lo que daba de sí su motor.

77

6.05 p.m.

Cuando el coche dobló una pronunciada curva en la calle Kabaskal, oyó dos avisos de móvil, seguidos enseguida de otros dos, procedentes del bolsillo de su chaqueta. Sacó el BlackBerry, cuya pantalla iluminada anunciaba la recepción de sendos mensajes de texto, y se puso a examinarlos. Al lado figuraba un código de país y un número de teléfono desconocidos.

Tuvo claro quién le había escrito nada más abrir el primero por un breve mensaje personal, que empezaba:

> *De Athanasius: Cuando esto llegue a ti, ya lo tienes todo en tus manos.*

Emily pasó el pulgar por el ratón de bola a fin de ver el resto del mensaje, que contenía un listado de nombres de personas a quienes no conocía. Abrió el segundo mensaje, que también consistía en otra lista, pero esta vez de nombres destacados.

Al frente de la misma figuraba Jefferson Hines, vicepresidente de los Estados Unidos de América.

Cuando el vehículo se detuvo de forma brusca delante del palacio de Topkapi, Emily comprendió que lo que sostenía en las manos era la lista que había sentenciado a Arno Holmstrand.

78

Washington DC, 10.30 a.m. EST
(5.30 p.m. en Estambul)

El Secretario se acercó a los hombres sentados en la mesa negra y miró por encima de sus espaldas mientras los dedos de estos volaban sobre las teclas de los sofisticados ordenadores. Ellos, al igual que todos los empleados del Consejo, figuraban entre los mejores de su oficio, y el material ya reunido sobre la conversación entre Athanasius Antoun y Emily Wess era formidable. Y continuaban acumulando más y más información a medida que rastreaban los nombres y los lugares de la transcripción, y lo confrontaban todo con las biografías de las personas cuyas identidades habían sido tomadas de los escáneres de reconocimiento facial hechos a la entrada y a la salida de la Bibliotheca Alexandrina. «No dejar piedra sin remover» era un método de investigación que se había convertido en algo muchísimo más detallado con el advenimiento de la piratería informática.

Ewan evaluó lo que ya sabían.

—Athanasius Antoun ha sido entrenado para jugar un papel principal en la Sociedad, como ya sabíamos —dijo, sin dirigirse a ningún interlocutor en especial—. A juzgar por lo que él mismo ha dicho, debe de haberse convertido en una de las dos personas que conocen la localización exacta de la biblioteca.

—Pero eso todavía no ha sucedido —apuntó uno de los consejeros—. Acabamos con Marlake antes de que la sucesión tuviera lugar.

—Eso dice Antoun —confirmó Ewan mientras miraba la transcripción de las escuchas—. Pero eso no quita para que en los últimos meses haya trabajado para asumir el papel: ha acumulado la información que es necesario tener, ha hecho contactos, etcétera. Ha hecho el trabajo de base.

—Ha habido muchas llamadas según su registro telefónico —intervino un técnico informático—. El número de llamadas hechas y recibidas se dispara de forma drástica en febrero, momento a partir del cual se ha mantenido muy elevado. Me he puesto a revisar al azar algunas grabaciones que habíamos hecho en el servicio de telecomunicaciones de la Bibliotheca Alexandrina, pero ninguna es muy reveladora. Probablemente, esa sea la razón de que nunca hayan levantado sospechas. Si han dicho algo sobre la biblioteca, lo han hecho hablando en clave. Todas las conversaciones versan sobre libros, compras y negocios normales.

—Por supuesto que no va a hablar abiertamente de la biblioteca ni se le pasa por la cabeza encriptar las llamadas —replicó el Secretario—. Le habríamos localizado de inmediato y hubría tenido que dejarlo.

De pronto, el técnico informático tuvo una idea y se volvió hacia uno de los informáticos:

—Richard, sitúa esas llamadas telefónicas en el mapa. Dame una imagen visual de los sitios desde donde ha llamado.

—Sí, señor —respondió el interpelado, cuyo dedos volaron sobre el teclado. En cuestión de unos instantes apareció en la pantalla una proyección cartográfica estándar de Mercator y sobre ella se situaron unos puntos rojos, representando cada uno una ciudad. Cuando ese proceso hubo terminado, se inició otro en azul—. Los puntos rojos marcan las llamadas hechas por Antoun a un punto y los azules, las realizadas desde ese lugar a Antoun. Están representados seis meses de llamadas telefónicas.

Todos se arracimaron en torno a la pantalla del ordenador y escudriñaron la imagen.

—Decidme qué destaca en esta pantalla —ordenó el Secretario tras estudiarla en silencio durante unos instantes. Se le había ocurrido una idea, pero deseaba verificarla con los demás.

—Bueno, está claro que hizo un montón de llamadas —replicó uno de sus asesores sin apartar la vista de la pantalla.

—Ya, ya —repuso Ewan, un tanto molesto por la observación superficial y vana—, pero mirad con más atención este mapa. ¿No hay una localidad cuya ausencia llama mucho la atención ahora que conocemos la conversación entre Antoun y Wess?

Todos examinaron el mapa de la pantalla con interés renovado. Al final, el segundo ingeniero técnico lo encontró y dijo con entusiasmo:

—Ya lo tengo. En los últimos seis meses no se hizo ninguna llamada a Estambul ni desde Estambul, o una localidad próxima.

El examen confirmó la observación del Secretario. Emily Wess y el equipo de Jason habían acudido a una ciudad que era un espacio vacío en los listados de llamadas telefónicas. La conclusión parecía clara.

—La biblioteca no puede estar ahí —concluyó el Secretario—. Tal vez haya una cámara de seguridad o algo histórico, pero ya no está en activo. El Ayudante del nuevo Custodio nos lo confirma.

—En tal caso, Emily Wess ha malinterpretado las pistas del Custodio al dirigirse a Estambul, ¿verdad?

—No —respondió el Secretario—. Estoy convencido de que lo ha hecho bien; es el Custodio, que hizo lo de siempre: engañar, manipular, estirar el chicle. Solo es otro paso en ese juego suyo del ratón y el gato. Dejemos un poco de espacio a la doctora, veamos qué tontería le ha dejado esta vez en Estambul. Necesitamos ir un paso por delante —concluyó, y volvió a mirar el mapa, como hicieron también acto seguido todos los demás.

—Una localización destaca sobre las demás —observó el hacker Richard—. Inglaterra es lugar de emisión y recepción de múltiples llamadas.

Ewan miró hacia ese punto del mapa y dio una orden:

—Amplía el Reino Unido.

Al cabo de unos segundos, ocupó toda la pantalla el mapa de Inglaterra, donde destacaba la concentración de puntos rojos y azules en el condado de Oxfordshire, y un buen número de ellos en la propia ciudad de Oxford.

«Oxford». Un pensamiento asaltó al Secretario.

—Que alguien traiga el inventario de libros confiscados en casa de Wess. —El segundo técnico seguía concentrado en el ordenador mientras Ewan repasaba la lista de libros. Había un buen montón de libros de Oxford, lógico, pues la doctora había estado allí como estudiante de posgrado. El Secretario se puso a pensar en voz alta, aunque cada vez hablaba más deprisa—: Ella estuvo en Oxford. El Custodio también había estado allí en varias ocasiones a lo largo de su carrera. Antoun hizo muchas llamadas allí.

—Pero ayer mismo estuvimos en Oxford, en la iglesia —observó un consejero—. Su destrucción era una trampa.

—Por supuesto que sí. La iglesia era una trampa, pero Oxford, al parecer, no lo es.

Mientras el Secretario continuaba hablando, Richard examinaba todos los archivos relacionados con la cuenta de correos de Antoun. Durante un tiempo lo hizo con movimientos pausados, pero de pronto levantó la vista del ordenador.

—Señor, aquí hay algo que usted debería ver.

Ewan se acercó y miró la pantalla.

—Esta imagen iba como archivo adjunto de un mensaje electrónico en blanco enviado a Antoun hará unos tres meses desde una cuenta de Yahoo. La dirección IP es de Oxford. En aquel momento no nos llamó la atención, pero no estábamos buscando con tanto detalle como ahora.

Hizo clic con el ratón y en la pantalla apareció una postal de la abadía de Westminster.

—¿Westminster? —El Secretario enarcó una ceja.

—Sí, pero no es la imagen real —contestó Richard—. Es un jpg encriptado.

—En cristiano —ordenó el Secretario, poco familiarizado con la jerga informática por su costumbre de dejar eso a los técnicos.

—Se trata de un archivo preparado para mostrar una determinada imagen cuando se abre de forma normal, pero la verdadera fotografía aparece cuando la desencriptas.

El Secretario controló sus crecientes expectativas.

—¿Eres capaz de desencriptarla?

—Por supuesto —replicó Richard—. Ya lo he hecho. No era el algoritmo de encriptación más fácil del mundo, pero tampoco el más difícil. La encriptación de un archivo jpg no puede tener un sistema codificador de alto nivel. Se usa para engañar. No sabes que ahí hay una segunda imagen a menos que la estés buscando específicamente.

—Eso me da igual —le cortó el Secretario con ansiedad—. Muéstrame la fotografía real.

Tras unos pocos clics, la pantalla mostró una imagen completamente distinta.

Ante los ojos del Secretario apareció la fotografía hecha desde lejos de un símbolo tallado en piedra. Era un glifo, una talla figurativa grabada en un techo de piedra. Y su forma era inconfundible.

En ese instante, Ewan supo adónde quería ir y qué quería hacer. Veía la localización de la biblioteca con la misma claridad que la imagen que tenía delante. Pero en ese momento otro técnico levantó la vista de la pantalla con gesto nervioso.

—Acabamos de enterarnos de que el móvil de Wess ha tenido actividad mientras estaba en Estambul.

—Dame los detalles —exigió Ewan.

—Acaba de recibir dos SMS, ambos procedentes de la misma fuente —contestó el interpelado mientras cliqueaba en su ordenador—. Los ha enviado un número desde Egipto. En breve habremos completado el rastreo.

—¿Puedes conseguir el texto de esos mensajes?

—Por supuesto. —El tecleo interrumpió la conversación durante unos instantes. El técnico se volvió hacia el Secretario con gesto grave—. Ambos mensajes son una lista de nombres.

Ewan se acercó al monitor del hombre y miró por detrás de este los dos mensajes desplegados en la pantalla. Entre los dos mensajes de texto estaba la lista entera. La filtración. La filtración se había extendido.

No dijo ni una palabra a los hombres presentes en la habitación. Extrajo con calma un fino móvil del bolsillo del traje, marcó y se lo llevó a la oreja.

—Vuestro objetivo ha cambiado —dijo cuando tuvo línea con el coche que Jason conducía hacia Estambul—. Ha llegado el momento de eliminar a Emily Wess. Averiguad si sabe algo más y luego acabad con su vida.

79

Estambul, palacio de Topkapi, 6.15, hora local

Emily se detuvo en la puerta del acceso principal para pagar las veinte liras turcas que costaba la entrada y después atravesó los cuidados jardines situados delante del complejo principal.

El palacio estaba ideado para impresionar, como tantos otros lugares de los que había visto la doctora en los dos últimos días, pero lo hacía de un modo notoriamente diferente al estilo docto y erudito de la Universidad de Oxford o al modernismo vanguardista de piedra y vidrio de la Biblioteca de Alejandría. El lugar había sido residencia de los sultanes desde su construcción en 1478 por Mehmet el Conquistador, que había tomado al asalto la ciudad cristiana de Constantinopla, poniendo fin al Imperio bizantino, y por ende al Imperio romano. Era un ejemplo del tradicional estilo islámico. El modus operandi de los decoradores otomanos consistía en no construir dos edificios iguales y utilizar colores brillantes, algo casi inexistente tanto en Oxford como en Alejandría. Abundaban los azulejos rojos, azules y dorados dentro y fuera de los edificios; columnatas pintadas sostenían doseles angulosos de hojas áureas; había fontanas dispersas por todas las plazoletas y esquinas. El complejo mismo parecía más una villa de salones y edificios reales que una única estructura. Ocupaba 80.000 metros cuadrados si se incluía el espacio del serrallo.

Emily sabía muy poco sobre Topkapi, tal vez más que un turista sin formación histórica que visitara el lugar, pero sus conocimientos venían a ser los descritos en el folleto que le habían entregado con la entrada.

Los sultanes otomanos habían ocupado el palacio desde los días de Mehmet el Conquistador hasta 1856, cuando el sultán Abd-ul-Mejid I decidió trasladar su residencia al palacio de Dolmabahçe, de corte occidental, y había sido el hogar de la numerosísima familia real, lo cual incluía una pléyade de esposas imperiales y concubinas, así como su prole. El área conocida como el harén era una parte tradicional de todas las residencias otomanas, y en ella vivía el regente con los miembros más próximos de su familia. Además, el complejo albergaba también las oficinas del Estado e incluía las residencias de visires y asesores. El sultán les mantenía muy cerca de él, en el sentido literal del término. Dentro de sus muros también se hallaban el tesoro real, los establos, la plaza de armas y desfile, armerías, hospitales, baños, mezquitas, salones de audiencia y todo cuanto un monarca reinante pudiera requerir, limitando al mínimo imprescindible el arriesgado asunto de salir y mezclarse con un populacho levantisco.

El palacio se convirtió en museo a mediados del siglo XIX, en los años cuarenta, cuando los sultanes optaron por mudarse a otro lugar, y en 1924 Kemal Atatürk lo convirtió oficialmente en una institución dependiente de la dirección de museos del nuevo Gobierno turco, y había mantenido su condición de museo hasta el día de hoy. En esta nueva función, no solo ofrecía al turista una visión insuperable del estilo de vida otomano de la clase privilegiada, sino que también albergaba colecciones islámicas y otomanas cuyo interés iba más allá de la historia regia. Era también una exposición del arte tradicional de la cerámica pintada y los azulejos, y otros objetos de culto: cerca de las mezquitas del complejo estaba la Cámara de las Reliquias Sagradas, entre las cuales la más valiosa de todas era un mechón del profeta Mahoma, conservado en una urna de cristal, guardada en una habitación reservada al mismo, junto a la cual siempre había un clérigo musulmán leyendo versículos del Corán.

Emily entró en el lugar cuando atravesó el complejo, ya que a pesar de los avatares y tensiones del día, aquello era demasiado hermoso como para no admirarlo. Cuando se dejó sentir el frío del crepúsculo, caminó por un sendero de piedra flanqueado por flores en dirección al Bagdad Köşkü o pabellón de Bagdad, situado en la esquina noreste, en el cuarto patio, donde las fuentes canturreaban por doquier.

Un trocito de historia se abrió paso entre los recovecos de la memoria y sus pensamientos dispersos. Las fontanas servían a un propósito. Se generaba ese sonido hermoso y relajante porque su agradable murmullo ayudaba a enmascarar las conversaciones mantenidas por el sultán con sus consejeros y asesores en medio de un palacio atestado. Las fuentes se hallaban colocadas estratégicamente cerca de las ventanas y accesos a todas las salas de audiencia y cámaras de encuentros privados con el fin de mantener a raya a posibles espías, al menos si su pretensión era escuchar la voz del soberano.

En cualquier caso, la belleza y la historia estaban aquel día situadas en el contexto de algo más grande, cuyas dimensiones no solo causaban asombro, sino también pavor. Emily miraba una y otra vez a sus espaldas, esperando descubrir alguna figura sospechosa. Había visto a unos hombres en el aeropuerto, y aunque bien podría ser fruto de la paranoia, merecía la pena no pasar por alto esa realidad. El Consejo de Athanasius era real y estaba dispuesto a detener a cualquiera para conseguir sus ambiciones. Habían encontrado a Michael, y eso significaba que lo sabían todo sobre ella. Tal vez incluso que ahora obraba en su poder la lista de nombres que al parecer se había convertido en el centro de todas sus últimas acciones. Ella era consciente de que ya no eran enemigos solo de la Sociedad, también lo eran suyos. Tenía la sensación de que enseguida iban a dar caza a su presa.

Penetró en un pabellón de mármol blanco y rojo construido en el siglo XVII para conmemorar una campaña en Bagdad. Ahora lo rodeaban flores y árboles podados con sumo esmero. El quiosco se hallaba en el confín más alejado de Topkapi, en el sanctasanctórum de los jardines reales. Ella, situada allí, en aquel observatorio tan hábilmente escondido, veía lo que unos pocos privilegiados habían contemplado en el apogeo del imperio, una vista ininterrumpida de la ciudad y de los mares circundantes desde aquel mirador de la fuerza y el poder imperial. El sultán podía contemplar todo el imperio desde su jardín.

Y esa perspectiva la inquietó.

Desde aquel elevado rincón del palacio la norteamericana divisaba la ciudad propiamente dicha si miraba en una dirección, y si lo hacía en la contraria, podía ver la confluencia de los mares. En el extremo de la península central convergían el Mármara, el Bósforo y el Cuerno de Oro, dando a la ciudad esa privilegiada posición para el comercio y el transporte. Desde el enclave sito en lo alto de la colina miró las aguas al fondo del todo.

«Muy al fondo».

Esa distancia resultaba de lo más turbador en ese preciso momento. Algo no encajaba. Mantuvo la mirada fija en el oleaje de debajo mientras su confianza en que aquel era el lugar indicado desaparecía a pasos agigantados. ¿Había cometido un error?

El palacio de Topkapi se hallaba en lo alto de una colina y desde él se dominaban los mares, ahora bien, la carta que le había dejado Holmstrand en Alejandría decía que la casa del rey «tocaba las aguas». El verbo y la frase eran extraños, y eso le daba aún más peso en la mente de Emily. Si algo había aprendido en los dos últimos días sobre el viejo profesor era la extrema precisión de su prosa, demasiado extrema como para que aquella expresión fuera casual. Cuando decía algo, era lo que tenía intención de decir y la manera en que tenía intención de decirlo.

Estudió con atención las palabras de Arno cuando tomó conciencia de que el mar estaba por debajo de ella. El palacio y el mar estaban próximos, pero no se unían. No se tocaban.

Y eso únicamente podía significar una cosa: Topkapi era el palacio equivocado.

80

6.30 p.m.

Emily dio media vuelta y caminó de regreso hacia la entrada principal. Con cada paso que daba, estaba más segura de que el palacio de Topkapi no era «la casa del rey» indicada por la pista de Holmstrand. Era la variante local del mismo truco usado en Oxford. La solución evidente, ideada para confundir a posibles perseguidores que encontraran esa pista, era la iglesia de Santa María, y la real estaba oculta bajo dos engaños. La pista no se refería al primer palacio imperial, el de los emperadores, pues eso habría estado asociado con Constantinopla, sino a la Estambul de los sultanes. Pero había un segundo engaño.

«La casa del rey, tocando el agua». Debía referirse a un lugar concreto. Tenía que haber otro palacio. Emily comprendía la necesidad que tenía Arno de ocultar las pistas, pero eso la obligaba a resolverlas.

Cuando estuvo cerca de la cabina de venta de tiques, vio a un joven sentado al otro lado del cristal. Esperaba atento la aparición de turistas. Tuvo la impresión de que era la clase de empleado ávido de agradar a los visitantes, lo cual iba a ser de la máxima utilidad en el diálogo absurdo que estaba a punto de entablar.

—Disculpe, tengo una pregunta —barbotó antes incluso de haber llegado a la ventanilla.

—¿Sí? ¿En qué puedo ayudarle?

El joven se irguió en el asiento y esbozó una sonrisa de lo más profesional. Emily no se había equivocado al juzgarlo.

—Este no es el palacio que quiero.

El hombre se quedó perplejo a pesar de sus mejores intenciones. El inglés no era su primera lengua, y la afirmación descolocaba un tanto aunque lo hubiera sido.

—¿Perdone?

—Disculpe. Lo que quería decir es que pretendía visitar otro palacio real. Este... —vaciló— no encaja con la descripción que me han dado. Perdone a esta estúpida turista. —Emily intentó corresponder a la sonrisa amigable del empleado. Iba a ser más rápido y conveniente alegar una confusión inocente que algo más importante—. ¿Tuvieron los sultanes más residencias en Estambul?

—Hubo dos —explicó el empleado del museo, todavía titubeante—, el palacio de Yildiz y el de Dolmabahçe, pero el más famoso es el segundo. —El empleado sacó pecho, claramente orgulloso de aquellos monumentos.

—¿Y dónde están? ¿Hay alguno cerca del mar?

—El de Yildiz se halla en la ciudad, pero el de Dolmabahçe está a orillas del mar. —A Emily le parecieron palabras mágicas.

—Es también muy destacable —continuó el guía, dignándose a tomarlo en consideración, pero situándolo siempre después de Topkapi—. Allí vivió Atatürk. Es muy importante en la historia de nuestra nación.

—¿Cómo puedo llegar?

—Tanto en autobús como en coche, pero el ferri es lo más rápido. Suba a bordo aquí abajo, en Eminönü —aconsejó, y le entregó un folleto y una hojita con los horarios del ferri que recogió de un stand contiguo.

—Gracias, eso es fabuloso.

—Pero va a tener que esperar hasta mañana. Nosotros abrimos hasta las siete, pero allí cierran a las cinco, así que hoy el palacio de Dolmabahçe ya estará cerrado.

La velocidad con que Emily pasó del entusiasmo a la decepción fue sorprendente. Al día siguiente por la mañana parecía algo muy lejano. Tenía intención de cumplir lo que le había dicho a Michael: solo estaba dispuesta a pasar otro día más lejos de él.

El hombre pareció percatarse de su desencanto.

—Bueno, eso es así... a menos que le interesen las relaciones franco-turcas.

Emily levantó los ojos.

—¿Disculpe...?

—Esta noche hay una conferencia en el Dolmabahçe sobre las relaciones entre Francia y Turquía en el siglo XX. El ponente es el político francés Jean-Marc Letrouc. —Le pasó un folleto—. Empieza a las siete. Si coge el último ferri, tal vez consiga llegar.

Emily miró al hombre con una inmensa gratitud. Le habría dado un abrazo de no haber de por medio una mampara de plexiglás.

No albergaba interés alguno en las vicisitudes y avatares de las relaciones franco-turcas, pero aquella noche estaba dispuesta a hacer una excepción. Le valía cualquier cosa capaz de conducirla al palacio correcto.

Tomó un folleto publicitario y entre sus pliegues le pasó al trabajador una generosa propina en moneda turca antes de dirigirse hacia el mar.

81

6.30 p.m.

Jason se volvió hacia su compañero con una solemnidad en el semblante que anticipaba las emociones que se removían en su pecho. La conversación con el Secretario había sido breve y tajante.

—Nuestro objetivo ha cambiado —informó al otro Amigo—. Hemos de eliminar a Wess en cuanto hayamos conseguido toda la información que tenga.

Su interlocutor alzó una ceja, mas no dijo nada. Había invertido mucho tiempo y energía en seguirle la pista, y la joven parecía ir tras los pasos del Custodio. Matarla ahora era un giro sorprendente cuando menos. Se jugaban mucho en Washington, lo sabía, pero Wess podía conducirles hasta algo aún más grande, la mismísima biblioteca.

—La detendremos la próxima vez que esté sola —prosiguió Jason—. Nos han dicho que la interroguemos brevemente por si acaso sabe algo que aún no hemos averiguado. Tú te encargarás de quitarle el móvil y cualquier objeto personal que lleve encima. Hemos de asegurarnos por completo de que esa maldita lista se ha quedado en su teléfono. Acabaremos el trabajo en cuanto lo tengamos todo.

—Podemos ir a por ella ahora mismo —sugirió su compañero. Habían seguido a la norteamericana por un descenso abrupto que conducía hasta las puertas. Había decidido que Topkapi no era el palacio que buscaba, eso era obvio, y ahora se dirigía al palacio de Dolmabahçe. El Consejo había registrado ambos en muchas ocasiones a lo largo de los últimos años. El plan de los Amigos hasta hacía unos minutos se limitaba a seguirla en el ferri hasta el palacio, pero ahora eso había cambiado y debían eliminar al objetivo de inmediato—. En el siguiente sendero grande podemos retirarla de la circulación.

—No —replicó Jason—. El Secretario desea que se haga en silencio y sin testigos, fuera de la vista de todos. El cuerpo no debe ser descubierto durante un tiempo. No hace falta que una investigación policial estropee lo que está a punto de suceder.

El otro Amigo asintió, tal y como debía. Emily Wess moriría sola y sin testigos una vez que le hubieran sacado cualquier conocimiento que aún pudiera tener. Miró a Jason, en sus ojos brillaba una chispa inusual que ardía con más intensidad que cuando simplemente se trataba de una ejecución o una filtración. Ahí había algo más. Era... expectación. Y eso levantó en él una oleada de expectativas. A la luz de las nuevas órdenes y de la llamada taxativa del Secretario hacía unos instantes, aquel brillo en los ojos de Jason únicamente podía tener una interpretación.

El Secretario había localizado la biblioteca.

82

6.45 p.m.

Emily abandonó los jardines del palacio de Topkapi y se dirigió colina abajo en dirección a la orilla norte de la península central de Estambul. No conseguía quitarse de encima la sensación de que la observaban y la vigilaban, pero, aun así, la necesidad de subirse al último ferri la dejaba con pocas opciones y debía caminar por calles abiertas. Según la hoja de horarios, a las siete de la tarde zarpaba el último barco del puerto de Eminönü con destino al de Besiktas, el más próximo al palacio de Dolmabahçe. Estaba indicado como un trayecto breve de tan solo quince minutos de duración. Si nadie le cortaba el paso ni la interceptaba, conseguiría llegar a tiempo y eso significaba que entraría cuando llevaran unos veinte minutos de conferencia, que es lo que suelen durar las presentaciones y menciones de cortesía antes de que empiece el ponente. Emily sabía lo importante que era una introducción para la mayoría de los académicos. Albergaba la esperanza de que aquella tarde no fueran demasiado estrictos con el protocolo y dejaran entrar público aun cuando apareciese con retraso.

«En cuanto cruce la puerta me pongo a buscar un modo de desaparecer en los jardines de ese palacio», pensó.

Sin embargo, el camino discurría por una elevación que ocupaba el centro de la ciudad y era más largo de lo que parecía. Emily apretó el paso cuando vio las manecillas del reloj cada vez más cerca de las siete. No podía permitirse el lujo de perder ese barco.

Al doblar una esquina se encontró de frente con una vía que discurría en paralelo a la costa norte. Al otro lado, una lengua de tierra se adentraba en el mar. Era Eminönü, un amasijo de dársenas, barcos y quioscos abarrotados de gente. Cruzó la atestada vía a toda velocidad, llegó al puerto y se dirigió hacia los pequeños barcos de dos pisos alineados junto a las pasarelas de madera.

—¿Besiktas? ¿Dolmabahçe? —preguntó a un hombre con aspecto de funcionario, pero a la manera de los estibadores, eso sí: camisa grasienta, sombrero gastado y un puñado de liras y de tiques.

—Se paga a bordo —refunfuñó el hombre panzudo con una colilla a medio fumar entre los labios; indicó con un ademán el ferri situado al final del muelle y siguió contando los billetes.

Emily salvó la distancia a toda prisa hacia la nave, cuyos motores ya estaban aumentando la cadencia, preparándose para zarpar. Subió a bordo de un salto, entregó doce liras turcas para pagar el pasaje y subió unos escalones hasta quedarse en una cubierta superior. La apabullante línea del horizonte de la península no empezó a alejarse hasta que hubieron subido a bordo todos los viajeros llegados en el último minuto. Solo entonces se permitió el lujo de tomar aliento. Subir a bordo de un ferri a punto de partir era una buena forma de dejar atrás a cualquier posible perseguidor. Se dirigió hacia la barandilla blanca de metal y contempló la escena que se ofrecía ante sus ojos.

A popa el ferri dejaba atrás la apabullante colina que ella acababa de descender, coronada por las grandes cúpulas de Santa Sofía y Sultanahmed Camii, la mezquita azul, al lado de las cuales podían verse los muros y balaustradas del palacio de Topkapi. Los minaretes de un sinnúmero de mezquitas conformaban el contorno del horizonte. Emily no pudo evitar la idea de que la escena parecía sacada de cualquier volumen medieval.

Se dio la vuelta y se volvió hacia proa. A la izquierda, Europa; a la derecha, Asia. El Bósforo servía como estrecho pasaje entre las dos grandes masas de tierra. El comercio había florecido allí desde hacía milenios. Incluso los edificios de ambas orillas estaban sazonados por claras huellas de modernidad: las antenas de radio y las parabólicas. Y aunque los coches hacían sonar los cláxones en las calles cercanas, ella pensó que en torno a Estambul flotaba algo atemporal. La ciudad estaba a medio camino entre dos continentes y había sido la capital de dos imperios, y ahora lo era de la República de Turquía. Incluso, aunque la capital política fuera Ankara, el corazón de Turquía siempre iba a ser Estambul.

A su izquierda empezaba a insinuarse el palacio de Dolmabahçe. No podía ser más diferente al de Topkapi. Emily abrió el folleto que le había dado el guía e intentó obtener la información básica que pudiera ayudarle para la búsqueda que la esperaba.

Dolmabahçe había sustituido a Topkapi como residencia imperial en 1856, cuando el sultán Abd-ul-Mejid I quiso tener una residencia más parecida a la de sus homólogos europeos. Sus deseos se hicieron realidad en un complejo donde se daban cita todos los estilos arquitectónicos de la historia de Europa: barroco, neoclásico, rococó..., cualquier cosa menos el estilo otomano tradicional. Su identidad como palacio de sultanes vino dada por la decoración, no por su estilo arquitectónico.

Emily observó el palacio conforme iba siendo más visible. Había alcanzado el deseado aspecto europeo de modo un tanto extraño. Daba la impresión de ser una extraña mezcolanza de Versalles, el palacio de Buckingham y un majestuoso palacete italiano. Si Michael viera aquello, lo consideraría una pesadilla arquitectónica, pensó, pues aquel batiburrillo aberrante de estilos le impedía tener un estilo propio. Pero el resultado apabullaba y el término «impresionante» le sentaba bien.

El espacio interior se hallaba dividido según la costumbre otomana, continuaba explicando el folleto, y había un área pública y el harén o espacio reservado a la vida familiar. Como Emily había visto en Topkapi. Pero todo el interior estaba hecho para abrumar al visitante, y buen ejemplo de ello eran la araña de cristal situada en la estancia central y la escalinata de cristal con forma de doble herradura; el nombre de la misma se debe a sus balaustres, hechos con cristal de Baccarat. La araña de cristal de Bohemia, un regalo de la reina Victoria, fue la mayor del mundo, y aún lo sigue siendo. Cuenta con setecientas cincuenta lámparas y pesa cuatro toneladas y media. Todos y cada uno de los objetos del palacio eran de oro y estaban enjoyados, repujados o blasonados. Eso les daba un valor incalculable y confería al conjunto un aura sobrecogedora. Emily no se sorprendió al leer que la única forma de acceder a dicho palacio era en el seno de una visita guiada. Era imposible deambular a su antojo, como había hecho en Topkapi.

Este palacio era también un museo asignado a la Dirección de Palacios Nacionales, pero conservaba una función política incluso en el actual régimen turco. Su importancia en la historia del país tenía mucho que ver con el hecho de que había sido la residencia de Mustafá Kemal Atatürk, el fundador y primer presidente de la Turquía moderna, en sus últimos años de vida. Los ciudadanos turcos y el propio Estado idolatraban a Atatürk en un grado que iba mucho más lejos de lo que los norteamericanos sienten por George Washington y los Padres Fundadores. El lecho de muerte de Atatürk y su habitación forman parte del museo. Se había convertido en una suerte de santuario y figuraba entre lo más visitado durante las visitas guiadas.

Sin embargo, a juicio de Emily, lo más significativo era la localización. Abd-ul-Mejid había elegido para levantar el nuevo palacio de Dolmabahçe una bahía en el Bósforo, rellenada poco a poco por los jardineros otomanos durante el siglo anterior hasta que acabaron transformándola en un área ajardinada para el retiro de los sultanes. De ahí su nombre, «jardín relleno», pues *dolma* significa «lleno» en turco y *bahçe,* «jardín». Hoy en día, el palacio se asentaba en esta tierra arrebatada al mar, las aguas lo tocaban en el sentido literal del término, pues estaban prácticamente junto a los cimientos.

Emily levantó la vista y miró hacia delante. No albergaba duda alguna de que ahora se dirigía al lugar correcto.

El barco aminoró la velocidad cuando se acercó a puerto. Entonces, la doctora se puso a pasear por la escalerilla de acceso a la cubierta inferior, desde donde desembarcaría. Al darse la vuelta, sus ojos fueron a posarse sobre dos sujetos instalados en ese nivel inferior.

Dos hombres vestidos con elegancia. Uno de ellos sostenía en la mano una chaqueta, pero estaba claro que ambos vestían de traje.

Un traje gris.

Llevaban el pelo muy corto y se parecían mucho el uno al otro. «Como clones», resonó la voz de Michael en su mente.

Emily se quedó helada. No había sido ninguna paranoia en el aeropuerto y su posterior nerviosismo no había estado fuera de lugar. La seguían. Esos hombres no eran los mismos que habían entrevistado a Michael en Chicago, no habían tenido tiempo material para llegar hasta allí, pero debían de guardar algún tipo de relación con ellos.

El Consejo iba tras sus pasos. La seguía. Una parte de su mente dio una orden: «No les dejes que te sigan».

Emily retrocedió a fin de no continuar expuesta a sus miradas. El corazón se le había puesto a cien. ¿Sabían que los había visto? Quizá podría evitar una confrontación con ellos si creían que no estaba al tanto de su presencia.

Emily era incapaz de oír el rugido de los motores del ferri ni la charla de los pasajeros que lo atestaban. Únicamente podía oír el martilleo de su pulso en los oídos.

«Baja los escalones, sal del barco y ve al palacio. Baja los escalones, sal del barco y ve al palacio», repetía. Se obligó a repetirse los pasos que debía dar a fin de estar concentrada, ya que no podía calmarse.

Tragó saliva, respiró hondo y descendió la escalerilla de metal. Mantuvo la vista al frente y los ojos levemente entornados. Después, avanzó hacia la rampa del barco y bajó a tierra.

«No les dejes que te sigan —se repetía mentalmente mientras avanzaba—. Si me quieren seguir, que lo hagan, pero no van a sacar nada».

83

7.15 p.m.

Emily se dirigió hacia el inmenso palacio de Dolmabahçe, situado a su izquierda, en cuanto pisó tierra firme. Hizo lo posible por caminar con aire despreocupado, como si el corazón no le latiera desbocado. Procuró andar por el centro de la bulliciosa acera.

«Quizá logre darles esquinazo si consigo entrar».

Intentó consolarse con la idea de que aquellos hombres la habían seguido al menos desde su llegada a Turquía, lo cual significaba que debían de haber estado cerca de ella en el palacio de Topkapi, pero no la habían herido ni tampoco habían salido a su encuentro. Ojalá siguieran así.

«Que no parezca que recelas —se alecciono a sí misma—. Todo podría cambiar si se dan cuenta de que los has descubierto».

Se obligó a aminorar el paso hasta lograr unos andares que pudieran pasar por los de alguien que daba un paseo, consiguió incluso que su caminar se pareciera al de los demás transeúntes. Para no desentonar.

El trayecto hasta el palacio apenas le llevó unos minutos. Emily echó hacia atrás la cabeza a fin de poder abarcar con la mirada toda la amplitud del edificio cuando lo tuvo delante. Dolmabahçe tenía un aspecto llamativo. A pesar de su miedo, se preguntó si aquella gran fachada del siglo XIX no era la forma de la época de causar sorpresa y asombro.

Siguió las indicaciones para llegar hasta la entrada principal. Aminoró aún más el paso cuando estuvo cerca del edificio. Se alisó el blazer de diseño exclusivo y se recogió el pelo alborotado en una coleta que pudiera darle un aire profesional. Se preguntaba si podría pasar por erudita interesada en las relaciones franco-turcas con una ropa tan arrugada como la suya, mas albergaba la esperanza de conseguirlo.

Una antigua mesita de madera situada dentro de las puertas servía como despacho de registro. Emily pagó una suma descabellada por asistir a la conferencia de la tarde. Se disculpó por su retraso ante un recepcionista a quien parecía darle igual todo, cogió la entrada y se adentró en el edificio.

Se quedó sobrecogida de inmediato, tal y como había sospechado. Un letrero destinado a los visitantes de las visitas guiadas diurnas identificaba la entrada principal como el salón de Medhal, un lugar que embargaba los cinco sentidos. Era descomunal, con escaleras empinadas, un enorme candelabro, mesas grabadas e imponentes pinturas. De pronto, el champán a discreción y las fruslerías recibidas durante su vuelo en primera clase desde Inglaterra ya no le parecían tan definitorios del lujo como antes.

Hizo un esfuerzo por dejar de contemplar la opulencia y el esplendor circundantes y siguió la estela de un pequeño grupo de asistentes que doblaban una esquina e iban hacia lo que, visto desde lejos, parecía un salón de conferencias no menos espectacular. Al aproximarse a las sillas de madera cubiertas con terciopelo rojo, pudo ver que la mayoría estaban ocupadas por hombres muy atentos. Un hombre se dirigía en francés al público asistente desde un elegante podio situado

en la parte frontal. Daba la impresión de que la conferencia
había comenzado ya.

Emily puso en práctica su plan nada más entrar en la sala.
De pronto, «recordó» que necesitaba ir al servicio y pidió orientación al portero.

—Dos puertas a la derecha.

Emily se alejó en esa dirección, y luego, tras asegurarse de
que nadie la miraba, dobló la esquina y desapareció en la oscuridad de los jardines palaciegos.

84

Dolmabahçe, 7.27 p.m.

Al cabo de unos momentos, Emily se encontró sola en los vastos y oscuros corredores del palacio de Dolmabahçe, el mayor de toda Turquía. Se enfrentaba a una tarea aún más desalentadora que en la Bibliotheca Alexandrina. Arno Holmstrand le había dejado una pista en algún lugar de los 45.000 metros cuadrados de palacio.

Su avance discurrió en un entrar y salir de habitaciones y pasillos del cuerpo principal del palacio. Su pulso acelerado no se debía solo al hecho de que la seguían unos hombres, sino a la sorpresa que le inspiraban aquellas imágenes sobrecogedoras. El lugar refulgía y brillaba incluso en las últimas horas del día. Catorce toneladas de pan de oro centelleaban bajo la tenue luz.

Se dirigió hacia la célebre escalinata de cristal y se detuvo cuando llegó al pie de la misma. Era imposible registrar todos los rincones de un lugar de aquellas características y tampoco Holmstrand lo hubiera esperado de ella. El viejo profesor no podía saber que ella conseguiría acceder de aquel modo. Tenía que haber dejado la pista en algún lugar donde ella pudiera encontrarla, presumiblemente cerca de la ruta de las visitas guiadas. En un punto accesible.

Las señales y los cordones rojos indicaban la ruta de las visitas a través del complejo palaciego. Emily siguió esas indicaciones mientras escudriñaba cada indicación por si tuviera el pequeño símbolo que había identificado las pistas de Arno en los demás sitios.

«Debió de ocultar la pista en algún sitio que él supiera que iba a llamarme la atención. Algo que restrinja las posibilidades», pensó en su fuero interno.

«¿Dónde esconderías una pista en la casa de un rey?». ¿En el vestíbulo real? Eso no era posible. Estaba lleno de gente durante el día, y eso impedía detenerse a escudriñar en busca de una pista. ¿En el salón Sufera o sala de los embajadores? Emily deseó que no fuera esa la localización, ya que, a juzgar por las señales que había visto en los planos, ese era el salón donde se estaba desarrollando la conferencia, e iba a ser imposible registrarlo aquella noche si Arno la había escondido ahí.

«¿Y en qué otro sitio podía haberlo hecho?». Emily se forzó a repasar cada palabra del mensaje recibido en Alejandría. «Entre dos continentes: la casa del rey, tocando el agua». Lo de los dos continentes estaba claro, la casa era real y tocaba el agua, entonces, ¿qué estaba pasando por alto?

El rey. Esa era la única parte del mensaje que aún le resultaba extraña. El palacio de Dolmabahçe había sido la residencia de los sultanes durante décadas, pero los líderes otomanos jamás habían usado el título de rey. Ni tampoco los gobernantes bizantinos que les precedieron en el dominio de la ciudad, pues se les conoció casi exclusivamente como emperadores. Sí, los términos eran más o menos equivalentes, pero Arno Holmstrand había demostrado su exactitud lingüística en múltiples ocasiones. El uso de dicha palabra en su mensaje respondía a algo preciso. Era intencionado.

«¿Quién gobernó aquí, sino el sultán?», se preguntó, y mientras lo hacía, dobló una esquina... Y la respuesta apareció delante de ella.

«Atatürk». El fundador de la República de Turquía y del Estado moderno había asentado su residencia en Dolmabahçe incluso mientras firmaba un edicto por el cual suprimía la monarquía hereditaria como forma de gobierno. Atatürk había hecho caer a los sultanes, pero siguió liderando la república desde la gloria de los antiguos palacios de aquellos. Atatürk había enfermado y muerto allí, entre los muros de aquel edificio, y de forma más concreta en la cámara conocida como «dormitorio de Atatürk», hacia la cual la guiaba ahora una señal situada en el centro del pasillo.

Aquel hombre había adquirido una preeminencia en la memoria nacional turca muy superior a la de cualquier rey o líder anterior a él. Se había convertido en el símbolo de la autoridad nacional, en el «gran líder», símbolo del orgullo patriótico turco. Había muerto a las 9.05 a.m. del 10 de noviembre de 1938, una fecha y una hora perfectamente conocidas por cualquier estudiante de la historia moderna de Europa occidental. Habían detenido todos los relojes del palacio en el momento de su muerte, señalando el inicio de un duelo que duró varias décadas. Este había cesado recientemente y ahora todos los relojes de Dolmabahçe habían vuelto a marcar la hora actual, todos menos uno: el pequeño reloj situado en la mesilla de noche contigua a la cama donde había muerto Atatürk.

Emily sabía exactamente adónde debía ir.

85

7.45 p.m.

Las señales indicadoras condujeron a Emily hasta el dormitorio de Atatürk, localizado en lo que con anterioridad había sido el espacio destinado al harén. No tuvo que andar mucho, pero miraba continuamente hacia atrás. Ignoraba si la seguían o no, y esa incertidumbre imprimía una cierta viveza a sus pasos.

El cuarto estaba decorado de forma ceremonial, pero la doctora no tardó en percatarse de que se trataba de la estancia más lujosa del palacio, aun cuando no podía hablarse de excesos ni de despilfarro, ni tampoco podía decirse que hubiera una exhibición de riqueza tan flagrante como la de la mayoría de las habitaciones por las que acababa de pasar.

El centro de atención de la estancia era el lecho de Atatürk, un lecho descomunal —con un pie de cama de madera— cubierto por una bandera turca de un rojo intensísimo en recuerdo al lugar donde había expirado el primer líder. La habitación misma estaba decorada con paneles de madera y alfombras orientales de intrincado detalle ornamental. Una serie de ofrendas florales y sillas llenaban el pequeño espacio.

Caminó alrededor de los cordones suspendidos en torno a la cama, puestos allí a fin de mantener a los turistas a una distancia respetuosa. El área a inspeccionar en busca de la pista de Arno se había visto reducida a algo mucho más manejable. «Está en algún lugar entre estas cuatro paredes».

El lecho en sí ofrecía pocos sitios donde ocultar un símbolo grabado, pues solo había sábanas y cobertores. Echó un vistazo rápido, pero la asaltó la sensación de que iba a tener más suerte en otro lugar. Hizo un esfuerzo ímprobo para controlar los nervios y la adrenalina, y luego empezó a peinar la estancia con la mirada con el fin de acotar los posibles escondrijos de un símbolo oculto. Examinó las mesillas situadas a ambos lados de la cama. Nada. Y lo mismo ocurrió con la mesita de madera con incrustaciones de la izquierda, donde las manecillas de un pequeño reloj cuadrado se habían detenido para siempre en las 9.05. Repasó cada centímetro de los paneles de madera que cubrían las paredes, la mejor opción para el tipo de mensajes que había encontrado en Inglaterra y Egipto, pero se llevó otra decepción.

Se dirigió a la otomana situada en un rincón iluminado por una ventana y tomó asiento para reflexionar. «¿Dónde no estoy mirando?».

Entonces vio por el rabillo del ojo algo que atrajo su atención. La estructura de madera del sofá podía verse detrás de un cojín lleno de bordaduras. Algo interrumpía el discurrir normal de la veta de madera justo donde desaparecía detrás de la tela.

Emily se envaró, alargó la mano y retiró el cojín. La última pista de Arno se hallaba debajo, grabada sin mucha fuerza en el brazo de madera de la otomana. Allí se hallaba el símbolo de la biblioteca, como en las otras ocasiones a lo largo de aquella aventura, y debajo había una solitaria línea de texto, familiar únicamente por su tono críptico:

Un círculo completo: celestial techo de Oxford y hogar de la biblioteca.

Debajo del texto, y para sorpresa de Emily, había grabado un segundo símbolo.

86

8.02 p.m.

Emily sacó su BlackBerry del bolsillo de la chaqueta y fotografió el grabado hecho en el brazo del sofá. Luego, pulsando con habilidad las teclas, se puso a guardar las fotografías por referencias, pero lo dejó al cabo de unas pocas pulsaciones. Resultaba innecesario anotar nada. Tenía claro desde el primer momento cuál era el significado de las palabras de Arno y del nuevo símbolo.

Todo aquel que hubiera estudiado en Oxford había acudido en uno u otro momento de su vida académica a la Divinity Schools, un salón ceremonial de debate situado en el centro de la biblioteca Bodleiana, una institución erigida a mediados del siglo xv con el propósito inicial de ser una sala de lectura. En aquella época, la universidad llevaba existiendo desde hacía generaciones, pero había celebrado las charlas en los salones de los diferentes *colleges* y en otros edificios, como el de la iglesia de Santa María, por cuyas ruinas Emily había paseado hacía lo que en ese momento se le antojaba una eternidad. Como los estudiantes se volvían cada vez más alborotadores y apasionados en sus debates, la universidad decidió que ya no era apropiado dar clase ni celebrar debates en la iglesia y encomendó tan delicada tarea a la Divinity School. Dos siglos después se había añadido en el extremo del ala oeste una nueva sala, conocida como Convocation House. Este espacio había sido muy elaborado. No tenía luz eléctrica ni siquiera a día de hoy. En él se hallaba el trono del rector, y durante un periodo de casi quince años, en el transcurso del reinado de Carlos II, en el momento álgido de la guerra civil, había servido como lugar de reunión del Parlamento.

Cualquier estudiante oxoniense conocía el edificio, una obra maestra de un estilo extraño y abrumador, uno de esos lugares de visita obligada. No se daban conferencias ni se celebraban debates desde hacía décadas. Ahora se había reservado para las ceremonias de graduación, un momento de gloria en el antiguo salón antes de salir por la puerta.

El techo era lo más característico de la Divinity School. Construido en la tercera etapa del gótico inglés, en lo que ahora se había venido a denominar «estilo perpendicular», era una suerte de bóveda de terceletes cubierta de un extremo a otro por cientos de símbolos extraños y misteriosos, alguno de los cuales sobresalía a modo de colgante. Era como si el techo tuviera dedos y fuera capaz de alargarlos para tocar a los visitantes. Emily recordaba de su primera visita la inquietud que la embargaba mientras el tutor de su *college* le hablaba acerca del diseñador de aquel sitio, el maestro William Orchard, y las bóvedas en abanico.

Nadie sabía con exactitud el significado de los símbolos usados en el techo de la Divinity School, y ese simple hecho había dado pie a las más peregrinas teorías conspirativas. Algunos eran símbolos de casas y *colleges* existentes en el momento de la edificación; otros debían de ser iniciales de profesores universitarios que habían contribuido a su construcción, pero los demás, docenas y docenas de ellos, eran un misterio, así de simple. Al parecer no significaban nada, y eso era una fuente de permanente fascinación de visitantes e intérpretes.

Emily miró de nuevo el símbolo que Holmstrand le había dejado grabado en el dormitorio de Atatürk. Repasó la línea de texto: «Un círculo completo: celestial techo de Oxford y hogar de la biblioteca». Indicaba con absoluta claridad a la Divinity School. Arno difícilmente podía haber sido más explícito. Ella supuso que aquel símbolo debía de ser uno de los esculpidos en el techo del edificio.

De pronto tomó conciencia de las voces que sonaban fuera de la estancia, en algún lugar sitio más allá del pasillo, y de la precariedad de su situación. Se hallaba sentada en un sofá, un sofá rayado, por cierto, en una de las habitaciones más queridas de toda Turquía. Como la descubrieran allí, iba a meterse en un lío difícil de imaginar. Había oído algunas cosas sobre las prisiones turcas, y ninguna buena. Y ese era el mejor escenario posible. Las cosas podían ponerse mucho más feas como las voces fueran de los dos hombres de traje gris que había localizado en el ferri.

Se apresuró a cubrir el grabado de Arno con un cojín, cruzó la habitación y regresó al pasillo exterior, donde se detuvo durante unos momentos hasta descubrir que el volumen de las voces no aumentaba, luego, dedujo, los conversadores caminaban en dirección opuesta. Con un poco de suerte, serían empleados del museo u otros asistentes a la conferencia que habían optado por saltársela. Sea como fuere, no deseaba ser vista. Ahora que había localizado la pista de Holmstrand, solo deseaba salir de allí y ponerse a salvo.

Avanzó por los zigzagueantes pasillos hasta hallarse de nuevo en la escalinata. Bajó sus escalones a toda prisa y dobló una esquina con el propósito de dirigirse al vestíbulo principal. Le bastaba cruzar su enorme extensión para llegar a la puerta que la conduciría a las calles de Estambul, pero entonces...

Emily localizó a los dos hombres. Su mirada se encontró con la de uno de ellos. La expresión acerada de aquel semblante no cambió, pero se volvió hacia ella. Y su compañero hizo lo propio. Todo intento de permanecer oculta carecía de sentido.

«¡Corre!». La idea le vino a la mente con una notable ansiedad, con un estallido de adrenalina. Aun con todo, sabía que únicamente conseguiría atraer más atención sobre su persona si echaba a correr. Lo normal cuando una mujer salía corriendo de un palacio era que la detuvieran, y si la hacían pararse una vez, estaría a merced de esos hombres.

«Sigue caminando, ve directa hacia la puerta y sal».

Emily rompió el contacto visual con aquel tipo y empezó a atravesar la habitación. Lo hizo dando grandes trancos a fin de salvar la distancia hasta la salida todo lo deprisa que era posible sin emprender una carrera.

«Ve directa hacia la puerta. Directa hacia la puerta». Hizo lo posible por acompasar el ritmo vivo de las zancadas al ritmo de sus palabras.

El vestíbulo era tan descomunal que le pareció interminable. La doctora lo cruzó con la sensación de que cada paso que daba era el último antes de sentir una mano de hombre en la espalda o recibir una zancadilla. Mantuvo los ojos clavados en la puerta hasta llegar a ella, la abrió con una fuerza que no sabía que tenía y se lanzó a las calles.

Cruzó la vía que discurría paralela al palacio en dirección a la acera de enfrente, por donde un buen número de transeúntes caminaban a buen paso, proporcionándole así toda la cobertura que pudiera desear. Emily mantuvo un ritmo constante, casi al borde de la carrera, y se abría paso a codazos cada vez que se formaba un corrillo de gente, obstaculizándole el camino. Se granjeó algunas miradas iracundas y gritos de protesta, mas no se detuvo.

Al cabo de cinco minutos se permitió aminorar la velocidad. Tal vez aquellos hombres no la perseguían con tanto ahínco como había pensado. No había vuelto la vista atrás ni una sola vez, pues recordaba lo aprendido al ver una película de acción: mirar a tus espaldas te retrasa.

No obstante, había llegado el momento de averiguarlo. Se detuvo al llegar a una esquina, hizo acopio de coraje, se volvió y asomó la cabeza más allá del borde del edificio. Miró por donde había venido.

Dos hombres seguían su rastro a tres calles de distancia. Avanzaban directamente hacia ella.

87

8.20 p.m.

Emily se echó hacia atrás lo más deprisa posible a fin de ocultarse detrás de la pared. Se la echarían encima en cuestión de segundos. Debía pensar, y pensar deprisa.

La opción de regresar al ferri quedaba descartada. Se había subido al último para ir a Dolmabahçe. «Además, nada de meterme en espacios cerrados», pensó con la mente acelerada. Carecía de experiencia a la hora de esquivar a unos perseguidores, pero estaba en forma, apenas pasaba un día sin que corriera desde que era adolescente. Esos hombres iban a tener que esforzarse si querían cogerla.

Se puso en acción y siguió una callejuela lateral con la intención de tomar rumbo sur. Iba al centro de la ciudad. Delante de ella tenía el siempre atestado barrio comercial de Gálata, repleto de angosturas y calles sinuosas, cada una ocupada por tingladillos, carretas y mercaderes. Si no recordaba mal sus visitas anteriores, el lugar siempre estaba a rebosar, y había más gente de noche que de día.

«Eso es perfecto», se dijo en su fuero interno. Iría a Gálata, despistaría a sus perseguidores en sus calles y por el puente del mismo nombre cruzaría el Cuerno de Oro y estaría en la otra ribera.

Emily avivó el paso y en un momento dado echó a correr. No había motivo alguno para no apresurarse ahora. Tanto ella como sus perseguidores sabían de su mutua presencia y que había dado comienzo la caza. Por segunda vez en el viaje, agradeció su gusto por los zapatos planos.

Cruzó a todo correr por calles sinuosas y estrechas que daban a una plaza grande, un mercado con iluminación eléctrica lleno hasta los topes. Por doquier había carretillas y tingladillos llenos con cestos rebosantes de especias indias y chucherías electrónicas.

Emily culebreó entre la multitud para esquivar a la gente. Volvió la vista atrás cuando hubo cruzado el mercado, momento en el que vio llegar a los dos hombres desde el mismo callejón por el que había entrado ella. Sus movimientos eran muy coordinados y uno de ellos hablaba por el móvil mientras examinaba la zona con la vista. Aquello parecía sacado de una película de la CIA, salvo por un detalle: ella sabía que esos tipos no eran los buenos.

Mientras peinaban el mercado, Emily se puso detrás de un puesto de ropa y zapatos. Era muy alto y la habría cubierto, pero se había ocultado demasiado tarde. El perseguidor del móvil la localizó y la señaló con un dedo desde el otro lado de la plaza. Su compañero se dio la vuelta y ambos empezaron a abrirse paso entre las mesas en dirección a Emily. Avanzaron por el atestado zoco sin romper el contacto visual en ningún momento, empujaban y derribaban a comerciantes y clientes por igual, se los quitaban de encima sin molestarse en mirarlos por segunda vez.

Emily se alejó del puesto de ropa y siguió cuesta abajo por una angosta calle que se alejaba del mercado. Corría a toda velocidad y cambiaba de dirección en cuanto aparecía una nueva calle. Empezaba a darse cuenta de que no iba a poder dejar atrás a aquellos hombres a pesar de su buen estado de forma. Tenía que despistarlos.

Entró como una flecha en un callejón. Le dolía el costado, fruto del torrente de adrenalina que le corría por unos músculos a los que les estaba exigiendo un gran esfuerzo. Las carreras matinales eran una cosa, y correr por la vida era algo muy diferente. Se apoyó en la pared e intentó recobrar el aliento, pero se marchó antes de relajar el cuerpo y dar a los músculos la oportunidad de recuperarse. En su interior una voz le ordenaba que no dejara de moverse.

Los dos hombres le cerraron el paso, uno por cada lado. La estrategia de doblar esquinas sin un patrón fijo y atajar por callejas estrechas les había impedido correr a toda velocidad, pues de lo contrario la habrían alcanzado en cuestión de segundos, pero aún seguían aventajando a Emily. Los dos estaban acostumbrados a perseguir fugitivos.

Se lanzó hacia otro callejón y, como tenía unas piernas muy largas, lo recorrió de cuatro zancadas, como tantos otros por los que había pasado por delante en los últimos minutos, pero este daba a una vía más amplia, con tingladillos, gente y mercancías. Emily anduvo junto a la pared lo más deprisa posible en busca de otra calle por la que huir. Enseguida se dio cuenta de que no la había. Ni una bocacalle, ni un callejón, nada. No había salida. Se hallaba en una larga avenida de fachadas de tiendas y edificios. Ambos lados consistían en unos gruesos muros.

«Estoy atrapada».

Buscó como una posesa cualquier fisura que pudiera usar como vía de escape. Y entonces, a la derecha, a pocos metros de su posición, se le presentó la oportunidad: una puerta de doble hoja daba acceso a una iglesia, una de las pocas de la zona, un vestigio de una época en la que Estambul había sido tan cristiana como musulmana.

«No es un callejón, pero algo es mejor que nada».

Cruzó la puerta rauda como una bala.

El interior de la iglesia estaba a oscuras, iluminado tan solo por unas pocas velas encendidas por algunas devotas ancianas. Detrás de ellas podían verse paredes adornadas con románticas pinturas del Señor, la Virgen y los santos. En el extremo opuesto de aquel espacio alargado se erguía un altar, separado del resto de la iglesia por una suerte de trascoro de madera con tallas que le llegaba a la cintura.

«Arte armenio», advirtió la historiadora que llevaba dentro. A pesar de la situación, su mente era capaz de reparar en las diferencias características de las iglesias armenias.

Por suerte, el recinto sagrado tenía una serie de columnas dispersas a ambos lados, y estas le proporcionaban lo que más necesitaba en aquel momento: un escondrijo en medio de la más absoluta oscuridad.

Tomó una vela sin encender de una caja colocada a la entrada para parecer una feligresa y se mezcló con ellas. Se mantuvo cerca de la pared del lado izquierdo hasta que llegó a una columna detrás de la cual pudo ocultarse.

Apoyó primero la cabeza y luego todo el cuerpo contra la fría piedra de un pilón. Apartó del rostro algunos mechones sueltos de sus largos cabellos, que se le pegaban al rostro por efecto de la transpiración. Las paredes repletas de imágenes parecían devolver el eco de su pesado jadeo.

«Calma. Respira hondo y despacio. Que no te oigan. Que no te vean».

Cerró los ojos con fuerza y se obligó a permanecer en silencio. Jamás en la vida había experimentado un pánico como el que había sentido en los últimos minutos y su cuerpo no estaba muy seguro de cómo responder. Rezó con todo su ser para que ella hubiera entrado en la iglesia antes de que aquellos hombres hubieran doblado la esquina y no la hubieran visto entrar en el templo.

Emily no albergaba ya duda alguna sobre la existencia de la Biblioteca de Alejandría ni sobre la historia de la Sociedad, ni tampoco sobre el Consejo. Arno la había conducido hasta algo real, algo que tenía al alcance de la mano. Pero ese conocimiento estaba ligado a unos hechos que escapaban a su control. ¿Iban a matarla aquellos hombres porque tal vez podría conducirles hasta la biblioteca? ¿O acaso formaban parte del complot contra el Gobierno norteamericano?

La joven se obligó a respirar cada vez más despacio con la esperanza de que su pulso volviera a la normalidad. La iglesia permaneció en silencio durante largos minutos. Nadie entró. Nadie rompió el silencio de los píos.

Despacio y en silencio asomó la cabeza desde detrás de la columna. Lo que veía confirmaba el significado del silencio: el lugar estaba vacío casi por completo. Los dos hombres no la habían seguido hasta allí. Había entrado sola.

Aguardó unos minutos más a fin de dar tiempo a sus perseguidores para que siguieran alejándose con la intención de atraparla en alguna de las calles que pudiera haber tomado. Emily solo abandonó la protección de la columna y se dirigió hacia la salida cuando hizo acto de presencia el sacristán, que empezó a mover pasadores para cerrar la puerta de doble hoja.

Se asomó y echó un vistazo con cuidado antes de ponerse a andar por la calle. Una ojeada en ambas direcciones no le descubrió nada sospechoso, así que empezó a caminar. Al cabo de unos momentos halló un callejón que discurría colina abajo y desaparecía entre las bulliciosas avenidas de Gálata.

88

9.10 p.m.

Emily regresó al centro de la plaza del zoco y continuó su camino, tomando todas las calles laterales y callejones posibles. Poco a poco se alejó de las zonas más transitadas y avanzó hacia otras menos frecuentadas, ya en el área periférica del barrio. Estaba empapada: tenía el cuerpo bañado en sudor a causa del esfuerzo y del miedo. No había visto a sus perseguidores desde que se escondiera en la iglesia armenia, pero no se hacía demasiadas ilusiones. No estaba a salvo. Debía salir de Estambul, y deprisa.

Su táctica de evasión era un cambio constante de rumbo, lo cual la llevaba a elegir las calles menos transitadas, y eso determinaba la lentitud de su avance por la larga colina de Gálata en dirección al puente que iba a llevarla de regreso a la zona central de la ciudad y a las calles principales desde las que podría ir al aeropuerto y salir del país. No obstante, el retraso servía para un propósito útil: cuanto más andaba, más minutos transcurrían y menor era su miedo. Al final, una vez pasado el punto álgido de la adrenalina, su paso enfebrecido se convirtió en uno más moderado.

Emily estaba fatigada de cuerpo, mas no de mente. No dejaba de darle vueltas a la cabeza, y no pensaba solo en la persecución. La inquietante desazón causada por la última pista de Holmstrand centró toda su atención en cuanto remitió la sensación de pánico.

Una parte de ese mensaje no encajaba.

Ella no había malinterpretado la pista en sí misma. Quizá se había equivocado al identificar el palacio en suelo turco, pero estaba absolutamente segura del mensaje hallado. La presencia del nuevo símbolo y el texto desterraban cualquier duda posible. La pista identificaba la Divinity School de Oxford y un símbolo específico esculpido en su techumbre.

El problema radicaba en que ese mensaje señalaba a la School, a Oxford de nuevo. «Otra vez». Otra vez al lugar donde se había iniciado de verdad la búsqueda de la biblioteca. Ese último indicio hacía que todo el viaje en que se había visto involucrada acabara convertido en algo muy parecido a correr en círculos. El mensaje de Arno hacía hincapié precisamente en eso hasta el punto de que parecía burlarse del asunto. «Un círculo completo: celestial techo de Oxford y hogar de la biblioteca». Un círculo completo, un circuito que terminaba justo donde ella había empezado.

Había algo erróneo en aquella pista.

Sin embargo, su capacidad para demorarse en esa inquietud y cavilar sobre ella se vio interrumpida de forma brusca por un clic nítido y pausado. Se detuvo en seco entre los altos edificios que se alineaban en el angosto callejón de servicio. Nunca antes en la vida real había oído ese sonido, pero había visto suficientes películas de acción como para saber que era el sonido de un arma al ser amartillada. Levantó la vista del empedrado del callejón con extremada lentitud.

Delante de ella se hallaba el más pequeño y fornido de los dos hombres de traje gris y la encañonaba con una pistola a la altura de la cabeza.

89

Jason apuntó a Emily Wess con la Glock 26. Era su arma favorita para ir de viaje. Medía seis pulgadas y media escasas de largo, pesaba setecientos gramos con el cargador de tambor cargado con diez balas, se escondía con facilidad y era de una precisión sorprendente para su tamaño. El modelo se había granjeado el mote de «bebé Glock» entre el personal de seguridad del mundo entero, pero la pistola era cualquier cosa menos infantil cuando se tocaba el gatillo.

Cuando vio la boca del arma delante de ella, Emily retrocedió y miró a sus espaldas, solo para descubrir que el otro hombre de gris se hallaba en el extremo opuesto del callejón, obstruyéndole el paso.

—No lo intente, doctora Wess. —Jason habló con voz clara y firme, y lo hizo con la sobriedad y la calma propias de una persona para la que aquello era una rutina, como si no estuviera sosteniendo un arma delante del rostro de la mujer ni tuviera un dedo en el gatillo de una pistola que podía poner fin a la vida de una persona—. Se acabaron las carreras por hoy.

Emily se volvió hacia su perseguidor, pero sin perder de vista el cañón del arma.

—¿Qué quieren de mí?

Jason no desvió la mirada mientras respondía:

—Nada que usted no pueda darnos o que no estemos dispuestos a coger. —Se le aceró la mirada y esbozó un gesto que no llegó a ser una sonrisa, sino una muestra de condescendencia—. Para empezar, denos lo que acaba de encontrar —ordenó.

Su padre le había asegurado que daba igual lo que hallaran. Fuera lo que fuera, solo era otra pieza del intento del Custodio por confundirles. No era una pieza clave de su búsqueda. El Consejo ya había encontrado lo que necesitaba saber gracias a una fotografía encriptada que había en el correo electrónico de Antoun. Aun así, les vendría bien conocer cuál había sido la última pista de Arno Holmstrand.

Emily hizo todo lo posible por mostrarse valiente en aquellas circunstancias.

—No tengo ni idea de a qué se refiere.

No eran la clase de hombres con los que querría encontrarse cuando buscase la biblioteca. Jason puso recto el brazo derecho, colocando el arma aún más cerca de la cabeza de Emily.

—No me lleve la contraria, doctora Wess. Su teléfono, denos el teléfono —dijo, y se movió para meter la mano en el bolsillo de la chaqueta.

Ella tomó conciencia de que el otro hombre trajeado se había acercado por detrás cuando su asaltante usó el plural. Ahora podía escuchar su respiración y sentía su aliento en la nuca. De pronto se sintió acorralada. Atrapada.

Los dos hombres eran más inteligentes de lo que ella había supuesto. No formulaban preguntas al azar para recabar información. Sabían qué tenía y dónde lo tenía.

—No tengo mucha paciencia, doctora Wess —prosiguió Jason—. Sé que el móvil contiene información de lo que ha encontrado usted en el palacio y también cierta lista que nunca debería haber visto. No voy a pedírselo otra vez.

El hombre abrió la mano izquierda, extendió los dedos y la alzó. Mientras Emily observaba el ademán, notó la boca del cañón de una segunda arma, esta vez en la espalda.

—De acuerdo, de acuerdo. —El deseo de seguir con vida era fuerte y poderoso, se llevó por delante toda la audacia de Emily. Le había jurado a Michael volver junto a él y debía mantener esa promesa—. Tenga.

Se metió la mano en el bolsillo, sacó el BlackBerry y se lo entregó al hombre que tenía delante. La pérdida de los materiales que llevaba encima no le preocupaba: había enviado copias de los mensajes a Peter Wexler, Michael estaba en posesión de dos de los originales y la pista recién descubierta, así como el extraño glifo, se había grabado de forma indeleble en su memoria. Estaba segura de poder seguir adelante sin ese teléfono. Su angustia no se debía a la pérdida de esa información, sino al hecho de entregarla a semejantes sujetos.

Jason le dio el móvil a su compañero.

—Sácalo todo —le ordenó—. Y asegúrate dos veces de que no ha reenviado la lista a nadie más. Se la enviaron en dos mensajes. La clave está en el segundo. Ese es el que contiene la lista con los nombres de nuestra gente.

Esas palabras tintinearon en los oídos de Emily. «¿Nuestra gente?». No olvidó la frase a pesar de que el corazón le latía acelerado y la encañonaban con dos armas. «Nuestra».

Jason se volvió hacia la joven. Su colega se había guardado el arma y estaba manipulando el móvil de Emily y otro pequeño aparato. No prestaba atención a otra cosa.

—Ya que se está mostrando tan cooperativa, ¿por qué no me da también los papeles?

Se resignó, sacó del bolso el fajo de papeles donde estaban la carta de Arno y las hojas del fax y las depositó sobre la mano tendida del hombre.

Jason se permitió esbozar una media sonrisa.

—Gracias, doctora Wess. Nos ha sido usted de gran ayuda. —Hizo una pausa—. Pero antes nos hizo correr detrás de usted, y eso ha sido... un infortunio. —Se irguió mientras se apoderaba de él un renovado aire de profesionalidad—. El Consejo le agradece la generosidad con que le ha ayudado en sus objetivos, pero lamento informarla de que sus servicios ya no son necesarios. El tiempo de su participación ha tocado a su fin. —Jason miró por encima del hombro de Emily al hombre que estaba detrás de ella y ordenó—: Hazlo.

90

9.40 p.m.

Emily escuchó el frufrú de la tela cuando el hombre situado detrás de ella alzó el brazo de la pistola.

—¡Un momento! —gritó, devanándose los sesos para que se le ocurriera algo—. No puede matarme.

—En eso está bastante equivocada —respondió Jason, un tanto perplejo.

—No, no pueden, quiero decir, no si quieren tener éxito en su pequeño juego de Washington —adujo Emily, cuya lengua soltaba frases casi tan deprisa como se le ocurrían a su mente.

Esas palabras llamaron la atención del Amigo, que alzó una mano para indicar a su compañero que demorase la ejecución. Emily solo pretendía ganar tiempo, y él era consciente de ello, pero estaba dispuesto a oír lo que tuviera que decir.

—No sea ridícula. No hay forma de que usted pueda dar al traste con nuestro proyecto, ni viva ni muerta. Nuestro trabajo en Washington casi ha terminado. No hay nada que usted ni nadie pueda hacer para detenerlo.

—Todavía podemos sacaros a la luz —replicó la doctora—. Da igual lo lejos que huyáis, no van a dejaros marchar después de haber visto lo que habéis hecho y quién está involucrado.

—De ahí esta reunión tan feliz. Su muerte garantizará que eso nunca suceda.

—Para nada —contestó Emily. Ahora era su turno de adoptar un tono de confianza y seguridad a pesar del pánico que anidaba en su pecho—. El hombre que me envió esa pequeña lista con vuestros nombres os podría... hacer caer. Espera tener noticias de mi éxito... en otros asuntos. —Emily tomó aliento para controlar el nerviosismo e hizo acopio de toda la calma que permitía la situación—. Si no las tiene, podéis apostar vuestro último aliento, y también el mío, a que los medios de comunicación del mundo entero van a conocer esos nombres y todos los demás detalles en cuestión de horas.

Jason la miró a los ojos. ¿Estaría diciendo la verdad? ¿Podía Antoun haber urdido un plan semejante sin que él se hubiera dado cuenta? Un susurro rápido al oído de alguien no recogido por las cintas. Una nota. Pero seguía habiendo muchas más posibilidades de que aquello no fuera más que una invención a la desesperada de una mujer patéticamente asustada por estar a punto de morir.

—Tonterías —le espetó a Emily—. Hemos escuchado todas y cada una de las palabras que pronunciasteis en Alejandría. En cualquier caso, vamos a encargarnos pronto de Antoun, y eso la convierte a usted, doctora, en el único cabo suelto de la operación, a excepción de su gallardo prometido, el señor Torrance. Pero no tema, pronto tampoco él va a estar en condiciones de decir nada.

Esa información añadía unas notas adicionales de sufrimiento a los últimos momentos de Emily. Los ojos de Jason centellearon de placer.

—Matadme si queréis —respondió Emily. Hizo un esfuerzo para ignorar la amenaza contra Michael y concentró los cinco sentidos en desafiar al hombre que tenía delante. Se irguió y por primera vez dejó de mirar el cañón del arma para contemplar los ojos del cazador, a quien le espetó con voz firme—: Pero créame cuando le digo que todo lo que han estado haciendo va a morir conmigo.

El silencio subsiguiente pareció prolongarse una eternidad mientras el hombre pequeño y musculoso decidía si la mataba o no. Emily sintió una extraña calma, una paz interior, en ese momento, cuando no sabía si se agarraba a la vida o a la muerte.

—Basta —dijo de pronto Jason, rompiendo el silencio. Al fin había adoptado una decisión. Dirigió a su compañero un asentimiento de cabeza, lo cual era una orden un tanto extraña—. Hazlo.

Emily recibió un golpe por detrás antes de que fuera capaz de procesar lo que eso significaba. La carne y el metal se encontraron en medio de un estallido de dolor. Lo último que oyó antes de desmayarse fueron unas risotadas de satisfacción procedentes de unas formas de perfiles imprecisos, aunque momentos antes habían sido las siluetas claras de dos hombres trajeados. Entonces el sonido se desdibujó y desapareció al igual que las imágenes, y a su alrededor el mundo se volvió oscuro.

El cuerpo de Emily Wess golpeó el suelo.

91

9.45 p.m.

Jason, impaciente, se volvió hacia el otro Amigo.

—¿Lo tienes?

—Casi.

El segundo hombre observó la barra de progreso de la transferencia de datos, a punto de llegar al punto final del proceso por el cual iba a descargar la totalidad de los contenidos del BlackBerry a su disco duro. Al término de la operación, retiró el cable del móvil y lo tiró al suelo de la calle de al lado, junto al cuerpo de la doctora. Los materiales reunidos por Emily serían más manejables y fáciles de escanear desde su propio ordenador.

Después, destrozó el BlackBerry con un pisotón.

—Hecho —confirmó a su compañero—. Lo tenemos todo. Los dos mensajes de texto siguen ahí. No se los ha reenviado a nadie. Ahora estoy revisando qué tiene en la memoria. Sea lo que sea que haya encontrado en el palacio, ha de estar ahí.

Jason se acercó y se puso junto a él.

—Enséñamelo.

El interpelado, a quien se dirigía con el simple apodo de Tec, manipuló con habilidad y destreza consumadas los botones táctiles de la interfaz.

A diferencia de Jason, que llevaba toda la vida en el Consejo, aquel hombre había sido reclutado como Amigo bien avanzada la treintena. Se había granjeado notoriedad como pirata informático en el mundo clandestino de los hackers antes de esa tarde memorable en que se vio rodeado por un grupo de hombres de aspecto ominoso que le hicieron una oferta irresistible. El Consejo había seguido con interés su «carrera» al darse cuenta de que semejantes habilidades cobrarían un papel capital en su labor de búsqueda y destrucción de información durante el siglo XXI. Era el candidato idóneo para el modo de trabajar de los Amigos: tenía talento y era brillante, pero al mismo tiempo era sinuoso y mostraba un desprecio olímpico a lo que era legal o ilegal. La suya era una «conciencia laxa», como la había definido el Secretario. Y podía moldearla con la forma requerida.

Esa maleabilidad había funcionado tan bien que ahora acompañaba a Jason en casi todas las misiones en que tomaba parte el principal Amigo del Secretario. Jason era el hijo del Secretario, un hecho que casi todos los miembros del Consejo conocían y ninguno se atrevía a mencionar en presencia del padre, pero en sus contados ataques de sentimentalismo a Tec le gustaba pensar que le había ascendido a lo más alto, porque a muy pocos confiaban la clase de materias que a él le daban a diario.

Ladeó la minúscula pantalla hacia Jason en cuanto abrió la carpeta donde guardaba los contenidos descargados del Black-Berry de Wess. Juntos les echaron un vistazo rápido.

Jason recobró la sonrisa una vez que hubieron terminado de examinar todo el material. Wess no tenía nada que ellos no supieran. Las marcas descubiertas en el palacio de Dolmabahçe, cuya fotografía había guardado en la memoria del móvil, conducían a Oxford y proporcionaban otro símbolo, pero hacía un tiempo que el Consejo había llegado a la conclusión de que el hogar de la Biblioteca de Alejandría era Oxford y también estaban en posesión del nuevo sello gracias a la imagen encriptada que habían encontrado en el correo electrónico de Antoun. Wess iba un paso por detrás en la partida.

Aun así, resultaba satisfactorio examinar la pista: confirmaba lo que el Consejo había averiguado por su cuenta y contenía las palabras mágicas por las que todos los miembros del Consejo habían luchado durante años. «El hogar de la biblioteca».

«Ya estamos en camino. Ya lo tenemos».

Devolvió el ordenador en miniatura a su compañero y con el pecho lleno de orgullo ordenó:

—Envíalo, envíalo todo.

Tec inició el proceso de transferencia de los contenidos descargados al Secretario. Lo examinarían e incluso lo estudiarían aunque no fuera mucho ni nada nuevo.

En ese momento sonó el teléfono. Miró el número en la pantalla y contestó.

—¿Lo habéis hecho ya? —inquirió Ewan Westerberg, ávido por confirmar que habían eliminado a Emily Wess.

—No del todo. La tarea está en proceso. Por ahora la hemos enviado a dormir un rato. —Resulta poco prudente hablar de una ejecución a través del móvil, pero enmascarar el tema real de la conversación tampoco exigía una gran imaginación.

El Secretario se llevó una gran sorpresa al oír aquello.

—¿Por qué...? Creía haber dejado claros mis deseos.

—Ha habido una complicación. Se ha producido un tropiezo inesperado.

Y acto seguido, Jason pasó a explicar a su padre la amenaza de la doctora: Antoun sacaría a la luz su misión en Washington y la lista de nombres, incluidos los suyos, si no recibía el informe de Wess. Su decisión de neutralizar a la norteamericana en vez de matarla había sido una respuesta provisional hasta poder hablar con el Secretario y conocer su decisión ante aquella eventualidad. Mientras hablaba, sus ojos bajaron hasta posarse sobre el cuerpo de Wess. La imagen de aquella estúpida mujer desmayada a sus pies resultaba patética. La perspectiva de matarla de una vez por todas le resultaba excitante y todo retraso suponía una decepción.

Ewan Westerberg escuchó el informe de su hijo y contestó con un aire de serena convicción:

—Que siga durmiendo. No quiero retirarla de la foto hasta estar seguro de que ha sido erradicada la amenaza de exposición. Voy a dar órdenes a nuestros agentes de que concluyan las conversaciones con el señor Antoun antes de lo previsto y entonces el equipo en Estambul podrá prolongar la siesta de Wess de un modo indefinido.

—Comprendido —contestó Jason.

Iban a eliminar a Antoun para evitar cualquier posible represalia por la ejecución de la doctora, y después se ocuparían de ella. Probablemente era una precaución innecesaria, pensó el Amigo para sus adentros, pero más valía prevenir que curar.

—En cuanto a ti —prosiguió el Secretario—, ve a Oxford lo más deprisa posible. El equipo local se hará cargo de Wess. Ya les he notificado tu posición y deberían estar ahí en menos de una hora. La lleváis a donde no la vea nadie, la inmovilizáis y se la dejáis al grupo turco.

»Ha llegado el momento de que te pongas en camino. Tenemos todo cuanto necesitamos para reclamar la biblioteca y quiero que estés a mi lado cuando tomemos posesión de lo que nos pertenece.

Jason contempló el cuerpo de Emily, cuyo pecho subía y bajaba con lentitud. Le decepcionaba no haber podido mirarla a los ojos mientras agonizaba a fin de contemplar en ellos la certeza de que no había escapatoria y de que todo aquello no era sino el final. Le habían dado a otro esa satisfacción, pero el Amigo sabía que no debía concentrarse en esa pequeña pérdida. Estaba a punto de presenciar y formar parte de algo infinitamente superior. Estaba a punto de dar frutos el trabajo realizado por el Consejo durante varios siglos. Iban a obtener un poder omnímodo cuando la biblioteca estuviera en sus manos. Tendrían los recursos de la biblioteca a su disposición y también al hombre que ocuparía el despacho oval, rodeado por miembros del Consejo en su administración... Era el alba de la era más gloriosa del Consejo.

Extrajo unas esposas del bolsillo trasero y arrastró el cuerpo de la doctora hasta un rincón del callejón, donde le esposó la muñeca izquierda a una bajante del desagüe que descendía hasta el suelo. El equipo alejandrino se encargaría de Antoun y sus compañeros de Estambul vendrían a por ella.

—Es hora de irse —ordenó con brusquedad, y dejó de mirar a Emily.

El otro hombre asintió y los dos Amigos dejaron el futuro de la mujer en manos del equipo local.

La gloria estaba a solo unas horas.

92

Ciudad de Nueva York, 45 minutos después,
3.30, hora local (10.30 p.m. en Estambul)

Ewan Westerberg se sentó en el coche lleno de ansiedad. Ordenó al chófer que pisara el acelerador, pero por muy rápido que este condujera, no sería lo bastante para calmar el nerviosismo que le embargaba. El tiempo parecía deslizarse con una lentitud insoportable para el Secretario del Consejo.

Se habían llevado a cabo todos los preparativos necesarios en los cuarenta y cinco minutos transcurridos desde que los Amigos le informaron desde Estambul y le enviaron una imagen absolutamente diáfana de la fotografía hecha por Wess, y aquello confirmaba la propia información del Consejo.

Cada uno de los asesores del Secretario había llegado a la misma conclusión que él: la información señalaba a un antiguo edificio ceremonial en Oxford (Inglaterra). Habían reunido todos los detalles sobre la historia, la arquitectura, los planos y los datos relevantes sobre la Divinity School. Se los tenían preparados en el avión. Sus hombres iban a revisar cada dato, cada detalle, para preparar su llegada.

Una llegada en la que también trabajaba un equipo de Londres, y había otro en Oxford para ultimar cuantos detalles fueran necesarios. Su organización funcionaba con eficiencia y sigilo. Habían sido entrenados con esmero y lo que les aguardaba era la culminación de unos objetivos por los que el Consejo había luchado desde su fundación, varios siglos atrás.

Toda la historia apuntaba en esa dirección.

Jason y su compañero ya estaban de camino a Heathrow mientras llenaban los depósitos y preparaban el jet de Ewan para un vuelo no previsto. No le importaba saltarse la planificación de salidas y llegadas de la Federal Aviation Administration (FAA). Tenía suficiente poder e influencia como para poder manipular las reglas de cualquier agencia gubernamental y ya se habían abierto camino en Aviación Civil. Además, ser el principal asesor financiero del vicepresidente llevaba aparejadas ventajas por derecho propio. Su vuelo saldría enseguida y él estaba preparado.

Los dos mayores logros en la historia del Consejo iban a conseguirse con una diferencia de apenas unas horas. El sábado por la mañana se apoderaría de la biblioteca y el domingo conseguiría la presidencia de Estados Unidos. No iba a sentarse en la famosa silla Gunlocke, detrás de la mesa donde se tomaban las decisiones, por descontado, pero ese nunca había sido el plan. Lo importante era que la ocupara un miembro del Consejo, y él sería más fuerte al no convertirse en el centro de atención de todo el mundo. Iba a tener a su disposición el conocimiento y el saber de la Antigüedad y del mundo moderno, iba a estar al corriente de todos los datos que obtuviera cualquier agencia presente o futura, y también iba a ser suyo el control del mayor poder ejecutivo en la historia de la humanidad. Todo, absolutamente todo, iba a estar bajo su control.

93

Estambul, 10.05 p.m.

Contempló imágenes borrosas cuando al fin recobró la visión, pero la mayoría estaban desencajadas. Al recuperar el conocimiento en aquella callejuela de Estambul, tampoco el sentido del oído respondía como debiera. Escuchaba un zumbido sofocado y fluctuante. Y entonces tomó conciencia de la hiriente palpitación en la base del cráneo. Con cada cadencia transmitía ese dolor agudo a todo el cuerpo. Jamás en la vida había padecido nada semejante.

Emily porfió por incorporarse y consiguió adoptar la posición de sentada valiéndose de la mano derecha. Tenía la otra sujeta a lo que parecía ser una cañería que bajaba por la pared de ladrillo sobre la que estaba recostada. Se llevó la mano libre a la parte posterior de la cabeza y exploró el daño. Al ponerla delante otra vez vio los dedos cubiertos por una espesa capa negra de sangre coagulada. «Al menos se ha coagulado», pensó en su fuero interno. Significaba que la hemorragia había cesado, o eso era lo más probable. Los párpados le pesaban. Bizqueó varias veces y entrecerró los ojos a fin de poder enfocar lo que tenía alrededor. Se trataba del mismo callejón estrecho de antes, pero los dos hombres que la habían perseguido y atacado se habían ido.

Y la habían abandonado, dándola por muerta, supuso ella. «Que tengáis más suerte la próxima vez». Quizá no hubiera mucho que pudiera hacer para mejorar su situación física, pero sí podía recuperar la dignidad y la resolución.

Se quitó una horquilla del pelo y estudió con la mirada las esposas que la retenían junto a la cañería. No era cerrajera, pero no era la primera vez que se enfrentaba a un cierre: se había pasado los veranos de la niñez con Andrew, su primo más joven, y había aprendido a abrirle las puertas y los cajones. Además, tampoco se trataba de unas esposas sofisticadas que exigieran el culmen de la habilidad cerrajera. Le bastaron unos pocos movimientos para liberarse, retiró la mano y se frotó la muñeca hasta que volvió a sentir los dedos entumecidos.

Emily localizó el BlackBerry aplastado sobre las baldosas del suelo y de pronto solo fue capaz de pensar en Michael. Se había obligado a desterrarle de su mente cuando el agresor había amenazado la vida de su prometido, pero ahora era su único pensamiento. Debía contactar con él, avisarle y, aunque no sabía cómo, garantizar su seguridad.

Le dolieron todos los músculos del cuerpo y la visión se le volvió borrosa otra vez cuando alargó el brazo para coger el móvil. Lo rodeó con los dedos, volvió a dejarlo donde estaba hasta que se le aclaró la vista, y entonces le dio la vuelta y examinó su estado. La pantalla estaba oscura y resquebrajada por la mitad. A Emily le dio un brinco el corazón ante la idea de no poder prevenir a Michael. Pulsó el botón de encendido, pero el aparato estaba roto.

«Maldita sea», perjuró en su fuero interno mientras se llevaba de nuevo la mano a la parte posterior de la cabeza. El pelo había seguido recogido en una coleta después de la carrera por las calles de Estambul y había absorbido buena parte de la fuerza del golpe, y aunque el dolor era terrible, tenía la impresión de que el hueso no estaba roto.

El verdadero golpe era el éxito que habían tenido los dos asaltantes al apoderarse de su información y sus pertenencias. «Ahora lo tienen todo en sus manos —pensó—. Absolutamente todo». Estaba persuadida de que los atacantes eran miembros del Consejo que Athanasius le había descrito tan gráficamente. Sabían exactamente lo que querían. Su eficacia a la hora de quitarle todo era impresionante y aterradora a la vez. Aquellos hombres habían perfeccionado las habilidades necesarias para conseguir cuanto deseaban.

Y Emily acababa de entregarles la última pista, la importante, la clave para que la ubicación de la biblioteca cayera en sus manos. Sintió una enorme punzada de culpabilidad.

«Pronto estarán en Oxford y la biblioteca será suya. El círculo vicioso de cazador y presa se habrá cerrado. Habrán conseguido lo que llevaban tanto tiempo buscando...».

Interrumpió su lamento al pensar en que volvía a salir esa palabra: «círculo». Antes de la persecución, la palabra ya le había resultado inquietante y ahora, mientras estaba ahí sentada, intentando recobrarse del porrazo recibido en la cabeza, esa palabra seguía turbándola. «Un círculo completo: celestial techo de Oxford y hogar de la biblioteca». Ir en círculos, razonar en círculos... Emily se levantó en medio de grandes dolores mientras una pregunta se abría paso en su mente: ¿por qué esa palabra era como una señal de alarma para ella?

«Vamos, Arno, intentas decirme algo, ¿qué es?».

Las pistas dejadas por Holmstrand a lo largo de aquella singladura habían convencido a Emily de que no debía prescindir de ningún aspecto de esta última pista. Si algo no encajaba bien, era un indicio de que Arno había escondido alguna cosa más detrás de la pista. Algo que ella aún no había sido capaz de identificar, pero estaba ahí.

Se apoyó sobre el contenedor de basuras de una tienda cercana y cerró los ojos. La urgencia por salir del callejón y dirigirse a calles más transitadas se veía frenada por un dolor casi paralizante. Respiró muy despacio con el fin de poder controlarlo y luego permitió que su mente repasara todo cuanto sabía acerca de Arno Holmstrand, todo lo relativo a la vida y obra del gran profesor, y todo cuanto le había oído decir.

Lo que le había oído decir. Ahí estaba el quid de la cuestión. Aquella pista tan anómala no encajaba con nada de lo que le había escuchado al profesor.

«¿Qué decía Arno?».

Esa pregunta acabó por despertar un recuerdo en su memoria, el recuerdo de las primeras palabras que le había oído pronunciar, las palabras elegidas por Arno Holmstrand para la lección inaugural en el Carleton College: «La sabiduría no es circular, la ignorancia sí. El conocimiento descansa sobre lo que es viejo, pero sin dejar de apuntar a lo que es nuevo».

Las quejas del viejo profesor habían ido en la misma dirección: la verdad no opera en círculos. La circularidad es un engaño. Pero ahora, al señalar otra vez hacia Oxford, la última pista de Holmstrand se convertía en un círculo trivial y sin sentido, precisamente el tipo de cosas que él había despreciado abiertamente en público.

De pronto, con total claridad, Emily estuvo segura de una cosa por encima de todas las demás: la Biblioteca de Alejandría no estaba en Oxford.

94

10.25 p.m.

A los veinte minutos empezó a sonar el teléfono de Michael en su apartamento de Chicago. Emily había comprado un teléfono prepago barato a un vendedor callejero para reponer la pérdida de su móvil y se sabía de memoria el número que necesitaba. En cuanto pudo, introdujo la larga serie de dígitos, pulsó el botón y se llevó el aparatito al oído. Apenas sonaron dos llamadas antes de que Michael Torrance descolgara el auricular al otro lado del mundo.

—¡Soy yo! —exclamó en cuanto hubo línea.

—¡Em!

La exuberancia de la respuesta fue un bálsamo para sus heridas. Seguía viva, se había comunicado con él y tenía fuerzas para avisarle.

—Michael, debes abandonar el apartamento ahora mismo. —Emily se saltó el preliminar habitual de los saludos. No tenía tiempo que perder con los detalles.

—¿A qué te refieres, Em? ¿Estás bien?

—Mike, por favor, confía en mí. Vete de Chicago ahora mismo. Corres peligro. ¿Recuerdas a los hombres que te interrogaron?

Michael estaba paralizado por la repentina urgencia de su prometida, pero el pulso se le aceleró al oír esa pregunta.

—Ya lo creo que sí.

—Van a volver, Michael, y esta vez no tienen intención de hacer preguntas. Debes irte... a un lugar seguro.

—Pero, Em, a ver, ¿por qué tendrían que venir a por mí? —Michael se había quedado inmóvil en medio de su apartamento, teléfono en mano, desesperado por conocer la razón de la advertencia de su prometida.

—Porque éstas relacionado conmigo y saben que yo puedo exponerles al mundo... Eres un riesgo.

Michael intentó encontrarle algún sentido a las palabras de Emily.

—¿Guarda esto alguna relación con la caída del presidente? —Los medios de comunicación de todo el país habían empezado a predecir el fin de la Administración Tratham. «*Impeachment* inminente» era la frase del día. Recordó el escalofriante interés de sus interrogadores por la filiación política de Emily.

—Está relacionado con eso y también con la biblioteca. Además, con la Sociedad y el Consejo. Todos están conectados. —Y acto seguido pasó a hacerle un informe relámpago sobre los hechos acaecidos en las últimas horas.

Él intento tomarse las nuevas con compostura, le preguntaba continuamente si estaba bien «de verdad», pero por lo demás no la interrumpió mientras contaba su historia.

—¡Y ahora, vete! —le imploró a voz en grito mientras pensaba: «Entiéndelo, por favor».

—¿Ir...? ¿Adónde voy a ir? —Michael ya había aceptado la petición de Emily, y empezaba a buscar posibilidades a toda velocidad—. Bueno, tal vez podría...

—No, no lo digas, no lo digas en voz alta. Casi seguro que tienen intervenida tu línea. ¿Recuerdas adónde fuimos el primer fin de semana después de que te trasladaras a Illinois? —Ese fin de semana se habían ido de acampada al parque estatal Starved Rock. Había sido una escapada muy romántica y ella sabía que Michael se acordaba muy bien.

—Por supuesto.

—Pues ve ahí y aguarda noticias mías. —Emily intentó adelantarse a todo el potencial que podría poner en juego la maquinaria del Consejo—. Usa el coche de algún colega del trabajo, pero no conduzcas el tuyo, seguro que tienen controlada la matrícula. Deja el móvil en casa. No lo lleves contigo, ni siquiera apagado. Enviaré a alguien a por ti cuando sea seguro. Tampoco uses las tarjetas de crédito. Tú solo vete y espérame.

Él vaciló solo durante unos instantes.

—De acuerdo, iré. Pero ¿y tú? ¿Adónde irás tú? ¿Volverás a Oxford?

Emily hizo una pausa y cuando habló, lo hizo con determinación, pero manteniendo su respuesta en una deliberada ambigüedad.

—Necesito ver otra vez a un nuevo amigo.

A los dos minutos de haber concluido su conversación con Michael, de quien se había despedido con el «Te quiero» más firme que había pronunciado jamás, Emily llegó a la atestada calle Tersane, una de las pocas vías de salida de aquel distrito de Estambul, y alzó un brazo para llamar a un taxi.

«Athanasius no me lo ha contado todo —iba cavilando—. Compartió conmigo lo viejo, el pasado, pero hay algo nuevo, algo que necesito saber».

No había esperado que la historia del egipcio sobre la biblioteca, la Sociedad y todo lo demás fuera completa, pero ahora que obraba en su poder la última pieza del puzle, necesitaba aclarar algunos puntos de ese relato con la única persona capaz de contestar a sus preguntas.

Paró al primer taxi que se acercó, abrió la puerta y se dejó caer sobre el destartalado asiento trasero del vehículo.

—Al aeropuerto. —Cerró los ojos de nuevo a fin de contener el palpitante dolor de cabeza. Luego, le hizo una oferta al taxista—: Le daré toda la moneda turca de mi bolso si me lleva deprisa.

Hora y media después estaba a bordo del vuelo directo de las 12.30, que iba de Estambul a Alejandría. Llegaría a Egipto a las 2.30 de la madrugada. Mientras volaba, cayó en la cuenta de que Michael no era la única persona amenazada por su atacante en la perorata final. También habían prometido acabar con Athanasius. Solo podía confiar en que no fuera demasiado tarde para avisarle.

95

Alejandría (Egipto), 11.46 p.m.

Los dos Amigos se movían prácticamente al unísono por los oscuros corredores. Aunque ninguno de los dos contaba con experiencia militar, actuaban y se movían como si la tuvieran, aunque lo hacían con una emoción que no compartiría ningún verdadero soldado. Las acciones de esos hombres eran siempre algo personal. Servían al Consejo, el único núcleo de auténtico poder del mundo entero. Durante siglos este había perseguido como objetivo tener influencia y control, no solo quería localizar la biblioteca perdida y sus vastos recursos, sino que perseguía una posición de dominio que les permitiera usar el poder como lo hacían los auténticos hombres. Para gobernar. Para conquistar.

Aquella noche propiciaban ese objetivo de un modo que conocían a la perfección y al que consagraban toda su pericia. Serían muchos quienes considerarían su trabajo sombrío y mórbido, pero para ellos era algo sagrado y noble.

La Bibliotheca Alexandrina estaba cerrada y a oscuras, a excepción hecha de las luces de seguridad. Aun así, ambos hombres conocían a la perfección su destino y habían descendido a los pasillos de los niveles inferiores a toda velocidad. Athanasius Antoun se había quedado a trabajar aquella noche y eso significaba que estaba allí encerrado; eso haría más fácil su tarea.

Se detuvieron al llegar al despacho de Antoun. El primero de ellos alargó la mano y giró el pomo. El pobre tonto ni siquiera había cerrado la puerta.

El segundo Amigo sacó la Glock de la funda y quitó el seguro. Un instante después su compañero abrió la puerta de golpe y los dos irrumpieron en el pequeño despacho con sed de sangre en los ojos.

96

11.58 p.m.

Athanasius corría por el largo pasillo sin luces. Se aferró a su mejor conocimiento de la planta para obtener algo de ventaja. Había oído llegar a los dos Amigos a pesar de los esfuerzos de ambos por ser sigilosos. De noche, en un sótano vacío se oían incluso las pisadas. Sabía que venían y que no lo hacían con intención de hablar. Se había quitado los zapatos para evitar los tics propios del subidón de adrenalina y avanzaba por el pasillo en calcetines.

—¡El muy bastardo no está aquí!

Antoun escuchó el alarido que sonaba a sus espaldas. Sus perseguidores habían abandonado todo intento de pasar desapercibidos al encontrar vacío su despacho.

—¡Tras él! —fue el siguiente grito.

Dobló una esquina y bajó por un tramo de escaleras que conducía a la segunda planta del subsuelo. La luz de la salida de emergencia proporcionaba un tenue resplandor verdoso, pero él corría todo lo deprisa que se lo permitían las piernas. A sus espaldas se escuchaba el golpeteo sordo de los pies de los perseguidores contra el suelo de hormigón, levantando un eco cada vez mayor por los pasillos subterráneos del complejo.

El fugitivo llegó al final del pasillo del nivel B y probó suerte con la puerta de uno de los despachos, mas estaba cerrada. Sintió que le subía la tensión. Anduvo de espaldas a la escalera hasta llegar a la altura de la siguiente entrada y probó suerte. Estaba abierta. Entró y cerró con sigilo. Antoun se concedió unos instantes para que los ojos se habituaran a la penumbra de la estancia y luego rodeó lo que parecía ser una mesa de escritorio, situada en el centro de la habitación, y se dirigió hacia el rincón más oscuro, donde se acuclilló, respirando lo más despacio y silenciosamente posible. Tenía la sensación de que el pulso le latía a todo volumen.

El sonido de los pasos por los pasillos no cesó. Cambiaba de dirección una y otra vez, a veces sonaban más fuerte y más cerca para después oírse más lejos y con menos fuerza. Al final de un largo rato parecieron desvanecerse del todo. Athanasius soltó un suspiro de alivio por lo bajo. Quienesquiera que fueran los sicarios del Consejo, no habían sido capaces de llegar a su improvisado refugio.

Esperó un buen rato antes de sentir la suficiente confianza como para levantarse. Tragó saliva para quitarse el sabor a cobre que le había dejado el miedo en la boca.

Unos segundos después la puerta del despacho saltó en pedazos y los haces de luz de dos linternas le deslumbraron. El Amigo que empuñaba la pistola cruzó la estancia de un solo salto antes de que el egipcio fuera capaz de ver del todo, agarró al fugitivo por los cabellos y dio un tirón hacia atrás. Luego, le metió la punta roma del arma en la boca.

—Sin ruido, por favor —pidió el segundo Amigo mientras encendía las luces del despacho. El cautivo sintió cómo la mordaza de metal le asfixiaba—. Le hemos estado buscando un buen rato, doctor Antoun, pero, bueno, al final le hemos encontrado y aquí estamos los tres juntos —prosiguió el Amigo, que hizo un asentimiento a su compañero. Este retiró el arma de la boca de Athanasius, aferró por el pelo al egipcio con renovada energía y luego le arrojó a un rincón de la estancia. El bibliotecario se golpeó contra un armario archivador y después, impotente, cayó al suelo. El primer Amigo tomó asiento en una silla junto a él con gesto relajado y se giró para mirar al caído.

—Necesitamos tener una... conversación franca, llamémosla así, ¿de acuerdo?, después de las charlas que ha tenido usted con esa tal Emily Wess.

Athanasius alzó la mirada, aterrorizado.

—Este entorno es muy impersonal, ¿no le parece? —prosiguió el Amigo—. Mi compañero va a escoltarle hasta su despacho y allí tendremos usted y yo una conversación... constructiva. —El bibliotecario vio una chispa sádica de placer anticipado en los ojos del hombre—. Pero antes de eso tengo la sensación de que debo dejar clara cuál es la situación en nuestra relación. Por esa razón sugiero que aclaremos unas cuantas cosas antes. —Alargó la mano extendida para que el otro hombre depositara la pistola sobre su palma; después, con calma y sin vacilación, apuntó y disparó la Glock cotra el egipcio. Athanasius se contorsionó hacia atrás y volvió a golpearse con los archivadores mientras abría los ojos aterrorizado. El Amigo devolvió el arma a su acompañante y miró al herido, que empezó a sangrar por la herida—. Estas son mis condiciones: coopere y el infierno que le espera será más llevadero.

Sábado

97

Oxford (Inglaterra), 7.45 a.m.

El vehículo del Secretario llegó al final de Broad Street y dobló a la derecha para entrar en Cattle Street, donde estaba la biblioteca Bodleiana. La enorme estructura cuadrada era también el corazón operativo de la universidad. Albergaba una serie de salas destinadas a la lectura de estudiantes de grado y posgrado así como la famosa biblioteca Duke Humphrey, donde se conservaba un tesoro inestimable de libros antiguos, manuscritos y otros cachivaches literarios. El hall de la Divinity School, arquitectónicamente inconfundible, salía desde uno de sus laterales como un apéndice gótico.

La población estudiantil seguía en la cama, fiel a la tradicional mañana de pereza de los sábados, pero los transeúntes madrugadores atestaban las calles, de modo que la pequeña ciudad era un hervidero de gente. Los establecimientos de Broad Street ofrecían sus productos a turistas venidos de todas las partes del mundo para contemplar las agujas soñadoras de uno de los lugares de enseñanza más célebres de Occidente. Los caminantes se arremolinaban en las aceras y las furgonetas de reparto pasaban sobre las losas del pavimento y el asfalto rojizo para aprovisionar a las tiendas, que el fin de semana presumiblemente aumentarían sus ventas.

Los hombres de Ewan lo habían dispuesto todo para tener el complejo de la biblioteca Bodleiana separado y preparado para su llegada, así que el Secretario pudo darse el lujo de ver por la ventana las barreras rojas y blancas colocadas en las puertas de la entrada a fin de tener controlado el acceso al patio. Unos carteles fijados en las barreras tenían la audacia de anunciar que aquellos antiguos edificios estaban «cerrados por trabajos de emergencia». A los hombres de Ewan les había bastado una elaborada historia sobre una fuga de gas en un edificio y un problema eléctrico en otro para cerrar el complejo durante el día sin tener el menor problema.

Se deleitó con su poder. «Un poder que pronto va a crecer de forma exponencial».

Rememoró durante unos instantes los días de su infancia, cuando su padre era un agresivo Secretario que enseguida había empezado a adoctrinarle acerca del poder de la posición que iba a ostentar algún día. William Westerberg III, a quien él siempre había llamado «señor», le había sentado en una silla de madera colocada en un rincón de su oficina con órdenes estrictas de ver y oír sin decir ni una sola palabra. Y él había observado con avidez, extasiado por el poder paterno y de toda su familia, una serie de llamadas telefónicas hechas con el fin de que un grupo de agentes del FBI liberasen a un hombre que él no deseaba que permaneciera retenido. Uno de los Amigos había sido arrestado en medio de una operación y esa situación disgustaba a su progenitor. El FBI se plegó a sus deseos muy poco después de que su padre farfullase un puñado de palabras mientras apuraba un vaso de whisky carísimo. Ewan había permanecido en la habitación con su padre hasta que el Amigo fue liberado y se personó para presentar su informe. El hombre recibió una buena reprimenda y después le envió a eliminar a todos y cada uno de los agentes que le habían detenido a fin de que no pudiera haber fugas y ninguno pudiera informar de su participación en aquel caso.

Ewan había aprendido la naturaleza del poder en aquel encuentro, y no lo había olvidado jamás. Era su derecho de nacimiento y también su proyecto de vida: conseguir más poder con cada acción emprendida. Y recordaba aquella experiencia de la infancia cada vez que lo lograba. Su padre se enorgullecería de él, lo sabía.

Salió en cuanto se detuvo el coche y se dirigió hacia la entrada expedita del complejo de la antigua biblioteca, una gran puerta con los escudos de armas de los *colleges* oxonienses más antiguos grabados en la madera que rompía la monotonía de la fachada, toda de lisa piedra gris, de la pared este. Era una de las partes más fotografiadas del edificio, pero aquel día no le interesaba nada al Secretario. Traspasó el umbral sin mirar siquiera de refilón.

Al otro lado, él y sus hombres entraron en el patio central de la Bodleiana, un espacio adoquinado a cielo abierto, rodeado por las paredes de la propia biblioteca. Delante de ellos estaba la entrada al edificio, una puerta de cristal que daba acceso a la sabiduría de la universidad.

Ewan avanzó flanqueado por sus hombres y pasó junto a la estatua de Thomas Bodley, el fundador de la biblioteca, al cruzar el pequeño espacio del patio. Una vez en el interior, se detuvo y miró enfrente: al otro lado del pequeño vestíbulo había unas enormes puertas de madera. A la izquierda se hallaba la entrada para que los usuarios tuvieran acceso a los salones de lectura de las alas y a la derecha, una tienda de regalos donde vendían a precios astronómicos objetos con el marchamo de la biblioteca.

Enfrente se alzaban dos colosales puertas de madera. Eran la entrada a la Divinity School.

—Abridlas —ordenó a sus hombres.

Un hombre de traje gris hizo movió con esfuerzo las pesadas hojas. Ewan y su equipo las habían cruzado antes incluso de que se hubieran abierto del todo.

98

Simultáneamente, en Alejandría (Egipto), 9.45 a.m.
(7.45 a.m. GMT)

Emily llegó a la ciudad de madrugada y se vio obligada a dormir unas horas en el vestíbulo del aeropuerto después de no haber conseguido hablar telefónicamente con Athanasius. Su nombre y teléfono solo figuraban en el directorio de la biblioteca y esta no iba a abrir hasta una hora razonable. «Siempre y cuando él trabaje los sábados», pensó Emily, aunque le había dado la impresión de que Athanasius Antoun era la clase de persona que trabajaba todos los días, sin que los fines de semana cambiaran mucho esa rutina.

Se adecentó todo lo que permitían los servicios del aeropuerto y regresó a las inmediaciones de la Bibliotheca Alexandrina antes incluso de que abriera las puertas. Presenció cómo un empleado tras otro entraban en el edificio con la esperanza de distinguir los rasgos inconfundibles de Antoun, pero tras una serie de identificaciones fallidas empezó a darse cuenta de que una barba negra y un traje difícilmente podían ser rasgos distintivos de un hombre en el norte de Egipto. Athanasius seguía sin llegar cuando los ujieres salieron para abrir las puertas de acceso al gran público.

«Esto no pinta nada bien», pensó Emily, que empezó otra vez a acelerar el paso. Tal vez había llegado demasiado tarde y la amenaza de su asaltante en Estambul había sido llevada a cabo. «¿Y si otro Ayudante del Custodio ha sido asesinado en el último acto de este largo juego?».

Aun así, no podía marcharse sin estar segura y la oficina subterránea del bibliotecario era la única dirección que tenía de él. Le debía mucho y le necesitaba lo bastante como para bajar al hueco oscuro de la biblioteca en su busca. Tal vez no había muerto. A lo mejor se había pasado trabajando toda la noche y ya estaba dentro.

Entró de nuevo en el edificio y se dirigió a la sala de lectura principal para repetir los pasos que había dado dos días antes, cuando había descendido a los niveles inferiores. En el piso más bajo encontró la tercera puerta y alcanzó los pasillos de acceso a los sótanos del complejo. Se sentía mucho más segura de lo que lo había estado al emprender ese viaje. Recordó la palabra grabada por Arno en la madera, «luz», la palabra que la había conducido a su primer encuentro con el egipcio.

En esta ocasión golpeó en la puerta con los nudillos sin vacilar ni un momento.

—¿Doctor Antoun? Soy la doctora Emily Wess.

Aguardó con ansiedad a que abriera la puerta. Apenas era capaz de contener la impaciencia por las ganas que tenía de averiguar la última información que el bibliotecario tenía para ella.

No hubo respuesta alguna del interior del despacho, así que volvió a llamar con más fuerza que la primera vez.

—Athanasius, por favor, abra la puerta. Es importante.

Cuando el silencio se prolongó, Emily se puso a recordar los detalles del primer encuentro, entre ellos la frase de acceso.

«¿De verdad he de pasar por esa rutina otra vez?». La idea le resultaba exasperante, pero no tenía tiempo para darle muchas vueltas.

—¡Quince, si es por la mañana! —exclamó.

Dejó de llamar a la puerta y se mantuvo a la espera, pero no hubo respuesta alguna y la puerta permaneció cerrada.

Lo que había empezado como un pensamiento salió como un grito de rabia:

—¡Ya está bien!

Se arrodilló delante de la puerta y empezó a estudiar la cerradura de la misma, preguntándose si sus antiguas habilidades cerrajeras iban a ser suficientes para abrirla. «Esto no es tan fácil como un par de esposas baratas», pensó, pero cuando alargó la mano hacia el pomo..., este giró.

«Ha dejado abierto el despacho». Eso era una buena señal. Antoun debía de estar dentro casi con toda seguridad. Pero, en tal caso, ¿por qué no respondía? Emily tuvo el presentimiento de que algo iba mal y se incorporó, giró el pomo del todo, abrió la puerta y entró en una habitación iluminada solamente por una lamparita situada en una mesa abarrotada.

Athanasius yacía tirado en el suelo. En un primer momento pensó que simplemente estaba dormido en una posición forzada, con la espalda apoyada sobre un lateral del abarrotado escritorio. Después vio el charco de sangre formado alrededor del cuerpo y las ropas enrojecidas allí por donde se desangraba. Acto seguido, se percató de las heridas de la cara y del ángulo extraño y antinatural que tenían los dedos de sus manos. Fue descubriendo los signos de la tortura uno tras otro.

Emily sintió horror e ira al mismo tiempo. Más sangre, más muerte. La gente estaba siendo asesinada a su alrededor y ella misma había sido atacada. Ella no había buscado nada de eso. Aun así, todo aquello era obra de unos hombres que iban detrás de algo que no debían tener y perseguían unos objetivos que nunca debían lograr.

La joven contuvo el impulso de acercarse a Athanasius para verificar su estado al comprender que era una intrusa y estaba en el escenario de un asalto violento, donde, al parecer, se había cometido un crimen. Examinó el despacho, pero evitó pisar el charco de sangre. Luego, le agarró por los hombros con mucha precaución para no mancharse las mangas. El egipcio tenía la cabeza vencida hacia delante, sobre el pecho; ella la echó hacia atrás y pudo ver la camisa blanca ensangrentada, así como el orificio de entrada de una bala en el lado derecho del pecho. Había sangrado de forma copiosa por aquella herida, a juzgar por cómo estaban de empapadas las ropas y el estado del suelo. Era difícil imaginar que aquel hombrecito pudiera tener tanta sangre.

En ese instante, la doctora empezó a tomar conciencia de algo completamente inesperado. El cuerpo del bibliotecario seguía caliente al tacto. Retiró la mano del hombro del egipcio y puso un dedo sobre la arteria carótida del cuello de Antoun. Aún tenía pulso. Era débil, pero constante.

Athanasius seguía con vida.

99

Oxford, 8 a.m.

El arquitecto había diseñado el ornamentado techo de la Divinity School para impresionar y cumplía holgadamente con ese propósito. Arcos y relieves salpicaban aquella insólita creación. Era como si la techumbre tuviera largos dedos de piedra y los alargara hacia abajo para reírse y burlarse de los visitantes y turistas que habían pasado por allí desde hacía siglos. Los rayos anaranjados de la alborada entraban por los altos ventanales de la estancia y llenaban de sombras grises la extraña textura de la techumbre, confiriéndole una profundidad especial a aquel diseño en tres dimensiones.

Ewan Westerberg y sus hombres clavaron los ojos en los símbolos grabados en el techo, sobre cuya superficie se diseminaban a intervalos regulares. Eran cuatrocientos cincuenta y cinco. Los había en todos los ángulos y todas las inclinaciones. Eso confería a toda la estancia un aire desconcertante, críptico y confuso.

—Encontradlo —ordenó a grito pelado.

Los hombres del Secretario habían aprovechado las horas de vuelo para examinar las fotografías en alta resolución del techo de la Divinity School. Las habían conseguido en Internet. En ellas habían buscado un símbolo como el de la imagen encriptada que habían encontrado en el correo electrónico de Athanasius Antoun. La localizaron en una nervadura central del arco principal, cerca de la segunda entrada, la del lado oeste. No habían sido capaces de encontrar un significado para ese símbolo, pero eso le importaba muy poco al Secretario. La importancia del mismo residía en que el Custodio había conducido hacia él a Emily Wess, por lo que ese era el único símbolo de la habitación que realmente importaba.

Los Amigos localizaron el glifo de inmediato y Jason ordenó que trajeran de la furgoneta aparcada fuera del complejo una escalera y todas las herramientas e instrumental para las tareas que pudieran aguardarle. La montaron en un abrir y cerrar de ojos. En cuanto estuvo colocada en su sitio, Jason no perdió el tiempo y subió hasta encontrarse cara a cara con el techo y sus extrañas tallas.

—¿Qué es lo que ves? —inquirió Ewan.

—Aún nada.

Jason estudió la superficie de la talla redondeada que sobresalía varios centímetros de la superficie del techo. Su superficie parecía tan críptica vista de cerca como desde el suelo. «Y no iba a ser de otro modo, claro», pensó el Amigo. Fuera lo que fuera lo que buscaran, estaba oculto. Revisó cada rincón, cada centímetro de su superficie.

—Aquí no parece haber nada escrito —dijo, dirigiéndose a su padre y a los demás—. Al menos nada que yo pueda ver.

—Sigue mirando —ordenó Ewan con brusquedad—. No tiene por qué ser algo escrito. Podría ser cualquier cosa. Busca cualquier cosa inusual.

Jason reanudó su tarea, pero el único texto o marca allí presente eran las propias letras del símbolo.

«Ha de haber algo más», pensó Jason antes de ponerse a tantear con la mano derecha, pensando que tal vez la pista era algo perceptible gracias al sentido del tacto y no al de la vista. Pero la lisa superficie de piedra no reveló nada.

Podía percibir una frustración creciente por parte de su padre y los hombres situados debajo de él. Frustración e impaciencia. «Ha de estar ahí», se recordó, y empezó a empujar con fuerza en busca de algo más inmediato y directo que un mensaje. Quizá el símbolo únicamente era el mecanismo para acceder a la biblioteca. Palpó el contorno con la esperanza de localizar alguna pieza suelta pensada para hundirse cuando fuera pulsada, eso o cualquier otra cosa por el estilo.

Fue en vano.

Finalmente, solo quedaba una posibilidad. Se balanceó con cuidado en lo alto de la escalera y apoyó la cadera sobre un escalón para obtener algo más de equilibrio. A renglón seguido, agarró el símbolo esculpido con ambas manos y tiró. La talla aguantó un tiempo y solo cedió cuando empezó a girar todo lo que le permitía su posición. Jason tuvo un subidón de adrenalina cuando reparó en que todo el símbolo giraba en el sentido de las agujas del reloj.

—¡Se mueve!

Abajo, el propio Ewan estaba sujetando la escalerilla y alargaba la mano para afianzar la posición de su hijo.

Jason continuó rotando el símbolo hasta llegar a los noventa grados. Cuando lo consiguió, se escuchó un clic y el símbolo se encasquilló.

Y en ese momento las cosas empezaron a moverse en el sentido literal del término. El chirrido tenue e inconfundible se oyó en el rincón más alejado de la sala. Mientras Jason bajaba, Ewan y sus hombres acudieron en esa dirección a fin de averiguar la procedencia del ruido que llenaba todo aquel vasto espacio. En una esquina, se había deslizado un rectángulo que formaba parte de uno de los grandes lienzos de mampostería del edificio y donde antes había un bloque de piedra ahora podía verse una negra oquedad desde la cual... asomaba un tramo de escaleras para llevarles hasta la oscuridad de niveles inferiores. Ewan apenas era capaz de contener la euforia.

Dos de sus hombres hicieron ademán de adelantarse para bajar primero las escaleras y despejar cualquier posible obstáculo que pudiera haber, mas Ewan no lo permitió. Tenía la intención de apropiarse aquel momento, sería solo para él. Él iría en cabeza y los demás, todos los demás, le seguirían.

Arrebató la linterna al hombre más próximo, se abrió paso entre los demás e inició el descenso por unos escalones que bajaron mucho más tiempo del esperado hasta que al final desembocaron en lo que parecían ser dos plantas subterráneas. Al pie de la escalera discurría un estrecho pasillo lleno de polvo y telarañas, iluminado tan solo por el haz de la linterna.

El corredor resultó no ser muy largo y al término del mismo el Secretario distinguió una vieja puerta de madera cuya antigüedad era incapaz de calcular, pero, al igual que toda la estructura subterránea donde ahora se hallaba, parecía mucho más antigua que los niveles superiores.

Los hombres terminaron de bajar los escalones y se acercaron al Secretario, que estaba delante de la entrada, donde descubrió una placa de metal fijada a su superficie, pero no conseguía leerla por culpa de la gruesa capa de polvo que la cubría. Sostuvo la linterna a la altura del hombro y con la mano libre la limpió para poder ver la placa de bronce.

Y allí, Ewan leyó las palabras más hermosas que había visto jamás:

Repositum Bibliotecae Alexandrianae

La cámara de la Biblioteca de Alejandría. Al fin la había encontrado. Había esperado ese momento toda su vida.

Empujó la puerta de madera y contuvo la respiración mientras se abría lentamente.

100

Simultáneamente, en Alejandría (Egipto), 10 a.m.
(8 a.m. GMT)

Dios de mi vida! ¿Qué te han hecho? —gritó Emily. Apoyó la cabeza del egipcio sobre el mueble para que estuviera más cómodo cuando este recobró el conocimiento poco a poco. Había empezado a notar los dedos de la joven sobre su cuello para verificar si tenía pulso, y cuando había conseguido salir de aquel sopor que amenazaba con devorarle, había abierto los ojos para ver el semblante de Emily. Ese rostro representaba una esperanza por la que él había apostado mucho. No esperaba volver a verlo.

—Los Amigos... estuvieron... aquí —explicó el malherido con voz entrecortada—. Vinieron a... medianoche. Querían... charlar.

Mientras él hablaba, la herida soltó un borboteo áspero. Emily reconoció los síntomas de un pulmón perforado. Se levantó e hizo ademán de buscar un teléfono en la mesa del bibliotecario. Tal vez una ambulancia pudiera llegar a tiempo si salía en busca de ayuda.

—¡No! —le ordenó Athanasius desde el suelo. Emily se volvió hacia él y las miradas de ambos se encontraron. El malherido logró decir sin aliento, pero con resolución—: Ya es muy tarde para eso. Debemos... pensar... en algo más... que nosotros mismos.

Emily vaciló. Resultaba difícil reprimir el instinto de telefonear. En cambio, Athanasius la miró con la expresión suplicante de un hombre sabedor de que le había llegado la hora y deseaba sacarle el máximo partido a sus últimos momentos. Dio la vuelta a la mesa y se arrodilló junto a él.

—Dios mío, lo saben, ¿verdad? Vinieron a matarte.

Antoun se esforzó para asentir.

—Me interrogaron durante horas, pero... entonces... me falló el corazón —resolló el egipcio.

De pronto, se vio abrumada por el estado del hombre a quien había venido a ver. Antoun había pasado las últimas horas en la soledad de su despacho, desangrándose silenciosamente en los sótanos de la nueva Biblioteca de Alejandría, torturado hasta quedar reducido a algo grotesco.

—No les dije nada —aclaró—. Intentaron... sacarme nuestro secreto, pero... no se lo di... —El rostro antes oscuro y oliváceo se había vuelto blanco. El semblante estaba lleno de sombras y sus rasgos estaban adquiriendo un aire fantasmal.

—Lo sé, lo sé —convino Emily, que le estrechó el brazo con más fuerza—. Eres fuerte, estoy segura.

Athanasius sonrió, satisfecho por haber cumplido con su deber hasta el final, pero su sonrisa se desvaneció enseguida, ya que su mente seguía siendo lo bastante aguda como preguntarse la razón de la presencia de Emily en aquel lugar.

—¿Por qué has venido? —logró articular.

La interpelada presintió que al bibliotecario no le quedaba mucho tiempo, de modo que acortó los detalles al mínimo.

—Hallé la última pista en el palacio Dolmabahçe, a orillas del Bósforo. La encontré en la habitación de Atatürk, en un sofá próximo a la cama donde murió el líder turco.

El herido enarcó una ceja, poco más podía hacer.

—Se parecía a las otras: una línea de texto debajo del símbolo de la biblioteca, pero esta vez había un segundo símbolo. Tanto los emblemas como el propio mensaje remitían a Oxord: «Un círculo completo: celestial techo de Oxford y hogar de la biblioteca».

Antoun no tenía fuerza para hacer ninguna otra pregunta, pero la expresión de su semblante repetía la cuestión por él: «Bueno, ¿y por qué has venido aquí?».

—Estoy aquí porque ni por un momento se me ha pasado por la imaginación pensar que Arno Holmstrand podía haber ideado una serie de pistas que me hubieran hecho avanzar en círculos —respondió Emily—. Despotricaba sin cesar contra el pensamiento circular y los razonamientos que no conducían a nada. ¿Y ahora debo creer me ha dado una pista que me hace regresar a donde ya he estado, a donde empecé, a pocos kilómetros de la iglesia de Santa María? Pues no, lo siento, no me lo creo.

Athanasius asintió, pero la cabeza empezó a inclinársele y la respiración se volvió aún más fatigosa. Emily comprendió que debía ir al grano para asegurarse de que el sacrificio de aquel hombre no fuera en vano.

—Todo cuanto me has contado sobre la biblioteca y tu Sociedad, Athanasius, es antiguo. Todo pertenece al pasado. —Emily se inclinó hacia delante hasta situar su rostro a escasos centímetros del de Antoun—. Eso solo puede ser la mitad de la historia. Hay algo que no me has contado. Por favor, ahora es el momento, debes decirme lo que no sé. ¿Qué es lo que hace que la biblioteca sea algo nuevo y diferente? Eso es lo que rompe el círculo.

Athanasius volvió a mirar los ojos azules de la doctora. Tanto él como ella sabían que esos eran sus últimos momentos en este mundo. Bizqueó tan fuerte como pudo y se concentró en mantenerse consciente el mayor tiempo posible.

—¿Se acuerda... de lo que le conté... acerca de nuestro trabajo... como Bibliotecarios, doctora Wess? ¿Y de que todos los meses le entregamos material al Custodio?

Emily recordó enseguida la anterior conversación.

—Sí, sí, algo de entregar paquetes...

—Así es. Recopilamos información y la entregamos en forma de paquetes. El Custodio recibe nuestros materiales y actualiza la información gracias a ellos. —Resolló y empezó a toser sangre por la boca—. Ahí, sobre mi mesa, está... mi más reciente contribución. —Antoun se sirvió de la frente para señalar su revuelto escritorio—. Tenía intención de entregarlo luego..., hoy.

Emily echó un vistazo a la mesa del despacho. Allí, entre las montañas de papeles, había un paquetito tan bien hecho que parecía de foto: envuelto en papel marrón y sujeto con un cordel. Alargó la mano y lo cogió.

—Adelante —insistió él—. Ábralo.

101

Oxford, 8.15 a.m.

E wan Westerberg sintió todo el peso de la historia sobre
sus hombros mientras contemplaba la lenta apertura de
la puerta. Estaba a punto de contemplar algo que sus predece-
sores habían deseado desde el advenimiento del Consejo. Él era
el quincuagésimo Secretario. Siempre se había enorgullecido de
esa distinción numérica, pero ahora, después de lo que había
hecho aquella noche, iba a ser recordado como el primero y el
más grande. Sería el que había llevado a cabo una tarea que otros
habían considerado imposible. El poder y la influencia que había saboreado en el despacho de su padre tiempo atrás habían
crecido hasta alcanzar unas dimensiones desconocidas para
cualquier otro Secretario.

Aguardó a que la puerta se hubiera abierto del todo y gol-
peara contra el muro de piedra de la izquierda. El gran momento había llegado al fin. Respiró hondo, agachó la cabeza y entró
en la cámara y hogar de la biblioteca.

A la luz de su linterna se unieron enseguida las de sus
hombres. Se quedó boquiabierto cuando las pupilas se le acos-
tumbraron a la luz.

Ante sus ojos, por debajo del suelo de la antigua ciudad, se extendían hasta donde alcanzaba la vista una hilera tras otra de estanterías de madera primorosamente labradas y ordenadas con sumo cuidado. Todas iban del suelo al techo. Entre ellas había largas mesas y armarios dedicados al archivo. El lugar era de una belleza abrumadora y unas dimensiones colosales. Había espacio para albergar cientos de miles de libros, millones incluso.

Pero no era la visión de las antiguas estanterías lo que había dejado sin habla al Secretario, sino el hecho de que todas y cada una de ellas estaban vacías.

102

Simultáneamente, en Alejandría (Egipto), 10.15 a.m.
(8.15 a.m. GMT)

El paquete era diminuto y fino. Mientras deshacía el lazo y rasgaba el papel, Emily se preguntó qué podría contener de valor algo de tan poco peso.

Sin embargo, el contenido hizo añicos su pregunta. La norteamericana intentó ocultar su sorpresa mientras sostenía en las manos un sencillo deuvedé envuelto en una funda de plástico. Alzó los ojos en busca de Athanasius, pero este ya había empezado a hablar:

—Quizá la biblioteca sea antigua, doctora Wess, pero siempre se ha caracterizado por ir hacia lo nuevo y usarlo. Conservamos la información en deuvedés porque... la Biblioteca de Alejandría ya no es un almacén lleno de manuscritos, legajos y volúmenes. La biblioteca, doctora, es una red.

La historia de la Biblioteca de Alejandría había cambiado una vez más, como Emily había comprendido, pero no se había preparado para oír esa palabra.

—¿Una red? —Ella miró al egipcio y luego al deuvedé plateado que sostenía en las manos—. ¿Quiere decir que está en línea? ¿Está en Internet? ¿En la web?

426

—Algo por el estilo —respondió el hombrecito, a quien empezaba a fallarle la respiración, pero, aun así, sonreía con satisfacción—, aunque, obviamente, Internet sería demasiado... arriesgado..., demasiado público, demasiado vulnerable. Nuestra... versión... es, digamos..., algo más segura, y está... un poco más... protegida.

Tosió de nuevo, y en esta ocasión echó una bocanada de sangre. Antoun se retorció por la fuerza de la convulsión. Emily dejó a un lado el deuvedé, se arrodilló junto a él y abrazó al bibliotecario. Jamás había visto morir a un ser humano, pero le invadió el deseo de confortar a ese buen hombre en sus últimos momentos.

—Está bien, Athanasius, me ha revelado lo que necesitaba saber —le susurró. El cuerpo del herido se iba desmadejando poco a poco en sus brazos—. Lo ha hecho bien.

El hombrecito gastó sus últimas fuerzas para incorporarse, agarrar a Emily por los hombros y acercar los labios a su oreja.

—Doctora Wess, pero... ¿de veras... cree que todavía... usamos... estanterías de madera... y armarios... con archivadores? Esta gran ciudad no era capaz... de albergar la biblioteca... hace dos mil años. ¿Acaso piensa que ahora habría alguna con capacidad para contenerla toda? —preguntó, y miró a Emily el mayor tiempo posible con el deseo de que ella le entendiera, y mientras la vida se le iba, lo último que Athanasius vio antes de sumirse en un sueño del que nunca iba a despertar fueron esos ojos, los ojos de la nueva Custodio.

103

Despacho oval, Washington DC, 8.30 a.m. EST
(1.30 GMT)

El presidente de Estados Unidos miró fijamente al grupo de hombres congregados en el despacho oval. Los hechos acaecidos en los tres últimos días habían sido inesperados, se habían presentado por sorpresa y se expresaban con ferocidad, de modo que le habían llevado a ese punto: tenía delante de él a tres de los hombres más poderosos de Washington, el secretario de Defensa, un general condecorado destinado en el Estado Mayor Conjunto y el jefe del Servicio Secreto, y con ellos estaba su propio vicepresidente. No habían acudido para descubrir una salida a semejante trauma ni a revelar el desenmascaramiento del fraude. No. Habían acudido para decirle que los acontecimientos de los últimos días habían sido el principio del fin y que la conclusión iba a empezar al día siguiente. De pronto, parecía que ese iba a ser el último día de su mandato presidencial.

—Estoy dando la orden de la operación al ejército —dijo Ashton Davis. Habló tal y como había hecho desde el principio de la conversación, con un tono contenido y una actitud firme—. El estamento militar le considera una amenaza y por eso vamos a arrestarle acogiéndonos a la ley militar.

—¿Una amenaza? —Tratham estuvo a punto de reír otra vez—. ¡Eso es ridículo! ¡Menuda tontería! No soy una amenaza.

—La ejecución de vuestros asesores más cercanos, señor presidente, no es ninguna tontería —le interrumpió el general Huskins—. Los terroristas están asesinando figuras políticas de forma sistemática, y no solo lo hacen en suelo americano, sino en la mismísima capital.

—Nada tengo que ver con eso —replicó el presidente, desafiante—. Eran buenos hombres. Nunca hice nada que los pusiera en peligro.

—Eso no es verdad, así de sencillo —contestó Davis—. Tal vez no ordenaseis esas muertes, pero la guerrilla afgana ha declarado la yihad contra todos los miembros de vuestro círculo vinculados de un modo u otro a vuestras operaciones ilegales en las tareas de reconstrucción.

El rostro del presidente se puso de un intenso color púrpura.

—¡Cómo se atreve, Ashton! Usted sabe a la perfección que no he hecho negocio ilegal alguno en el Oriente Próximo. Qué demonios, me he pasado la mitad del mandato luchando por reconstruir Afganistán después de que la destrucción de mi predecesor dejara el país devastado.

—En asociación con los saudíes, sí —precisó Huskins—. ¿Qué diablos pensaba usted que iban a hacer los afganos cuando supieran que el negocio de la reconstrucción estaba en manos de sus enemigos jurados, los saudíes?

—Yo nunca he cerrado ningún trato con los saudíes, Huskins.

—Esa afirmación no se sostiene con la avalancha de pruebas que nosotros, y todo el mundo, tenemos para demostrar lo contrario.

—¿Se refiere a la mierda de la prensa? —El presidente estaba colérico—. ¡Son todo calumnias y mentiras, y ustedes deberían saberlo mejor que nadie! No sé de dónde ha salido eso, pero alguien me ha tendido una trampa.

—Qué coño, hay documentos con vuestra firma, registros financieros, correos electrónicos, mensajes a vuestros socios saudíes —saltó el general, cuyo propio enfado iba también en aumento.

—Es una mierda todo —replicó Tratham—. No tengo la menor idea de quién lo ha urdido, pero nunca en la vida he enviado un mail a un «socio» saudí.

El secretario de Defensa alzó una mano antes de que el general tuviera ocasión de responder y esperó a que hubiera un momento de silencio para que se serenaran los ánimos. A continuación tomó la palabra con tono mesurado y firme:

—Ya basta, señor presidente. Pongamos fin a estas protestas desesperadas. No hemos venido aquí para discutir el tema con usted, sino para describirle lo que va a suceder como consecuencia de todo esto. El camino a seguir ya está fijado. Mañana por la mañana será arrestado. Vamos a tener con usted la inmerecida cortesía de dejarle una última tarde a fin de que ponga en orden sus asuntos personales, para que solucione sus asuntos familiares y cualquier otro tema personal, pero recuerde mis palabras: actuaremos de inmediato como intente acudir a la prensa, abandonar Washington o eludir sus responsabilidades. —Miró con firmeza a los ojos del incrédulo presidente—. Si eso no resulta necesario, el general Huskins le arrestará mañana a las diez de la mañana y lo llevará a Fort Meade, donde permanecerá bajo custodia militar.

El presidente Tratham respiró hondo varias veces mientras miraba los rostros de aquel grupo de hombres que daban un golpe de Estado allí, en el despacho oval. El corazón se le llenó de odio hacia ellos.

—¿En domingo? ¿Van a arrestar bajo falsas acusaciones al presidente de Estados Unidos en domingo? El pueblo americano no va a tolerarlo.

Ashton Davis le devolvió la severa mirada con determinación.

—El pueblo americano ya está pidiendo su cabeza para ponerla en lo más alto del monumento a Washington, presidente Tratham. —Y entonces prescindió de toda pretensión de respeto cuando dijo—: Y además, a partir de este momento ya no está usted en posición de hablar por el pueblo americano.

Domingo

104

Entre Alejandría y Oxford, 12.30 GMT

E mily había actuado con gran celeridad durante las horas posteriores a la muerte de Antoun: se metió en el bolsillo el deuvedé, cuya elaboración había sido el último servicio prestado por el egipcio, y llevó a cabo un registro rápido pero a conciencia en busca de algún objeto o documento en condiciones de revelar alguna conexión con la biblioteca, mas no halló nada. Athanasius se había mostrado muy escrupuloso y reservado en la protección de los secretos.

A renglón seguido, y moviéndose lo más deprisa posible, pues era consciente de que cuanto más tiempo permaneciera allí más probable era que la situaran en la escena del crimen, o que la detuvieran incluso, limpió todas las superficies que había tocado en un intento de eliminar toda pista que condujera hasta ella. Por último, hizo cuanto estaba en su mano para dar un adiós respetuoso, dentro de lo que permitían las circunstancias, al hombre que había dado la vida por proteger la biblioteca. Tumbó el cuerpo del difunto en el suelo con las manos cruzadas sobre el pecho. Desconocía cuál era su credo, pero la pequeña cruz copta del escritorio le daba un indicio sobre ese tema. Cerró los ojos y rezó una breve plegaria por el alma del muerto antes de salir de su despacho por última vez, dejando la puerta entreabierta a fin de que antes o después los empleados del complejo pudieran ver el cuerpo al pasar. Procurar que el cadáver no permaneciera allí de esa guisa durante mucho tiempo era el último favor que podía hacerle.

Después compró un billete en otro avión de las líneas aéreas turcas que cruzó de noche el Mediterráneo. Emily regresaba a Inglaterra. Nada más abandonar el complejo de la Bibliotheca Alexandrina se impuso dos tareas: pasar desapercibida y prepararse para lo que iba a tener que hacer después del vuelo.

Llevó a cabo el primero de esos propósitos tomando un taxi en La Corniche para ir hasta un barrio cercano a Borg El Arab, donde localizó un cajero automático. Allí retiró todo el efectivo que le permitía la tarjeta. Después entró en el banco más cercano y cambió el efectivo por libras esterlinas y usó otra vez la tarjeta de crédito para sacar el equivalente a doscientas libras y seiscientas liras turcas. No iba a usar más las tarjetas de crédito. Había comprado el billete hasta el Reino Unido en el mostrador de la compañía, pagando en efectivo, y además había adoptado la precaución de hacerlo lo más tarde posible, justo antes de que se cerrara la admisión de pasajeros. El Consejo seguro que podría localizarla, pero iba a darles el menor tiempo posible para elaborar planes a partir de sus propios movimientos.

Luego se puso a pensar en lo que la aguardaba. En Oxford iba a tener a su disposición más recursos que en Egipto. Sabía que el fondo de la biblioteca no se hallaba allí, que todo eso había sido una treta del Custodio. Es más, de hecho, a juzgar por lo que ahora sabía, a lo mejor la Biblioteca de Alejandría ya no tenía bóveda ni cámara alguna. Su comprensión de la historia había cambiado al enterarse de que la biblioteca había sido encontrada, y había vuelto a hacerlo cuando supo que nunca había estado perdida. Y se había transformado para convertirse en algo completamente nuevo al enterarse de que la biblioteca había avanzado con la historia, es más, a veces había guiado esa historia, y había dado el salto a lo digital, al mundo de las redes, el cedé y la aventura espacial.

Antes de subir a bordo del avión, Emily había encontrado un cibercafé en las inmediaciones del aeropuerto y se había sentado frente a un ordenador en el rincón más discreto, donde había introducido el deuvedé de Antoun con la esperanza de obtener alguna información de primera mano sobre el contenido actual de la biblioteca.

Pero resultó que los contenidos principales estaban encriptados, lo cual no la sorprendió. La ventana del explorador mostraba una carpeta con el contenido inaccesible y un archivo con un sencillo nombre de dos palabras: «para_emily.txt». Athanasius sabía que estaba preparando ese paquete en concreto para ella y le había dejado una guía con más información que la que había podido transmitirle en el tiempo que habían pasado juntos. ¿Había añadido el fichero txt al final, después de haber sufrido el ataque, sentado solo en el despacho del sótano, mientras se desangraba poco a poco hasta morir? Se le hizo un nudo en la garganta.

El archivo contenía una versión más pormenorizada y ampliada de la historia que Antoun había empezado a contarle mientras estaba tumbado en el suelo de su despacho.

La biblioteca empezó su conversión a un formato digital a finales de los años cincuenta, cuando los avances cada vez mayores en el ámbito de la ingeniería informática hicieron factible semejante movimiento. La idea inicial fue contar con un respaldo digital de los contenidos físicos, pero a principios de la década siguiente dos de nuestros Bibliotecarios en Estados Unidos comenzaron a reunir información acerca de una investigación sobre modelos de circuitos conmutados que se estaba realizando en el laboratorio

Lincoln, del Instituto Tecnológico de Massachusetts: el diseño de una red pionera por parte de la UCLA y la creación por el Gobierno de ARPA, la Agencia de Proyectos Avanzados de Investigación. La red de conmutación de paquetes descentralizada era un concepto novedoso, y aunque el fruto de todos aquellos afanes, lo que se llamó ARPANET, el precursor de Internet, no consiguió transmitir su primer mensaje hasta el otoño de 1969, nosotros advertimos mucho antes todo el potencial de ese trabajo y lo combinamos con las tecnologías que habíamos aprendido de los investigadores soviéticos para crear nuestra primer red funcional, que estuvo plenamente operativa en 1964.

Mientras leía esa información le vinieron a la mente las palabras de Arno Holmstrand: «La sabiduría no es circular, la ignorancia sí. El conocimiento descansa sobre lo que es viejo, pero sin dejar de apuntar a lo que es nuevo». La transformación de la biblioteca a lo largo de la segunda mitad del siglo xx testimoniaba la visión del Custodio. La Biblioteca de Alejandría había resistido dos milenios de traslados constantes, pero el mundo digital había señalado el camino por donde iba a ir la historia.

Resultaba evidente qué camino iba a seguir el mundo y nosotros lo supimos mucho antes que los demás y, por tanto, dimos los primeros pasos en esa dirección. Luego, cuando llegó el momento, ayudamos a otros a seguir por esa línea, aunque nos aseguramos de que hubiera un cierto equilibrio en el desarrollo de estas nuevas tecnologías. Después de todo, nos hallábamos en plena Guerra Fría. Ni a nosotros ni al mundo nos convenía que un único centro de poder poseyera esa tecnología en exclusiva, así que ayudamos en su avance... y a su propagación.

La Sociedad del Bibliotecarios de Alejandría había desempeñado de nuevo un papel táctico, tal y como había hecho en el pasado, pues no se limitaba a reunir y conservar información, sino que la usaba —la «compartía», como describía Athanasius cuando hablaba de su cometido— de un modo que se vio obligada a considerar manipulador. Esa disconformidad había nacido cuando Athanasius le había explicado el papel activo jugado por la Sociedad a la hora de moldear los acontecimientos de la historia y se manifestaba cada vez que pensaba en el modo en que habían ejercido esa influencia. Ese control encerraba muchos peligros.

Nuestra red se extendió por todo el mundo a medida que aumentaba la digitalización de los fondos. Al igual que ocurría en la red que luego acabó convertida en Internet, la nuestra era segura y estaba a prueba de fallos, y también era ubicua. Está en todas partes y en ninguna. El sistema cuenta con nodos diseminados por todo el mundo, aunque no dejan de ser simples rutas de datos. Ignoro dónde se almacenan o dónde se conservan físicamente. Todo lo que poseo es la absoluta convicción del Custodio de que el sistema es indetectable. Incluso si usted o yo, doctora Wess, localizásemos uno de los ordenadores que hacen posible nuestra red y lo desmontásemos a fin de analizarlo, no descubriríamos nada. Nada descansa en códigos complejos ni en disquetes físicos. Todos los datos están flotando en la memoria existente entre las diferentes partes de nuestra red. Si se descubre un componente y se intenta sabotearlo, todo cuanto va a obtenerse es un ordenador mondo y lirondo, una caja vacía.

Lo más importante de todo es que el Custodio pueda acceder a él desde cualquier lugar del mundo. Desde dondequiera que se encuentre, está en condiciones de interactuar con el contenido de la biblioteca, actualizarla o liberar información. Había una interfaz gracias a la cual era capaz de acceder desde donde necesitara cuando lo necesitara. Pero nunca llegué a saber cómo era.

El optimismo de la norteamericana empezó a decrecer a medida que llegaba al final del documento. La perspectiva de que la biblioteca fuera una compilación interconectada y accesible en formato electrónico parecía implicar que estaba más a mano de lo que había creído en días anteriores. No iba a ser necesario localizar el paradero de una cámara hábilmente escondida. Bastaba con acceder a esa red y tendría a su alcance el conocimiento de todos aquellos siglos. El relato de Athanasius refería el rosario de precauciones adoptadas a fin de hacer indetectable la biblioteca e iba a ser un reto seguir adelante incluso aunque localizasen partes físicas de la estructura de esa red.

La biblioteca le pareció inalcanzable al tomar conciencia de que no la reconocería siquiera la persona con más conocimientos sobre ella y la Sociedad. Cuanto más sabía acerca de la misma, más lejos estaba. El documento de Athanasius concluía del siguiente modo:

> *La Biblioteca de Alejandría está en todas partes. Estoy convencido de que si el Custodio siguiera con vida, podría acceder a ella desde aquí mismo, en este edificio, en la oficina. Pero ¿cómo lo haría? Eso no lo sé, así de simple. La forma de acceso es lo que usted debe averiguar, doctora Wess.*

Cuando cerró el archivo y retiró el deuvedé del lector, Emily reparó en el hecho de que en los últimos cuatro días dos grandes hombres habían pasado sus últimas horas preparando un testamento que le confiaban a ella, y los deseos de los difuntos estaban dando forma a su vida. La sensación de formar parte de algo grande y noble resultó mucho más tangible.

Ahora Emily se hallaba sentada y apretujada en el asiento de una modesta línea aérea. En la penumbra de los primeros momentos de la alborada contemplaba con aire ausente por la ventanilla las montañas de Europa occidental, que pasaban sin cesar por debajo del avión. «La forma de acceso». Qué sencillo parecía. Pero no era nada fácil de resolver, y ella lo sabía. Su sorpresa ante las últimas revelaciones disminuyó conforme empezó a darle vueltas. ¿Por qué le impresionaba tanto la nueva de que la biblioteca se hubiera actualizado para estar a la altura del mundo? En su día, la biblioteca de los Ptolomeos también fue una institución muy novedosa. Nunca antes se había concebido la existencia de un almacén de conocimientos, ni mucho menos se había llevado a cabo. Nunca antes un personal especializado y centralizado se había dispersado por el imperio y el resto del mundo conocido con el fin de reunir documentos para una base de datos conjunta de toda la sabiduría humana y emplearla de forma sistemática para propiciar el avance del ser humano. ¿Era tan sorprendente que la biblioteca, a medida que iba creciendo, hubiera adoptado nuevos mecanismos para conseguir su objetivo de estar en la vanguardia de la industria más nueva y creativa?

Poco a poco fue cobrando una confianza renovada. Había escapado a la muerte y ahora sabía qué andaba buscando, sin subterfugios. Arno Holmstrand había dispuesto una serie de pruebas con un propósito: conducirla en el lapso de cuatro días a ese estadio de entendimiento y conocimientos. Emily se hallaba persuadida de que iban a proporcionarle la información necesaria para que localizase lo que tuviera que encontrar. El viejo profesor le había preparado una larga lista de caminos hacia el éxito.

«Lista». Esa palabra le llevó a recordar algo que no encajaba con facilidad en el esquema general de las cosas. «La lista de nombres. La lista estaba distribuida en dos grupos. Me mandaron cada una en un mensaje de texto». Se acordó entonces de la revelación de Antoun: esos hombres formaban parte del complot del Consejo para obtener un mayor poder en el seno del Gobierno norteamericano. En los últimos tres días había visto los telediarios lo bastante como para saber que la actual administración estaba a punto de caer. Fuera cual fuera su naturaleza, el complot estaba en marcha.

«Las dos listas». Emily recordó un detalle de cuando sufrió el ataque en las calles de Estambul. El hombre que le había arrebatado el móvil se lo entregó a su compañero con una instrucción concreta acerca de los mensajes con las listas de nombres. «Se la enviaron en dos mensajes. La clave está en el segundo. Ese es el que contiene la lista con los nombres de nuestra gente».

«Nuestra gente». Eso era. Athanasius le había explicado que los primeros nombres eran los de personas ejecutadas como parte de la trama para echar al presidente Tratham de la Casa Blanca. Ella había supuesto que la segunda lista contenía los nombres que deseaban promocionar, personas manipulables para favorecer los intereses del Consejo. Pero las palabras del agresor habían sido muy concretas: «Los nombres de nuestra gente». La segunda lista no estaba formada por personas a las que influir y manipular, era la lista de los nombres del Consejo, la lista de sus miembros, que iban a ocupar nuevos puestos de poder en cuanto cayera el actual presidente.

A Emily se le puso carne de gallina. Apenas era capaz de concebir hasta dónde llegaban los poderes del Consejo ni tampoco su capacidad para la traición. Conocía muy bien a los integrantes de la lista. Cualquier norteamericano conocía a la perfección esos nombres. Eran nombres famosos en todo el mundo. El ingenio de la trama del Consejo estaba parejo a lo lejos que había llegado ya su poder. Habían creado un vacío de poder en lo más alto del sistema político norteamericano, tal y como había predicho Athanasius, pero no lo habían hecho con la expectativa de cubrir el hueco con hombres sobre quienes tenían influencia. Esos hombres ya se hallaban allí. Ahora simplemente iban a promocionarlos. Y el vicepresidente era solo el primero de la lista.

Había que detener a esos hombres. Había que detener al Consejo. Emily debía encontrar el modo de lograrlo, por muy inquietante que fuera la tarea. Pronto aterrizaría en Inglaterra y regresaría a Oxford. Una vez allí, daría los últimos pasos para localizar su objetivo. Descubriría qué significaba eso de que la biblioteca se había convertido en una red. Y encontraría la forma de acceder a ella.

105

Oxford, 4 a.m. GMT

Hora y media después de que su vuelo hubiera aterrizado en Heathrow, Emily se bajó de un taxi en un barrio residencial y se metió en una cabina telefónica roja de British Telecom. Había quitado la batería del móvil que había comprado en Turquía. Luego, lo había destrozado y lo había abandonado en Egipto. El Consejo tenía otras formas de seguirle los pasos, era lo más probable, pero ella había resuelto hacer todo cuanto estuviera en su mano para ponérselo difícil.

Metió en la ranura una moneda de cincuenta peniques y marcó los seis dígitos del teléfono de Wexler, que se sabía de memoria. El anciano profesor debía de estar dormido a las cuatro de la mañana, pero al menos eso le daba cierta seguridad de poder encontrarle en casa. Y Peter le disculparía lo intempestivo de la hora cuando oyera lo que tenía que decirle.

—¿Qué...? ¡Demonios, quién llama a estas horas de la madrugada! —farfulló el profesor sin el menor atisbo de amabilidad en sus palabras.

—Profesor Wexler, soy Emily Wess.

El oxoniense se despertó de golpe.

—¡Doctora Wess, querida! ¿Desde dónde llama? ¿Ha hecho usted algún descubrimiento?

—Probablemente más de lo que cabría imaginar. Y eso es lo que me impide decirle desde dónde le llamo.

Wexler se había incorporado en la cama y buscaba a tientas el interruptor de la lámpara de la mesita.

—¡Eso es maravilloso, Emily!

—Y más grande que un descubrimiento histórico —continuó la joven. A continuación, le hizo una somera exposición sobre la existencia del Consejo y su papel en la situación política norteamericana—. En cuanto a los involucrados... Ni siquiera puedo decirle lo mucho que se han infiltrado en Washington. ¡Es terrible! —Y acto seguido le soltó una lista de los nombres clave que figuraban en la segunda parte de la lista.

—¡Dios mío, Emily! Esto ha de hacerse público, y enseguida además. No se ha anunciado nada, pero todos los periódicos están a la espera de que hoy suceda algo gordo en Washington. Nadie sabe exactamente qué ni cómo, pero si hay que hacer caso a la rumorología, su presidente no estará en el cargo a la hora de cenar.

«La carrera no hace más que animarse», pensó ella en su fuero interno. La escalada de acontecimientos en Washington solo le confirmaba que debía hallar alguna conexión concreta, alguna prueba firme y sólida que se pudiera hacer pública. Y ella sabía dónde podía encontrarla.

Emily colgó el teléfono al cabo de un minuto, después de haber acordado con Wexler que hablarían de nuevo al final del día, y anduvo por la calle con suma cautela.

Aunque Antoun le había hablado de la conspiración con detalle, ella sabía que solo había un lugar donde podía conocer todos los pormenores: la Biblioteca de Alejandría. En ella estaría la información sobre las personas involucradas, el propio complot y probablemente muchos otros detalles útiles.

La información que ella necesitaba estaba guardada en esa bóveda. Emily comentó ese descubrimiento para sí misma: «Así que todo se centra otra vez en la biblioteca. He de hallar una forma de acceder, y pronto. Tal vez dentro de unas horas sea demasiado tarde».

Y avivó el paso.

106

Oxford, 5 a.m. GMT

El Secretario estaba sentado en el antiguo escritorio de una casita situada al norte de Oxford. Era la base del equipo de Amigos en el centro de Inglaterra. Permanecía en silencio delante de un portátil abierto, un vaso de whisky medio vacío y varias listas suministradas por sus hombres. Se obligó a respirar con el único fin de mantener calmado el mal humor.

El día anterior su ira había sido casi incontenible. La visión de la bóveda de la biblioteca despojada de todo su valioso contenido, yerma en su vasta catacumba, se había convertido de repente en algo tan oscuro como la habitación donde ahora se encontraba. Todo aquello por lo que había luchado, trabajado y peleado estaba ahí, al alcance de la mano, y ahora se le escapaba de entre los dedos. Le habían conducido hasta allí con una crueldad intolerable, habían preparado su llegada con anticipación. Pasajes secretos, corredores oscuros, vetustas puertas de madera, inscripciones en latín, todo lo que antes le había cautivado se había convertido en un ataque malicioso contra su valía, su liderazgo y su propia vida en cuanto vio aquel subterráneo vacío.

Apuró un largo sorbo del vaso y volvió a rechinar los dientes incluso antes de que el licor hubiera terminado de pasar hacia la garganta. Por lo general, no bebía por las mañanas, pero no había pegado ojo en toda la velada y la distinción ente el día y la noche parecía importar poco ahora.

La evocación de aquel momento resultaba irritante. Ewan la había emprendido contra todo. Había volcado mesas y había derribado algunas de aquellas viejas estanterías de madera. Había llegado incluso a azotar y golpear a su hijo, como si fuera el culpable de aquel fracaso. Jason había soportado los golpes de su progenitor sin rechistar, ya que mientras que el fracaso había enrabietado al padre, había aturdido al hijo. Jason se había quedado mirando con aire ausente la cámara vacía. Su decepción se había disparado hasta convertirse en una fría amargura que le roía por dentro.

Ahora, en las primeras horas de la mañana siguiente, la ira del Secretario se había convertido en concentración y determinación. Por mucho que aquella imagen marcase el fracaso estrepitoso del trabajo de toda una vida, se daba cuenta de que, en realidad, solo señalaba otro estadio en el puzle, y ese juego había sido la tarea del Consejo desde siempre. Había esperado resolver por fin el enigma y ganar la partida, pero ahora estaba claro que esta iba a prolongarse un poco más. Además, faltaban unas pocas horas para que se hubiera completado la misión de Washington. El arresto del presidente tendría lugar a las diez de la mañana, hora local, que serían las tres de la tarde en Inglaterra. Ewan miró el reloj del escritorio. Dentro de diez horas controlaría el Gobierno más poderoso de la tierra, tuviera o no en su poder la Biblioteca de Alejandría. Su cometido en aquel momento era concentrarse en el trabajo como líder del Consejo mientras preparaban el ascenso al poder y daban los pasos necesarios para transformar el fracaso del día anterior en algo productivo y provechoso.

La irrupción de su hijo en la estancia interrumpió el ensueño del Secretario.

—Hay noticias, señor. —El Amigo se quedó cerca de la puerta, con formalidad en el gesto y un ojo hinchado como consecuencia de uno de los puñetazos de su padre.

—¿Qué noticias?

—La doctora ha efectuado una llamada nada más aterrizar —informó, y calló, esperando un ataque de cólera por parte de su padre.

Emily Wess había conseguido liberarse antes de que llegara el equipo de Estambul para ejecutarla. El Consejo estaba al corriente de que había realizado un segundo viaje a Alejandría, donde, sin lugar a dudas, se había enterado de la eliminación de Antoun. Luego, había volado de regreso al Reino Unido. Los registros de pasajeros mostraban que había llegado a Heathrow en un vuelo nocturno, pero la norteamericana había hecho un buen trabajo a la hora de reducir el número de medios gracias a los cuales podían rastrearle los pasos. Había dejado de usar las tarjetas bancarias después de retirar una nutrida suma de efectivo en Egipto y la señal de su nuevo móvil jamás había emitido fuera del continente africano.

«No está nada mal para tratarse de una aficionada —admitió Ewan para sus adentros—. Incluso ha conseguido mantener a su prometido lejos de nosotros». Los Amigos no habían sido capaces de localizar a Michael Torrance desde que ella le llamara desde Estambul. Al parecer, le había pedido que se escondiera y dos hombres del Secretario no habían dejado de buscarle desde entonces. Él sabía que acabarían por encontrar a Torrance. Empero, lamentaba que su decisión de mantenerla con vida hasta haber asesinado a Antoun le hubiera concedido esa nueva oportunidad.

—¿A quién llamó? —inquirió el Secretario.

—Telefoneó a Peter Wexler desde una cabina pública en Oxford.

—Así pues..., está aquí... —musitó Ewan.

—La conversación fue... detallada —continuó el Amigo—. Le habló a Wexler sobre lo de la lista y le relató también lo de la misión en Washington. Se lo había contado Antoun...

—¿Antoun? —le interrumpió el Secretario—. Creía que habíamos solucionado esa filtración ayer.

Jason se puso más colorado que el púrpura del moratón de su ojo hinchado.

—Nuestros hombres llevaron a cabo la ejecución, tal y como ordenó, pero... parece evidente que hicieron algo mal. Seguía vivo cuando ella volvió a su despacho, y tenía vida suficiente para contarle algo importante a la doctora, a ella y a nosotros.

Ewan luchó para controlar un nuevo estallido de ira. Sus hombres habían fallado en una tarea bien sencilla. Iban a pagarlo muy caro.

—¡Maldita sea! —tronó el Secretario—. Esa mujer no va a interponerse más en mi camino. —Golpeó el escritorio con las manazas y se levantó de la silla. Miró a su hijo con los ojos inyectados en odio y le señaló con un dedo mientras le ordenaba—: Localiza ahora mismo a Emily Wess. Quiero muerta a esa zorra. Me da igual si a lo mejor un día podría conducirnos hasta la biblioteca. Tú encuéntrala y métele dos balas en la cabeza, y no la pierdas de vista hasta que haya muerto. Más te vale que no respire cuando te vayas de su lado.

107

7 a.m. GMT

Emily bajaba por Alfred Street cuando el sol se insinuaba por encima de la línea del horizonte oxoniense. Estaba en peligro si se dejaba ver en lugares públicos, lo sabía. El Consejo la encontraría. Podía imaginarlos poniendo todos sus recursos y su energía en esa tarea. Debía encontrar un lugar seguro, un sitio donde pudiera sentarse y pensar, y averiguar el modo de acceder a la red de la biblioteca, a la que podía entrarse desde cualquier sitio, según Antoun.

Al llegar a la esquina, giró hacia la izquierda y siguió por la acera de Bear Lane, manteniéndose lo más cerca posible de los edificios. Unos pocos metros después estaba la entrada a su antigua universidad. En el interior del complejo del Oriel College iba a ser mucho menos visible que en cualquier otro lugar, y el *college* tenía una biblioteca abierta las veinticuatro horas desde la cual podía trabajar en la tarea de encontrar un acceso, como lo había llamado Athanasius.

Al cabo de unos minutos había hallado sitio en un lateral de la biblioteca del Oriel College. En la entrada aún trabajaba el mismo anciano portero que la había visto tantas veces cuando hacía el posgrado; guardaba un buen recuerdo de ella y le dispensó una cálida bienvenida. Una mesita situada entre dos hileras de estanterías le garantizaba una cierta libertad y acceso a Internet, pues tenía habilitada una conexión.

¿Por dónde iniciaba su investigación? Siguió las pocas pistas intuidas a raíz de los detalles facilitados por el archivo del deuvedé de Antoun. Se había referido al nacimiento de Internet, cuya primera manifestación respondía al nombre de ARPA-NET y estuvo diseñada por la Agencia de Proyectos Avanzados de Investigación. Aquel parecía un lugar razonable para investigar, pero, por desgracia, dicha agencia, cuyo nombre tenía un historial notable de cambios en función de que el Gobierno quisiera aprovechar su potencial para la defensa, y que de ARPA pasó a llamarse DARPA, parecía ofrecer muy poco a la línea de trabajo de Emily.

Después de visitar varias páginas web aprendió un poco más sobre la conmutación de paquetes como método de envío de datos en una red de ordenadores a lo largo de los años sesenta del siglo pasado. Eso era la columna de vertebral de cualquier red de datos actual, al permitir que los paquetes de datos se transmitieran entre múltiples ramas de circuitos interconectados tan bien como si hubiera un solo cable comunicador entre el ordenador de envío y el de recepción. ¿Era ese el ingrediente clave del conocimiento tecnológico que la Sociedad había «compartido» hacía ya varias décadas para acelerar la creación de las redes que ahora dominaban la era de la información?

Resultaba imposible saberlo, pero, de todos modos, a Emily no le ayudaba en modo alguno. Ella ya no necesitaba más historia, sino una información que le permitiera encontrar un acceso a cualquier red alternativa, donde ahora se hallaba la biblioteca.

Pero había algo más. Emily se removió en la silla de madera. «Hay algo en esta búsqueda que está fuera de lugar».

Había llegado a esa conclusión por el trabajo y la guía de Arno Holmstrand. Emily siempre le había considerado un analfabeto en temas tecnológicos a pesar de cuanto le habían dicho en las últimas horas sobre la verdadera forma de la biblioteca actual. ¿Podía ser de verdad el mundo de los tecnomagos y las redes informáticas el terreno adonde la conducía el viejo profesor?

«No pega nada con su personalidad —murmuró Emily—. Todas las pistas que me ha dejado tienen algo que ver conmigo. Sea de literatura o de historia, es algo relacionado conmigo». Y los temas que ahora ocupaban la pantalla del ordenador no guardaban relación con sus conocimientos. Hasta el día anterior por la tarde, Emily no había oído hablar de conmutación de paquetes, protocolos, enrutadores, nodos y cualquier otra información sobre la tecnología en que se basaban esos sistemas. Se hallaba en un terreno completamente desconocido y tan extraño como todo lo que había vivido desde que recibió la primera nota de Arno. Se dio cuenta de que aquella era la primera vez que no tenía ningún punto de referencia. Nada que pudiera relacionar con estudios pasados, conocimientos históricos o materias sobre las que hubiera investigado o reflexionado a lo largo de su vida.

«Y eso no encaja. Toda esta investigación tecnológica me aleja de lo que sé».

Comprendió que necesitaba centrarse. El descubrimiento del acceso tenía que estar relacionado de algún modo con su mundo de libros, estudio y aprendizaje de la historia.

«No estoy viendo alguna pieza del puzle —pensó—. ¿Cuál es la conexión que no estoy haciendo?».

En vez de buscar información sobre Internet y otras cuestiones técnicas, necesitaba regresar al terreno de lo histórico, donde se sentía a gusto. Si Holmstrand iba a hacerle una revelación, el último empujón, lo haría desde ese terreno.

Y probablemente, la biblioteca del Oriel College para esa tarea fuera un terreno de investigación mucho más fructífero que Internet. Emily minimizó la pantalla de búsqueda en el ordenador y prefirió trabajar con el catálogo en línea. No lo había usado nunca con anterioridad, ya que siempre había trabajado con el sistema central de la biblioteca Bodleiana, pero, según su experiencia, los catálogos de las universidades eran todos iguales.

Y fue este pensamiento al azar lo que condujo a Emily hasta donde quería ir.

El mundo pareció sumirse en un silencio absoluto incluso mientras la idea se formaba en su mente. Al cabo de unos segundos, la memoria le hizo retroceder en el tiempo hasta un soleado día de primavera en el campus del Carleton College. Ella estaba sentada delante de un ordenador, buscaba un libro sobre una intriga política en la Roma del siglo II. Delante de ella, haciendo exactamente lo mismo, se hallaba Holmstrand. El profesor no encajaba delante del ordenador, y aun así, manejaba la interfaz del aparato con auténtica soltura. Emily había recordado esa imagen poco después de la muerte de Arno, y también ahora, pero el contexto había cambiado de forma radical.

«¿Ha reparado usted en cuántas universidades de todo el mundo usan este mismo software periclitado? —le había preguntado Arno—. Una versión acá y otra acullá, pero el núcleo es el mismo».

Emily se puso tensa de la cabeza a los pies, pues recordaba la escena de forma tan vívida que era como si ella y el célebre académico volvieran a estar juntos tal y como lo habían estado hacía tantos meses.

Holmstrand había continuado diciendo: «He usado este trasto en Oxford, Egipto y Minnesota. —Se había inclinado hacia delante y sus ojos cansados habían relucido al mirar a los de ella—. Ni una sola vez ha funcionado como Dios manda. Y en todas partes tenía el mismo sistema, Emily».

Y fue en ese recuerdo donde lo supo Emily.

Toda la confusión de las horas pasadas se convirtió de pronto en una certeza absoluta. Volvió la vista atrás, hacia la pantalla de su ordenador, y vio el acceso.

108

8 a.m. GMT

Se le aceleró el pulso mientras examinaba la pantalla del ordenador con renovado interés. El catálogo en línea del
Oriel College estaba referido a su biblioteca, claro, pero formaba parte de un sistema centralizado para todas las bibliotecas de
Oxford, el sistema integrado de bibliotecas de Oxford, también
conocido por el acrónimo OLIS. Aunque Oxford había adaptado el sistema a fin de que pudiera ser usado también por un
grupo de 95 bibliotecas de universidades independientes, facultades y departamentos en un conjunto básico de software llamado GEOWEB, un sistema de catalogación horrible, torpe y
lento que Emily había usado en un sinnúmero de bibliotecas de
todo el mundo. Lo usaba inclusive en el Carleton College, aunque recientemente lo habían presentado bajo un nuevo nombre,
The Bridge, pues se deseaba simbolizar la conexión entre la
colección bibliográfica de Carleton y su rival, situada en un
pequeño pueblo al otro lado del río. Empero, la tecnología sub-
yacente detrás de esas interfaces seguía siendo la misma.

Ahora, Emily sabía que la conversación que había mantenido con Arno unos meses atrás había servido para preparar-

la para ese momento. «¿Ha reparado usted en cuántas universidades de todo el mundo usan este mismo software periclitado? —le había preguntado Arno—. Una versión acá y otra acullá, pero el núcleo es el mismo». ¿Y qué le había dicho luego? El mismo sistema. En todas partes. En aquel momento el comentario podía pasar por el exabrupto de un usuario molesto, pero ahora resultaba evidente que Arno intentaba decirle algo muy concreto.

«Me estaba mostrando el acceso».

Emily acercó aún más la silla de madera a la mesita, colocó la mano izquierda sobre el teclado y cogió el ratón con la derecha. La interfaz blanca y azul del catálogo OLIS apareció en el monitor a la espera de instrucciones, tal y como hacía veinticuatro horas al día. El catálogo estaba accesible en cualquier momento desde cualquier lugar, exactamente igual que la biblioteca para el Custodio, tal y como había dicho Antoun. Desde un ordenador, un móvil, un iPad. El acceso era universal en todas sus formas.

Emily se frotó las manos cuando fue consciente de que los dedos le temblaban tanto que no sabía si iba a ser capaz de teclear algo.

«Con calma —se reprendió—. Un paso cada vez».

Y se sumió en una rutina que se había convertido en su segunda naturaleza desde sus días de estudiante de grado. Eligió la principal base de datos de la universidad, tanto antiguos como modernos, hizo clic en el botón «Búsqueda por palabras clave» para pasar a la pantalla de búsqueda avanzada. Aparecieron tres campos de búsqueda para permitirle ajustar el rastreo todo cuanto quisiera.

«De algún modo me estaba enseñando la puerta a la auténtica red, a la biblioteca», pensó, pero ¿de qué manera?, esa era la pregunta. La interfaz de GEOWEB era absolutamente simple y aburrida: unos pocos campos para acotar la búsqueda y el botón «Aceptar búsqueda» en una pantalla en blanco. No había espacio para botones escondidos ni ningún tipo de enlace oculto. «Ha de ser algo que yo teclee —concluyó Emily—. Una secuencia de términos. Una especie de contraseña muy larga».

Cerró los ojos para concentrarse mejor. La pantalla contenía tres campos. La primera pista de Arno también era de tres frases. La cuartilla manuscrita obraba ahora en poder de los sicarios del Consejo, pero ella tenía su contenido escrito a fuego en la memoria. Tecleó despacio, dándose tiempo para recordar cada frase con precisión, palabra por palabra, y las introdujo en cada uno de los campos.

1. *Iglesia de la universidad, el más antiguo de todos.*
2. *Para orar, entre dos reinas.*
3. *Quince, si es por la mañana.*

Contempló fijamente las tres frases, escritas cada una en el pequeño espacio del cajetín de búsqueda. Había recorrido medio mundo por culpa de esas palabras y ahora, mira por dónde, volvían a estar ahí. «El acceso», intentó convencerse con la esperanza de que esas tres frases que le habían venido a la mente fueran la baza ganadora. Movió el ratón y cliqueó con determinación en «Aceptar búsqueda».

Sus esperanzas se desvanecieron de inmediato.

Se le cayó el alma a los pies cuando la pantalla de resultados no mostró absolutamente nada; para ser más precisos, rezaba: «0 resultados encontrados», y en la parte superior de la pantalla mostraba sus frases en forma de compleja petición de búsqueda, pero eso no dejaba de ser una versión informatizada de lo mismo: nada de nada.

Un deseo vehemente de encontrar la contraseña adecuada consumió a Emily.

—Necesito otra serie de tres entradas. —Había dejado de pensar en su fuero interno y ahora hablaba en voz alta—. Tres, tres.

Recordó la primera pista que había descubierto ella por su cuenta, grabada en el altar de la capilla University College, no muy lejos de donde estaba ahora.

—Vidrio, arena, luz —repitió al tiempo que recordaba cómo esas palabras habían resultado ser un mapa que la había llevado hasta el subsuelo de la Bibliotheca Alexandrina.

Regresó a la pantalla de búsqueda e introdujo las tres palabras en los campos vacíos. Vidrio, arena, luz. Hizo clic de nuevo en «Aceptar búsqueda», presa de una excitación casi incontrolable. Esta vez se le aceleró el pulso al ver aparecer en la pantalla unos pocos resultados. Resultaba extraño que unos términos genéricos tuvieran tan pocas entradas en una colección con diez millones de libros. No obstante, en cuanto empezó a examinar el resultado se dio cuenta de que no tenían nada que ver. Ninguno de ellos guardaba relación con su búsqueda, o dicho de un modo más preciso, con lo que ella quería encontrar. Buscó más detalles en algunas entradas más prometedoras, pero el proceso solo sirvió para confirmar que ninguno de los libros estaba vinculado con la biblioteca.

Volvió a la pantalla principal de búsqueda. En el transcurso de su aventura había viajado a tres ciudades. A lo mejor ahí estaba la solución. De forma febril introdujo los nombres: Londres, Alejandría, Estambul. Una vez más, la prueba no obtuvo resultados significativos, solo un listado de libros sin vinculación alguna con la biblioteca. Probó suerte sustituyendo Estambul por Constantinopla, pero la alteración no trajo consigo ningún cambio significativo.

—¡Necesito un terceto que funcione!

Se sentaba más cerca del borde de la silla con cada intento fallido y ahora estaba a punto de caerse.

La frustración de cada fracaso no le hacía dudar ni un ápice de que estaba en el buen camino. Arno le había puesto de relieve aquella interfaz hacía solo unos meses. Durante los últimos cuatro días la había ayudado a ver qué era lo que estaba buscando y por qué debía encontrarlo. Y ahora solo necesitaba la clave que abriera esa puerta que tenía delante de las narices.

—¡Los tres grupos! —farfulló en voz alta. Aporreó las teclas de forma ruidosa al teclear las tres nuevas frases: la Biblioteca de Alejandría, la Sociedad, el Consejo.

El monitor se quedó en blanco y el sistema se tomó mucho tiempo antes de cargar la pantalla de resultados. Emily se puso en tensión. ¿Qué significaba eso? ¿Había encontrado la combinación adecuada?

Cuando la página se cargó por fin, únicamente contenía la referencia de siempre a unos cuantos resultados estándar. Emily los examinó solo para llegar a la conclusión de que no guardaban relación. Otra vez. El sistema sobrecargado funcionaba despacio.

Su frustración se disparó hasta el punto de que se percató de que ella misma se estaba segando la hierba bajo los pies.

«Cálmate. Esto no es una carrera —se reprendió a sí misma—. No tienes que empezar a teclear lo primero que se te pase por la cabeza».

Retiró las manos del teclado, entrelazó los dedos, hizo chasquear los nudillos y se acomodó mejor en la dura silla de madera.

«Debes abordar esto como alguien que sabe lo que busca».

Y por segunda vez en aquella mañana una única frase sirvió para evocar un recuerdo de lo más potente. El primer pensamiento sobre catálogos electrónicos le había hecho evocar su encuentro con Arno Holmstrand entre las estanterías de la biblioteca de Minnesota, y el enfado que sentía consigo misma le llevaba a evocar otro encuentro imborrable con el viejo profesor. Hacía cuatro días, mientras la llevaban en coche desde el aeropuerto de Heathrow a Oxford, se había venido a decir que la excentricidad y la extravagancia eran características de los académicos distinguidos. Emily se puso a darle vueltas a esa perspectiva.

«Di las cosas tres veces —había pontificado Holmstrand cada vez que se comentaba su tendencia a reiterar los argumentos—. La gente sabe qué quieres decir si repites algo tres veces. Una podría ser un accidente; dos, una coincidencia, pero si un hombre dice algo hasta por tres veces, eso es que lo dice a ciencia cierta».

Emily cerró los ojos y revivió el primer discurso de Arno en el que le había oído hablar de su famosa ocurrencia. «Hasta por tres veces». Había esbozado una sonrisa cuando se lo había oído decir, pero ahora, sentada delante de la interfaz en la biblioteca del Oriel College, todo su mundo enmudeció y se detuvo.

«Tres veces. ¿Puede ser así de simple?». ¿Podía ser que aquel comentario que había repetido media docena de veces delante de Emily estuviera destinado específicamente a ella? ¿La estaba preparando? ¿Era una instrucción para el futuro?

Abrió los ojos y miró fijamente la interfaz del catálogo con los tres campos de búsqueda vacíos. Hacía unos instantes se lanzaba a teclear la primera combinación de términos que pensaba, pero ahora miraba la página que la esperaba ahí, delante de ella, embargada por algo muy próximo al terror: si tenía razón en lo que se le acababa de ocurrir, Arno Holmstrand la había estado preparando desde el primero de sus encuentros «casuales», en lo que en aquellos momentos se le antojaba como muchísimos meses, y había pronunciado cada una de sus frases «espontáneas» con un significado pensado para que ella tuviera que descifrarlo, decodificarlo y usarlo cuando llegara el momento.

El plazo normal para incorporar un nuevo miembro a la Sociedad era de unos cinco años, pero Arno se las había arreglado para reducir los muchos aspectos de la formación de Emily a poco menos de uno. Tanto sus conversaciones improvisadas como los giros usados en las conferencias a las que ella asistía se habían hecho con el propósito de ofrecerle las herramientas que iba a necesitar, llegado el momento, para cumplir con éxito la tarea que Arno iba a encomendarle, una tarea que iba a llevarla por medio mundo y cuya culminación debía tener lugar ahora mismo.

Se trataba de un plan extremadamente retorcido que hablaba de una inconmensurable preparación, planificación, investigación y coordinación por todo el mundo.

«Resulta increíble por su complejidad —pensó—. Y eso es precisamente lo que cabría esperar del Custodio de la Biblioteca de Alejandría».

Aterrada y decidida al mismo tiempo, la doctora separó las manos y puso los dedos sobre el teclado. En el primer campo, el correspondiente a «Autor», escribió lo que tenía intención de encontrar: la Biblioteca de Alejandría. Movió el cursor al campo «Título», donde escribió lo mismo, e hizo otro tanto cuando pasó al campo «Editorial».

«Tres veces, porque es lo que pretendo encontrar».

Emily Wess hizo clic en el botón de búsqueda. La pantalla cambió y empezó a cobrar el aspecto de color blanco habitual mientras se cargaba la siguiente pantalla, pero se volvió completamente negra cuando el indicador del navegador señalaba que se había cargado la mitad de la página. Y permaneció oscura del todo durante unos instantes. Entonces apareció en lo alto de la pantalla un símbolo muy familiar, solo que en esta ocasión no estaba grabado en piedra. Lo conocía por haberlo visto en la carta de Arno, en la madera de la University College, en la puerta de Alejandría y en el diván de Estambul. Y ahora era un píxel, perfecto para la era digital.

Debajo del mismo apareció la pantalla de entrada a una colección en línea como Emily no había visto otra en toda su vida.

109

Diga? 518219 de Oxford al habla. —Peter Wexler contestaba al teléfono de la forma tradicional: diciendo el número de teléfono y hablando de un modo que sonaba anticuado.

—Profesor, soy Emily.

—Esperaba su llamada, doctora Wess —repuso él, muy aliviado al oír la voz de su antigua pupila—. Dígame, dígame, ¿lo ha conseguido? ¿Tiene el acceso?

Tanto Emily como él eran conscientes de la urgencia de la situación. Solo hubo una leve nota de vacilación en la voz de la joven cuando respondió:

—Lo tengo.

—Gracias a Dios. —Una pausa prolongada de reflexión siguió a esa exclamación. En sus manos descansaba la posibilidad de destapar la conspiración de Washington, y esa necesidad inmediata le impedía imaginar del todo lo que Emily había descubierto. La Biblioteca de Alejandría. Encontrada.

—Ahora mismo estoy mirando toda la colección. Es electrónica, tal y como había dicho Athanasius. La interfaz es espectacular, y otra cosa, profesor... No se puede ni imaginar la de cosas que puedo conseguir.

Wexler hizo un esfuerzo por absorber hasta la última pizca de información que le estaba dando su antigua alumna.

—¿Cómo encontraste la biblioteca?

Emily le detalló al académico el proceso de las últimas horas: su frustración por el callejón sin salida de Internet, los comentarios tan insistentes de Arno sobre las interfaces de las diferentes bibliotecas y su énfasis por repetir las cosas tres veces.

Habló, habló sabedora de que el Consejo estaba a la escucha.

—El acceso se ocultaba detrás de la convicción de que nadie iba a ser tan tonto como para escribir «la Biblioteca de Alejandría» en los tres campos de búsqueda. GEOWEB es uno de los sistemas de catalogación bibliotecaria más utilizados del mundo y su avanzado programa de búsqueda lo reduce todo a tres campos. ¿Quién iba a introducir el mismo criterio en los tres?

Wexler estaba boquiabierto.

—¿Y eso te ha permitido entrar?

—Eso me ha conducido a la entrada: una pantalla en blanco con el símbolo de la biblioteca y un campo para introducir la contraseña —le corrigió ella—. Nada más.

La interfaz permanecía escondida tras la absoluta improbabilidad de que alguien introdujera esa combinación en los tres campos de búsqueda. Mas no había dejado de ser un secreto. Si alguien hacía lo mismo que Emily por puro azar, acabaría delante de una pantalla sin tener ni idea de lo que estaba viendo, un símbolo y un campo para introducir una contraseña. Pero aparte de eso, el sistema seguía oculto, porque a lo mejor lo que Arno le había dejado era una herramienta para permitirle el acceso y él había entrado por otros medios.

—¿Y cómo averiguaste la contraseña? —se interesó el oxoniense.

—Por el método de prueba y error. Intenté todas las combinaciones posibles de pistas, palabras, opiniones sobre ciertas materias que me dejó Arno, y cuando nada de eso funcionó, probé suerte con títulos de sus libros y ciertas frases suyas de las que me acordaba. Lo intenté con todo lo que se me ocurrió.

—¿Y qué era al final?

Había más gente con los oídos atentos a su respuesta, como bien sabía Emily.

—Digamos que era algo que yo conocía muy bien, pero que no estoy en condiciones de contarle por teléfono. —Emily esbozó una sonrisa al recordar el momento en que había introducido la contraseña correcta, el título de su propia tesis doctoral. Arno Holmstrand había tenido presente a Emily en todo momento mientras preparaba el camino que la conduciría hasta la biblioteca. Las claves para descifrar los enigmas y las pistas estaban en su biografía, su currículo, su experiencia vital y su trabajo. Y todo eso la había conducido hasta donde Arno había querido llevarla.

Wexler se había quedado en silencio tras percibir la vacilación de la norteamericana. ¿Temía que otros pudieran estar a la escucha? ¿Y si a lo mejor la estaban siguiendo? Aun así, ella no parecía dudar a la hora de compartir muchos detalles a través del teléfono.

Emily siguió el diálogo tal y como lo había urdido antes de hacer la llamada.

—Escuche, profesor, en la biblioteca no solo está la lista de las personas involucradas en el complot de Washington, sino también un elevado número de detalles sobre su trabajo. Hay datos más que suficientes para desenmascararlos a todos.

—Y todavía estamos a tiempo —agregó Wexler, mirando el reloj. Eran poco más de las 9.20. Al otro lado del charco, todavía faltaban unas horas para que amaneciera del todo en la capital de Estados Unidos.

Se produjo una pausa en la conversación mientras ella elegía con cuidado las siguientes palabras. Había desarrollado el plan después de haber descubierto el acceso a la biblioteca y haber leído todos los detalles de lo que el Consejo estaba haciendo en Washington. Lo comprendió todo a una velocidad sorprendente y entonces supo exactamente lo que debía hacer. Había completado el camino de acceso a la biblioteca, pero el futuro se presentaba ante ella con gran sencillez, con una sensación confortante de calma y seguridad.

—Necesito ir a otro sitio para reunir una información sobre la biblioteca. Espéreme en su despacho dentro de hora y media, a las once. Me reuniré allí con usted y llamaremos juntos a la BBC para dar la primicia del siglo.

—¿Estás segura? —preguntó Wexler, cuyas sospechas iban en aumento. Algo no iba bien y tenía aspecto de ser peligroso. Le embargó una enorme preocupación por su antigua pupila.

—Reúnase conmigo en su despacho a las once y espéreme allí si llego unos minutos tarde. Estaré ahí en cuanto pueda.

Y dicho eso, colgó el teléfono. Emily no pensaba llegar tarde. Es más, iba a estar ahí en diez minutos. Eso le concedía alrededor de una hora para hacer lo que debía hacer.

Oriel College (Oxford), hora y media después,
10.50 a.m. GMT

Emily se sentó en la silla del escritorio de Peter Wexler, a cuyo despacho había llegado poco después de haberle llamado. Había podido entrar gracias al sistema de seguridad de Peter, la-llave-está-debajo-del-felpudo. Estaba trabajando desde entonces. Era consciente de que los Amigos del Consejo iban a ir a por ella, pero albergaba la esperanza de que su conversación con el viejo profesor, en la cual había dejado claro que iba a trabajar en otro sitio antes de presentarse en el despacho, les disuadiera de aparecer antes de que hubiera terminado su trabajo.

Su propósito era muy sencillo, solo necesitaba un ingrediente: tiempo. Si lograba terminar antes de que la detuvieran o la interrumpieran, todo estaría en orden y habría cumplido plenamente su tarea.

Mientras encendía el ordenador y se ponía a trabajar, Emily era plenamente consciente de que su actuación iba a romper una tradición de siglos, de milenios incluso. Se preguntó qué pensaría Athanasius de su plan, dada la importancia que la Sociedad de Bibliotecarios había concedido al secretismo desde el momento mismo de su fundación. ¿Y qué diría Arno Holmstrand? El Custodio la había llevado hasta la misma entrada de la biblioteca, le había permitido entrar en la misma, pero no le había dado ninguna referencia sobre lo que debía hacer después con toda esa información a su disposición. Lo que iba a hacer ahora era responsabilidad exclusivamente suya.

«Dejaste eso en mis manos —murmuró para sí misma mientras volvía a entrar en la interfaz de la biblioteca desde el despacho de Wexler—. Y ahora debo actuar».

La ausencia de instrucciones solo servía para reforzar la decisión que había tomado. Holmstrand había preparado con sumo cuidado todos los movimientos a fin de conducirla a donde estaba y había manifestado sus intenciones de forma amplia y extensa. Emily había sido guiada y conducida, casi como si fuera una res, según los designios de ese hombre. Hasta ahora. Arno la había guiado hasta la biblioteca, pero le había dejado libertad para que formara parte de la historia de la entidad a su libre albedrío. Ella determinaría su propio camino.

«Siempre el profesor. Siempre el maestro», pensó la doctora. Él le había pasado el testigo y lo que ahora hiciera Emily era asunto exclusivamente de ella.

La joven había pensado en las consecuencias y en las ramificaciones de su plan una docena de veces a pesar del escaso lapso de tiempo transcurrido desde que había tomado la decisión. Todo iba a cambiar. La Sociedad jamás volvería a ser la misma. El Consejo nunca podría operar como lo había hecho hasta la fecha. Había riesgos y peligros, sí, pero era necesario correrlos para echar por tierra un complot cuyo éxito tendría consecuencias para todos los países del mundo moderno.

Además, Emily nunca se había sentido a gusto con la idea de ser absorbida y convertirse en miembro de una organización que había funcionado como lo había hecho la Sociedad durante tanto tiempo. Tal vez tuviera nobles objetivos, pero también había jugado en numerosas ocasiones al borde de la moralidad: reunía, preservaba y cuidaba, sí, pero también censuraba, manipulaba y controlaba. Ella no podía desempeñar un papel en ese tipo de actividades, lo sabía, como también sabía que ahora era la única persona viva con acceso a una información que los Gobiernos matarían para obtener y poseer en exclusiva; la guardarían en esos rincones oscuros donde preparaban sus propias tramas y conspiraciones. Ella se sabía incapaz de decidir qué compartir y qué ocultar. Es más, no estaba segura de que conviniera que una persona tuviera el poder y la posibilidad de realizar tales elecciones.

No. Su plan era el adecuado. El único correcto. La luz enterrada durante tanto tiempo bajo las arenas del desierto egipcio, y luego oculta en los rincones de los imperios y las catacumbas de la historia, iba a volver a conocer la claridad del día.

Emily centró la atención en el ordenador. Cuarenta y cinco minutos para completarse. Su trabajo avanzaba conforme a lo previsto. Le bastaba observar cómo se completaba y, cuando Wexler llegara, compartir con él tanto su descubrimiento como la noticia de lo que había hecho con él. Ignoraba si el profesor estaría o no de acuerdo con su elección, pero iba a tener que vivir con ello, aunque lo más importante de todo era que ella sí iba a poder vivir con su elección.

Pero no fue el profesor quien se plantó delante de ella. Un momento después de haber terminado esas cavilaciones, una fuerza incontenible embistió contra la puerta y la sacó de los goznes. Jason Westerberg entró en tromba y registró el despacho a fin de asegurarse de que no había nadie. Entonces, Ewan apareció en el umbral, apuntando a la cabeza de Emily con un arma.

111

10.45 a.m.

Al fin nos conocemos, doctora Wess —dijo Ewan con el tono propio del inglés de los negocios. Llevaba perfectamente peinado el pelo plateado y lucía un traje negro hecho a medida. Emanaba poder y autoridad. Empuñaba la pistola sin el menor atisbo de incomodidad ante lo que el arma sugería.

Emily no conocía a ese hombre, pero identificó de inmediato a su acompañante: era el que llevaba la voz cantante de sus agresores en Estambul. Enseguida ató cabos.

—Usted debe de ser el Secretario —respondió Emily, contemplando a los dos hombres desde el otro lado del escritorio. A su izquierda, el ordenador seguía cumpliendo sus órdenes.

—Esa es una de las muchas cosas que usted debería ignorar —respondió Ewan—. El Custodio se equivocó al involucrarla a usted. —Y clavó los ojos en los de Emily—. Pero todos los errores pueden rectificarse.

Seguía apuntando a Emily entre las cejas.

Sin embargo, la amenaza no acobardó a la joven. Su vida había cambiado de forma drástica en las últimas veinticuatro horas y, aun cuando no sabía muy bien cómo ni por qué, había encontrado una entereza de la que antes carecía. Emily sintió una cierta paz cuando devolvió la mirada a un hombre resuelto a matarla. Quizá aquello fuera el fin, pero aquel tipo no la había derrotado.

—Lamento no ser quien usted esperaba, pero todo habrá acabado para cuando Peter Wexler venga —continuó Ewan, y con un asentimiento señaló el teléfono situado sobre el escritorio. La ingenuidad de Emily había decepcionado un tanto al Secretario—. Lo escuchamos todo acerca de su descubrimiento. Hemos seguido los pasos y hemos llegado hasta la interfaz. Solo falta un ingrediente: la contraseña.

Emily se permitió el lujo de echar un vistazo por el rabillo del ojo a la pantalla del ordenador antes de mirar otra vez al arma y al Secretario.

«Casi. Pero aún no ha terminado».

Ewan avanzó un paso, sorprendido por el silencio obstinado de la mujer. Amartilló el percutor de su querido revólver del ejército y dijo de forma amenazante:

—Le prometo algo, doctora Wess, usted va a revelarme la contraseña y luego va a morir. Son hechos, simplemente hechos, puede aceptarlos o intentar negarlos, pero no hay forma humana de que yo abandone esta habitación sin tener acceso a la biblioteca y una garantía final de que mi trabajo en Washington no va a verse trastocado por una aficionada..., una insignificante don nadie como usted.

Jason estaba junto a su progenitor cuando este lanzó su amenaza autoritaria. También él había reparado en el ordenador de la mesa donde estaba trabajando cuando habían irrumpido en la estancia.

—¿Está ahora dentro del sistema? —preguntó el joven, interrumpiendo el silencio amenazador de su padre.

El Amigo había perdido su compostura habitual ante la posibilidad de que todo pudiera estar en aquel pequeño portátil.

Ella se quedó paralizada y vaciló antes de contestar, pero ya había tenido el tiempo necesario. El proceso estaba a punto de completarse y ahora carecía de sentirlo ocultarlo. El tiempo de los secretos había llegado a su fin.

—Sí —contestó Emily, y se removió en la silla para encararse con Jason—. Ya no queda nadie más vivo que sepa cómo acceder, así que en los últimos días he cumplido el deseo de Holmstrand y me he convertido en el nuevo Custodio de la biblioteca.

Tanto el Secretario como su hijo se encogieron ante semejante audacia. Les resultaba inconcebible que ella, a falta de otros candidatos, se considerase merecedora de una información por la que el Consejo llevaba luchando milenios. Ewan tensó el dedo del gatillo.

—Acabo de hacer una pequeña actualización en conformidad con mi nuevo papel —prosiguió la mujer. El corazón le latía más deprisa que nunca, pero ella se obligó a conservar la calma—. Ya saben, he introducido unos cuantos detalles sobre toda esta aventura suya.

Alargó la mano y giró un poco el ordenador para que pudieran ver la pantalla. Ewan miró de soslayo la pantalla sin dejar de encañonar a la mujer. Un menú indicador del avance de la tarea mostraba que las actualizaciones de Emily se estaban guardando. La habitual barra deslizante que avanzaba de izquierda a derecha para mostrar el avance de una tarea estaba acompañada de un porcentaje numérico: 97,5 %. El Secretario la vio llegar al 98 % antes de fijar su atención en Emily.

—Una laboriosidad tan entregada como inútil, doctora. Estoy mucho más interesado en sacar material de la biblioteca que en meterlo.

Ella volvió a sentarse en la vieja silla de madera.

—Tal vez tuviera más cuidado si supiera lo que hay...

—¡No me dé lecciones sobre la biblioteca! —exclamó Ewan con voz tronante.

Emily se quedó helada. La visión del Secretario fuera de sí inspiraba miedo.

—No se atreva a decirme absolutamente nada sobre esta biblioteca —prosiguió Ewan, ahora con el rostro púrpura—. Ustedes, que solo han leído libros de cuentos y los cuatro jirones de conocimiento con que se han conformado para ustedes y el resto del mundo. ¿Qué es lo que pueden saber? La Biblioteca de Alejandría ha sido mi vida, como lo fue la de mi padre, y la de mi abuelo antes que él. En sueños soy capaz de recitar contenidos que usted hubiera tardado toda su patética vida en conocer. —Acercó aún más la pistola a Emily, mientras hablaba de ella en pasado, como si ya hubiera muerto—. ¡No se atreva a decirme que tenga cuidado ni que muestre respeto por algo que desconozco! Cuando haya trabajado mil años para averiguar la verdad y obtener lo que es suyo, como ha hecho nuestro Consejo, cuando se haya enfrentado a Imperios y Estados para no perderla de vista, cuando haya realizado todos los sacrificios que haya sido necesario hacer, como nosotros, entonces podrá hablarme de lo que hay ahí. —Ewan señaló con la pistola el monitor, donde la barra de progresos indicaba que cada vez quedaba menos para finalizar el proceso—. Durante todos estos siglos la Sociedad de Bibliotecarios se ha creído muy noble —continuó el Secretario, hecho un basilisco—, se ha considerado humanitaria y sagrada, pero ¿acaso no es otra versión de nosotros mismos y no busca el poder por sí misma? ¿Qué les ha dado derecho a considerarse guardianes de la sabiduría y la verdad de la humanidad desde la época de los grandes reyes y los imperios?

—Quizá le sorprenda saber que no discrepo con usted, al menos no en todo —respondió Emily, controlando sus nervios. Aquellas palabras confundieron un tanto a Ewan—. Estoy de acuerdo en que tener un poder oculto y omnímodo es peligroso para cualquiera. Pero al menos ha de admitir que la Sociedad ha sido más noble en sus objetivos.

—No. Han demostrado ser unos cobardes que se escondían en la oscuridad y almacenaban el conocimiento en catacumbas, lo enterraban bajo tierra. Nosotros, nosotros —continuó, y señaló a Jason como forma de referirse a todo el Consejo—, nosotros hemos aprendido a actuar. A hacer. Hemos sido capaces de obtener poder incluso privados de la biblioteca. Hemos controlado científicos, tecnologías, Gobiernos. Hemos urdido una telaraña de poder que no conoce límites nacionales ni culturales a fin de poder cumplir todos los objetivos. Sin ir más lejos, mire ahora el Gobierno estadounidense, el más fuerte del mundo, y lo hemos puesto de rodillas. Para derribar a un presidente y poner a uno de los nuestros han bastado unos pocos años de promocionar a la gente adecuada a los puestos adecuados, algunos asesinos bien elegidos y la filtración a las personas adecuadas de unos documentos impecablemente falsificados. Un miembro del Consejo, uno de los míos, será presidente de Estados Unidos, y estará flanqueado por sus compañeros, también consejeros. Y aun así, las cobardes criaturas que son los miembros de la Sociedad se consideran los legítimos guardianes del conocimiento de la biblioteca. Imagine qué podríamos haber hecho de haber tenido a nuestra disposición esos conocimientos.

La rabia de Ewan llenó la oficina. Escupía cada palabra con un desprecio que se había fraguado desde su juventud.

Emily permaneció completamente quieta en la silla. Y otro tanto Jason, inmóvil en un rincón, con un ojo hinchado y en trance ante la ira renovada de su progenitor. Pero la joven habló tras un prolongado silencio:

—Debo admitir que jamás hubiera creído que podrían llegar tan lejos en Washington. He leído los nombres de los involucrados. ¿Qué dirá el mundo cuando se entere de que el vicepresidente forma parte del Consejo desde hace quince años? Habrá planeado este complot desde hace décadas.

Emily no fingió estar atemorizada por la sorprendente confabulación del Consejo.

—Nadie fuera de esta habitación y la sala de mi Consejo va a saberlo nunca —respondió Ewan, todavía furibundo.

—Pero esa será la primera sorpresa nada más —prosiguió Emily, sin dejar que sus palabras hicieran mella en ella—. ¿Qué dirán cuando se enteren de que el hombre que ha organizado la deposición y detención del presidente Tratham en el despacho oval es miembro del Consejo desde hace más tiempo? Mark Huskins, un general de cuatro estrellas del ejército de Estados Unidos, ha estado en nómina del Consejo desde antes incluso de alistarse.

—Como le digo, nadie va a saber...

—¿Y qué me dice de Ashton Davis? —prosiguió Emily, tranquila a pesar de la interrupción de Ewan—. El secretario de Defensa de Estados Unidos, el hombre a quien se le ha confiado la protección de toda la nación, es miembro del Consejo desde hace tres generaciones. Dígame, señor Westerberg, ¿cuántas de sus decisiones militares adoptadas durante esta administración han sido una simple fachada urdida para propiciar los designios del Consejo?

Emily se puso en pie, reforzada por los hechos que había aprendido al acceder a la biblioteca, y se encaró con el Secretario.

—Una vez que todo esto sea de conocimiento público, ¿de veras cree que va a haber sitio en el mundo donde puedan ocultarse usted y su Consejo? Todas las naciones van a reaccionar en contra de décadas y siglos de maniobras políticas y menoscabo de los Gobiernos. —La doctora se inclinó hacia Ewan—. ¿De verdad espera sobrevivir a esta catástrofe?

El interpelado ya había escuchando bastantes amenazas estúpidas de labios de Emily Wess. El odio le corría por las venas. Respiró hondo dos veces para recobrar la compostura. Se sirvió de la mano libre para alisarse el traje y enjugarse las gotas de saliva que tenía en la barbilla y en la comisura de los labios.

—No soy yo quien debería preocuparse por salir con vida de este momento —replicó, hablando de nuevo con ese tono suyo de hombre de negocios—. Sus profecías de perdición están muy bien, doctora, pero ese plan atolondrado que han preparado usted y el profesor Wexler no va a llegar mucho más lejos que la llamada telefónica que han perdido preparándolo. Y ahora —continuó con fría resolución—, va a entregarme la biblioteca. Pienso pedírselo una sola vez. Si su respuesta no es una cooperación inmediata, cogeré el teléfono y su prometido morirá. Y pienso asegurarme de que usted pueda oírle mientras mis hombres le matan en ese mismo campamento donde pasaron juntos un romántico fin de semana. —El Secretario contempló el rostro de Emily, donde descubrió con deleite el temor y la sorpresa por que sus hombres hubieran descubierto el escondite de Torrance—. Y luego mataré a sus padres, a sus amigos, a sus conocidos, a todo aquel a quien le tenga algo de cariño. Métase esto en la cabeza: va a darme la biblioteca.

Emily tragó saliva. Ewan estaba en lo cierto. No tenía elección. Se irguió e intentó imitar ese aire profesional y eficiente del Secretario.

—Eso no va a ser necesario —repuso con toda la audacia de la que logró hacer acopio—. Voy a entregársela del todo. Usted y todo el mundo la tendrán... —Emily miró el monitor. La barra de progreso marcaba un 99%—. La tendrán en unos doce segundos.

Ewan no la entendió en un primer momento, pero luego palideció.

—¿Qué quiere decir? —inquirió; siguió encañonando a Emily con la pistola, pero mirando de soslayo a la pantalla.

Sin embargo, Jason la comprendió de inmediato.

—¡Demonios!

El Amigo se precipitó hacia delante, alargó los brazos y giró más el monitor para verlo por completo. Se quedó helado cuando vio la línea azul de la barra de estado a punto de completar su recorrido.

—¿Qué ocurre? —inquirió el Secretario, cuyo mirada iba de su hijo a la profesora, a quien seguía teniendo encañonada.

—No está actualizando la biblioteca, la está descargando.

Los ojos furibundos de Ewan se centraron de nuevo en la mujer.

—¿Descargando? ¿Dónde? ¿A quién?

Emily le devolvió la mirada.

—A todo el mundo. La estoy descargando a Internet, a la red pública. He encontrado la biblioteca y usted también, al encontrarme a mí, pero en cuestión de unos segundos todos sus contenidos estarán accesibles para cualquiera en todo el mundo. Para todos. Como tiene que ser.

Ewan sintió un pánico desgarrador en el pecho al oír las palabras de Wess. La barra de progreso se deslizó hasta marcar el 99,9 %.

—Y eso incluye también información sobre su Consejo, sus actividades en Washington y sus crímenes. Me he tomado la libertad de destacar esos contenidos a fin de hacerlos más fácilmente accesibles. Incluye todos los nombres, todos los detalles, todos los datos. Todo va a salir a la luz pública, eso y todo lo demás.

Ewan se giró hacia su hijo.

—¡Detén eso! Cancélalo, destrúyelo, haz lo que sea, cualquier cosa.

Jason se puso al otro lado del escritorio y atrajo hacia sí el teclado, pero cuando extendía las manos para empezar a teclear, la brillante línea azul de la barra de progreso había llegado al final de su trayecto y el número cambió justo delante de sus ojos.

«100 %. Descarga completada».

112

11.10 a.m.

No!
El grito de Ewan fue tan intenso que pareció el de un animal. Tenía los ojos abiertos con desmesura clavados en la pantalla del ordenador. Estaba que echaba chispas, con la rabia de toda una vida desatada.

Giró la cabeza hacia Emily. En su ira, en su derrota, solo había una cosa que le quedaba por hacer con esa mujer. Iba a pagar con la vida las incontables existencias que acababa de frustrar con aquel acto. Con un solo movimiento alzó el brazo del arma hasta poner la boca del cañón delante de Emily y movió el dedo del gatillo.

El eco de un disparo reverberó por toda la estancia de forma ensordecedora. Emily se contrajo y por unos instantes pareció quedarse rígida, pero no sintió ninguno de los dolores que cabía esperar al recibir un balazo. Solo escuchó el ruido atronador y vio la sorpresa en el rostro airado del Secretario. Se preguntó cómo sería ver desaparecer el mundo.

Pero eso no fue lo que contempló. El cuerpo de Ewan se desplomó hacia delante y cayó sobre el escritorio, contra el que chocó con un ruido sordo. Entonces se percató de que tenía un agujero de bala en la parte posterior de la cabeza. Detrás del Secretario, en el umbral, estaba Peter Wexler, flanqueado por dos policías con las pistolas desenfundadas, todavía encañonando a Ewan, mientras un tercer compañero acorralaba a Jason. El joven no apartó la vista del cuerpo de su padre ni siquiera cuando el agente le inmovilizó contra la pared y le puso las esposas.

Emily era incapaz de articular palabra. Wexler aguardó a que remitieran los síntomas del shock. Entonces salió de entre los agentes y pasó al otro lado del escritorio. Emily notó la preocupación por ella aún inscrita en su rostro.

—Tu llamada de teléfono —explicó el oxoniense—. Quizá sea un viejo cascarrabias, pero incluso yo sé cuando algo apesta. Tú temías que hubiera alguien más escuchando nuestra conversación y mi miedo era que tuvieras razón y que los miembros del Consejo intentaran detenerte, así que fui en busca de refuerzos. Cuantas más vueltas daba a tus preocupaciones y a las dimensiones del grupo implicado, más claro tenía que no íbamos a dejarte aquí sola. —Contempló el cadáver despatarrado sobre su escritorio—. Y al parecer los temores de ambos estaban justificados.

Emily contempló el rostro de su mentor y de algún lugar, no sabía muy bien de dónde, sacó una sonrisa de agradecimiento. Luego, abrazó al anciano que acababa de salvarle la vida.

Wexler contempló el escenario de la aventura después de que el momento de emotividad hubo concluido y preguntó:

—Bueno, entonces, ¿ha terminado todo?

Emily contempló el ordenador. En la pantalla aún relucía la información: «Descarga completada».

—No —repuso—. Es solo el principio.

Epílogo

Washington DC, dos días después,
11.45 a.m. EST

El cielo era de color azul claro cuando Emily salió de un edificio anónimo en el centro de la capital. El FBI la había interrogado durante casi día y medio. La habían investigado en busca de cualquier detalle que pudiera saber sobre lo que se había presentado al mundo entero como un complot del vicepresidente para apoderarse del despacho oval y de la Administración. La nación no se había enfrentado jamás a una conspiración fraguada durante tanto tiempo ni que hubiera llegado tan lejos y que hubiera contado con tantas primeras figuras entre sus filas.

Fue el vicepresidente, y no el presidente, quien acabó entre rejas dos días después del frustrado golpe de Estado. Samuel Tratham volvió a sentarse en el despacho oval, con su fama y su reputación intactas después de que se hubiera confirmado que no había tomado parte en ningún negocio ilegal en el extranjero. Una parte de los documentos hechos públicos demostraban que los primeros materiales eran falsificaciones e invenciones, incluso el vídeo de los afganos amenazando con tomar represalias. El complot era vasto, internacional y de gran envergadura.

El FBI había arrestado no solo al vicepresidente, sino también al secretario de Defensa, Ashton Davis, y al general en jefe del ejército, Mark Huskins. Del núcleo duro de los conspiradores que había reunido Davis, solo el director del Servicio Secreto, Brad Whitley, había resultado ser inocente, pero cuando descubrió que Davis y Huskins le habían engañado y manejado a su antojo, presentó su dimisión en menos de una hora. Tratham sabía que era un hombre bueno y reconocía a una persona a su servicio en cuanto la veía, de modo que se negó a aceptarla.

Emily había compartido con los agentes todo cuanto sabía acerca de la conspiración. La publicación de los materiales que habían sacado a la luz el complot y habían exonerado de toda acusación al presidente se había hecho de forma anónima, pero el FBI había rastreado enseguida el origen, y eso les había llevado hasta el despacho de Wexler, lo cual les había conducido a Wess. Todo aquello la convirtió en la heroína del momento, incluso ante sus interrogadores, pero ella había sido de lo más explícita con ellos: no deseaba que su nombre se hiciera público. Y los agentes respetaron esa petición. Los medios de comunicación del mundo entero cubrieron la noticia, y todos ellos recogieron la información de que todo había sido posible gracias «una filtración anónima, que venía acompañada de mucha más información no revelada».

Emily solo deseaba una cosa: anonimato. Cuando vio a su alrededor el paisaje de Washington sorprendentemente tranquilo, comprendió que habían acabado las largas sesiones de interrogatorio. Ella se lo había contado todo a las autoridades, dentro de un orden, cambiando algunos detalles. Les había hablado en profundidad del complot, les había informado de que un hombre de nacionalidad egipcia había contactado con ella y le había dado acceso a una vasta red de información que ella había volcado a Internet. Les había suministrado todo cuanto necesitaban saber. Pero optó por no revelar nada de lo tocante al origen de todo aquello, a la naturaleza de la Biblioteca de Alejandría, y no les había puesto al corriente de que la Sociedad llevaba siglos operando. Todo cuanto sabían los ciudadanos y el Gobierno era que una vasta colección de conocimientos antes era privada y ahora había pasado a ser pública. El mundo iba a seguir ignorando el modo en que se había reunido tantísimo material y el hecho de que una vasta red de Bibliotecarios, diseminada por todo el globo, seguía recopilando información.

Aún era necesario mantener ocultas algunas cosas. El trabajo de la biblioteca había evitado una crisis y Emily sabía que podría ayudar en otras futuras a condición de mantener en secreto su existencia, solo así conservaría su capacidad para observar, recabar información, contrastarla en unos casos y ponerla en evidencia otras veces.

No tenía intención de proseguir la política de sus antecesores en el cargo, la de elegir las verdades que se compartían con la gente, pero después de haber visto durante la última semana el lado más oscuro del ser humano y su tendencia a la manipulación, tampoco estaba dispuesta a dar un paso atrás y tolerar que esas fuerzas existieran sin una oposición.

La nueva Custodio aún tenía trabajo pendiente y un papel por jugar en la Sociedad a pesar de que las reglas hubieran cambiado.

Una hora después, Emily aguardaba de pie delante de la puerta de llegada de vuelos nacionales en el Dulles International Airport de Washington. En las últimas cuarenta y ocho horas se había encontrado en el corazón de antiguas catacumbas de poder y conocimiento, había visto de frente una pistola que la apuntaba, había presenciado el derrumbe de un imperio maléfico, había sido interrogada en un complejo gubernamental de la capital y había estrechado la mano de un presidente muy agradecido, pero en medio de todo eso había llegado a la conclusión de que solo quería ver una cosa, un rostro. Tal vez fuera suyo el conocimiento de varios milenios de saber, pero eso no significaba nada sin esa persona.

Al levantar la vista vio irrumpir por la puerta el semblante que tanto anhelaba ver.

—¡Caramba, caramba, la Custodio! —exclamó Michael, aproximándose con una cálida sonrisa en el rostro. La miró a los ojos momentos antes de estrecharla entre sus brazos. Compartieron un largo y profundo abrazo.

—Te he echado de menos —dijo Emily.

Él no dijo nada, solo la abrazó con mayor fuerza aún.

—Estás en deuda por salir corriendo sin mí —le musitó al oído en tono de broma.

—¿Y qué me dices de otro viaje para compensarte? —le ofreció Emily.

Michael enarcó una ceja con ironía ante la sugerencia de otro viaje con la mujer que acababa de cruzar medio mundo sin él.

—Juntos —agregó ella, bromeando—. Sentarnos en alguna playa. Leer un buen libro.

—¿Tienes alguno en mente? —quiso saber su prometido.

—Todos los que quieras —repuso Emily—. He obtenido acceso a una biblioteca realmente buena.

Nota del autor

El argumento de *La biblioteca perdida* se cimenta en la roca sólida de la historia genuina y juega con misterios históricos auténticos lo bastante interesantes como para fascinar a cualquiera por derecho propio.

La antigua Real Biblioteca de Alejandría

Los detalles proporcionados en la novela sobre este milagro del mundo antiguo son exactos, como lo es también ese aire general de misterio que envuelve el destino final del extraordinario legado literario egipcio. Se fundó a instancias de Ptolomeo II Filadelfo en algún momento a principios del siglo III a. C. La inversión y la rápida expansión de la misma parecen formar parte del intento del nuevo régimen por crear una gloria y un legado egipcios superiores a los de los primeros faraones. La biblioteca establece vínculos entre las antiguas religiones, filosofía, ciencia y las artes, y así se convierte en el archivo del conocimiento de la Antigüedad. La orden según la cual los bibliotecarios podían confiscar cualquier texto escrito en poder de los visitantes de Alejandría para copiarlo y añadirlo a la biblioteca data probablemente del reinado de Ptolomeo III Evergetes. Forma parte de la señera historia de la institución.

El esfuerzo traductor de los bibliotecarios gozó de gran renombre en aquel tiempo e incluso ha conservado su prestigio hasta el día de hoy. Ptolomeo II les encargó a ellos la traducción al griego koiné de las escrituras hebreas y, según la tradición, la misma fue realizada por una comisión de setenta traductores escribas. Estos textos en griego pasaron a ser conocidos como Biblia Septuaginta, que en latín significa «de los setenta», y durante dos generaciones fue la versión conocida en todo el mundo. Es la versión citada por Jesucristo y sus discípulos, y conserva todavía su vigencia: para muchos cristianos del mundo sigue siendo la base del Antiguo Testamento.

La biblioteca real se convirtió en un gran centro docente y los nombres de sus bibliotecarios aún inspiran a historiadores y eruditos, como ocurre con Eratóstenes, Apolonio de Rodas, Aristófanes de Bizancio, etcétera. En la novela se asevera que no se conoce qué dimensiones llegó a alcanzar la institución y eso es rigurosamente cierto, como también lo es la información según la cual el objetivo inicial fue conseguir cuanto antes medio millón de rollos. Esa cifra se habría visto rápidamente ampliada merced al saqueo de la biblioteca de Pérgamo en el siglo I d. C. por parte de Marco Antonio, que donó los 200.000 pergaminos obtenidos a la Real Biblioteca de Alejandría.

Kyle, Emily y Wexler manejan diferentes teorías sobre la destrucción y desaparición de la institución. Todas ellas son hipótesis barajadas a día de hoy por los eruditos. La otrora popular creencia de que fue quemada por César en el transcurso de su estancia en Egipto resulta sencillamente imposible, tal y como señala Emily, dado que muchos documentos atestiguan que la misma continuó durante muchos años después. La novela explora dos posibilidades, a saber: el saqueo de la biblioteca por el comandante en jefe árabe 'Amr ibn al-'As alrededor del 652 d. C. y la destrucción de los centros paganos de enseñanza en Alejandría por parte del patriarca Teófilo durante el siglo iv d. C. Dichas hipótesis son también las más populares entre los expertos en el momento actual, pero lo cierto es que la desaparición de la antaño gran biblioteca sigue siendo uno de los misterios de la Antigüedad. Todo cuanto se sabe es que a partir del siglo vi deja de haber menciones a la misma.

La nueva Bibliotheca Alexandrina* en el actual Egipto

La novela menciona una serie de detalles rigurosamente ciertos sobre la historia y dimensiones de dicho edificio. Esta estructura tuvo un coste de casi 220 millones de dólares. Fue inaugurada el 16 de octubre de 2002, y es casi tan impresionante como su homónima de antaño. Tiene capacidad para albergar ocho millones de volúmenes.

El diseño ha corrido por cuenta de la empresa noruega de arquitectura Snøhetta, a la que la Unesco confió un nuevo monumento en honor a la cultura y la historia egipcias. El diseño de su cubierta es cilíndrico, en homenaje a Ra, dios egipcio del Sol. Ese disco de 160 metros de diámetro simboliza el sol naciente, ya que los jeroglíficos egipcios representan al astro rey como un sencillo disco. En la fachada hay textos escritos en ciento veinte idiomas de todo el mundo. Tiene un diseño anguloso que desciende hasta un estanque de agua, cuya pretensión es simbolizar el mar. Solo el suelo de su principal sala de lectura tiene 70.000 metros cuadrados. Tal y como observa la guía en la visita guiada de Emily, la Bibliotheca Alexandrina alberga por separado una colección cartográfica de mapas antiguos y mo-

---

* «Biblioteca de Alejandría» en latín. [N. del T.].

dernos, tiene un ala consagrada a materiales multimedia y libros científicos avanzados, un departamento especializado en la restauración de manuscritos e incluso una extensa colección de textos en braille. El complejo cuenta con un planetario y ocho museos separados que albergan más de treinta colecciones especiales.

La afirmación de la guía puede sorprender a algunos lectores, pero lo cierto es que allí está depositada la única copia completa y la reserva externa del Archivo de Internet, aunque desde 2002 dicho archivo cuenta con otros centros. La nueva biblioteca recibió una donación de unos doscientos ordenadores con una capacidad de almacenamiento superior a los cien terabytes, valorados en unos cinco millones de dólares. Contiene instantáneas de todas las páginas de Internet entre 1996 y 2001, realizadas cada dos meses. El proyecto Archivo de Internet ha seguido en activo desde entonces y pretende convertirse en un archivo dinámico de todo Internet y conseguir que esté públicamente disponible para toda la eternidad. La nueva biblioteca es uno de sus principales centros de datos.

La inspiración para una de las tramas principales de este libro fue, precisamente, esta confluencia entre la antigua Real Biblioteca y el trabajo volcado hacia el futuro de la nueva.

Los palacios reales de Topkapi y Dolmabahçe en Estambul

Estos dos soberbios testimonios del reinado de los sultanes en Turquía se hallan fielmente descritos en *La biblioteca perdida*, son tan inconfundibles y difieren uno de otro exactamente como lo perciben los sentidos de Emily.

Ambos son una enorme atracción turística en la actualidad, pero aunque el palacio de Topkapi sea con diferencia el mejor reflejo de la auténtica cultura real otomana, visualmente resulta mucho más impactante el de Dolmabahçe, una edificación más tardía del siglo XIX. Arquitectónicamente es un tanto grotesco, ya que principalmente juega con el deseo de impresionar a los visitantes occidentales y no mantiene más estilo que el suyo propio. Se trata de un edificio abrumador en el pleno sentido del término, con una superficie de 110.000 metros cuadrados donde pueden verse las famosas escaleras de cristal Baccarat y un gran vestíbulo en donde pende el mayor candelabro del mundo, un behemot de setecientas cincuenta lámparas, regalo de la reina Victoria de Inglaterra.

En el interior de dicho palacio se halla el dormitorio de Mustafá Kemal Atatürk, el padre fundador de la Turquía moderna. El reloj de la mesa sigue detenido en las 9.05 a.m., señalando así la hora exacta de su muerte, acaecida el 10 de noviembre de 1938. Y eso mismo ocurrió con todos los relojes del palacio durante muchos años. A los aficionados a la historia les complacerá saber que, al menos hasta donde yo sé, el mobiliario sigue exactamente como entonces.

La iglesia de la Universidad Santa María la Virgen y la biblioteca Bodleiana en Oxford

Me complace decir que la iglesia de la Universidad Santa María la Virgen sigue intacta y se alza orgullosa en el centro de esa ciudad inglesa, tal y como ha hecho desde el siglo XIII. Es una imagen espectacular y su torre ofrece una de las mejores vistas de la ciudad. El edificio tiene una historia señera y ha sido un monumento capital en la historia religiosa de Inglaterra y el desarrollo posterior a la Reforma. El cardenal Newman predicó desde ese púlpito antes de sembrar el descontento por abandonar el anglicanismo en favor de la Iglesia católica romana, y también John Wexley, una figura clave en la historia del metodismo, hasta que se lo prohibieron por su tono demasiado provocador.

La iglesia sirvió también como tribunal. Pueden advertirse agujeros en las columnas del interior allí donde una vez se alzó una plataforma para celebrar el juicio de los obispos Latimer y Ridley y el arzobispo de Canterbury Thomas Cranmer, ahora conocidos como los «mártires protestantes de Oxford», que fueron quemados en plena Broad Street por no aceptar las enseñanzas de la Iglesia católica. Obviando esos tristes momentos de la historia, los cristales tintados y las tallas de la iglesia son magníficos por derecho propio.

La biblioteca Bodleiana, la más importante de la Universidad de Oxford, es una de las grandes instituciones de enseñanza en Occidente. Cuenta con miles de túneles y cámaras subterráneas que discurren por debajo del centro de la ciudad, eso es cierto, aun cuando no puedan usarse para realizar las cosas que yo he descrito en mi libro.

Agradecimientos

La biblioteca perdida jamás habría visto la luz sin el concurso de varias personas que han ofrecido un apoyo inestimable durante los procesos de redacción y producción. Un amigo cercano y brillante escritor, E. F., ha realizado una serie de lecturas pormenorizadas y ha hecho unos comentarios muy detallados en los primeros borradores, sin los cuales este libro habría sido notablemente distinto.

Me he beneficiado, sobre todo cuando estaba en la mitad del proceso creativo, de los precisos comentarios, críticas y evolución editorial de un dotado editor creativo, Paul McCarthy. Pero sobre todo estoy en deuda con Thomas Stofer y Luigi Bonomi de LBA (Luigi Bonomi Associates), dos de los más avezados agentes literarios del mundillo, por ver el potencial del primer borrador de *La biblioteca perdida* entre miles de propuestas y prometedoras sugerencias que llegan a sus mesas y ayudarme a llevar la novela al lector en la forma que ahora usted sostiene en las manos. Soy consciente de que el tiempo y la energía invertidos en un novelista primerizo siempre es un riesgo y siempre les estaré agradecido por asumir ese riesgo y poner tanta energía y entusiasmo en convertir semejante riesgo en realidad.

Y como punto final me gustaría dar las gracias a todo el equipo de Pan Macmillan, y muy especialmente al director editorial Wayne Brookes y a mi soberbio equipo de edición, Eli Dryden, Donna Condon y Louise Buckley, entre otros muchos partícipes del proyecto, los hombres y mujeres que cogieron un montón de folios de la mesa de mi despacho y consiguieron que se imprimiera por todo el globo, trabajando con una energía y un entusiasmo increíbles a fin de que este barco llegara a buen puerto. Mi más sincero agradecimiento a todos ellos.

Suma de Letras es un sello editorial del Grupo Santillana

www.sumadeletras.com

Argentina
Avda. Leandro N. Alem, 720
C 1001 AAP Buenos Aires
Tel. (54 114) 119 50 00
Fax (54 114) 912 74 40

Bolivia
Calacoto, calle 13, 8078
La Paz
Tel. (591 2) 279 22 78
Fax (591 2) 277 10 56

Chile
Dr. Aníbal Ariztía, 1444
Providencia
Santiago de Chile
Tel. (56 2) 384 30 00
Fax (56 2) 384 30 60

Colombia
Carrera 11 A, n.º 98-50. Oficina 501
Bogotá. Colombia
Tel. (57 1) 705 77 77
Fax (57 1) 236 93 82

Costa Rica
La Uruca
Del Edificio de Aviación Civil 200 m al
Oeste
San José de Costa Rica
Tel. (506) 22 20 42 42 y 25 20 05 05
Fax (506) 22 20 13 20

Ecuador
Avda. Eloy Alfaro, 33-3470 y Avda. 6 de
Diciembre
Quito
Tel. (593 2) 244 66 56 y 244 21 54
Fax (593 2) 244 87 91

El Salvador
Siemens, 51
Zona Industrial Santa Elena
Antiguo Cuscatlan - La Libertad
Tel. (503) 2 505 89 y 2 289 89 20
Fax (503) 2 278 60 66

España
Avenida de los Artesanos, 6
28760 Tres Cantos (Madrid)
Tel. (34 91) 744 90 60
Fax (34 91) 744 92 24

Estados Unidos
2023 N.W 84th Avenue
Doral, FL 33122
Tel. (1 305) 591 95 22 y 591 22 32
Fax (1 305) 591 74 73

Guatemala
26 Avda. 2-20
Zona 14
Guatemala C.A.
Tel. (502) 24 29 43 00

Fax (502) 24 29 43 03

Honduras
Colonia Tepeyac Contigua a Banco Cuscatlan
Boulevard Juan Pablo, frente al Templo
Adventista 7º Día, Casa 1626
Tegucigalpa
Tel. (504) 239 98 84

México
Avda. Río Mixcoac, 274
Colonia Acacias
03240 Benito Juárez
México D.F.
Tel. (52 5) 554 20 75 30
Fax (52 5) 556 01 10 67

Panamá
Vía Transísmica, Urb. Industrial Orillac,
Calle Segunda, local 9
Ciudad de Panamá
Tel. (507) 261 29 95

Paraguay
Avda. Venezuela, 276,
entre Mariscal López y España
Asunción
Tel./fax (595 21) 213 294 y 214 983

Perú
Avda. Primavera, 2160
Surco
Lima 33
Tel. (51 1) 313 40 00
Fax. (51 1) 313 40 01

Puerto Rico
Avda. Roosevelt, 1506
Guaynabo 00968
Puerto Rico
Tel. (1 787) 781 98 00
Fax (1 787) 782 61 49

República Dominicana
Juan Sánchez Ramírez, 9
Gazcue
Santo Domingo R.D.
Tel. (1809) 682 13 82 y 221 08 70
Fax (1809) 689 10 22

Uruguay
Juan Manuel Blanes, 1132
11200 Montevideo
Tel. (598 2) 402 73 42 y 402 72 71
Fax (598 2) 401 51 86

Venezuela
Avda. Rómulo Gallegos
Edificio Zulia, 1º - Sector Monte Cristo
Boleita Norte
Caracas
Tel. (58 212) 235 30 33
Fax (58 212) 239 10 51